Brassaï, *Le chien Kazbek dans l'atelier des Grands-Augustins*, 1944

SIMENON

COMISSÁRIO

MAIGRET

VOLUME 2

O CAVALARIÇO DA *PROVIDENCE*
O CACHORRO AMARELO
O ENFORCADO DE SAINT-PHOLIEN
INFERNO A BORDO

editora
unesp

Fundação Editora da Unesp (FEU)
Praça da Sé, 108
01001-900 – São Paulo – SP
Tel.: (0xx11) 3242-7171
www.editoraunesp.com.br
www.livrariaunesp.com.br
atendimento.editora@unesp.br

DADOS INTERNACIONAIS DE CATALOGAÇÃO NA PUBLICAÇÃO (CIP) DE ACORDO COM ISBD

S589c Simenon, Georges

Comissário Maigret, vol. 2 / Georges Simenon; traduzido por André Telles, Eduardo Brandão. – São Paulo: Editora Unesp, 2025.

ISBN: 978-65-5711-325-7

1. Literatura. 2. Literatura em língua francesa. 3. Literatura belga. 4. Literatura policial. I. Telles, André. II. Brandão, Eduardo. III. Título.

CDD 840
2025-4463 CDU 821.133.1

ELABORADO POR VAGNER RODOLFO DA SILVA – CRB-8/9410

Editora afiliada:

Asociación de Editoriales Universitarias de América Latina y el Caribe

Associação Brasileira de Editoras Universitárias

"Decerto eles preferem que eu não veja certas coisas.
Mas o que não querem, sobretudo, é que eu lhes conte outras."

"– Você dirá tudo?
– E você?
– Tentarei. Se não conseguir, eu me culparei por toda a minha vida."

"Peuples qui ont faim", 1934

GEORGES SIMENON
E SUA COLEÇÃO DE
CACHIMBOS, NA RESIDÊNCIA
EM ÉCHANDENS, SUÍÇA,
EM DEZEMBRO DE 1963
(FOTO DE ROGER VIOLLET,
VIA GETTY IMAGES)

Sumário

O CAVALARIÇO DA *PROVIDENCE*

TRADUÇÃO DE ANDRÉ TELLES

FOTO

Eugène Atget, Pont Neuf durante inundação, margem esquerda do rio Sena, Paris, 1907

1

A eclusa 14

DOS FATOS, RECONSTITUÍDOS COM EXTREMA MINÚCIA, nada se deduzia a não ser que a descoberta feita pelos dois cavalariços de Dizy era, por assim dizer, impossível.

A partir das três da tarde de domingo – um 4 de abril –, a chuva se transformara num temporal.

Naquele momento, no porto, acima da eclusa 14, que faz a conexão entre o Marne e o canal lateral, havia duas balsas a motor subindo, uma embarcação descarregando e uma draga.

Pouco antes das sete horas, ao crepúsculo, uma balsa-tanque, a *Eco III*, se anunciara e penetrara na calha.

O operador da eclusa reagira com mau humor, pois tinha visita de parentes em casa. Fez um sinal negativo para uma embarcação que chegou logo em seguida, puxada lentamente por dois cavalos.

Já em casa, não demorou a ver entrar o cavalariço, que ele conhecia:

– Posso atravessar? O patrão gostaria de pernoitar amanhã em Juvigny...

– Atravesse, se quiser. Mas terá que manobrar sozinho as comportas...

A chuva apertara. Da janela, o operador acompanhou o vulto atarracado do cavalariço indo pesadamente de uma comporta à outra, fazendo seus animais avançar, prendendo os arreios nos pinos de amarração.

A balsa elevou-se pouco a pouco acima dos muros. Não era o balseiro que estava no timão, e sim sua mulher, uma gorda bruxelense oxigenada e com a voz esganiçada.

Às sete e vinte, a *Providence* estava atracada em frente ao Café de la Marine, atrás da *Eco III*. Os cavalos reembarcaram. O cavalariço e o balseiro se dirigiram ao café, ao encontro dos outros balseiros e dos dois colegas de Dizy.

Às oito horas, já noite escura, o rebocador atravessou para o outro lado das comportas os quatro barcos que puxava.

Isso fez aumentar a freguesia do Café de la Marine. Eram seis mesas ocupadas, interpelando-se reciprocamente. Os que entravam sacudiam suas botas pegajosas e iam respingando água ao passar.

No cômodo ao lado, iluminado por um lampião a querosene, mulheres faziam compras.

A atmosfera estava carregada. Discutia-se um acidente ocorrido na eclusa 8 e o eventual atraso que isso poderia gerar para as embarcações que subiam o rio.

Às nove horas, a balseira da *Providence* veio buscar o marido e o cavalariço, que se foram após uma saudação à roda.

Às dez horas, as lamparinas estavam apagadas a bordo de praticamente todas as embarcações. O operador acompanhou os parentes até a estrada de Épernay, que corta o canal a dois quilômetros da eclusa.

Não viu nada de anormal. Na volta, ao passar pelo café, deu uma espiada e foi chamado por um balseiro.

– Venha tomar um trago! Você parece um pinto molhado...

Tomou uma dose de rum, em pé. Dois cavalariços, chumbados pelo vinho tinto e com os olhos turvos, se levantaram e se dirigiram à eclusa contígua ao café, onde dormiam na palha, junto com os cavalos.

Não estavam completamente bêbados. Apenas o suficiente para cair num sono de pedra.

Havia cinco cavalos na cocheira, iluminada apenas por um lampião com o fogo baixo.

Às quatro da manhã, um dos cavalariços acordou o colega e ambos começaram a cuidar dos animais. Ouviram os cavalos da *Providence* sendo retirados da balsa e atrelados.

Nesse exato instante, o dono do café se levantava e acendia a lamparina do seu quarto, no primeiro andar. Também ouviu a *Providence*, que avançara.

Às quatro e meia, o motor a diesel da balsa-tanque se pôs a pigarrear, mas ela só partiu quinze minutos mais tarde, depois que o balseiro tomou um grogue no café, cujas portas abriam naquele momento.

Nem bem partira, sua balsa ainda não havia alcançado a ponte, quando os dois cavalariços fizeram sua descoberta.

Um deles puxava os cavalos na direção do caminho de sirga. O outro, remexendo na palha à cata de seu rebenque, esbarrou com a mão num corpo frio.

Impressionado ao julgar reconhecer um rosto humano, pegou o lampião e iluminou o cadáver, que ia virar Dizy de cabeça para baixo e interferir na vida do canal.

O comissário Maigret, da primeira Brigada Móvel, recapitulava esses fatos, inserindo-os no contexto.

Era noite de segunda-feira. Na manhã desse mesmo dia, o Ministério Público de Épernay já fizera diligências no local, e, após a visita da Perícia Técnica e dos médicos-legistas, o corpo fora levado para o necrotério.

Continuava a chover, uma chuva fina, compacta e fria, que não dera trégua à noite e ao longo do dia.

Vultos se moviam nas comportas da eclusa, na qual uma balsa subia imperceptivelmente.

Desde que chegara, já fazia uma hora, o comissário tivera uma única preocupação: familiarizar-se com um mundo que descobria inesperadamente e a respeito do qual, ao chegar, só possuía noções errôneas ou embaralhadas.

O operador da eclusa lhe dissera:

– Não havia quase nada na calha: duas balsas a motor descendo, uma subindo, que deixou a eclusa à tarde, uma draga e dois panamás. Depois veio a caldeira com seus quatro barcos...

E Maigret aprendia que uma caldeira é um rebocador e um panamá, um barco sem motor nem cavalos a bordo, que aluga um cavalariço com seus animais para um percurso determinado, o que constitui uma espécie de navegação por empreitada.

Ao chegar a Dizy, vira apenas um canal estreito, a três quilômetros de Épernay, e uma aldeia irrelevante nas proximidades de uma ponte de pedra.

Precisou patinhar na lama, ao longo do caminho de sirga até a eclusa, que por sua vez ficava a dois quilômetros de Dizy.

E lá encontrara a casinhola do operador da eclusa, de pedras cinzentas, com a tabuleta: POSTO DE DECLARAÇÃO.

E dirigira-se ao Café de la Marine, único estabelecimento no local.

À esquerda, uma espécie de birosca, com toalhas impermeáveis marrons nas mesas e paredes marrons até a metade e ocre até o teto.

Um cheiro singular, no entanto, era suficiente para diferenciá-la de uma taberna rural. Era um relento de estrebaria e arreios de cavalo, alcatrão e armazém, querosene e diesel.

Na porta da direita havia uma pequena campainha e anúncios adesivos estavam colados nos vidros.

Dava para um cômodo abarrotado de mercadorias: encerados de lona, tamancos, macacões de brim, sacos de batatas, barris de óleo comestível e caixotes de açúcar, ervilhas e feijão, tudo misturado com verduras e peças de louça.

Não se via um freguês. Na cocheira, apenas o cavalo que o proprietário atrelava para ir ao mercado, um grande animal tordilho que, de quando em quando, dava um passeio pelo quintal, entre as galinhas.

Estava tudo encharcado. Era a nota dominante. E as silhuetas dos transeuntes, que caminhavam encurvados, brilhavam.

A cem metros, um trenzinho ia e vinha por um canteiro de obras e seu maquinista prendera um guarda-chuva na traseira da locomotiva miniatura, sob o qual ele se posicionava, tiritando, os ombros entrados.

Uma balsa desatracou e, movida por meio de um croque, avançou até a eclusa, de onde outra saía.

Como a mulher chegara ali? Por que teria vindo? Era esta a pergunta que a polícia de Épernay, o Ministério Público, os médicos e os especialistas da Perícia Técnica se haviam feito com estupefação e que Maigret virava e revirava dentro de sua cabeçorra.

Fora estrangulada, esta era uma primeira certeza. A morte remontava à noite de domingo, possivelmente em torno das dez e meia.

E o cadáver fora descoberto, na cocheira, pouco depois das quatro da manhã.

Nenhuma estrada passava nas proximidades da eclusa. Ninguém, exceto um profissional da navegação, teria qualquer interesse em circular por ali. O caminho de sirga era demasiado estreito para permitir a passagem de um automóvel. E, naquela noite, só se andava por ele com lama e água das poças nas canelas.

Ora, tudo indicava que a mulher pertencia a um mundo mais afeito a se deslocar em automóveis de luxo e vagões-leitos do que a pé.

Usava apenas um vestido de seda creme e sapatos de camurça branca, estes parecendo mais sandálias de praia que calçados normais.

O vestido estava amarrotado, mas não se percebia nenhuma mancha de lama. No momento da descoberta, apenas a lama do sapato esquerdo continuava úmida.

– Entre trinta e oito e quarenta anos – afirmara o médico, após examiná-la.

Seus brincos eram duas pérolas verdadeiras, valendo aproximadamente quinze mil francos. A pulseira, de ouro e platina, trabalhada num estilo ultramoderno, era mais estética do que cara, embora assinada por um joalheiro da Place Vendôme.

Os cabelos eram castanhos, crespos, cortados bem rentes na nuca e nas têmporas.

Quanto ao rosto, desfigurado pelo estrangulamento, devia ter sido de uma beleza deveras notável.

Sem dúvida, uma mulher e tanto.

As unhas, tratadas e pintadas, estavam sujas.

Nenhuma bolsa fora encontrada com ela. As polícias de Épernay, Reims e Paris, de posse de uma fotografia do cadáver, tentavam infrutiferamente, desde o amanhecer, determinar sua identidade.

E a chuva não perdoava a paisagem feia. À esquerda e à direita, o horizonte era limitado por encostas arenosas, com sulcos brancos e pretos, nos quais as videiras, durante aquela estação do ano, se espetavam como cruzes de madeira num cemitério do *front*.

Com o semblante aflito, o operador da eclusa, identificável pelo boné com insígnias prateadas, contornava a calha, na qual a água efervescia todas as vezes que ele abria as comportas.

E a cada balseiro, enquanto sua embarcação subia ou descia, ele contava a mesma história.

Às vezes, assinados os formulários regulamentares, os dois homens se dirigiam em largas passadas até o Café de la Marine, onde emborcavam doses de rum ou um cálice de vinho branco.

De tempos em tempos, o operador da eclusa apontava com o queixo para Maigret, que, circulando sem finalidade precisa, devia transmitir uma impressão de desnorteamento.

Era um fato. O caso se apresentava de uma maneira absolutamente anômala. Não havia uma testemunha a ser ouvida.

Tanto que o Ministério Público, após interrogar o operador da eclusa e confabular com o engenheiro de Pontes e Calçadas, decidira autorizar todas as embarcações a seguir seu curso.

Os dois cavalariços haviam sido os últimos a partir, em torno do meio-dia, comboiando um panamá cada um.

Como as eclusas, distantes entre si três ou quatro quilômetros, se conectavam via uma linha telefônica, era possível saber a localização de qualquer embarcação a qualquer hora e deter o seu curso.

Por fim, um comissário de polícia de Épernay interrogara todo mundo e Maigret dispunha dos autos desses interrogatórios, dos quais nada se deduzia a não ser que a realidade era inverossímil.

Todos os que se encontravam no Café de la Marine na véspera eram conhecidos, seja do dono, seja do operador da eclusa, quase sempre de ambos.

Os cavalariços dormiam pelo menos uma vez por semana na mesma cocheira e sempre no mesmo estado limítrofe da embriaguez.

– É fácil entender! A cada eclusa, tomamos um trago... quase todos os operadores vendem bebida...

A balsa-tanque, que chegara domingo à tarde e partira na manhã de segunda, transportava gasolina e pertencia a uma grande companhia do Havre.

Quanto à *Providence*, cujo balseiro era também seu proprietário, passava vinte vezes por ano, com seus dois cavalos e seu velho cavalariço. E o mesmo acontecia com todas as outras!

Com cara de poucos amigos, Maigret entrou cem vezes na cocheira, depois no café e na loja.

Viram-no caminhar até a ponte de pedra, parecendo contar os passos ou procurar alguma coisa na lama. Assistiu, gotejante e mal-humorado, a dez aberturas de comporta.

Todos se perguntavam o que lhe ia na cabeça e, na realidade, não ia nada. Nem sequer tentava descobrir um indício propriamente dito, e sim deixar-se impregnar pelo ambiente, absorvendo aquela vida do canal tão diferente da que ele conhecia.

Certificou-se de que poderiam lhe emprestar uma bicicleta caso pretendesse deslocar-se até uma ou outra embarcação.

O operador da eclusa dera-lhe um *Guia oficial de navegação interna*, no qual, por razões topográficas ou devido a uma conexão, um cruzamento, à presença de um porto, um guindaste, até mesmo um posto de declaração, localidades desconhecidas, como Dizy, ganhavam uma importância insuspeitada.

Mentalmente, tentava acompanhar embarcações e cavalariços:

Ay – Porto – Eclusa nº 13

Mareuil-sur-Ay – Estaleiro – Porto – Calha de transferência – Eclusa nº 12 – Altura máxima 74, 36...

Depois *Bisseuil Tours-sur-Marne Condé Aigny...*

Na outra ponta do canal, além do platô de Langres, que as embarcações escalavam eclusa por eclusa e voltavam a descer na outra vertente, o Saône, Chalon, Mâcon, Lyon...

"O que essa mulher veio fazer aqui?"

Numa cocheira, com pérolas nas orelhas, pulseira de estilo, sapatos em camurça branca!

Em princípio, chegara viva, uma vez que o crime fora cometido após as dez horas da noite.

Mas como? Por quê? E ninguém ouvira nada! Nenhum grito de sua parte! Os dois cavalariços não haviam despertado!

Sem o rebenque extraviado, o cadáver provavelmente só viria a ser descoberto quinze dias ou um mês depois, quando, por acaso, alguém remexesse na palha.

E outros cavalariços teriam vindo roncar ao lado daquele corpo de mulher!

Apesar da chuva fria, pairava na atmosfera alguma coisa de opressivo e implacável. E a vida escoava lentamente.

Pés calçados com botas ou tamancos deambulavam pelos muros da eclusa ou ao longo do caminho de sirga. Cavalos gotejantes aguardavam o fim da transposição para partir, retesando-se num esforço progressivo, arqueados sobre as patas traseiras.

E já anoitecia outra vez. As embarcações que subiam já não se moviam, atracadas para o pernoite, enquanto levas de balseiros entorpecidos caminhavam na direção do café.

Maigret foi dar uma espiada no quarto que acabavam de preparar para ele, ao lado do quarto do dono. Ali permaneceu cerca de dez minutos, trocou os sapatos e limpou o cachimbo.

Quando desceu, um iate pilotado por um marinheiro vestindo uma capa avançava devagar rente à margem, roçava-lhe a popa e atracava suavemente entre dois pinos de amarração.

O marujo executou sozinho todas as manobras. Logo a seguir, dois homens saíram do camarote, olharam em volta com tédio e terminaram por dirigir-se ao Café de la Marine.

Também vestiam capas de chuva. Porém, quando as retiraram, viu-se que estavam de camisa de flanela aberta no peito e calça branca.

Os balseiros observavam os recém-chegados sem que eles denotassem qualquer constrangimento! Ao contrário! Aquele tipo de cenário lhes parecia familiar.

Um deles era alto, corpulento, grisalho, com a pele cor de argila. Seus olhos saltados e vítreos escorregavam nas pessoas e nas coisas, parecendo não vê-las.

Acomodou-se numa cadeira de palha, puxou uma segunda para os pés e estalou os dedos chamando o dono.

Seu companheiro, na casa dos vinte e cinco anos, dirigia-se a ele em inglês com uma afetação que beirava o esnobismo.

Foi ele que perguntou, sem sotaque:

– Tem champanhe natural...? Sem ser espumante...?

– Tenho...

– Pois traga uma garrafa...

Fumavam cigarros com ponteira de cartolina, importados da Turquia.

A conversa dos balseiros, momentaneamente interrompida, aos poucos foi retomada.

Assim que o dono serviu o vinho, o marinheiro entrou, de calça branca e camiseta listrada azul e branca.

– Aqui, Vladímir...

O mais corpulento bocejou, manifestando um tédio concentrado. Esvaziou a taça com uma cara não de todo satisfeita.

– Uma garrafa! – soprou, dirigindo-se ao mais jovem.

E este repetiu mais alto, como se estivesse habituado a transmitir assim as ordens:

– Uma garrafa!... Do mesmo!...

Maigret deixou o seu canto, onde estava instalado diante de uma caneca de cerveja.

– Com licença, cavalheiros... Posso fazer uma pergunta...?

O mais velho apontou seu companheiro com um gesto que significava: “Dirija-se a ele!”.

Não demonstrava nem surpresa nem interesse. O marujo serviu-se um copo e cortou a ponta de um charuto.

– Chegaram pelo Marne?

– Pelo Marne, claro...

– Estavam atracados longe daqui, ontem à noite?

O mais corpulento voltou a cabeça e interveio, em inglês:

– Responda que isso não é da conta dele!

Maigret fingiu não compreender e, sem nada acrescentar, puxou da carteira a fotografia do cadáver e depositou-a sobre a toalha impermeável marrom.

Os balseiros, sentados ou em pé diante do balcão, acompanhavam a cena com os olhos.

O *yachtman* mal moveu a cabeça para examinar o retrato. Então, voltando-se para Maigret, suspirou:

– Polícia?

Tinha um sotaque inglês carregado, uma voz cansada.

– Polícia Judiciária! Um crime foi cometido aqui ontem à noite. A vítima ainda não foi identificada.

– Onde ela está? – indagou o outro, levantando-se e apontando para a fotografia.

– No necrotério de Épernay. Por acaso a conhecem?

O semblante do inglês era impenetrável. Mesmo assim, Maigret notou que seu pescoço descomunal, sanguíneo, ficara roxo.

Ele pegou seu quepe branco, cobriu a cabeça desguarnecida e, voltando-se para o sujeito que o acompanhava, mastigou primeiro algumas palavras em inglês:

– Mais complicações!

Por fim, alheio à curiosidade dos balseiros, declarou, baforando o charuto:

– É minha mulher!

A crepitação da chuva nos vidros e o rangido das manivelas da eclusa pareceram amplificar-se. O silêncio durou alguns segundos, absoluto, como se toda a vida entrasse em recesso.

– Pague você, Willy...

O inglês jogou a capa nos ombros, sem vesti-la, e grunhiu em direção a Maigret:

– Venha até o barco...

O marujo, que ele chamara de Vladímir, primeiro terminou a garrafa de champanhe e, aí sim, saiu como entrara, na companhia de Willy.

A primeira coisa que o comissário viu a bordo foi uma mulher de penhoar, descalça, cabelos desgrenhados, cochilando numa espécie de divã de veludo grená.

O inglês tocou-lhe o ombro e, com a mesma fleuma de antes, num tom nem um pouco amável, ordenou:

– Saia...

Então esperou, olhos grudados na mesa dobrável, sobre a qual havia uma garrafa de uísque e meia dúzia de copos sujos, bem como um cinzeiro transbordando guimbas.

Irrefletidamente, terminou por servir-se, empurrando a garrafa para Maigret com um gesto que significava: "Está às ordens...".

Uma balsa passava rente às vigias, e o cavalariço, cinquenta metros à frente, estacava seus cavalos, cujos guizos tilintavam.

2

Os passageiros do *Southern Cross*

MAIGRET ERA QUASE TÃO ALTO E GRANDALHÃO COMO O INGLÊS. No Quai des Orfèvres, sua placidez era lendária. Dessa vez, no entanto, a calma de seu interlocutor o exasperou.

E essa calma parecia ser a palavra de ordem a bordo. Desde o marujo Vladímir à mulher que acabavam de arrancar do sono, todos tinham o mesmo ar indiferente ou anestesiado, parecendo eternamente de ressaca.

Um detalhe, entre outros tantos. Enquanto se levantava e procurava uma cigarreira, a mulher notou a fotografia que o inglês deixara na mesa e que se molhara no curto trajeto entre o Café de la Marine e o iate.

– Mary...? – perguntou, estremecendo ligeiramente.

– Mary, *yes*!

E foi só! Ela saiu por uma porta que dava na proa e devia conduzir à cabine de toalete.

Willy surgiu no convés e debruçou na escotilha. O salão era exíguo. Como as divisórias de mogno envernizado eram finas, devia-se ouvir tudo da proa, pois o proprietário olhou primeiro para aquele lado, franzindo o cenho, depois para o lado do rapaz, a quem disse com certa impaciência:

– Vamos...! Entre!

E para Maigret, bruscamente:

– Sir Walter Lampson, coronel reformado do Exército da Índia!

E acompanhou a autoapresentação com um pequeno cumprimento seco e um gesto apontando para o banco:

– Senhor...? – indagou o comissário, voltando-se para Willy.

– Um amigo... Willy Marco.

– Espanhol?

O coronel encolheu os ombros. Maigret estudava com o olhar os traços nitidamente judeus do rapaz.

– Grego por parte de pai... Húngaro pelo lado da mãe...

– Vejo-me obrigado a fazer algumas perguntas, Sir Lampson...

Willy reclinara-se com petulância no encosto de uma cadeira e se balançava fumando um cigarro.

– Estou ouvindo.

Contudo, quando Maigret ia falar, o *yachtman* interpelou-o:

– Quem foi? Já sabem?

Referia-se ao autor do crime.

– Não descobrimos nada até o momento. Razão pela qual o senhor será muito útil ao inquérito, dando-me algumas informações...

– Com uma corda? – ele fez, levando a mão ao pescoço.

– Não! O assassino usou exclusivamente as mãos. Quando viu Mrs. Lampson da última vez?

– Willy?

Willy era evidentemente o faz-tudo, encarregado tanto de pedir as bebidas como de responder às perguntas feitas ao coronel.

– Em Meaux, quinta à noite... – ele disse.

– E os senhores não comunicaram seu desaparecimento à polícia?

Sir Lampson serviu-se mais um uísque.

– Por quê? Afinal, ela era dona do nariz dela, certo?

– Costumava sumir desse jeito?

– Às vezes...

A água batucava no convés, logo acima das cabeças. O crepúsculo cedia lugar à noite, Willy Marco girou o comutador elétrico.

– As baterias estão carregadas? – perguntou-lhe em inglês o coronel. – Não será como no outro dia?

Maigret, esforçando-se para dar um sentido preciso ao interrogatório, era incessantemente solicitado por novas impressões.

À revelia, tinha olhos para tudo, pensava em tudo ao mesmo tempo, de modo que sua cabeça era uma sopa de ideias informes.

Sentia-se mais constrangido do que indignado diante daquele homem, que, ao passar os olhos na fotografia, no Café de la Marine, declarara sem estremecer:

– É minha mulher...

Revia a desconhecida, de penhoar, indagando:

– Mary...?

E agora era Willy Marco que se balançava irritantemente, cigarro na boca, enquanto o coronel se preocupava com as baterias!

Na atmosfera neutra de seu gabinete, sem dúvida o comissário teria levado a cabo um interrogatório dentro das normas. Ali, começou por tirar o casaco sem ser convidado e reaver a fotografia, que era sinistra, como todas as imagens de cadáver.

– Mora na França?

– França, Inglaterra... Às vezes na Itália... Sempre com meu barco, o *Southern Cross*...

– Está vindo de...?

– Paris! – respondeu Willy, a quem o coronel fizera sinal para falar. – Passamos uns quinze dias lá, depois de um mês em Londres...

– Moram a bordo?

– Não! O barco ficou em Auteuil. Estávamos hospedados no Hôtel Raspail, em Montparnasse...

– O coronel, sua mulher, a pessoa que vi ainda há pouco e o senhor?

– Sim, essa senhora é viúva de um deputado chileno, a sra. Negretti.

Sir Lampson deu um suspiro de impaciência, adotando novamente o inglês:

– Explique de uma vez, senão ele vai ficar aqui até amanhã de manhã...

Maigret não reagiu. Daí em diante, porém, acrescentou uma pitada de rispidez às perguntas.

– A sra. Negretti não é sua parente? – perguntou a Willy.

– Em absoluto...

– Então ela é uma estranha completa, para o senhor e o coronel... Podem me dizer como são dispostos os camarotes?

Sir Lampson engoliu um gole de uísque, pigarreou, acendeu um cigarro.

– Na proa, fica o posto da tripulação, onde Vladímir dorme. É um ex-aspirante da marinha russa. Fez parte da frota Wrangel...

– Não há outro marinheiro? Nenhum criado?

– Vladímir cuida de tudo...

– Que mais?

– Entre o posto da tripulação e este salão ficam, à direita, a cozinha, à esquerda, a cabine de toalete...

– E na popa?

– O motor...

– Então os senhores eram quatro neste camarote?

– Há quatro pequenas camas... Os dois bancos que o senhor está vendo, que se transformam em sofás... E...

Willy dirigiu-se a uma divisória, abriu uma espécie de gaveta comprida e puxou uma cama completa.

– Há uma de cada lado... Portanto...

Maigret, com efeito, começava a enxergar um pouco mais claro, compreendendo que não demoraria a desvendar os segredos daquela singular convivência.

Os olhos do coronel estavam vítreos e úmidos como os de um bêbado. Parecia desinteressar-se pela conversa.

– O que aconteceu em Meaux? E, antes de tudo, quando chegou lá?

– Quarta à noite... Meaux é a última etapa antes de Paris. Tínhamos levado duas amigas de Montparnasse...

– Prossiga...

– O tempo estava magnífico... Ligamos a vitrola e dançamos no convés... Lá pelas quatro da manhã, acompanhei nossas amigas de volta ao hotel e elas devem ter embarcado no trem do dia seguinte...

– Onde o *Southern Cross* estava atracado?

– Perto da eclusa...

– Nenhum incidente na quinta-feira?

– Levantamos bem tarde, depois de acordados diversas vezes por um guindaste que transferia pedras para uma balsa... O coronel e eu tomamos o aperitivo na cidade... À tarde... espere... O coronel dormiu... Joguei xadrez com Gloria... Gloria é a sra. Negretti...

– No convés?

– Sim... Acho inclusive que Mary tinha saído para um passeio.

– Não voltou mais?

– Quer dizer... Jantou a bordo... O coronel sugeriu passarmos a noite no dancing e Mary não quis ir... Quando voltamos, por volta das três da manhã, não estava mais no barco...

– Não empreenderam nenhuma busca?

O sr. Lampson rufava com a ponta dos dedos na mesa envernizada.

– O coronel já disse que a mulher tinha plena liberdade de movimentos... Esperamos por ela até sábado e fomos embora... Ela conhecia o itinerário e sabia onde nos encontrar...

– Estavam seguindo para o Mediterrâneo?

– Para a ilha de Porquerolles, em frente às Hyères, onde passamos a maior parte do ano... O coronel comprou um antigo forte lá, o Petit Langoustier...

– Todos permaneceram a bordo durante o dia de sexta-feira?

Willy vacilou um instante e respondeu com certa ansiedade:

– Eu fui a Paris...

– Fazer o quê?

Ele riu, uma risada desagradável, imprimindo à boca um vinco anormal.

– Já mencionei nossas duas amigas... Me deu vontade de revê-las... Uma delas, pelo menos...

– Pode me fornecer os seus sobrenomes?

– Seus nomes... Suzy e Lia... Fazem a noite no La Coupole... Moram no hotel que faz esquina com a Rue de la Grande-Chaumière...

– Profissionais do amor?

– Boas garotas...

A porta se abriu. A sra. Negretti, que enfiara um vestido de seda verde, apareceu.

– Posso ir?

E o coronel respondeu dando de ombros. Devia estar no terceiro uísque e tomava-os com pouquíssima água.

– Willy... Pergunte... a respeito das formalidades...

Maigret não precisava de intermediário para compreender. Aquela maneira extravagante e displicente de lhe fazer perguntas começava a irritá-lo.

– Naturalmente, a primeira coisa é reconhecer o corpo... Depois da autópsia, sem dúvida obterá autorização para enterrá-lo. O senhor escolherá o cemitério e...

– Podemos ir agora? Há uma locadora de carros por aqui?

– Em Épernay...

– Willy... Telefone e peça um carro... Imediatamente, certo...?

– Há um telefone no Café de la Marine! – disse Maigret, enquanto o rapaz, de mau humor, enfiava a capa.

– Cadê o Vladímir?

– Chegou agorinha...

– Avise que jantaremos em Épernay...

A sra. Negretti, rechonchuda com cabelos negros brilhosos e pele muito clara, sentara-se num canto, embaixo do barômetro, e assistia àquela cena com o queixo nas mãos e uma expressão de ausência ou profunda reflexão.

– Vem conosco? – perguntou Sir Lampson.

– Não sei... Parou de chover?

Maigret estava prestes a explodir e a última pergunta do coronel não contribuiu para acalmá-lo.

– Quantos dias pensa que vai levar?

O comissário respondeu com rispidez:

– Incluindo o enterro, suponho...

– *Yes*... Três dias?

– Se os médicos-legistas concederem a autorização para o enterro e o juiz de instrução não se opuser, poderia praticamente terminar com tudo em vinte e quatro horas...

O sujeito teria sentido a ironia amarga dessas palavras?

Os olhos de Maigret, contudo, voltaram-se para a fotografia: um corpo alquebrado, sujo, amarfanhado, um rosto que decerto fora muito bonito, muito empoado, com batom perfumado nos lábios e ruge nas faces e cujo esgar era impossível contemplar agora sem sentir um frio na espinha.

– Bebe alguma coisa?

– Obrigado...

– Então...

Sir Walter Lampson pôs-se de pé para indicar que considerava terminada a entrevista e chamou:

– Vladímir! Um terno!

– Sem dúvida terei perguntas a lhe fazer – disse o comissário. – Talvez me veja forçado a conhecer o iate mais a fundo...

– Amanhã... Primeiro Épernay, certo? Quanto tempo para o carro chegar?

– Vou ficar sozinha? – assustou-se a sra. Negretti.

– Com Vladímir... Pode vir, se quiser...

– Não estou a caráter...

Willy entrou feito um pé de vento, tirando a capa gotejante.

– O automóvel estará aqui dentro de dez minutos...

– Então, comissário, se fizer a gentileza...

O coronel apontava a porta.

– Precisamos nos vestir...

Transtornado, Maigret tinha vontade de esmurrar alguém ao sair. Ouviu a escotilha fechar-se atrás dele.

Do lado de fora, via-se apenas a luz de oito vigias, além da lamparina branca presa no mastro. A menos de dez metros, perfilava-se a proa atarracada de uma balsa e, à esquerda, na margem, uma grande carga de carvão.

Talvez fosse uma ilusão, mas Maigret tinha a impressão de que a chuva redobrava e o céu estava escuro e baixo como jamais vira.

Caminhou até o Café de la Marine, onde as vozes se calaram bruscamente quando ele chegou. Todos os balseiros estavam ali, formando uma roda em torno da estufa de ferro. O operador da eclusa descansava os cotovelos no balcão, próximo à garçonete, uma moça alta e ruiva, de tamancos.

Na toalha impermeável das mesas, litros de vinho, taças sem pé, poças.

– Então é mesmo a senhora dele? – o dono do estabelecimento, reunindo toda a sua coragem, terminou por perguntar.

– Sim! Uma cerveja! Ou melhor, não! Uma coisa quente... Um grogue...

Os balseiros aos poucos voltavam à conversa. A garçonete trouxe o copo escaldante, roçando o avental no ombro de Maigret.

E o comissário imaginava os três personagens trocando de roupa no camarote exíguo, sem falar no Vladímir...

Imaginava muitas outras coisas, porém de maneira vaga e não sem repugnância.

Conhecia a eclusa de Meaux, que era ainda mais importante, visto que, como a de Dizy, faz a junção entre o Marne e o canal, que abriga um porto em meia-lua sempre apinhado de balsas espremidas umas nas outras.

Havia sido lá, em meio aos balseiros, que pernoitara o *Southern Cross*, iluminado, com as duas mulheres de Montparnasse, a gorda Gloria Negretti, a sra. Lampson, Willy e o coronel dançando no convés ao som da vitrola, bebendo...

Num canto do Café de la Marine, dois homens de macacão azul comiam um salame, que iam fatiando com seus canivetes e acompanhando com pão e vinho tinto.

E alguém relatava um acidente ocorrido pela manhã no "túnel", isto é, no ponto onde o canal, para atravessar a parte mais elevada do planalto de Langres, se torna subterrâneo por uma extensão de oito quilômetros.

Um balseiro prendera o pé na corda dos cavalos. Gritara sem ser escutado pelo cavalariço e, no momento em que os animais se puseram em marcha após um tempo de repouso, fora jogado na água.

O túnel não estava iluminado. O barco contava com apenas uma lanterna, que mal bruxuleava na água. O irmão do balseiro – a balsa chamava-se *Dois Irmãos* – pulara no canal.

Apenas um deles fora resgatado, já morto. O outro estava sendo procurado...

– Faltavam apenas duas anuidades para quitarem o barco. Mas parece que, pelo contrato, as mulheres não têm obrigação de pagar...

Um motorista de boné de couro entrou e procurou alguém com os olhos.

– Quem pediu um carro?

– Eu! – disse Maigret.

– Fui obrigado a deixá-lo na ponte... Não faço questão de cair no canal...

– O senhor come aqui? – veio perguntar o dono do café ao comissário.

– Ainda não sei...

Saiu com o motorista. O *Southern Cross*, todo branco, era uma mancha leitosa na chuva, e dois grumetes de uma balsa vizinha, do lado de fora apesar do aguaceiro, olhavam para ele com admiração.

– Joseph! – gritava uma voz de mulher. – Traga o seu irmão pra dentro! Vai levar uma surra!

– *Southern Cross*... – leu o motorista na quilha. – São ingleses?

Maigret atravessou a passarela e bateu à porta. Willy, que estava pronto, elegante num terno escuro, abriu e foi possível ver o coronel, atrapalhado, sem paletó, em cuja gravata Gloria Negretti dava o nó.

O camarote cheirava a água-de-colônia e brilhantina.

– O carro chegou? – indagou Willy. – Está aqui?

– Na ponte, a dois quilômetros...

Maigret permaneceu do lado de fora. Ouviu vagamente o coronel e o rapaz conversando em inglês. Por fim, Willy veio dizer:

– Ele não quer se sujar de lama... Vladímir vai descer o bote... Encontraremos o senhor lá...

– Hum... Hum... – grunhiu o motorista, que ouvira tudo.

Dez minutos mais tarde, Maigret e ele zanzavam pela ponte de pedra, nas proximidades do carro, cujos faróis estavam na lanterna. Levou cerca de meia hora até ouvirem o zumbido de um motorzinho dois tempos.

Finalmente, a voz de Willy gritou:

– É aqui? Comissário!

– Sim, é aqui!

O bote motorizado descreveu um círculo e atracou. Vladímir ajudou o coronel a desembarcar e marcou encontro para a volta.

No carro, Sir Lampson não pronunciou uma palavra. A despeito da corpulência, exibia uma elegância digna de nota. Excêntrico, apurado, fleumático, era, sem tirar nem pôr, o fidalgo inglês representado nas gravuras do século passado.

Willy Marco fumava um cigarro atrás do outro.

– Que calhambeque! – suspirou, quando chacoalharam numa vala.

Maigret notou que ele usava no dedo um *chevalière* de platina, com um grande diamante amarelo incrustado.

Quando entraram na cidade, cujo calçamento rebrilhava da chuva, o motorista ergueu o retrovisor e perguntou:

– Em que endereço devo...?

– Para o necrotério! – replicou o comissário.

Foi tudo muito rápido. O coronel mal descerrou os dentes. Havia apenas um guarda no local, onde três corpos jaziam na laje fria.

Todas as portas já estavam fechadas à chave. As fechaduras rangeram. Tiveram que acender a luz.

Foi Maigret quem ergueu o lençol.

– *Yes!*

Willy parecia o mais perturbado e ansioso em terminar com aquilo.

– Reconhece-a também?

– É ela mesma... Como está...

Não terminou. Empalidecia a olhos vistos. Seus lábios se ressecaram. Sem dúvida, se o comissário não o arrastasse para fora, ele teria passado mal.

– Não sabem quem foi? – articulou o coronel.

Talvez fosse possível perceber no tom de sua voz uma ligeira perturbação. Mas não seria efeito dos numerosos copos de uísque?

Maigret, de toda forma, não deixou de notar esse pequeno descompasso.

Achavam-se numa calçada mal iluminada por um poste, diante do carro, de cujo assento o motorista não arredara.

– O senhor janta, certo? – disse ainda Lampson, sem sequer voltar-se para Maigret.

– Obrigado... Vou aproveitar que estou aqui para conferir umas coisinhas...

O coronel inclinou-se, sem insistir.

– Venha, Willy...

Maigret permaneceu por um momento na saída do necrotério, enquanto o rapaz, após conferenciar com o inglês, curvava-se para o motorista.

Procurava saber qual era o melhor restaurante da cidade. Pessoas e bondes passavam, estes últimos iluminados e barulhentos.

A poucos quilômetros dali estendia-se o canal e, ao longo de toda a sua extensão, junto às eclusas, as balsas que ali pernoitavam partiriam às quatro da manhã, em meio a relentos de café quente e estrebaria.

3

•

O colar de Mary

JÁ NA CAMA, NAQUELE QUARTO CUJO CHEIRO característico continuava a incomodá-lo, Maigret ainda permaneceu um bom tempo cotejando mentalmente duas imagens.

Na primeira, em Épernay, através das vidraças iluminadas do La Bécasse, melhor restaurante da cidade, o coronel e Willy, corretamente sentados, rodeados por maîtres pomposos...

Nem meia hora se passara desde a visita ao necrotério. Sir Walter Lampson mostrava-se um pouco tenso, e a impassibilidade de seu rosto afogueado, encimado por raros fios de cabelo prateados, era prodigiosa.

Comparada à sua elegância, ou mais exatamente à sua estirpe, a de Willy, não obstante desenvolta, soava artificial.

Maigret jantara em outro estabelecimento, de onde se comunicara por telefone com a Chefatura e depois com a polícia de Meaux.

Em seguida, sozinho sob a chuva, seguira a pé pela estradinha. Percebera as vigias acesas do *Southern Cross*, defronte ao Café de la Marine.

Curioso, subiu a bordo, alegando ter esquecido o cachimbo.

Foi ali que captou a segunda imagem: no camarote de mogno, Vladímir, em sua indefectível camiseta listrada de marinheiro, cigarro na boca, estava sentado diante da sra. Negretti, cujo cabelo oleoso pendia sobre as bochechas.

Jogavam baralho – o "sessenta e seis", um jogo da Europa Central.

Houve um pequeno momento de estupor. Mas nem um estremecimento sequer! Respirações presas durante uma fração de segundo. Depois disso, Vladímir se levantara para procurar o cachimbo enquanto Gloria Negretti, ciciando, indagava:

– Eles ainda não voltaram...? Era mesmo a Mary?

O comissário quase montara em sua bicicleta e seguira o canal a fim de inspecionar as balsas que haviam passado a noite de domingo para segunda em Dizy. A vista do caminho empoçado e do céu encoberto o desestimulou.

Quando bateram à sua porta, sentiu, antes mesmo de abrir os olhos, o orvalho da manhã penetrando pela janela do quarto.

Tivera um sono agitado, recheado de tropéis de cavalos, gritos confusos, passos na escada, tilintar de copos, embaixo, e finalmente relentos de café e rum quente que subiam até ele.

– Quem é?

– Lucas! Posso entrar?

E o inspetor Lucas, parceiro quase exclusivo de Maigret, empurrou a porta e apertou a mão úmida que o chefe lhe estendia por uma fresta dos lençóis.

– Conseguiu alguma coisa? Foi muito cansativo, meu velho?

– Um tiquinho! Logo depois do seu telefonema, fui ao tal hotel, na esquina da Rue de la Grande-Chaumière. As pequenas não estavam lá. Peguei os nomes por acaso... *Suzanne Verdier, conhecida como Suzy, nascida em Honfleur em 1906... Lia Lauwenstein, nascida no grão-ducado de Luxemburgo em 1903...* A primeira chegou a Paris há quatro anos como faxineira, depois trabalhou um tempo como manequim... A Lauwenstein morou principalmente na Côte d'Azur... Nenhuma das duas, certifiquei-me disso, consta nos registros da polícia de costumes... Mas é como se constassem...!

– Ei, meu velho, poderia me passar o cachimbo e pedir um café?

Ouvia-se o marulhar da água na eclusa e um motor a diesel funcionando em baixa rotação. Maigret saiu da cama e dirigiu-se a um lavabo exíguo, onde despejou água fria na bacia.

– Continue...

– Fui ao La Coupole, como o senhor mandou... Não estavam lá, mas não há um garçom que não as conheça... Fui encaminhado ao Dingo, depois ao La Cigogne... Finalmente, num barzinho americano cujo nome esqueci, na Rue Vavin, encontrei-as, solitárias, um pouco deprimidas... Lia não é de se jogar fora... Tem um jeito todo dela... Suzy é uma boa lourinha sem maldade que, se tivesse ficado na província, poderia ter sido uma adorável mãe de família... Tem o rosto todo sardento e...

– Vê algum guardanapo por aí? – interrompeu Maigret, o rosto pingando, de olhos fechados. – A propósito, está chovendo?

– Não chovia quando cheguei, mas cedo ou tarde vai cair um toró. Às seis da manhã, uma bruma enregelava os pulmões... Sugeri então uma bebida às senhoritas... Elas pediram imediatamente sanduíches, o que a princípio não me espantou... Mas terminei percebendo o colar de pérolas que a Lauwenstein tinha no pescoço... Meio de brincadeira, eu as mordi... São tudo que há de mais autêntico... Não é um colar de bilionária americana, mas, de toda forma, algo na casa dos cem mil francos... Ora, quando fulanas dessa categoria preferem sanduíches e chocolate a um drinque...

Maigret, que fumava seu primeiro cachimbo, foi abrir a porta para a moça que trazia o café. Em seguida, através da janela, deu uma espiada no iate, onde ainda não se via sinal de vida. Uma balsa passou rente ao *Southern Cross*. O balseiro recostado no timão olhava o vizinho com uma admiração ressentida.

– Então... Continue...

– Levei-as para outro lugar, um café sossegado...

"Lá, de repente, mostrei meu distintivo, apontei para o colar e lancei totalmente ao acaso:

'As pérolas de Mary Lampson, confere?'

"Minhas companheiras decerto não sabiam que ela está morta. Em todo caso, se sabiam, desempenharam perfeitamente o papel.

"Levaram alguns minutos para confessar. Foi Suzy quem terminou aconselhando a outra:

'Fale de uma vez, ele já sabe tanto!'

"E foi uma bela história... Quer uma ajudinha, chefe...?"

Com efeito, Maigret tentava inutilmente alcançar os suspensórios que pendiam sobre as coxas.

– O ponto essencial, antes de qualquer coisa: ambas juram que foi a própria Mary Lampson quem lhes entregou as pérolas sexta-feira passada, em Paris, onde ela fora visitá-las... O senhor deve compreender melhor do que eu, que só conheço o caso pelo que me falou ao telefone...

"Perguntei se a sra. Lampson estava acompanhada de Willy Marco. Elas declararam que não, afirmando não terem visto Willy desde quinta-feira, quando deixaram Meaux..."

– Devagar! – interrompeu Maigret, dando o nó na gravata diante de um espelho descascado que o deformava. – Quarta-feira à noite, o *Southern Cross* chega a Meaux... As duas moçoilas estão a bordo... A noite transcorre alegremente, na companhia do coronel, Willy, Mary Lampson e a Negretti...

"Já bem tarde, Suzy e Lia são conduzidas ao hotel e partem no trem da manhã de quinta-feira... Será que receberam pelo serviço?"

– Quinhentos francos, segundo elas.

– Elas conheceram o coronel em Paris?

– Poucos dias antes...

– E o que aconteceu a bordo do iate?

Lucas sorriu de um modo estranho.

– Coisas não muito bonitas... O inglês, parece, vive para o uísque e as mulheres. A sra. Negretti é sua amante...

– A mulher sabia?

– Como não! Ela própria era amante de Willy... O que não os impedia de levar Suzys e Lias com eles... Compreende? E, como se não bastasse, Vladímir dançava com umas e outras... De madrugada, houve uma discussão, porque Lia Lauwenstein chiou dizendo que quinhentos francos eram uma esmola... O coronel nem sequer lhes respondeu, delegando essa tarefa a Willy... A Negretti dormia na coberta e Vladímir teve que carregá-la para o camarote...

Plantado diante da janela, Maigret deixava seu olhar vagar pela linha escura do canal e podia perceber à esquerda o incansável trenzinho transportando terra e pedra.

O céu estava cinzento, com farrapos de nuvens escuras e baixas, mas não chovia.

– E aí?

– É praticamente tudo... Na sexta-feira, Mary Lampson teria ido a Paris e encontrado nossas duas criaturas no La Coupoule.

"E teria dado a elas seu colar..."

– Ora! Um presentinho à toa...

– Quer dizer... Dado com a condição de que o vendessem e lhe passassem metade da grana... Segundo ela, o marido era um unha de fome...

O papel de parede do quarto estampava florzinhas amarelas. A jarra de louça acrescentava-lhe um toque esmaecido.

Maigret viu o operador da eclusa chegando afobado na companhia de um balseiro e de seu cavalariço para tomar uma dose de rum no balcão.

– Foi tudo que arranquei delas! – concluiu Lucas. – Fui embora às duas da manhã e encarreguei o inspetor Dufour de vigiá-las discretamente. Em seguida, dei um pulo na Chefatura, para prestar contas, conforme as instruções... Desencavei a ficha de Willy Marco, expulso de Mônaco, faz quatro anos, na esteira de um caso de jogatina não muito claro, e interpelado em Nice no ano seguinte devido à queixa de uma americana desfalcada de algumas joias. Mas a queixa foi retirada, ignoro o motivo, e Marco, mantido em liberdade. Acha que foi ele que...?

– Não acho absolutamente nada. E juro que estou sendo sincero ao dizer isso. Não se esqueça de que o crime foi cometido no domingo depois das dez da noite, quando o *Southern Cross* estava atracado em La Ferté-sous-Jouarre...

– O que pensa a respeito do coronel?

Maigret sacudiu os ombros e apontou para Vladímir, que emergia da escotilha da proa e se dirigia ao Café de la Marine, de calça branca, alpargatas e pulôver, uma boina americana caída de lado.

– Uma ligação para o sr. Maigret – gritou a garçonete ruiva através da porta.

– Desça comigo, meu velho...

O aparelho ficava no corredor, ao lado de um cabide de pé.

– Alô! É de Meaux? Está dizendo que...? Isso, a *Providence*... Recebeu uma carga ao longo de toda a quinta-feira em Meaux...? Partiu às três da madrugada de sexta... Nenhuma outra...? A *Eco III*... É uma balsa-tanque, confirma...? Sexta-feira à noite em Meaux... Partida sábado de manhã... Muito obrigado, comissário... sim, interrogue por via das dúvidas... Sempre no mesmo endereço...!

Lucas escutara a conversa sem captar o sentido. Maigret não teve tempo de lhe explicar porque um policial de bicicleta apareceu na porta.

– Um comunicado da Perícia Técnica... Urgente...!

O policial estava respingado de lama até a cintura.

– Vá secar um pouco e tome um grogue à minha saúde...

Maigret arrastou o inspetor para o caminho de sirga, rompeu o lacre e leu à meia-voz:

Resumo das primeiras análises efetuadas a respeito do caso de Dizy: detectados no cabelo da vítima numerosos vestígios de resina, bem como pelos de cavalo de tonalidade castanha. As manchas do vestido são querosene.
O estômago, no momento do óbito, continha vinho tinto e carne bovina de lata, similar à que encontramos no comércio com o nome de corned beef.

– Oito em cada dez cavalos têm pelo castanho! – suspirou Maigret.

Vladímir, no café, indagava onde poderia fazer compras na região e três pessoas tentavam auxiliá-lo, incluindo o emissário de Épernay, que terminou saindo junto com o marujo em direção à ponte de pedra.

Maigret, seguido por Lucas, dirigiu-se à cocheira, onde, desde a noite anterior, além do cavalo tordilho do proprietário, havia uma égua com o joelho fraturado, que se falava em abater.

– Não foi aqui que ela absorveu a resina... – observou o comissário.

Fez duas vezes o percurso do canal à cocheira, contornando os galpões.

– O senhor vende resina? – indagou, ao ver o proprietário empurrando um carrinho de mão cheio de batatas.

– Não é propriamente resina... Chamamos de alcatrão da Noruega... Com ele, calafetamos as balsas de madeira acima da linha de flutuação... Nas partes inferiores, contentamo-nos com alcatrão de hulha, que sai vinte vezes mais barato...

– Tem um pouco?

– Sempre temos uns vinte galões na loja... Mas não vende muito nessa época... Os balseiros esperam o sol para reformar as embarcações...

– A *Eco III* é de madeira?

– De ferro, como a maioria dos barcos a motor.

– E a *Providence*...

– De madeira... Descobriu alguma coisa?

Maigret não respondeu.

– Sabe o que eles dizem? – continuou o homem, que largara o carrinho de mão.

– "Eles", quem?

– As pessoas da eclusa, os balseiros, os pilotos, os operadores. Claro que um carro teria dificuldade para seguir pelo caminho de sirga... Mas uma motocicleta...! E uma moto pode vir de longe, deixando o mesmo rastro de uma bicicleta...

A porta do camarote do *Southern Cross* se abria nesse momento, mas ainda não se via ninguém.

Um ponto no céu amarelou fugazmente, como se o sol fosse afinal preponderar. Maigret e Lucas, calados, avançavam pela margem do canal.

Contudo, nem cinco minutos depois, a ventania vergava os juncos e, no minuto seguinte, o temporal desabava.

Maigret estendeu a mão com um gesto mecânico. Com um gesto igualmente mecânico, Lucas pegou no bolso um pacote de fumo e o passou ao companheiro.

Pararam um instante defronte à eclusa, que estava vazia e sendo preparada, pois um rebocador invisível apitara três vezes ao longe, o que significava que trazia três barcos.

– Onde acha que a *Providence* está a uma hora destas? – Maigret perguntou ao operador.

– Espere... Mareuil... Condé... Há umas dez balsas na fila rumo a Aigny que a farão perder tempo... A eclusa de Vaux tem apenas duas comportas em condições... Digamos que esteja em Saint-Martin...

– É longe?

– Exatamente trinta e dois quilômetros daqui...

– E a *Eco III*?

– Deveria estar em La Chaussée... Mas ontem à noite um sujeito que descia me disse que ela quebrou a hélice na eclusa 12... De modo que deve encontrá-la em Tours-sur-Marne, a quinze quilômetros... Culpa deles...! Aliás, o regulamento proíbe carregar duzentos e oitenta toneladas como todos eles teimam em fazer...

Eram dez da manhã. Quando Maigret montou na bicicleta alugada, percebeu o coronel instalado numa cadeira de balanço, no convés do iate, abrindo os jornais de Paris que o carteiro acabava de trazer.

– Nada de especial! – disse a Lucas. – Fique por aqui... Não os perca muito de vista...

A intensidade da chuva diminuíra. A estrada era reta. Na terceira eclusa, o sol apareceu, ainda um pouco pálido, fazendo cintilar as gotículas d'água nos juncos.

De vez em quando, Maigret era obrigado a desmontar da bicicleta para ultrapassar os cavalos de uma balsa que, em parelha, ocupavam a largura do caminho e, uma pata depois da outra, avançavam, num esforço que retesava todos os seus músculos.

Dois animais eram tangidos por uma garotinha entre oito e dez anos, de vestido vermelho, que carregava uma boneca nos braços.

Quase todos os vilarejos ficavam relativamente distantes do canal. De modo que aquela faixa uniforme de água lisa parecia estirar-se numa solidão absoluta.

Roças espalhadas aqui e ali, com homens curvados sobre a terra escura. Mas o mato predominava. E caniços de junco com um metro e meio a dois metros de altura redobravam a sensação de calma.

Uma balsa recebia um carregamento de cal nas proximidades de uma pedreira, formando uma nuvem de pó que branquejava seu casco e os operários.

Havia uma balsa na eclusa de Saint-Martin, mas ainda não era a *Providence*.

– Devem estar almoçando na calha acima de Châlons! – anunciou a moça da eclusa, que ia e vinha de uma comporta à outra, seguida por dois guris agarrados à sua saia.

A teimosia era uma marca registrada de Maigret. Por volta das onze horas, surpreendeu-se diante de um cenário primaveril, numa atmosfera rutilante de sol e calor.

À sua frente, o canal estendia-se retilineamente por uma extensão de seis quilômetros, flanqueado por pinheirais.

Bem no fim, vislumbravam-se os muros claros de uma eclusa por cujas comportas vazavam fios d'água.

A meia distância, uma balsa estacionada, um pouco atravessada. Seus dois cavalos, desatrelados, as cabeças enfiadas num saco, comiam aveia e se espojavam.

Primeira impressão alegre ou, vá lá, repousante! Nenhuma casa à vista. E os reflexos, sobre a água calma, eram largos e lentos.

Mais algumas pedaladas e o comissário viu, na popa da balsa, uma mesa montada sob o toldo que protegia o timão. A toalha impermeável era xadrez azul e branco. Uma mulher loura pousava no centro uma travessa fumegante.

Ele desmontou da bicicleta, após ter lido, no casco abaulado, lixado e envernizado: *Providence*.

Um dos cavalos o fitou demoradamente, abanou as orelhas e relinchou de maneira singular, antes de voltar a comer.

Entre a balsa e a margem, havia apenas uma tábua estreita e fina, que vergou sob o peso de Maigret. Dois homens almoçavam, seguindo-o com os olhos, enquanto a mulher o recebia.

– O que é? – ela perguntou, fechando a blusa desabotoada sobre um peito opulento.

Sua pronúncia era quase tão cantante quanto a do Sul. Não parecia inquieta. Esperava. Parecia proteger os dois homens com sua alegre corpulência.

– Uma informação – disse o comissário. – Deve saber que um crime foi cometido em Dizy...

– O pessoal da *Castor et Pollux*, que passou pela gente hoje de manhã, falou... Verdade...? É quase impossível, não é mesmo...? Como teriam feito...? E no canal somos tão tranquilos...!

Tinha sardas no rosto. Os dois homens, sem desprender os olhos de Maigret, continuavam a comer. Mecanicamente os olhos do comissário pousaram na travessa, que continha uma carne escura cujo aroma agredia suas narinas.

– Um cabrito, comprei hoje de manhã na eclusa de Aigny... Quer uma informação...? Bem, já tínhamos partido quando descobriram o cadáver... Aliás, conseguiram identificar a mulher?

Um dos homens era baixo, tinha cabelos castanhos, bigodes escorridos, e alguma coisa doce e dócil emanava de toda a sua pessoa.

Era o marido. Este se limitara a cumprimentar vagamente o intruso, delegando à mulher a tarefa de falar.

O outro sujeito devia ter uns sessenta anos. Seu cabelo, cerrado, mal cortado, já branqueara. Uma barba de três ou quatro centímetros lhe cobria o queixo e a maior parte do rosto, o que, somado a sobrancelhas grossas, o fazia parecer hirsuto como um animal.

Por contraste, seus olhos eram claros e inexpressivos.

– É para seu cavalariço que eu gostaria de fazer algumas perguntas...

A mulher riu.

– Para o Jean...? Devo preveni-lo de que ele não é de falar muito... É o nosso urso...! Olhe só como ele come... Em compensação, é o melhor cavalariço que existe...

O garfo do velho imobilizara-se. Suas retinas, de uma limpidez perturbadora, estavam cravadas em Maigret.

Era um olhar de louco de aldeia, ou de certos animais, quando, acostumados a ser bem tratados, veem-se subitamente importunados.

Uma expressão aparvalhada. Mas outra coisa também, inexprimível, uma espécie de fechamento em si mesmo.

– A que horas o senhor se levantou para cuidar dos cavalos?

– A hora de sempre...

Suas pernas curtas faziam a largura de seus ombros parecer ainda mais descomunal.

– Jean acorda diariamente às duas da manhã! – interveio a balseira. – Pode examinar nossos animais... Aplicamos compressas neles todos os dias, como cavalos de luxo... E, à noite, ele não sai para tomar sua dose de vinho branco sem antes guardá-los...

– O senhor dorme na cocheira?

Jean parecia não compreender. Foi mais uma vez a mulher que apontou uma casinhola mais alta, no meio da balsa.

– É a cocheira! – explicou. – Ele dorme sempre ali. Já o nosso camarote fica na popa... Quer visitar...?

O convés, meticulosamente limpo, tinha os cobres mais bem polidos que os do *Southern Cross*. E quando a mulher abriu uma porta dupla de pinheiro, encimada por uma escotilha com vidro colorido, Maigret deparou com uma saleta enternecedora.

Nela, viam-se móveis de carvalho Henrique III típicos do mais tradicional interior pequeno-burguês. Uma toalha bordada com fios de seda de tonalidades diferentes cobria a mesa, sobre a qual se alinhavam vasos, fotografias em porta-retratos, uma jardineira transbordando de samambaias.

Havia ainda paninhos bordados no aparador. As poltronas eram protegidas por capas de crochê.

– Se Jean concordasse, teríamos providenciado uma cama perto da gente... Mas ele diz que só consegue dormir na cocheira... Em todo caso, temos medo de que um dia ele tome um coice... Não adianta conhecer esses bichos, não é mesmo...? Quando eles dormem...

Pôs-se então a comer, qual dona de casa que deixa a melhor parte para os outros e, sem sequer se dar conta, escolhe para si os piores pedaços...

Jean se levantara e olhava ora para seus cavalos, ora para o comissário, enquanto o balseiro enrolava um cigarro.

– E o senhor, não ouviu nada? – perguntou Maigret, fixando os olhos no cavalariço.

Este último se voltou para a patroa, que, com a boca cheia, respondeu:

– Pode acreditar que, se tivesse visto alguma coisa, ele teria dito.

– A *Marie* está chegando...! – alertou o marido, preocupado.

Nos últimos instantes sentiam-se no ar trepidações de motor. Agora se distinguia, atrás da *Providence*, a forma de uma balsa.

Jean olhou para a mulher, que, hesitante, olhou para Maigret.

– Escute – disse finalmente –, se precisa conversar com Jean, incomoda-se de fazê-lo enquanto avançamos...? A *Marie*, mesmo com o motor, está mais devagar... Se ela nos ultrapassar antes da eclusa, ficará dois dias atravancando nosso caminho...

Jean não esperara pelas últimas frases. Retirando os sacos de aveia da cabeça dos animais, deslocou-os para cem metros à frente da balsa.

O balseiro pegou uma corneta de latão e emitiu alguns trinados.

– O senhor vai permanecer a bordo...? Não se preocupe, não esconderemos nada... Todo mundo nos conhece ao longo dos canais, de Liège até Lyon...

– Vejo-os na eclusa – disse Maigret, que deixara a bicicleta na margem.

A passarela foi recolhida. Um vulto acabava de surgir nas comportas da eclusa e as válvulas foram abertas. Os cavalos puseram-se em marcha, tilintando seus guizos e balançando o pompom vermelho do cocuruto.

Jean seguia ao lado deles, lento e indiferente.

E a balsa a motor, duzentos metros atrás, diminuiu a velocidade, constatando ter chegado demasiado tarde.

Maigret avançava, segurando o guidom da bicicleta com uma das mãos. Podia ver a mulher terminando de comer às pressas e o marido, baixinho, magricela, inconsistente, quase deitado sobre um timão pesado demais para ele.

4

O amante

– JÁ ALMOCEI! – ANUNCIOU MAIGRET, adentrando o Café de la Marine, onde Lucas se sentara próximo a uma janela.

– Em Aigny? – indagou o dono. – É o meu cunhado que toca a taberna...

– Cerveja, por favor...

Parecia de propósito. À medida que o comissário, digladiando-se com sua bicicleta, aproximava-se de Dizy, o tempo acinzentava. E agora pingos de chuva riscavam o último raio de sol.

O *Southern Cross* não saíra do lugar. Não havia ninguém no convés. Da mesma forma, nenhum barulho emanava da eclusa, o que propiciou pela primeira vez a Maigret a sensação de estar no campo, ouvindo galinhas a cacarejar no terreiro.

– Nada? – perguntou ao inspetor.

– O marinheiro retornou com as compras. A mulher apareceu rapidamente, vestindo um penhoar azul. O coronel e Willy vieram tomar o aperitivo. Acho que me olharam atravessado...

Maigret pegou o fumo que o colega lhe estendia e abasteceu o cachimbo, esperando o dono desaparecer dentro da loja.

– Nada também! – resmungou então. – Das duas embarcações que poderiam ter trazido Mary Lampson, uma está enguiçada a quinze quilômetros de onde estamos e a outra se arrasta pelo canal a uma velocidade de três quilômetros por hora...

"A primeira é de ferro... Impossível, portanto, o cadáver ter absorvido resina em suas dependências...

"A segunda é de madeira... Os balseiros se chamam Canelle... Uma dona obesa, que quis porque quis me empurrar um copo de rum pavoroso, com um maridinho que saracoteia em volta dela feito um totó...

"Teríamos apenas o cavalariço deles...

"Ou ele se faz de tolo, e então é um prodígio de autenticidade, ou é muito bronco... Faz oito anos que está com eles... Se o marido é o totó, esse Jean seria o buldogue...

"Ele acorda às duas e meia da manhã, cuida dos cavalos, vira uma cumbuca de café e põe-se a caminhar ao lado dos animais...

"Faz, assim, trinta, quarenta quilômetros todo dia, no mesmo passo, um copo de vinho branco a cada eclusa...

"À noite, tranca os animais, janta sem abrir a boca e desmorona em seu tufo de palha, geralmente de roupa e tudo...

"Vi seus papéis; uma velha caderneta militar, cujas páginas mal conseguimos virar de tão bolorentas, em nome de Jean Liberge, nascido em Lille, em 1869.

"Isso é tudo...! Ou melhor, não...! Teríamos de admitir que a *Providence* embarcou Mary Lampson quinta-feira à noite, em Meaux... Ora, ela estava viva... Ainda vivia quando chegou aqui domingo à noite...

"É praticamente impossível esconder um ser humano à força por dois dias na cocheira de um barco...

"De modo que todos os três seriam culpados..."

E a cara de Maigret dizia que ele não acreditava nisso.

– Quanto a supor que a vítima embarcou por livre e espontânea vontade... Sabe o que você vai fazer, meu velho? Pergunte a Sir Lampson o nome de solteira da mulher... Pendure-se no telefone e arranque o que puder sobre ela...

Raios de sol ainda iluminavam dois ou três pontos do céu, mas a chuva apertou. No mesmo instante em que Lucas saía do Café de la Marine e se dirigia para o iate, Willy Marco dele desembarcava, de terno, lépido e blasé, olhar vago.

Era sem dúvida um traço comum a todos os ocupantes do *Southern Cross*: estarem sempre com cara de quem não dormiu o suficiente ou de ressaca.

Os dois homens se cruzaram no caminho de sirga. Willy pareceu hesitar ao ver o inspetor subir a bordo e, acendendo um cigarro no que se extinguia, caminhou direto para o café.

Era Maigret que ele procurava, e não procurou esconder.

Sem largar o chapéu amarrotado, no qual tocou distraidamente com o dedo, murmurou:

– Bom dia, comissário... Dormiu bem...? Eu queria lhe dizer uma palavrinha...

– Estou ouvindo...

– Aqui, não, se não se incomoda... Não poderíamos subir ao seu quarto, por exemplo?

Nada perdera da impertinência. Seus olhinhos cintilavam e não estavam longe de se mostrar alegres ou maliciosos.

– Fuma?

– Obrigado...

– Verdade, o senhor é adepto do cachimbo...

Maigret terminou por conduzi-lo a seu quarto, que ainda não estava pronto. Após um relance no iate, Willy sentou sem cerimônia na beirada da cama e começou:

– Naturalmente, já colheu informações a meu respeito...

Procurou um cinzeiro com os olhos e, não encontrando, bateu a cinza no chão.

– Que velhaco, hein...? Aliás, nunca tentei dar uma de santinho... E o coronel me buzina três vezes por dia que sou um canalha...

O mais extraordinário era a expressão franca de sua fisionomia. Maigret chegava a admitir que o sujeito, a quem julgara intragável na primeira abordagem, tornava-se tolerável a seus olhos.

Estranha mistura. Lubricidade e astúcia. Ao mesmo tempo, contudo, uma centelha que fazia perdoar o resto, um lado gaiato também, que desconcertava.

– Deve ter constatado que fiz meus estudos em Eton, como o príncipe de Gales... Se fôssemos contemporâneos, poderíamos ter sido os melhores amigos do mundo... só que o meu pai vende figos, em Esmirna... E eu tenho horror a isso! Houve umas complicações... Resumindo, a mãe de um colega meu de Eton me tirou rapidamente da confusão...

"Considerando que não digo seu nome, não é mesmo? Mulher deliciosa... Mas o marido virou ministro e ela receou comprometê-lo...

"Depois... Devem ter lhe falado de Mônaco, do episódio de Nice... a verdade talvez não seja tão feia como pintam... Aceite um conselho: nunca acredite no que diz uma americana madura que se distrai alegremente na Riviera e cujo marido retorna de Chicago sem avisar... Joias roubadas nem sempre são roubadas... Deixa pra lá...

"Chego ao colar... Ou o senhor já sabe ou ainda não sabe... Eu queria ter esclarecido ontem à noite, mas, dadas as circunstâncias, talvez não tivesse sido muito correto...

"O coronel, apesar de tudo, é um *gentleman*... Talvez tenha um fraco pelo uísque, vá lá... Mas tem seus motivos...

"Tinha tudo para encerrar a carreira como general e, em Lima, era um dos mais cotados, quando, por causa de uma história de mulher – tratava-se da filha de uma ilustre personalidade indígena –, foi reformado...

"O senhor esteve com ele... Homem magnífico, de apetites prodigiosos... Lá, ele dispunha de trinta contínuos, ordenanças, secretárias, não sei quantos automóveis e cavalos...

"Da noite para o dia, praticamente a ruína: algo na faixa dos cem mil francos por ano...

"Já falei que ele tinha sido casado duas vezes antes de conhecer Mary? A primeira mulher morreu na Índia... Na segunda vez, ele pediu o divórcio, assumindo toda a culpa, após surpreender a mulher com um contínuo...

"Um verdadeiro *gentleman*!"

Willy, reclinado, balançava a perna frouxamente, enquanto Maigret, trincando o cachimbo nos dentes, permanecia imóvel, recostado na parede.

– Pois veja...! Agora, leva uma vida de remediado... Em Porquerolles, mora em seu velho forte, o Petit Langoustier... Quando junta dinheiro suficiente, vai a Paris ou Londres...

"Mas pense que, na Índia, ele dava jantares de trinta ou quarenta talheres todas as semanas..."

– Era sobre o coronel que pretendia falar? – murmurou Maigret. Willy não piscou.

– A bem da verdade, estou tentando introduzi-lo na atmosfera. Como o senhor nunca viveu na Índia, nem em Londres, como nunca teve trinta contínuos e não sei quantas belas garotas à disposição...

"Não é minha intenção humilhá-lo... Resumindo, conheci-o faz dois anos...

"O senhor não conheceu Mary viva... Mulher deliciosa... porém com cérebro de passarinho... Um pouco escandalosa... Se não a paparicassem o tempo todo, ela afetava uma crise de nervos ou dava um faniquito...

"A propósito, sabe a idade do coronel...? Sessenta e oito anos...

"Ela o cansava, compreende...? Tudo bem, realizava suas fantasias – pois ele ainda as tem! –, mas era um pouco maçante...

"Estendeu a asa pra mim... Até fazia o meu tipo..."

– Suponho que a sra. Negretti seja amante do sr. Lampson.

– Sim! – admitiu o rapaz, fazendo uma careta. – Difícil explicar... Ele não consegue viver nem beber tudo sozinho... Precisa de gente em volta... Nós a descobrimos durante uma escala em Bandol... Na manhã seguinte, ela simplesmente não foi embora... Para ele, isso basta...! Ficará com ele até ele cansar...

"Comigo é diferente... sou dos raros homens a resistir ao uísque como o coronel...

"À exceção, talvez, de Vladímir, que o senhor viu e que, noventa por cento das vezes, nos bota na cama...

"Não sei se imagina corretamente minha situação... Claro, não tenho que me preocupar com a subsistência... Embora às vezes mofemos quinze dias num porto, à espera de um cheque de Londres para comprar gasolina!

"Por exemplo! O colar que mencionarei daqui a pouquinho foi penhorado umas vinte vezes...

"Paciência! Uísque não falta...

"Não é uma vida nababesca... Mas dormimos completamente bêbados... Vamos... Voltamos...

"De minha parte, ainda prefiro isso aos figos do meu pai...

"No começo, o coronel presenteava a mulher com algumas joias... De tempos em tempos, ela arrancava um dinheirinho dele...

"Roupas e um trocado no bolso, percebe...?

"Juro, pense o que quiser, senti um baque ontem quando soube que era ela naquela fotografia horrível... O coronel também, aliás...! Mas ele prefere ser picado em pedacinhos a alguém perceber alguma coisa... É o jeito dele! Tipicamente inglês...!

"Quando deixamos Paris semana passada... Hoje é terça, certo?... o caixa estava lá embaixo... O coronel telegrafou para Londres e pediu um adiantamento da pensão... Ficamos esperando em Épernay... Acho que a ordem de pagamento acabou de chegar...

"Mas eu havia deixado umas dívidas em Paris... Perguntei mais de uma vez a Mary por que não vendia o colar... Ela poderia dizer ao marido que o perdera ou haviam roubado...

"Quinta-feira, aconteceu a festa que o senhor sabe... Aliás, não fantasie muito a respeito... Basta Lampson ver mulheres bonitas para convidá-las a bordo...

"Então, duas horas depois, já bêbado, ele me encarrega de expulsá-las, fazendo o mínimo de despesas possível...

"Quinta-feira, Mary acordou bem mais cedo do que o normal e, quando levantamos, ela já estava do lado de fora...

"Depois do almoço, ficamos a sós por um instante, ela e eu... Ela se mostrou muito carinhosa... Uma ternura especial, muito triste...

"Em certo momento, ela pôs o colar na minha mão e disse:

"'Tome, venda-o...'

"Azar se não acredita...! Fiquei um pouco constrangido, um pouco mexido... Se a tivesse conhecido, compreenderia...

"Ela tanto podia ser desagradável como, em certos momentos, perturbadora...

"Veja bem... Mary tinha quarenta anos... Sabia se defender... Mas devia estar sentindo que era o fim...

"Alguém entrou... guardei o colar no bolso. À noite, o coronel nos arrastou para o *dancing* e Mary ficou sozinha a bordo...

"Quando voltamos, não estava mais lá... Lampson não se preocupou, não era a primeira vez que ela fugia...

"E não era uma fuga como pode supor... Uma vez, por exemplo, durante a festa de Porquerolles, houve uma orgiazinha no Petit Langoustier que durou uma semana...

"Nos primeiros dias, Mary era a mais animada... No terceiro dia, sumiu...

"E sabe onde a encontramos? Numa estalagem de Giens, onde se distraía bancando a mãe de dois guris imundos...

"Eu não engolia a história do colar... Quinta-feira, fui a Paris... Quase o vendi... Depois ruminei: se houvesse alguma tramoia ali, eu poderia ter aborrecimentos...

"Pensei nas duas pequenas da véspera... Aquelas gurias, a gente faz gato e sapato delas... Além disso, eu já conhecia Lia de Nice e sabia que podia contar com ela...

"Entreguei-lhe a joia... Como quem não quer nada, recomendei, se a interrogassem, que ela dissesse ter sido a própria Mary que lhe entregara o colar para vendê-lo...

"É simples como o bê-á-bá... É idiota...! Eu deveria ter ficado quieto no meu canto... Aliás, não fosse a sorte de cair nas mãos de policiais inteligentes, eu tinha grandes chances de parar no tribunal...

"Compreendi isso ontem, quando soube que Mary tinha sido estrangulada...

"Não estou lhe perguntando o que pensa... Para ser franco, tampouco espero ser preso...

"Isso seria um erro, ponto final... Agora, precisando de ajuda, disponho-me a dar uma mãozinha...

"Há umas coisas que podem lhe parecer bizarras, mas que no fundo são bem simples..."

Estava quase deitado na cama e continuava a fumar, os olhos apontados para o teto.

Maigret foi até a janela para disfarçar o constrangimento.

– O coronel está sabendo de sua iniciativa? – perguntou, voltando-se subitamente.

– Não mais do que o episódio do colar... Aliás... Que fique bem claro, não estou em posição de reivindicar nada... Mas não me desagradaria que ele continuasse a ignorar...

– A sra. Negretti...?

– Um zero à esquerda! Uma bela mulher, que passa a vida no divã, fumando e entornando drinques adocicados... Apareceu um dia e foi ficando... Minto! Joga baralho...! Acho até que é sua única paixão...

Rangidos de um mecanismo enferrujado indicavam que as comportas da eclusa estavam sendo abertas. Duas mulas passaram em frente à casinhola e pararam um pouco adiante, enquanto uma balsa vazia continuava a deslizar, solta, como se fosse escalar a barranca da margem.

Vladímir, todo curvado, escoava a água da chuva que ameaçava encher o bote.

Uma viatura atravessou a ponte de pedra, fez menção de entrar no caminho de sirga, manobrou desajeitadamente e terminou por parar.

Um homem de preto saiu do carro. Willy, que se levantara, deu uma espiada pela janela e anunciou:

– A funerária...

– Quando o coronel pretende partir?

– Logo após o enterro...

– Que será realizado aqui?

– Tanto faz! Ele já tem uma mulher enterrada na periferia de Lima, outra, amasiada com um nova-iorquino, terminou em terras americanas...

Maigret, involuntariamente, voltou os olhos para ele, como se para verificar se mentia. Mas Willy Marco, não obstante a centelha ambígua nas retinas, estava sério.

– Contanto que a ordem de pagamento tenha chegado...! Caso contrário, o enterro terá de esperar...

O homem de preto, meio perdido em frente ao iate, dirigiu-se a Vladímir, que lhe respondeu sem interromper seus afazeres, e por fim subiu a bordo, desaparecendo dentro do camarote.

Maigret não estivera mais com Lucas.

– Pode ir! – disse a seu interlocutor.

Willy vacilou, deixando transparecer uma sombra de preocupação.

– Vai contar do colar?

– Não sei...

Estava encerrado. Recuperando a empáfia, Willy acertou o vinco do chapéu de feltro, cumprimentou com um aceno e desceu a escada.

Quando Maigret desceu, logo em seguida, havia dois balseiros no balcão, diante de suas canecas de cerveja.

– Seu amigo está no telefone... – avisou o dono. – Pediu para falar com Moulins...

Um rebocador apitava ao longe e, mecanicamente, Maigret contou os toques, murmurando consigo mesmo:

– Cinco...

Era a vida do canal. Cinco balsas chegando. O operador, de tamancos, saía da casinhola e se dirigia às comportas.

Lucas, com o rosto vermelho, voltou do telefone.

– Ufa...! Dureza...

– O que temos?

– O coronel declarou que o nome de solteira da esposa era Marie Dupin... Para o casamento, ela requereu uma cópia da certidão de nascimento com esse nome, procedente de Moulins... Acabo de ligar para lá, pedi prioridade...

– E aí?

– A única Marie Dupin que consta dos registros tem quarenta e dois anos, três filhos e é mulher de um tal Piedboeuf, padeiro à Rue Haute... O secretário da prefeitura que me atendeu a viu ontem mesmo, parece que ela pesa uns noventa quilos...

Maigret não disse nada. Como um magnata desocupado, deixando o companheiro ali plantado, dirigiu-se à eclusa e, dando insistentes e raivosos petelecos no cachimbo, acompanhou todas as manobras.

Dali a pouco, Vladímir aproximou-se do operador e, após levar a mão ao gorro branco, perguntou onde poderia se abastecer de água potável.

5

O emblema do ICF

MAIGRET FOI CEDO PARA A CAMA, enquanto o inspetor Lucas, a quem dera instruções, partia para Meaux, Paris e Moulins.

No momento em que deixou o salão do café, havia três fregueses, dois balseiros e a mulher de um deles, que viera encontrar o marido e tricotava num canto.

Reinava um marasmo opressivo. Do lado de fora, uma balsa atracara a menos de dois metros do *Southern Cross*, cujas vigias se achavam todas iluminadas.

De repente, o comissário foi arrancado de um sonho tão indistinto que não se lembrava mais dele ao abrir os olhos. Batiam à porta precipitadamente, enquanto uma voz alarmada gritava:

– Comissário! Comissário! Depressa! Meu pai...

De pijama, correu para abrir e viu a filha do hoteleiro arrojar-se sobre ele com um nervosismo inesperado, praticamente se aninhando em seus braços.

– Lá embaixo! Corra... Não! Fique... Não me deixe só... Não quero... Estou com medo...

Não havia prestado atenção nela, julgando-a apenas uma moça forte, carnuda, sem fibra.

E eis que ela se agarrava nele, transtornada e arquejante, com uma insistência constrangedora. Tentando desvencilhar-se, dirigiu-se à janela e abriu-a.

Deviam ser seis da manhã. O dia raiava, frio feito uma madrugada de inverno.

A cem metros do *Southern Cross*, na direção da ponte de pedra e da estrada de Épernay, quatro ou cinco homens tentavam recolher na água, utilizando um pesado croque de balsa, alguma coisa que boiava, enquanto um balseiro descia o bote e punha-se a zingar.

Maigret, num pijama todo amarrotado, jogou a capa nos ombros e enfiou as botinas nos pés descalços.

– O senhor sabe...! É *ele*... Eles o pegaram...

Com um safanão, libertou-se do assédio da estranha garota e desceu a escada, chegando do lado de fora no momento em que uma mulher com um bebê no colo avançava em direção ao grupo.

Ele não participara da descoberta do cadáver de Mary Lampson. Aquela, contudo, talvez fosse ainda mais sinistra, pois a série de crimes fazia pairar uma angústia quase mística sobre aquele trecho do canal.

Os homens se interpelavam. O dono do Café de la Marine, primeiro a avistar a forma humana boiando na água, orientava os procedimentos.

Por duas vezes o croque alcançou o cadáver, mas o gancho escorregara e o corpo, afundando alguns centímetros, aflorara novamente à superfície.

Maigret já reconhecera o terno escuro de Willy. Não era possível ver o rosto, pois a cabeça, mais pesada, permanecia submersa.

O balseiro roçou no cadáver com o bote, agarrou-o pelo peito e, com apenas uma das mãos, içou-o. Mas ainda precisava fazê-lo passar por cima da amurada.

O homem não sentia repugnância. Uma após a outra, ergueu as pernas, arremessou uma corda para a margem e enxugou com as costas da mão a testa gotejante.

Maigret avistou fugazmente a cara de sono de Vladímir surgindo da escotilha do iate. O russo esfregou os olhos e voltou a desaparecer.

– Não toquem em nada...

Um balseiro atrás dele protestou, resmungando que seu cunhado, na Alsácia, voltara à vida depois de permanecer três horas debaixo d'água.

O dono do café, por sua vez, apontava para a garganta do cadáver. Não havia margem para dúvida: duas marcas de dedos quase negras, tal como no pescoço de Mary Lampson.

Essa tragédia era sem dúvida a mais impressionante. Willy tinha os olhos arregalados, mais do que o normal. A mão direita apertava um caule de junco.

Sentindo uma presença insólita às suas costas, Maigret voltou-se e viu o coronel, de pijama também, com um robe de chambre de seda enfiado por cima, os pés em chinelos azuis de couro de cabrito.

Seus fios de cabelo prateados estavam desalinhados, o rosto, um pouco inchado. E era estranho vê-lo assim, naqueles trajes, entre balseiros de tamancos e macacões de trabalho, no sereno da manhã.

Era o mais alto e corpulento. Exalava um vago perfume de água-de-colônia.

– É Willy! – articulou, com voz rouca.

Proferiu então algumas palavras em inglês, rápido demais para que Maigret pudesse compreender, debruçou-se e tocou no rosto do rapaz.

A moça que despertara o comissário soluçava, recostada na porta do café. O operador da eclusa acorreu.

– Telefone para a polícia de Épernay... Um médico...

A própria Negretti apareceu, desmazelada, descalça, e, sem atrever-se a deixar o convés do iate, gritava pelo coronel:

– Walter...! Walter...!

Em segundo plano, mais discretos, foram chegando o maquinista do trenzinho, operários, um camponês, cuja vaca seguia sozinha pelo caminho de sirga.

– Levem-no para o café... Tocando nele o mínimo possível...

Estava morto, isso era ponto pacífico. O terno elegante, que agora não passava de um andrajo, ficou jogado no solo quando ergueram o corpo.

O coronel seguiu em passos lentos, e seu robe de chambre, seus chinelos azuis e sua cabeça rubicunda, na qual o vento levantava poucos e longos fios de cabelo, lhe davam um aspecto ao mesmo tempo extravagante e solene.

A moça redobrou os soluços quando o cadáver passou junto a ela e correu para se trancar na cozinha. O dono do café berrava ao telefone:

– Claro que não, senhorita...! A polícia...! É uma emergência...! Trata-se de um crime... Não desligue... Alô...! Alô...!

Maigret impediu a entrada dos curiosos. Mas os balseiros que haviam descoberto o cadáver e ajudado a resgatá-lo estavam todos no café, sobre cujas mesas ainda se espalhavam os copos e garrafas vazios da véspera. A estufa roncava. Uma vassoura obstruía a passagem.

Através de uma janela, o comissário percebeu o vulto de Vladímir, que achara tempo para colocar na cabeça seu gorro de marinheiro americano. Os balseiros o interpelaram, mas ele não respondeu.

O coronel continuava a fitar o cadáver estendido na laje vermelha e ninguém saberia dizer se estava emocionado, aborrecido ou assustado.

– Quando o viu pela última vez? – interrogou Maigret, aproximando-se.

Sir Lampson suspirou, parecendo procurar em volta aquele geralmente encarregado de responder por ele.

– É horrível demais... – terminou por articular.

– Ele não dormiu a bordo?

Com um gesto da mão, o inglês apontou para os balseiros que escutavam. E era como um apelo à decência. Significava: "O senhor acha necessário e apropriado que essas pessoas...".

Maigret fez todo mundo sair.

– Ontem à noite, eram em torno das dez horas... Não havia mais uísque a bordo... Vladímir não encontrou em Dizy... Eu quis ir a Épernay...

– Willy o acompanhou?

– Não por muito tempo... Logo depois da ponte, se despediu...

– Por quê?

– Tínhamos discutido...

E, enquanto o coronel pronunciava essas palavras com o olhar cravado no rosto desfeito, pálido e contorcido do morto, suas feições se entristeciam.

Seria por ter dormido pouco e sua tez inchada lhe dar um ar mais perplexo? Maigret, em todo caso, poderia jurar ter visto lágrimas atrás de suas pálpebras grossas.

– Os senhores bateram boca?

O coronel encolheu os ombros, como que se resignando a essa expressão vulgar e brutal.

– Repreendeu-o por algum motivo...?

– *No!* Eu queria saber... Eu repetia: "Willy, você é um canalha... Vai ter que me contar...".

Calou-se, arrasado, desviando os olhos para não se deixar hipnotizar pelo morto.

– Acusou-o pelo assassinato de sua mulher...?

Ele encolheu os ombros e suspirou:

– Ele foi embora, sozinho... Acontecia às vezes... No dia seguinte, tomávamos o primeiro uísque juntos, sem nos lembrarmos de nada...

– O senhor foi a pé até Épernay?

– *Yes!*

– Bebeu?

Foi um olhar apiedado que o coronel se dignou a dirigir ao seu interlocutor.

– Também joguei, no clube... Haviam me dito, no La Bécasse, que havia um clube... Voltei de carro...

– A que horas?

Com um movimento da mão, ele indicou que não fazia ideia.

– Willy não estava a bordo?

– *No*... Vladímir comentou, enquanto me despia...

Uma motocicleta com *sidecar* parou defronte. Um major desceu, seguido por um médico. A porta abriu e fechou.

– Polícia Judiciária! – disse Maigret, apresentando-se ao colega de Épernay. – Mantenha os curiosos à distância, telefone para o Ministério Público...

Um rápido exame foi o suficiente para o médico declarar:

– Estava morto no momento em que afundou... Observem as feições...

Maigret já observara. Sabia. Mecanicamente, seus olhos foram atraídos pela mão direita do coronel, musculosa, com unhas retangulares e veias saltadas.

Seria preciso pelo menos uma hora para reunir o Ministério Público e deslocá-lo até ali. Policiais de bicicleta chegaram e formaram um cordão em torno do Café de la Marine e do *Southern Cross*.

– Posso mudar de roupa? – indagou o coronel.

E, a despeito do robe de chambre, dos chinelos e dos tornozelos à mostra, ele foi de uma dignidade admirável, enquanto atravessava as fileiras de curiosos. Assim que entrou na cabine, esticou a cabeça e chamou:

– Vladímir...!

E todas as escotilhas do iate se fecharam.

Maigret interrogava o operador da eclusa, a quem um barco a motor chamava nas comportas.

– Suponho que não haja correnteza no canal. De modo que um corpo deve estacionar no ponto onde foi lançado...

– Nas grandes calhas, de dez ou quinze quilômetros, é de fato assim... Mas essa não tem nem cinco... Se um barco desce a eclusa 13, acima da minha, percebo a chegada da água minutos mais tarde... Quando opero a descida de uma embarcação, são metros cúbicos de líquido que expulso do canal, criando uma correnteza momentânea...

– A que horas começa o serviço?

– Teoricamente, ao raiar do dia... Na prática, bem mais cedo... As balsas com cocheiras, mais lentas, saem às três da manhã e, sem que sequer notemos, fazem a transposição por conta própria... Não falamos nada, porque conhecemos o pessoal...

– De maneira que hoje de manhã...

– A *Frédéric*, que pernoitou aqui, deve ter saído em torno das três e meia, para fazer a passagem, em Ay, às cinco...

Maigret fez meia-volta. Defronte ao Café de la Marine e no caminho de sirga, haviam se formado alguns grupos. Quando o comissário passava, dirigindo-se à ponte de pedra, um velho piloto, com o nariz coberto de verrugas, o abordou.

– Quer que eu lhe mostre o local de onde atiraram o rapaz na água?

E olhou com altivez para os companheiros, que hesitavam em seguir naquela direção.

Ele tinha razão. A cinquenta metros da ponte de pedra, os juncos estavam vergados ao longo de um bom trecho. Não só haviam sido pisoteados, como um corpo pesado fora arrastado ali, pois o rastro era largo e os caules estavam achatados.

– Vê...? Eu moro a quinhentos metros, numa das primeiras casas de Dizy... Quando cheguei hoje de manhã, ao verificar se havia alguma embarcação descendo o Marne e se precisavam de mim, fiquei chocado... Ainda mais que encontrei esse treco no caminho...

O homem era maçante, com seus trejeitos maliciosos e os olhares que continuava a dirigir aos colegas que seguiam à distância.

Contudo, o objeto que ele pegou no bolso era do mais alto interesse. Tratava-se de um pequeno emblema de esmalte, finamente trabalhado, que estampava, além de uma pequena âncora, as iniciais: ICF.

– Iate Clube da França! – traduziu o piloto. – Todos eles usam isso na lapela...

Maigret se voltou para o iate, que se avistava a cerca de dois quilômetros e, sob as palavras *Southern Cross*, identificou as mesmas letras ICF.

Sem se preocupar mais com o sujeito, que lhe entregara o emblema, caminhou lentamente até a ponte. À direita, estendia-se a estrada reta de Épernay, ainda reluzente das chuvas da véspera, com carros passando a toda a velocidade.

À esquerda, o caminho fazia um cotovelo na aldeia de Dizy. Do outro lado, no canal, havia algumas balsas em reparo, nos estaleiros da Companhia Geral de Navegação.

Um pouco ansioso, Maigret deu meia-volta, pois o pessoal do Ministério Público estava para chegar e durante uma ou duas horas seria o corre-corre de sempre, as perguntas, as idas e vindas, as hipóteses mais extravagantes.

Quando alcançou o iate, este continuava fechado. Um agente de uniforme montava guarda à distância, pedindo para os curiosos circularem, mas não conseguiu impedir dois jornalistas de Épernay de tirar fotografias.

O dia não estava nem bonito nem feio. Um nublado luminoso, regular como um teto de vidro fosco.

Maigret atravessou a passarela e bateu à porta.

– Quem é? – indagou a voz do coronel.

Entrou. Estava sem vontade de discutir. Percebeu Negretti, desmazelada como sempre, cabelos escorridos sobre o rosto, enxugando lágrimas e fungando.

Sir Lampson, sentado na banqueta, esticava os pés para Vladímir, que lhe calçava sapatos marrons.

Uma água fervia em algum lugar em fogo brando, pois se ouvia um apito de vapor.

As duas camas, do coronel e de Gloria, ainda não haviam sido feitas. E um baralho estava espalhado na mesa, bem como um mapa das vias navegáveis da França.

Sempre aquele relento de bolor e temperos ao mesmo tempo, aliando botequim e alcova. Um quepe branco de iatismo estava pendurado num cabide, ao lado de um rebenque com cabo de marfim.

– Por acaso Willy era sócio do Iate Clube da França? – interrogou Maigret, com uma voz que tentou fazer neutra.

O movimento dos ombros do coronel o fez compreender que a pergunta era ridícula. E era, pois o ICF é um clube fechadíssimo.

– Eu! – deixou escapar Sir Lampson. – E também do Royal Yacht Club da Inglaterra...

– Pode me mostrar o paletó que vestia ontem à noite...?

– Vladímir...

Estava calçado. Levantou-se, debruçou-se para um pequeno armário improvisado em adega. Não se via nenhuma garrafa de uísque. Mas havia outras bebidas, o que o fez hesitar.

Por fim, pegou uma garrafa de conhaque, murmurando, sem insistir:

– Aceita?

– Obrigado...

Encheu um cálice de prata que estava num aparador acima da mesa e, inseguro como alguém que teve a rotina revirada e sofre com isso, procurou um sifão.

Vladímir deixou o toalete trazendo um paletó preto de lã de carneiro, e um gesto de seu patrão lhe ordenou que o entregasse a Maigret.

– O emblema do ICF costumava ser usado neste paletó?

– Sim... Ainda não terminou...? Willy continua lá, no chão?

Esvaziara o cálice, de pé, em pequenos goles, e hesitava em servir-se novamente.

Deu uma espiada pela vigia e, vendo pernas, emitiu um grunhido indistinto.

– Quer me escutar um instante, coronel?

Ele fez sinal de que estava escutando. Maigret tirou o emblema do bolso.

– Isto foi encontrado hoje de manhã no local onde o corpo de Willy jazia, entre os juncos, antes de ser empurrado para o canal...

Reprimindo um grito, Negretti atirou-se na banqueta de veludo grená e, com a cabeça nas mãos, pôs-se a soluçar convulsivamente.

Vladímir, por sua vez, não se mexeu. Aguardava que lhe devolvessem o paletó a fim de pendurá-lo no lugar.

O coronel riu de maneira estranha e repetiu quatro ou cinco vezes:

– *Yes...! Yes...!*

E, ao mesmo tempo, enchia o copo.

– Na minha terra, a polícia interroga de outra forma... Ela é obrigada a lembrar que toda e qualquer palavra poderá ser usada contra aquele que a pronuncia... Quero falar uma vez só... Não vai escrever...? Não vou ficar repetindo...

"Tive um desentendimento com Willy... Fiz uma pergunta... Pouco importa...

"Ele não é um crápula como os outros... Há crápulas simpáticos...

"Eu disse palavras muito duras e ele agarrou meu paletó por aqui..."

E, ao mesmo tempo que mostrava as lapelas, lançava um olhar impaciente para os tamancos ou sapatos pesados que se mantinham visíveis através das vigias.

– Isso é tudo... Não sei... O emblema talvez tenha caído... Foi do outro lado da ponte...

– E, no entanto, ele foi encontrado do lado de cá...

Vladímir parecia nem sequer escutar. Catava os objetos largados, desaparecia na proa, voltava sem pressa.

Com um sotaque russo carregado, perguntou a Gloria, que, embora não chorasse mais, continuava imóvel, com a cabeça entre as mãos, deitada de comprido:

– Deseja alguma coisa?

Alguém atravessava a passarela. Bateram à porta e ouviu-se a voz do major:

– O senhor está aí, comissário...? É o Ministério Público...

– Só um instante...!

O major não se mexeu, invisível atrás da porta de mogno com maçanetas de cobre.

– Uma pergunta ainda, coronel... Quanto ao enterro...?

– Às três horas...

– Hoje?

– *Yes...!* Eu não tinha mesmo nada para fazer aqui...

Após a terceira dose do conhaque três estrelas, seus olhos se turvaram mais, voltando a ser os que Maigret conhecia.

E, fleumático e distante, autêntico grão-senhor, indagou, quando o comissário fazia menção de sair:

– Por acaso estou preso...?

Ato contínuo, Negretti levantou a cabeça, branca feito cera.

6

O gorro de marinheiro

O FIM DA ENTREVISTA ENTRE O JUIZ DE INSTRUÇÃO e o coronel foi quase solene, e Maigret, que se mantinha à parte, não foi o único a notar isso. O olhar do comissário encontrou o do procurador, no qual leu a mesma sensação.

O Ministério Público estava reunido na sala do Café de la Marine. Uma das portas dava para a cozinha, onde se ouvia o barulho de panelas. Pela outra porta, envidraçada, coberta de adesivos com anúncios de massas de forno e sabão mineral, era possível entrever os sacos e caixotes da loja.

Em frente à janela, ia e vinha o quepe de um policial, e os curiosos, em silêncio, mas obstinados, se comprimiam um pouco adiante.

Uma jarra de meio litro que ainda continha um pouco de líquido permanecera, ao lado de uma poça de vinho, sobre uma das mesas.

O escrivão redigia, sentado num banco sem encosto, com cara de mau humor.

Quanto ao cadáver, terminadas as constatações, foi acomodado no canto mais afastado da estufa e provisoriamente coberto com uma toalha impermeável marrom retirada de uma mesa que agora exibia suas tábuas disjuntas.

O cheiro persistia: condimentos, cocheira, alcatrão, vinho.

E o juiz, que passava por um dos magistrados mais desagradáveis de Épernay – ele era um Clairfontaine de Lagny, cioso de sua nobreza –, limpava seu lornhão, de costas para o fogo.

Para começar, dissera, em inglês:

– Suponho que prefira usar a sua língua...

Ele próprio a falava fluentemente, talvez com um quê de afetação, uma torção da boca comum aos que, em vão, tentam soar nativos.

Sir Lampson, inclinado e voltado para o escrivão, respondia lentamente a todas as perguntas, vez por outra esperando que aquele o alcançasse.

Repetira, sem acréscimos, o que dissera a Maigret por ocasião de suas duas entrevistas.

Vestira, para a circunstância, um terno de cruzeiro azul-marinho com um corte quase militar, cuja lapela ostentava uma única fita: a da Ordem ao Mérito.

Na mão, um quepe com um grande escudo dourado, estampando o brasão do Iate Clube da França.

Era muito simples. Um homem interrogava. O outro se inclinava todas as vezes, imperceptivelmente, antes de responder.

Ao mesmo tempo que admirava, Maigret sentia-se um pouco humilhado, lembrando-se de suas intrusões a bordo do *Southern Cross*.

Embora não dominasse bastante o inglês para captar todas as sutilezas, pelo menos compreendeu o sentido das últimas réplicas.

– Eu lhe pediria o obséquio, Sir Lampson – dizia o juiz –, de manter-se à minha disposição até que esses dois episódios sejam esclarecidos. Além disso, vejo-me por ora obrigado a lhe negar autorização para enterrar Lady Lampson.

Uma inclinação da cabeça.

– Tenho permissão para deixar Dizy com o meu barco?

E, com um gesto, o coronel apontava os basbaques espremidos do lado de fora, o cenário, o próprio céu.

– Moro em Porquerolles... Levo uma semana só para chegar ao Saône...

Foi a vez de o juiz se inclinar.

Não se apertaram as mãos, mas foi por pouco. O coronel olhou à sua volta, parecendo não ver o médico, com cara de entediado, nem Maigret, que desviou a cabeça e cumprimentou o procurador.

No instante seguinte ele atravessava o curto espaço que separava o Café de la Marine do *Southern Cross*.

Nem sequer entrou no camarote. Vladímir estava no convés. Transmitiu-lhe ordens e se instalou ao timão.

E os balseiros, estupefatos, viram o marujo de camiseta listrada descer para a sala das máquinas, ligar o motor e soltar, a partir do convés e com gestos precisos, as amarras de seus pinos.

Instantes mais tarde, um pequeno grupo se afastava gesticulando em direção à artéria principal, onde as viaturas aguardavam: era o Ministério Público.

Maigret permaneceu sozinho na barranca. Pôde finalmente encher o cachimbo e enfiar as mãos nos bolsos com um gesto plebeu, mais plebeu que de costume, enquanto resmungava:

– *Haja...!*

Teria voltado à estaca zero?

Das diligências do Ministério Público, surgiram pequenos detalhes, cuja importância ainda não pudera ser estimada.

Em primeiro lugar, além das marcas de estrangulamento, o corpo de Willy Marco apresentava lesões nos pulsos e no tronco. Segundo o médico, convinha descartar a ideia de emboscada e admitir a tese de luta com um adversário excepcionalmente forte.

Por outro lado, Sir Lampson declarara ter conhecido sua mulher em Nice, onde, embora divorciada de um italiano chamado Ceccaldi, ela continuara a usar seu sobrenome.

O coronel não fora preciso. Suas frases voluntariamente ambíguas deixavam supor que, nessa época, Marie Dupin, ou Ceccaldi, se achava num estado próximo da miséria e, sem cair de todo na vida fácil, vivia da generosidade de alguns amigos.

Casaram-se durante uma viagem a Londres e foi nessa oportunidade que ela mandara vir da França uma cópia da certidão de nascimento em nome de Marie Dupin.

– Era uma mulher absolutamente encantadora...

Maigret revia o rosto gordo, digno e rubicundo do coronel, enquanto ele pronunciava essas palavras, sem afetação, com uma simplicidade grave que o juiz parecera apreciar.

Foi obrigado a recuar para deixar passar a padiola que transportava o corpo de Willy.

E, de repente, encolhendo os ombros, penetrou no café, deixou-se cair num banco e pediu:

– Cerveja...!

Foi a moça que o serviu, com os olhos ainda vermelhos e o nariz lustroso. Ele a observou com interesse e, antes que a interrogasse, ela murmurou, certificando-se de que não podiam ouvi-la:

– Ele sofreu muito?

Tinha o rosto esburacado, tornozelos grossos, braços vermelhos e roliços. Era, contudo, a única criatura a se preocupar com o janota Willy, que na véspera, decerto por gaiatice, lhe dera um beliscão ao passar – se é que chegara a tanto!

Isso lembrava a Maigret a conversa que tivera com o rapaz estirado na cama desfeita, no andar de cima, fumando cigarro atrás de cigarro.

Chamavam a moça, de outra mesa. Um balseiro mexeu com ela:

– Algum bicho te mordeu, Emma...?

E ela tentava sorrir, olhando para Maigret com ares cúmplices.

O tráfego estava interrompido desde a manhã. Havia sete embarcações, das quais três a motor, defronte do La Marine. As mulheres saíam para as compras e a campainha da loja soava a todo instante.

– Quando quiser almoçar... – disse o dono a Maigret.

– Imediatamente!

E, da soleira, observou o local onde, ainda pela manhã, o *Southern Cross* estava atracado.

Dois homens bem-dispostos haviam saído dele ao anoitecer, e se dirigido à ponte de pedra. A acreditar no coronel, haviam se separado após uma discussão e Sir Lampson seguira adiante pela estrada deserta e retilínea, com três quilômetros de extensão, que dava acesso às primeiras casas de Épernay.

Ninguém voltara a ver Willy vivo. Quando o coronel retornou, de táxi, não percebeu nada de anormal.

Nenhuma testemunha! Ninguém ouvira nada! O açougueiro de Dizy, que morava a seiscentos metros da ponte, afirmou que o seu cão latira, mas, como ele não prestou atenção, não podia dizer a que horas.

O caminho de sirga, com suas poças e charcos, estava pisoteado demais por homens e cavalos para que fosse possível detectar indícios precisos.

Na última quinta-feira, Mary Lampson, igualmente bem-disposta, num estado aparentemente normal, deixara o *Southern Cross*, onde era a única pessoa a bordo.

Antes – segundo Willy – entregara ao amante um colar de pérolas, única joia de valor que possuía.

E seu rastro desaparecia. Não foi mais vista viva em parte alguma. Dois dias se passaram sem sinal dela.

No domingo à noite, era estrangulada, enfiada sob a palha de uma cocheira de Dizy, a cem quilômetros de seu ponto de partida, e dois cavalariços roncavam junto a seu cadáver.

Era tudo! Por ordens do juiz, os dois corpos seriam transferidos para uma geladeira do Instituto Médico-Legal!

O *Southern Cross* acabava de partir rumo ao sul, para Porquerolles, para o Petit Langoustier, espectador de tantas orgias.

Maigret, cabisbaixo, contornava as dependências do Café de la Marine. Espantou um ganso furioso que avançava em sua direção, grasnindo com o bico aberto.

A porta da cocheira não tinha fechadura, mas uma simples trave de madeira. E o cão de caça que deambulava pelo quintal, com sua barriga respeitável, se jogava, rodopiando de alegria, em cima de quem chegasse.

Aberta a porta, o comissário deu de cara com o cavalo tordilho do proprietário, que, desamarrado como sempre, aproveitou a oportunidade para dar um passeio do lado de fora.

A égua inválida permanecia deitada e triste em seu box.

Com o pé, Maigret empurrou a palha, como se esperando topar em algo que houvesse escapado à sua primeira vistoria.

Por duas ou três vezes, repetiu com mau humor:

– *Haja...!*

E estava quase decidido a retornar a Meaux, até mesmo a Paris, a refazer passo a passo a rota percorrida pelo *Southern Cross*.

Havia de tudo ali: velhas rédeas, pedaços de arreio, um toco de vela, um cachimbo quebrado...

De longe, viu uma coisa branca saindo de um monte de feno e, descrente, aproximou-se. No instante seguinte, tinha nas mãos um gorro de marinheiro americano igual ao de Vladímir.

O pano estava sujo de lama e estrume e deformado como se houvesse sido repuxado em todas as direções.

Mas foi em vão que procurou outro indício. Haviam jogado palha nova no local onde o corpo fora descoberto, a fim de que parecesse menos sinistro.

– *Por acaso estou preso...?*

Não pôde dizer por que essa frase do coronel lhe voltava à mente enquanto caminhava na direção da porta da cocheira. Ao mesmo tempo, revia Sir Lampson, aristocrático e decadente, com seus olhos arregalados sempre úmidos, sua embriaguez latente, sua fleuma espantosa.

Evocava seu curto diálogo com o magistrado pedante, naquela taberna com as mesas forradas com toalhas impermeáveis marrons que a magia de algumas entonações e atitudes transformara momentaneamente em salão.

E manipulava aquele gorro, desconfiado, olhar enigmático.

– Tenha cautela! – dissera-lhe o sr. de Clairfontaine de Lagny, tocando-lhe a mão.

O ganso, feroz, seguia o cavalo, infernizando-o. E este deixava pender sua cabeçorra, fuçando os detritos que atulhavam o quintal.

Havia um marco de pedra de cada lado da porta, e o comissário sentou-se num deles, sem largar o gorro nem o cachimbo apagado.

À sua frente, apenas um imenso monte de estrume, depois uma cerca toda esburacada e, do outro lado, plantações cansadas e a colina riscada de preto e branco sobre a qual parecia descer com todo o seu peso uma nuvem cujo centro era escuro como breu.

Um raio de sol oblíquo, vindo de algum canto, lançava fagulhas sobre o estrume.

– *Uma mulher encantadora...* – dissera o coronel a respeito de Mary Lampson.

– *Um verdadeiro* gentleman! – dissera Willy a respeito do coronel.

Apenas Vladímir não se pronunciara, limitando-se a ir e vir, comprar mantimentos, gasolina, abastecer os reservatórios de água potável, drenar o bote e ajudar o patrão a se vestir.

Flamengos passavam na estrada falando alto. Maigret debruçou-se de repente. O quintal era pavimentado com pedras desiguais. A dois metros dele, entre duas delas, alguma coisa acabava de ser golpeada pelo sol e cintilava.

Era uma abotoadura de ouro, atravessada por dois pinos de platina. Na véspera Maigret vira abotoaduras parecidas nos punhos de Willy, quando o rapaz se estirava em sua cama, lançando para o teto a fumaça de seus cigarros e discorrendo com afetação.

Por conseguinte, deixou de lado cavalo, ganso, tudo que o cercava. Dali a pouco, rodava a manivela do telefone.

– Épernay... Necrotério, sim...! Polícia...!

Um dos flamengos, que saía do café, parou e olhou-o com espanto, tão grande era sua excitação.

– Alô...! Aqui o comissário Maigret, da Polícia Judiciária... Acabam de levar um corpo para vocês... Claro que não! Não se trata de acidente rodoviário... O afogado de Dizy... Esse mesmo... Verifique imediatamente no depósito, entre seus pertences... Irão encontrar uma abotoadura... Quero uma descrição... Vou esperar, sim...!

Três minutos depois, informado, desligava o aparelho, sem largar o gorro e a abotoadura.

– O almoço está pronto...

Não se deu ao trabalho de responder à moça ruiva, que, não obstante, lhe dizia isso o mais educadamente possível. Saiu, com a sensação de que talvez segurasse uma ponta do barbante, mas também com a angústia de soltá-lo.

– O gorro no estábulo... A abotoadura no quintal... E o emblema do ICF próximo à ponte de pedra...

Foi nessa direção que se pôs a caminhar, bem rápido. Raciocínios se esboçavam e se dissolviam alternadamente em seu cérebro.

Não percorrera um quilômetro quando, olhando à sua frente, tomou um susto.

O *Southern Cross*, que partira uma hora antes parecendo apressado, estava atracado à direita da ponte, no meio dos juncos. Não se via ninguém do lado de fora.

Porém, quando o comissário estava a apenas cem metros, um carro vindo de Épernay parou próximo ao iate, na outra margem, e Vladímir, sempre em seu uniforme de marinheiro, sentado ao lado do motorista, desembarcou agilmente e dirigiu-se correndo para o barco.

Ainda não chegara lá quando a escotilha se abriu e o coronel apareceu no convés, estendendo a mão para alguém que estava no camarote.

Maigret não se escondia. Não sabia se o coronel o via ou não.

A cena foi rápida. Embora o comissário não ouvisse as palavras pronunciadas, o gestual dos personagens lhe deu uma ideia bastante precisa do que se passava.

Era a Negretti que Sir Lampson ajudava a sair da cabine. Vestia pela primeira vez trajes apresentáveis. Mesmo de longe, percebia-se o seu furor.

Vladímir pegou duas malas fechadas e carregou para o automóvel.

O coronel estendeu as mãos para sua companheira atravessar a passarela, mas ela recusou, arrojando-se tão abruptamente que por pouco não caiu de cabeça sobre os juncos.

E foi andando sem esperar por ele. Ele a seguia poucos passos atrás, impassível. Ela se jogou dentro do carro com a mesma fúria e, mostrando por um instante a cabeça afogueada na janela, gritou alguma coisa que devia ser um palavrão ou uma ameaça.

Sir Lampson, não obstante, quando o carro arrancou, inclinou-se galantemente, observando-o se afastar, e retornou ao barco na companhia de Vladímir.

Maigret não se mexera. Teve a clara sensação de que uma mudança estava em vias de se operar no inglês.

Ele não sorria. Permanecia enigmático como sempre. Mas, por exemplo, no momento de ir para a cabine de comando, enquanto falava, tocou com um gesto cordial, até mesmo amistoso, o ombro de Vladímir.

E a manobra foi perfeita. Agora eram apenas os dois a bordo. O russo recolheu a passarela e, com um puxão seco, soltou a argola das amarras.

A quilha do *Southern Cross* adentrava os juncos. Uma balsa chegou por trás apitando.

Lampson se voltou. Se viu Maigret, o que era praticamente certo, nada deixou transparecer. Com uma das mãos, engatou a ré. Com a outra, deu duas voltas no timão de cobre e o iate deslizou para trás justo o suficiente para se desvencilhar, evitou a roda de proa da balsa, freou a tempo e partiu, deixando atrás de si um redemoinho espumante.

Cem metros adiante, apitou três vezes para avisar à eclusa de Ay que estava chegando.

– Não tenho tempo a perder... Siga a estrada... Se for capaz, alcance aquele carro...

Maigret parara a caminhonete de um padeiro que passava na direção de Épernay. Cerca de um quilômetro adiante, avançando com dificuldade, pois o asfalto estava oleoso e derrapante, era possível avistar o carro ocupado pela Negretti.

Bastou o comissário revelar sua patente para o comerciante observá-lo com uma curiosidade divertida.

– Saiba que não preciso nem de cinco minutos para alcançá-los...

– Duvido...

E foi a vez de Maigret sorrir, vendo o sujeito imitar os trejeitos de perseguidores nos filmes policiais americanos.

Não houve necessidade de nenhuma manobra perigosa, nenhum contratempo a superar. Numa das primeiras ruas da cidade, o carro parou por alguns instantes, sem dúvida para permitir à passageira confabular com o motorista, pois partiu novamente, voltando a parar, três minutos depois, em frente a um hotel superluxuoso.

Maigret desembarcou da caminhonete cem metros antes e agradeceu ao padeiro, que, recusando a gorjeta e determinado a assistir à continuação, foi estacionar nas proximidades do hotel.

Um mensageiro carregou as duas malas. Gloria Negretti atravessou feito uma bala a calçada.

Dez minutos depois, o comissário se apresentava ao gerente.

– A senhora que acaba de chegar...?

– Quarto 9... Desconfiei de alguma coisa... Nunca vi ninguém tão agitado... Falava atropeladamente, intercalando as frases com palavras estrangeiras... Julguei compreender que não desejava ser importunada e que pedia para subirmos cigarros e *kümmel* para o seu quarto... Espero que não signifique um escândalo...

– De forma alguma! – afirmou Maigret. – É uma informação que ela ficou de me passar...

Não pôde abster-se de sorrir ao se aproximar da porta marcada com o número 9. Pois o caos reinava dentro do quarto. O salto alto da moça agredia o assoalho numa cadência desordenada.

Ela ia e vinha em todas as direções. Foi possível ouvi-la fechar a janela, sacudir uma mala, deixar correr a água de uma torneira, jogar-se na cama, levantar-se e, por fim, arremessar um pé de sapato na outra ponta do quarto.

Maigret bateu.

– Entre...!

E a voz vibrava de raiva e impaciência. Embora há menos de dez minutos ali, a Negretti já tivera tempo de trocar de roupa, desgrenhar os cabelos e recuperar, por sinal ainda mais caricato, o aspecto que tinha a bordo do *Southern Cross*.

Quando reconheceu o comissário, brilhou um lampejo de cólera em seus olhos castanhos.

– O que deseja de mim...? O que veio fazer aqui? Estou na minha casa! Pago por este quarto e...

Continuou numa língua estrangeira, decerto espanhol, e abriu um vidro de água-de-colônia, do qual despejou quase todo o conteúdo nas mãos antes de esfregar na testa suada.

– Permita que eu lhe faça uma pergunta...?

– Eu disse que não queria ver ninguém... Suma daqui! Entendeu?

Ela estava de meias de seda e ao que parece não usava liga, pois elas começavam a escorregar em suas pernas enquanto ela zanzava, revelando um joelho precocemente inchado e branquíssimo.

– Lucraria mais fazendo suas perguntas a quem pudesse respondê-las... Mas não se atreve, hein...! Porque ele é coronel... Porque ele é Sir Lampson... Um *Sir* e tanto... Rá! Rá! Mas se eu contasse metade do que sei...

"Veja isso...!"

Vasculhou febrilmente a bolsa, dela retirando cinco cédulas de mil francos amarrotadas.

– Eis o que ele acaba de me dar...! E, imagine, já faz dois anos que eu vivo com ele, que...

Atirou as cédulas no tapete, depois, recuando, as recolheu, guardando-as de volta na bolsa.

– Naturalmente, ele prometeu enviar um cheque... Mas a gente sabe o que valem suas promessas... Cheque? Ele nem sequer tem dinheiro para chegar a Porquerolles... Não impede que se encharque de uísque todos os dias...

Não chorava e, no entanto, havia lágrimas em sua voz. Uma agitação toda especial impelia aquela mulher, que Maigret só vira banhada numa indolência plácida, numa atmosfera de estufa de plantas.

– A mesma coisa aquele Vladímir... que ousou me dizer, tentando me beijar a mão:

"'Adeus, madame...'

"Rá! Rá...! Eles têm esse topete... Mas quando o coronel não estava a bordo, Vladímir...

"Isso não é da sua conta...! Por que ainda está aqui...? O que está esperando...? Acha que vou entregar o jogo?

"Esqueça...!

"Em todo caso, admita que eu estaria no meu direito..."

Ela continuava irrequieta, retirando objetos da mala, colocando-os em algum lugar e recolhendo-os novamente para assentá-los em outro canto qualquer.

– Me largar em Épernay...! Nesse buraco sujo e chuvoso... supliquei que pelo menos me levasse até Nice, onde tenho amigos... Foi por causa dele que os abandonei...

"É bem verdade que eu deveria me dar por satisfeita por ele não ter me matado...

"Não direi nada, está ouvindo...? Pode ir embora... A polícia me dá nojo...! Igualzinho aos ingleses...! Prenda-me se for capaz...

"Mas não se atreverá...! Sei muito bem como as coisas se dão...

"Pobre Mary...! Tripudiavam dela. Claro, era uma sem-vergonha, teria feito tudo por aquele Willy que eu nunca pude tolerar...

"Mas morrer assim...

"Eles partiram...? Afinal, quem o senhor deseja prender...? Eu, por acaso? Não...?

"Pois bem... preste atenção... Vou lhe contar uma coisa, sim...! Umazinha só...! Faça o que quiser com ela... Hoje de manhã, quando se vestia para se apresentar ao juiz – pois ele precisa impressionar as pessoas, desencavar suas insígnias, suas condecorações! –, quando se vestia, Walter disse a Vladímir em russo, porque ele acha que eu não entendo essa língua..."

Falava tão depressa que terminou sem ar, embrulhando as frases, inserindo termos espanhóis.

– Disse para ele procurar saber onde estava a *Providence*... Percebe...? Era uma balsa que estava perto da gente, em Meaux...

"Eles querem alcançá-la e estão com medo de mim...

"Eu fingi que não...

"Mas sei perfeitamente que o senhor não se atreverá...!"

Ela olhou as malas desarrumadas, o quarto que em poucos minutos conseguira transformar num pandemônio e impregnar com seu perfume enjoativo...

– Será que pelo menos tem cigarros...? Que porcaria de hotel é este... Eu tinha pedido, e *kümmel* também...

– A senhora viu, em Meaux, o coronel conversando com alguém da *Providence*?

– Não vi absolutamente nada... Eu não me intrometia nisso... Só ouvi, hoje de manhã... Por que diabos eles se preocupariam com uma balsa...? Será que pelo menos sabe como morreu a primeira mulher de Walter, na Índia...? Se a outra se divorciou, é porque tinha seus motivos...

Um garçom bateu à porta, trazendo cigarros e bebida. A Negretti pegou o maço e o atirou no corredor, gritando...

– Eu disse Abdullah!

– Mas, madame...

Ela juntou as mãos num gesto que deixava prever o faniquito e vociferou:

– Oh...! Essa gente...! Esses...

Voltou-se para Maigret, que a examinava com interesse, e disparou:

– O que ainda está esperando...? Não vou falar mais nada! Não sei de nada! Não falei nada... Está ouvindo...? Não quero encrenca para o meu lado...! Como se já não bastasse ter perdido dois anos da minha vida...

Ao sair o garçom deu uma olhadela na direção do comissário. E, enquanto a jovem mulher à beira de um colapso nervoso se atirava na cama, ele por sua vez saiu.

Na rua, o padeiro continuava à sua espera.

– E então? Não prendeu ninguém? – indagou, decepcionado. – Eu achava...

Maigret foi obrigado a caminhar até a estação para encontrar um táxi e retornar à ponte de pedra.

7

O pedal amassado

QUANDO O COMISSÁRIO ULTRAPASSOU o *Southern Cross*, que, ao se deslocar, agitava os juncos por muito tempo ainda após sua passagem, o coronel continuava no timão, enquanto, na proa, Vladímir enrolava um cabo num carretel.

Maigret esperou o iate na eclusa de Aigny. A manobra foi corretamente executada e, atracado o barco, o russo desceu para entregar os documentos e a gorjeta ao operador da eclusa.

– Este gorro não é seu? – indagou o policial, avançando em sua direção.

Vladímir examinou o objeto, que não passava de um andrajo imundo, depois seu interlocutor.

– Obrigado! – disse finalmente, pegando o gorro.

– Um instante! Pode me dizer quando o perdeu?

O coronel acompanhava a cena com os olhos, sem trair a mais ínfima emoção.

– Caiu na água ontem à noite – explicou Vladímir –, quando, debruçado no cadaste, eu removia com o croque algumas plantas que travavam a hélice... Havia uma balsa atrás de nós... A mulher, de joelhos no bote, enxaguava roupa... Ela recolheu o gorro, e eu o deixei secando na ponte...

– Em outras palavras, ele passou a noite na ponte?

– Sim... Hoje de manhã não notei que não estava mais lá...

– Já estava sujo ontem?

– Não! A balseira, quando o recolheu, enfiou-o no sabão que estava usando...

O iate subia aos trancos e o operador já estava a postos na manivela da comporta a montante.

– Se não me falha a memória, era a *Phénix* que estava atrás de vocês, certo?

– Acho que sim... Não a vi hoje...

Maigret esboçou um vago cumprimento e caminhou até a bicicleta, enquanto o coronel, impassível, ligava o motor e inclinava a cabeça ao passar diante do operador.

O comissário permaneceu um bom tempo observando-o partir, pensativo, confuso diante da estranha simplicidade com que as coisas se passavam a bordo do *Southern Cross*.

Alheio a tudo, o iate seguia sua rota. No máximo, de seu posto, o coronel fazia uma pergunta ao russo, que respondia com monossílabos.

– A *Phénix* está longe? – informou-se Maigret.

– Possivelmente na calha de Juvigny, a cinco quilômetros daqui... Ela não voa que nem essa máquina aí...

Maigret chegou lá pouco antes do *Southern Cross* e, de longe, Vladímir deve tê-lo visto interrogar a balseira.

Os detalhes batiam. Na véspera, quando enxaguava a roupa, a qual se avistava, enfunada pelo vento, num varal estendido acima da balsa, ela recolhera o gorro do marinheiro. Este, um pouco mais tarde, dera dois francos ao seu menino.

Eram quatro da tarde. O comissário montou novamente no selim, a cabeça enxameada de hipóteses confusas. O caminho de sirga era de cascalho e os pneus rangiam, levantando pedrinhas de ambos os lados das rodas.

Na eclusa 9, Maigret já tinha uma boa dianteira sobre o inglês.

– Sabe me dizer onde se encontra a *Providence* neste momento?

– Perto de Vitry-le-François... eles estão num bom ritmo, pois têm animais fortes e, principalmente, um cavalariço que não tem medo do batente...

– Parecem apressados?

– Nem mais nem menos que o normal... No canal, sabe como é? Estamos sempre apressados... Nunca sabemos o que nos espera... Podemos perder horas numa única eclusa, assim como podemos transpô-la em dez minutos... E, quanto mais rápido se avança, mais se ganha...

– Não ouviu nada de anormal essa noite?

– Nada...! Por quê...? Aconteceu alguma coisa...?

Maigret partiu sem responder e, dali em diante, foi parando em todas as eclusas e balsas.

Não tivera dificuldade para julgar Gloria Negretti. Apesar do esforço em não comprometer o coronel, ela terminara destilando tudo que sabia.

Pois ela não conseguia se conter! Tampouco mentir! Ou teria inventado coisas infinitamente mais complicadas.

Portanto, ela ouvira Sir Lampson pedir a Vladímir que se informasse a respeito da *Providence*.

Ora, o comissário também atentara para aquela balsa que chegara de Meaux na noite de domingo, pouco antes da morte de Mary Lampson, e cuja madeira era revestida com resina.

Por que o coronel desejava alcançá-la? Que elo existiria entre o *Southern Cross* e a pesada balsa que seguia no passo lento de seus dois cavalos?

Enquanto avançava pelo cenário monótono do canal, pedalando com crescente dificuldade, Maigret esboçava alguns raciocínios, os quais, no entanto, só o levavam a conclusões fragmentárias ou inaceitáveis.

A história dos três indícios, no entanto, não se viu esclarecida depois da furiosa acusação da Negretti?

Por dez vezes Maigret tentara reconstituir os deslocamentos dos personagens ao longo daquela noite, a cujo respeito nada se sabia, a não ser que Willy Marco estava morto.

Em todas elas, topara com uma lacuna, intuindo que faltava um personagem, que não era o coronel, nem o morto, nem Vladímir...

Ora, o *Southern Cross* estava no encalço de alguém a bordo da *Providence*.

Alguém que, evidentemente, estava envolvido nos fatos! Não caberia supor que esse alguém participara do segundo drama, isto é, do assassinato de Willy, bem como do primeiro?

À noite, de bicicleta, as distâncias encurtam, que dirá ao longo de um caminho de sirga.

– Não ouviu nada essa noite...? Não observou nada de anormal a bordo da *Providence* quando ela passou?

Tarefa inglória, decepcionante, ainda mais sob aquela garoa inesgotável.

– Nada...

A distância entre Maigret e o *Southern Cross*, que perdia no mínimo vinte minutos por eclusa, aumentava. O comissário pesava cada vez mais no selim de seu veículo, seguindo com obstinação, na solidão de uma calha, um dos múltiplos fios de seu raciocínio.

Já percorrera quarenta quilômetros quando o operador da eclusa de Sarry respondeu à sua pergunta.

– Meu cachorro latiu... É mesmo, acho que aconteceu alguma coisa na estrada... Um coelho, será...? Virei para o lado e dormi de novo...

– Sabe onde a *Providence* pernoitou?

Seu interlocutor fez a conta na cabeça.

– Espere! Não me admiraria que já estivesse em Pogny... O capitão pretendia estar em Vitry-le-François hoje à noite...

Mais duas eclusas! Nada! Maigret era obrigado a acompanhar os operadores até as comportas, pois, à medida que avançava, o tráfego ficava mais intenso. Em Vésigneul, três embarcações esperavam a vez. Em Pogny, eram cinco.

– Barulho, não! – rosnou o funcionário, nesta última eclusa. – Mas eu gostaria muitíssimo de saber quem teve o desplante de pegar minha bicicleta...

O comissário enxugou o suor, vislumbrando finalmente uma luz no fim do túnel. Tinha a respiração curta e quente. Acabava de percorrer cinquenta quilômetros sem beber sequer um copo de cerveja.

– Onde está sua bicicleta?

– Você abre as comportas, François? – gritou o operador da eclusa para um cavalariço.

E arrastou Maigret até sua casa. Na cozinha, que ficava no mesmo nível do terreno, balseiros tomavam vinho branco, que uma mulher lhes servia sem largar seu bebê.

– Espero que não faça um relatório... Sei que é proibido vender bebida... Mas todo mundo vende... É mais para fazer um favor... Veja...!

Apontou uma casinhola de tábuas encostada na barranca. Não havia porta.

– A bicicleta é aquela... É da minha mulher... Imagine que a primeira mercearia fica a quatro quilômetros daqui... Canso de repetir para ela colocar a bicicleta para dentro à noite, mas ela diz que suja a casa... A propósito, quem fez isso é um sujeito bem esquisito... Eu poderia não ter notado nada...

"Justamente, anteontem, meu sobrinho, que é mecânico em Reims, veio passar o dia... A corrente estava quebrada... Ele consertou e aproveitou para fazer uma bela limpeza na bicicleta, além de dar uma lubrificada...

"Ontem, ninguém a usou... Também trocamos o pneu traseiro...

"Pois bem! Hoje de manhã, a danada estava limpinha, embora tivesse chovido a noite inteira... O senhor viu a lama no caminho.

"Ora, o pedal esquerdo está amassado e o pneu lascado como se tivesse rodado no mínimo cem quilômetros...

"Consegue pescar alguma coisa...? Que a bicicleta rodou por aí, é líquido e certo...! E quem a levou deu-se ao trabalho de limpá-la..."

– Quais foram as balsas que pernoitaram nesse trecho?

– Espere...! A *Madeleine* deve ter ido para La Chaussée, onde o cunhado do balseiro é dono de um bar... A *Miséricorde* pernoitou abaixo da minha eclusa...

– Vindo de Dizy?

– Não! Ela está descendo, vindo do Saône... Só vejo a *Providence*... Ela passou ontem, às sete da noite... Foi até Omey, a dois quilômetros, onde há um bom porto...

– Tem uma bicicleta extra?

– Não... Mas podemos usar esta assim mesmo...

– Nada disso! O senhor vai guardá-la em algum lugar... Alugará outra se precisar... Conto com o senhor?

Os balseiros saíam da cozinha e um deles interpelou o operador:

– É assim que você recebe, Désiré...?

– Um instante... Estou com o cavalheiro...

– Em que altura calcula que posso alcançar a *Providence*?

– Bem! Ela continua em forma... ficaria admirado se a alcançasse antes de Vitry...

Maigret fez menção de partir. Reconsiderou e, apanhando uma chave inglesa no estojo de ferramentas, desmontou os dois pedais da bicicleta da mulher.

Quando partiu, os dois pedais nos bolsos formavam dois calombos em sua capa.

O operador da eclusa de Dizy lhe dissera, gracejando:

– Quando não chove em lugar nenhum, há pelo menos dois lugares onde temos certeza de ver água cair: aqui e em Vitry-le-François...

Foi Maigret se aproximar dessa cidade para sentir novamente a chuva, fininha, preguiçosa, eterna.

O aspecto do canal ia mudando. Nas margens, surgiam fábricas, e o comissário perdeu um pouco de tempo atravessando o enxame de operários que saía de uma delas.

Aqui e ali, balsas descarregavam, outras, despejando óleo queimado, aguardavam.

E voltavam as casinhas de subúrbio, com coelheiras feitas de caixotes velhos e quintais desoladores.

A cada quilômetro, uma fábrica de cimento, ou uma pedreira, ou um forno de cal. E a chuva entranhava o pó branco disperso na atmosfera na lama do caminho. O cimento deixava tudo fosco: as telhas dos telhados, as macieiras e o capim.

Maigret começava a adernar da direita para a esquerda e da esquerda para a direta, movimento típico do ciclista cansado. Pensava sem pensar. Coligia ideias que ainda não era possível juntar num feixe sólido.

Quando avistou a eclusa de Vitry-le-François, caía a noite, pintalgada pelas arandelas brancas de umas sessenta embarcações em fila indiana.

Algumas faziam ultrapassagens e posicionavam-se na diagonal. E, quando chegava uma no contrafluxo, ouviam-se gritos, palavrões, recados lançados apressadamente.

– Ei...! Você da *Simoun*...! Sua cunhada, que estava em Chalon-sur--Saône, mandou dizer que encontra você no canal de Bourgogne... Vão esperar para o batismo... Saudações do Pierre...!

Dez vultos atarefados se moviam nas comportas da eclusa.

E, dominando tudo, uma cerração azulada, chuvosa, na qual se distinguiam as silhuetas dos cavalos parados e dos homens indo de um barco ao outro.

Maigret lia os nomes, na popa das balsas. Uma voz gritou em sua direção:

– Bom dia, cavalheiro...!

Levou alguns segundos para reconhecer o capitão da *Eco III*.

– Já consertou?

– Não era absolutamente nada...! Meu grumete é um imbecil... O mecânico, que veio de Reims, resolveu em cinco minutos...

– Por acaso viu a *Providence*?

– Está logo à frente... Mas ainda iremos ultrapassá-la... Por causa do engarrafamento, pernoitaremos na calha esta noite e talvez a próxima também... Imagine que há pelo menos sessenta embarcações, e elas continuam chegando... Em princípio, os barcos motorizados têm prioridade sobre os de tração animal... Desta vez, porém, o técnico decidiu alternar uma balsa a cavalo e um barco a motor...

E o homem, simpático e com um rosto franco, apontou o braço.

– Veja...! Bem defronte do guindaste... Reconheço pelo timão pintado de branco...

Quem passava em frente às balsas entrevia, pelas vigias, pessoas comendo à luz mortiça de lampiões a querosene.

Maigret encontrou o dono da *Providence* no cais, numa grande discussão com outros balseiros.

– Claro que as motorizadas não devem ter privilégios...! Para pegar o exemplo da *Marie*, a cada calha de cinco quilômetros, nós ganhamos um sobre ela... Então...? Com esse sistema de prioridade, seremos ultrapassados... Mas ora vejam...! É o comissário...!

E o homenzinho estendeu a mão, como a um colega.

– Ainda com a gente...? A patroa está a bordo... Vai ficar contente em revê-lo, pois ela disse que, para um policial, até que o senhor é bem aceitável...

No escuro, brilhavam apenas a brasa dos cigarros e as arandelas, tão próximas uma da outra que só um milagre permitia às embarcações manobrar.

Maigret foi em direção à gorda bruxelense, que requentava a sopa e enxugou a mão no avental antes de estendê-la...

– Descobriu o assassino...?

– Infelizmente, não...! Vim lhe pedir mais algumas informações...

– Sente-se... Uma gotinha...?

– Obrigado...!

– Obrigado, sim...! Vamos! Num tempo desses, não faz mal a ninguém... Espero que não tenha vindo de bicicleta desde Dizy...

– De Dizy, exatamente...!

– Mas são sessenta e oito quilômetros...!

– Seu cavalariço está aqui?

– Deve estar na eclusa, negociando... Querem tomar a nossa vez e não é hora de ser passado para trás, já perdemos muito tempo...

– Ele tem uma bicicleta?

– Quem, Jean...? Não...!

Ela riu. Explicou, a caminho do fogão:

– Não consigo vê-lo com aquelas pernocas numa bicicleta... Meu marido é que tem uma... Mas deve fazer ano que não toca nela, acho até que os pneus estão furados...

– A senhora passou a noite em Omey?

– Exatamente! Procuramos sempre atracar num local onde seja possível fazer compras... Porque, se dermos o azar de parar durante o dia, outros barcos com certeza passarão à frente...

– A que horas chegaram?

– Mais ou menos a esta hora... Consultamos mais o sol do que o relógio, compreende...? Outra gotinha...! É genebra, trazemos da Bélgica sempre que vamos lá...

– Foram ao armazém?

– Sim, enquanto os homens tomavam o aperitivo... Deviam ser pouco mais de oito horas quando fomos deitar...

– Jean estava na cocheira?

– Onde poderia estar...? Ele só se sente bem com seus bichos...

– Não ouviu barulho durante a noite?

– Nadinha... Às três horas, como sempre, Jean veio preparar o café... É a rotina... Partimos logo em seguida...

– Não notou nada de anormal?

– Como assim...? Espero que não suspeite do velho Jean... Sabe, ele pode parecer meio esquisito para quem não o conhece... Ora, estamos há oito anos com ele... Pois bem, se ele fosse embora, a *Providence* deixaria de ser o que é...!

– Seu marido dorme com a senhora?

Ela riu de novo. E, como Maigret estava perto, cutucou-o.

– Não se iluda! Por acaso parecemos tão velhos assim...?

– Permite que eu visite a cocheira?

– Como quiser... Pegue o lampião que está no convés... Os cavalos ficaram do lado de fora, pois é bem possível que tenhamos de pernoitar aqui... Mas, chegando a Vitry, estaremos tranquilos... A maioria das balsas pega o canal do Marne para o Reno... Na direção do Saône, é mais calmo... Tirando o túnel, de oito quilômetros, que sempre dá medo...

Maigret deslocou-se e foi sozinho até o meio da balsa, onde ficava a cocheira. Usando o lampião como lanterna, penetrou nos domínios de Jean, impregnados de um cheiro quente de estrume e couro.

Mas foi em vão que patinhou ali uns quinze minutos, sem deixar de prestar atenção à discussão travada no cais entre o dono da *Providence* e os balseiros.

Quando, um pouco mais tarde, alcançou a eclusa, onde, para compensar o atraso, todo mundo trabalhava ao mesmo tempo em meio ao estrépito de manivelas enferrujadas e água turbilhonante, avistou o cavalariço numa das comportas, seu rebenque feito um colar em volta do pescoço, manejando uma válvula.

Como em Dizy, vestia um velho terno de veludo cotelê e usava um chapéu de feltro puído que havia muito perdera a fita.

Uma balsa deixou a calha, impelida por um croque, pois era impossível avançar de outra forma por entre aquele novelo de balsas.

Vozes roufenhas e mal-humoradas espocavam de uma balsa à outra, e os rostos, com marcas profundas de cansaço, às vezes brilhavam, iluminados por algum fogo.

Todos aqueles indivíduos estavam no canal desde as três ou quatro horas da madrugada, seu único sonho era um prato de sopa e uma cama, na qual finalmente despencariam.

Antes, porém, a fim de iniciar em boas condições a etapa do dia seguinte, todos queriam transpor a eclusa congestionada.

O operador da eclusa ia e vinha, pegava no ar os formulários de um e outro e corria até o escritório, onde assinava, carimbava e metia as gorjetas no bolso.

– Perdão...!

Maigret esbarrara no braço do cavalariço, que se voltou devagar, olhando para ele com seus olhos quase invisíveis atrás da moita de sobrancelhas.

– O senhor tem outras botas além das que está calçando?

Jean pareceu não compreender imediatamente. Seu rosto ficou ainda mais encarquilhado. Atônito, olhou para os pés.

Por fim balançou a cabeça e puxou o cachimbo da boca, limitando-se a murmurar:

– Outras...?

– Possui apenas esses calçados?

Um sinal afirmativo, bem lento, com a cabeça.

– Sabe andar de bicicleta?

Curiosos se aproximavam, intrigados com aquela conversa.

– Venha por aqui...! – disse Maigret. – Preciso do senhor.

O cavalariço o seguiu na direção da *Providence*, atracada a cerca de duzentos metros. Ao passar em frente a seus cavalos, que se mantinham de cabeça baixa, dorsos reluzentes, sob a chuva, acariciou o pescoço do mais próximo.

– Suba...

O balseiro, baixote e magricela, estava curvado sobre um croque imerso no canal e impelia a balsa para a margem a fim de dar passagem a uma embarcação que descia.

Viu de longe os dois homens entrando na cocheira, mas não teve tempo de interferir.

– Dormiu aqui esta noite?

Um grunhido afirmativo.

– A noite inteira? Não pegou emprestada a bicicleta do operador da eclusa de Pogny...?

O cavalariço tinha o ar infeliz do pobre de espírito quando importunado ou do cão que nunca recebe uma sova e, subitamente e sem motivo, se vê espancado.

Com a mão, empurrou o chapéu para trás e coçou a cabeça, espetada por fios brancos e duros feito crina.

– Descalce as botas...

O homem não se mexeu, dirigindo um olhar para a barranca, na qual se viam as patas dos cavalos. Um deles relinchou, como se compreendendo que o cavalariço estava a bordo.

– As botas... Depressa...!

Unindo gesto e palavra, Maigret fez Jean sentar-se numa tábua que corria ao longo de uma divisória da cocheira.

Só então o velho se mostrou dócil e, fitando seu carrasco com olhos de censura, sentiu-se no dever de descalçar uma das botas.

Não usava meias, e sim ataduras ensebadas e enroladas nos pés e tornozelos, constituindo uma segunda pele.

A luz do lampião deixava a desejar. O balseiro, que terminara a manobra, foi agachar-se no convés para espiar o que acontecia dentro da cocheira.

Enquanto Jean, resmungando, a fronte severa e má, erguia a segunda perna, Maigret raspava com um punhado de palha a sola da bota que tinha na mão.

Em seguida, pegou o pedal esquerdo no bolso e aplicou-o sobre o calçado.

Espetáculo estranho era o velho aparvalhado contemplando os pés descalços. Suas calças, justíssimas, decerto confeccionadas para um homem ainda mais baixo do que ele, ou cortadas, batiam-lhe nas canelas.

As ataduras ensebadas estavam imundas, com fiapos de palha e detritos espetados.

Maigret, bem junto ao lampião, cotejava o pedal, que tinha alguns dentes quebrados, com os vestígios quase invisíveis no couro.

– Esta noite, em Pogny, o senhor pegou a bicicleta do operador! – acusou lentamente, sem tirar os olhos dos dois objetos. – Até onde foi dessa maneira?

– Ei... ei... ei! *Providence*...! Avance...! A *Étourneau* desistiu e vai pernoitar na calha...

Jean voltou-se para as pessoas que se agitavam do lado de fora, depois para o comissário.

– Faça a passagem! – disse Maigret. – Tome. Calce as botas...

O balseiro já manobrava o croque. A bruxelense acorreu.

– Jean...! Os cavalos...! Se perdermos a vez...

O cavalariço enfiou as pernas nas botas, içou-se até o convés e articulou curiosamente:

– Ô! Eia...! Eia...!

E os cavalos, resfolegando, puseram-se em marcha, enquanto ele pulava para a terra e os alcançava pesadamente, sem tirar o rebenque dos ombros.

– Ô...! Eia...!

Enquanto o marido impelia a balsa com o croque, a balseira se apoiava com todo o seu peso no timão a fim de desviar da balsa que vinha no contrafluxo e da qual mal se distinguia a quilha abaulada, pois o halo da arandela estava na popa.

A voz impaciente do operador da eclusa gritava:

– E então... *Providence*...! É pra quando...?!

A balsa, deslizando silenciosamente sobre a água escura, colidiu três vezes no muro de pedra antes de se esgueirar dentro da calha, cuja largura praticamente ocupou.

8

A Enfermaria nº 10

EM GERAL NÃO SE ABREM AS QUATRO COMPORTAS de uma eclusa senão uma depois da outra, gradualmente, a fim de evitar uma turbulência capaz de romper as amarras da embarcação.

Ainda assim, sessenta balsas estavam na fila. Os balseiros, cuja vez se aproximava, ajudavam na manobra, enquanto o operador se limitava a rubricar os formulários.

Maigret, no cais, segurava a bicicleta com uma das mãos, acompanhando com os olhos as sombras que se moviam na escuridão. Os dois cavalos, ensinados, foram parar cinquenta metros acima das comportas. Jean rodava uma das manivelas.

A água engolfou-se com um barulho de cachoeira. Era possível vê-la, alvíssima, no exíguo espaço liberado pela *Madeleine*.

No momento de vazão máxima, ouviu-se um grito abafado, seguido por uma colisão na quilha da balsa e depois um corre-corre confuso.

O comissário, mais do que compreender o drama, o adivinhou. O cavalariço não estava mais em seu lugar, na comporta. E os outros corriam ao longo dos muros. Gritavam de todos os lados ao mesmo tempo.

Iluminando a cena, apenas duas lamparinas: uma no meio da ponte levadiça anterior à eclusa, a outra na balsa que continuava a subir velozmente.

– Fechem as comportas...!

– Abram as comportas...!

Alguém passou com um croque comprido, esbarrando no rosto de Maigret.

Balseiros acorriam de longe. E o operador da eclusa saiu de sua casinhola, aflito com sua responsabilidade.

– O que está havendo?

– O velho...

Dos dois lados da balsa, não havia, entre o costado e o muro, mais de trinta centímetros de água livre. Agora essa água, que chegava das comportas, escoava velozmente pela estreita passagem e, efervescente, refluía sobre si mesma.

Houve manobras desastradas. Alguém, por exemplo, girou uma manivela da comporta de descida e esta quase saltou fora de seus gonzos, enquanto o operador se precipitava para corrigir o problema.

Só mais tarde o comissário veio a saber que a calha inteira poderia ter sido inundada e cinquenta balsas, avariadas.

– Está enxergando...?

– Há alguma coisa escura lá...

A balsa continuava a subir, porém mais devagar. Três das quatro comportas haviam sido fechadas. Mas o casco não parava de colidir violentamente com o muro da calha, talvez esmagando o cavalariço.

– Qual a profundidade?

– Pelo menos um metro abaixo da balsa...

Era horrível. À luz fraca do lampião da cocheira, via-se a bruxelense correr em todas as direções, com uma boia salva-vidas na mão.

Desesperada, berrou:

– Acho que ele não sabe nadar...!

E Maigret ouviu uma voz grave perto dele:

– Melhor assim! Sofrerá menos...

Isso durou uns quinze minutos. Por três vezes as pessoas julgaram perceber um corpo emergindo. Croques vasculhavam todas as áreas apontadas.

A *Madeleine* saiu lentamente da eclusa e um velho cavalariço resmungou:

– Aposto o que quiser como está preso embaixo do leme! Eu vi isso em Verdun...

Ele estava enganado. A balsa mal estacionara cinquenta metros à frente quando um grupo de homens, que exploravam as comportas de descida com uma vara, pediu ajuda.

Tiveram que providenciar um bote. Sentia-se alguma coisa debaixo d'água, a um metro de profundidade. E, no momento em que alguém resolveu mergulhar e sua mulher, com lágrimas nos olhos, tentava contê-lo, um corpo veio bruscamente à superfície.

Foi içado. Dez mãos agarraram ao mesmo tempo o paletó de veludo, rasgado, pois ficara agarrado num dos rebites da comporta.

O resto desenrolou-se feito um pesadelo. Ouviu-se tocar a campainha do telefone, na casa do operador. Um garoto saiu de bicicleta para chamar um médico.

Mas era inútil. Tão logo o corpo do velho cavalariço alcançou a margem, imóvel, aparentemente sem vida, um balseiro retirou seu paletó, ajoelhou-se junto ao peito descomunal do afogado e começou a respiração artificial.

Alguém trouxe um lampião. O corpo parecia mais curto e compacto do que nunca, e o rosto, gotejante, com lodo grudado, estava sem cor.

– Está se mexendo...! Estou dizendo que se mexeu...!

Não havia alvoroço. O silêncio era tão profundo que qualquer palavra reverberava como numa catedral. E continuava-se a ouvir a água esguichando de uma comporta mal fechada.

– E então...? – perguntou o operador ao voltar.

– Está mexendo... Fraquinho...

– Precisávamos de um espelho...

O piloto da *Madeleine* correu para pegar um a bordo. O homem que aplicava a respiração artificial suava em bicas e outro ocupou seu lugar, dando sacudidelas mais fortes no afogado.

Quando anunciaram o médico, que chegou de carro por uma via lateral, todos puderam ver o peito do velho Jean arfar em câmera lenta.

Haviam tirado seu paletó. A camisa aberta revelava um peito peludo como o de uma fera. Sob o mamilo direito estendia-se uma cicatriz, ao passo que no ombro Maigret julgou perceber uma espécie de tatuagem.

– O próximo! – gritou o operador, fazendo um megafone com as mãos. – Afinal, vocês não podem mesmo fazer nada...

E um balseiro afastou-se a contragosto, chamando a mulher, que, junto com outras, se lamentava a certa distância.

– Espero que não tenha desligado o motor...

O médico mandou os curiosos recuarem, estremecendo assim que apalpou o peito.

– Está vivo, não é? – indagou com orgulho o primeiro socorrista.

– Polícia Judiciária! – interveio Maigret. – É grave?

– Quase todas as costelas estão quebradas... Verdade que está vivo...! Mas me admiraria se vivesse ainda por muito tempo... Ficou entalado entre duas balsas...?

– Entre uma balsa e a eclusa, sem dúvida...

– Veja...!

E o médico fez o comissário apalpar o braço esquerdo, quebrado em dois pontos.

– Pediram a maca...?

O moribundo emitiu um débil suspiro.

– Por via das dúvidas, vou aplicar uma injeção... Mas preparem a maca, é urgente... O hospital fica a quinhentos metros...

Havia uma na eclusa, de acordo com o regulamento, porém estava no sótão, onde, através do basculante, se movia a chama de uma vela.

Longe de Maigret, a quem olhava com olhos de censura, a bruxelense soluçava.

Apareceram dez homens para levantar o cavalariço, que emitiu um novo grunhido. Em seguida, um lampião se afastou na direção da estrada principal, aureolando um grupo compacto, enquanto uma balsa a motor, dardejando suas luzes verde e vermelha, apitava três vezes, para atracar no centro da cidade e ser a primeira a partir no dia seguinte.

Enfermaria nº 10. Maigret viu o número por acaso. Só havia ali dois doentes, um dos quais gemia como um bebê.

O comissário foi obrigado a aguardar num corredor ladrilhado de branco, pelo qual enfermeiras passavam correndo, transmitindo-se ordens à meia-voz.

Na Enfermaria nº 8, defronte, ocupada por mulheres, as perguntas eram sobre o novo doente, faziam prognósticos.

– Se o estão colocando na 10...!

O médico era um homem gorducho, com óculos de tartaruga. Passou duas ou três vezes, de jaleco branco, sem dirigir a palavra a Maigret.

Eram perto das onze horas quando finalmente o abordou.

– Quer vê-lo?

Foi um espetáculo deprimente. O comissário mal reconheceu o velho Jean, que haviam escanhoado a fim de tratar dois cortes que tinha na face e na testa.

Ali estava ele, higienizado, num leito branco, na claridade neutra de uma lamparina com vidro fosco.

O médico ergueu o lençol.

– Observe a carcaça...! Tem a compleição de um urso... Acho que nunca vi esqueleto parecido... Como terminou assim...?

– Caiu da eclusa no momento em que as comportas estavam abertas...

– Compreendo... Deve ter sido espremido entre o muro e a balsa... O peito está literalmente estraçalhado... As costelas cederam...

– O resto...?

– Teríamos que examiná-lo amanhã, meus colegas e eu, se ainda estiver vivo... É muito delicado... Um movimento em falso pode matá-lo...

– Recobrou a consciência?

– Não faço ideia! Isso talvez seja o mais surpreendente...! Ainda há pouco, ao examinar os ferimentos, tive a impressão muito nítida de que seus olhos estavam entreabertos e suas pupilas me acompanhavam... Mas assim que eu o fitava ele abaixava as pálpebras... Não delirou... O máximo que faz é grunhir de vez em quando...

– O braço...?

– Nada grave! A fratura dupla já está estabilizada... Mas ninguém conserta um tórax como se fosse um úmero... De onde ele vem?

– Ignoro...

– Pergunto isso porque tem umas tatuagens estranhas... Conheço as dos batalhões da África, mas estas são bem diferentes... Amanhã lhe mostro, quando tirarmos o gesso para a consulta...

O porteiro entrou para informar que visitas insistiam em ver o ferido. O próprio Maigret foi até a entrada, onde encontrou os dois balseiros da *Providence*, trajando agora roupas sociais.

– Podemos vê-lo, não é, comissário...? Saiba que a culpa é sua...! O senhor o atordoou com suas histórias... Ele melhorou...?

– Melhorou... Os médicos irão pronunciar-se amanhã...

– Deixe-me vê-lo... Nem que seja de longe...! Era um membro importante do barco...!

Ela não dizia *da família*, mas *do barco*, e não é que era mais comovente?

O marido ofuscava-se atrás dela, mal-ajambrado num terno de sarja azul, o pescoço magro num colarinho de celuloide.

– Evitem fazer barulho, por favor...

Do corredor, ambos olharam em sua direção, não distinguindo senão uma forma confusa sob o lençol, uma mancha marfim no lugar do rosto, alguns fios brancos de cabelo.

Por dez vezes a balseira fez menção de se arrojar.

– Seja sincero...! Ele seria mais bem tratado se pagássemos...?

Não ousava abrir a bolsa, brandindo-a nervosamente.

– Existem hospitais, concorda? Nos quais, pagando... Os outros não são contagiosos, pelo menos...?

– Vão ficar em Vitry...?

– Claro que não vamos embora sem ele...! Dane-se o carregamento... A que horas podemos vir amanhã?

– A partir das dez! – interveio o médico, que escutara com impaciência.

– Não há alguma coisa que possamos trazer para ele...? Uma garrafa de champanhe...? Uvas espanholas...?

– Ele terá tudo de que necessita...

E o médico os empurrava na direção da cabine do porteiro. Quando chegou lá, a boa mulher puxou furtivamente uma nota de dez francos da bolsa e colocou na mão do funcionário, que a fitou com espanto.

Maigret foi dormir à meia-noite, após telegrafar para Dizy pedindo que lhe transmitissem eventuais recados.

Soube de última hora que o *Southern Cross*, ultrapassando a maioria das balsas, estava em Vitry-le-François e atracara no fim da fila de espera das balsas.

O comissário hospedara-se num quarto do Hôtel de la Marne, na cidade, afastado do canal, e nada ali evocava a atmosfera na qual vivera os últimos dias.

Os hóspedes, que jogavam baralho, eram representantes comerciais em viagem.

Um deles, que chegara por último, anunciou:

– Parece que tem um afogado na eclusa...

– Quer jogar...? Lamperrière já perdeu quase tudo... O sujeito morreu...?

– Não sei...

E foi só. A hoteleira batia cabeça no caixa. O garçom espalhava serragem no piso e abastecia a estufa de fogo contínuo para a noite.

A banheira do único banheiro existente estava descascada. Nem por isso Maigret deixou de usá-la, despachando, às oito horas da manhã seguinte, o mensageiro do hotel para lhe comprar camisa e colarinho novos.

Porém, à medida que o tempo passava, sua impaciência aumentava. Ansiava por rever o canal. Ao ouvir uma sirene, indagou:

– É para a eclusa?

– Para a ponte levadiça... São três na cidade...

Estava nublado. Ventava. Ele não encontrou o caminho do hospital e foi obrigado a perguntar diversas vezes, pois todas as ruas o conduziam invariavelmente à Place du Marché.

O porteiro o reconheceu e foi ao seu encontro, exclamando:

– Nunca teríamos acreditado, não é mesmo?

– O quê...? Está vivo...? Está morto...?

– Como? Não sabe? O diretor acaba de telefonar para o seu hotel...

– Fale depressa!

– Pois bem! Sumiu...! Evaporou...! O médico garante que não é possível, que ele não tinha condições de andar cem metros naquele estado... Seja como for, não está mais aqui...!

O comissário ouviu um vozerio no jardim, atrás do pavilhão, e correu para lá.

Encontrou um velhinho que ainda não tinha visto, o diretor do hospital, a interpelar com rispidez o médico da véspera e uma enfermeira de cabelo ruivo.

– Juro para o senhor...! – repetia o médico. – O senhor sabe tão bem como eu o que isso significa... Quando digo dez costelas quebradas, estou sem dúvida aquém da verdade... Sem falar no afogamento, na comoção...!

– Por onde ele saiu? – perguntou Maigret.

Apontaram-lhe a janela, que ficava cerca de dois metros acima do chão. Na terra, distinguiam-se as pegadas de dois pés descalços, bem como um rastro contínuo, deixando supor que o cavalariço caíra antes de comprido.

– Eis como se deu a coisa...! A enfermeira, a srta. Berthe, passou a noite na sala de plantão, como sempre... Não ouviu nada... Por volta das três horas, ela foi executar alguns procedimentos na Enfermaria 8 e deu uma espiada na 10... As luzes estavam apagadas... Tudo calmo... Ela não sabe dizer se o homem ainda se encontrava no leito...

– Os outros dois doentes...?

– Um deles vai entrar na faca a qualquer momento... Estamos à espera do cirurgião... O outro dormiu e não acordou...

Maigret acompanhou com os olhos os rastros que conduziam a um canteiro, onde uma pequena roseira fora pisoteada.

– O portão fica sempre aberto?

– Isso não é uma prisão! – replicou o diretor. – E alguém pode prever que um doente vai pular pela janela...? A porta do pavilhão, aliás, estava fechada, como sempre...

Inútil procurar pegadas do lado de fora. Tudo pavimentado. Entre duas casas, avistavam-se os dois renques de árvores do canal.

– Em suma – concluiu o médico –, eu dava como certo encontrá-lo morto hoje de manhã... Porém, como não restava nada a fazer... Foi por isso que o coloquei na 10...

Estava agressivo, pois não engolira as críticas do diretor.

Maigret pôs-se a rodar no jardim feito um cavalinho de carrossel e, subitamente, erguendo a aba de seu chapéu-coco à guisa de cumprimento, tomou o caminho da eclusa.

O *Southern Cross* estava entrando. Vladímir, com sua habilidade de marujo de ofício, lançou a argola de um cabo num pino e parou bruscamente o barco.

Quanto ao coronel, vestindo um impermeável comprido, quepe branco na cabeça, permanecia impassível diante do pequeno timão.

– Comportas...! – gritou o operador da eclusa.

Restavam agora umas vinte embarcações para atravessar.

– É a vez dele? – informou-se Maigret, apontando para o iate.

– É e não é a vez dele... Se o considerarmos um barco a motor, ele tem prioridade sobre os barcos puxados a cavalo... Por outro lado, como embarcação recreativa... Bah! Passam tão poucas desse tipo que os regulamentos não são claros... Em todo caso, como eles deram um agrado aos balseiros...

Eram estes últimos que acionavam as comportas.

– E a *Providence*?

– Estava obstruindo a passagem... Hoje de manhã foi atracar na curva, cem metros acima, em frente à segunda ponte... Tem notícias do velho...? Foi uma história que me custou caro... Mas vai querer entender...! Em princípio, tenho que operar sozinho a eclusa... Ora, se eu fizesse isso, seria diariamente uma fila de cem barcos... Quatro comportas...! Dezesseis válvulas...! E sabe quanto me pagam...?

Teve que se afastar por um instante porque Vladímir lhe estendia seus papéis e uma gorjeta.

Maigret aproveitou para seguir adiante. Na curva, avistou a *Providence*, que agora reconheceria no meio de cem balsas.

Um pouco de fumaça saía do tubo da chaminé; não se via ninguém no convés; todas as saídas estavam fechadas.

Quase subiu a bordo pela passarela da popa, que dava acesso ao alojamento dos balseiros.

Porém, reconsiderou e atravessou a ponte mais larga, utilizada para embarcar os cavalos.

Um dos painéis que fechava a cocheira fora retirado. A cabeça de um dos animais saía pelo vão, fuçando o vento.

Mergulhando o olhar no interior, Maigret percebeu, atrás de suas patas, uma forma escura deitada na palha. E ao seu lado, agachada e com uma cumbuca de café na mão, a bruxelense.

Maternal, estranhamente doce, ela murmurava:

– Vamos, Jean...! Beba enquanto está quente...! Vai lhe fazer bem, velho maluco... Quer que eu levante sua cabeça...?

Mas o homem, deitado de lado, não se mexia, olhos fitos no céu.

Nesse céu, dentro de seu campo de visão, desenhava-se a cabeça de Maigret.

E o comissário tinha a impressão de que, no rosto riscado pelos esparadrapos, pairava um sorriso satisfeito, irônico, até mesmo agressivo.

O velho cavalariço tentou erguer a mão para rejeitar a xícara que a companheira aproximava de seus lábios. Mas ela voltou a cair sem forças, enrugada, calejada, mosqueada por pontinhos azuis, possíveis vestígios de antigas tatuagens.

9

O médico

– NÃO FALEI? ELE SE ARRASTOU DE VOLTA para a toca feito um cachorro sovado...

Será que a balseira se dava conta do estado do ferido? O fato é que não se afligia, parecendo cuidar de uma criança gripada.

– Café não pode lhe fazer mal, concorda...? Mas ele não quer tomar nada... Deviam ser quatro da manhã quando meu marido e eu despertamos com uma barulheira a bordo... Peguei o revólver... Disse para ele me seguir com o lampião...

"Acredite se quiser: Jean estava aqui, mais ou menos como o senhor vê agora... Deve ter caído da ponte... São quase dois metros...

"No início, não enxergamos direito... Por um instante achei que estava morto...

"Meu marido quis chamar alguém para nos ajudar a carregá-lo para uma cama... Mas Jean compreendeu... Começou a apertar a minha mão... A apertá-la...! Parecia cravar os dedos...

"Percebi que ele fungava...

"Compreendi... Porque, afinal, são oito anos que ele está com a gente, não é...? Ele não está conseguindo falar... Mas acho que me ouve... Não é verdade, Jean...? Dói muito...?"

Difícil saber se as retinas do ferido brilhavam de compreensão ou febre...

A mulher espanou um fiapo de palha grudado em sua orelha.

– Pois a minha vida é o meu larzinho, minhas caçarolas, meus quatro móveis... Acho que se me dessem um palácio eu seria infeliz nele...

"Já a paixão de Jean é a cocheira... E os seus bichos...! Acredite...! Veja, há dias em que não avançamos, porque estamos descarregando... Jean fica à toa... Poderia ir para um botequim...

"Mas não! Ele se deita, exatamente aqui... Até entrar o primeiro raio de sol..."

E Maigret representou mentalmente o lugar onde se encontrava o cavalariço, viu a divisória revestida de resina à sua direita, com o rebenque pendurado num prego torto, a xícara de estanho em outro, uma nesga de céu entre os painéis superiores, as ancas musculosas dos cavalos.

Disso tudo emanava um calor animal, uma vida promíscua, espessa, que grudava na garganta como o vinho rascante de certas vinícolas.

– A propósito, acha que ele poderá ficar aqui?

Fez um sinal ao comissário para que a seguisse até o lado de fora. A eclusa funcionava no mesmo ritmo da véspera. E, em volta, as ruas da cidade, com sua rotina alheia ao canal.

– Ele vai morrer de qualquer jeito, certo...? O que ele fez...? Pode me contar... Mas admita que eu não podia falar...! Em primeiro lugar, não sei de nada... Uma vez, a única, meu marido surpreendeu Jean sem camisa... Viu tatuagens... Diferentes das dos balseiros... Imaginamos a mesma coisa que o senhor...

"Acho que gostei ainda mais dele... Ruminei que certamente ele não era o que parecia ser, que se dissimulava...

"Eu não teria lhe perguntado nem por todo o ouro do mundo... O senhor acha que ele matou a mulher...? Porque, preste atenção, se foi ele, juro ao senhor que ela merecia...!

"Jean é..."

Procurou uma palavra que exprimisse seu pensamento, não encontrou.

– Enfim... Meu marido está se levantando... Mandei-o para a cama, pois ele nunca foi muito bom do peito... Acha que se eu preparasse um caldo bem forte...

– Os médicos virão. Melhor esperar, enquanto isso...

– É mesmo necessário...? Vão fazê-lo sofrer, estragar seus últimos momentos...

– É indispensável...

– Ele está tão bem aqui conosco...! Posso deixá-lo um instante...? Não irá atormentá-lo...?

Maigret esboçou um sinal tranquilizador com a cabeça e, entrando na cocheira, puxou do bolso um estojo de metal que continha uma pequena almofada embebida em tinta viscosa.

Continuava impossível saber se o cavalariço estava consciente. Suas pálpebras se mantinham entreabertas. Por elas varava um olhar neutro e sereno.

Porém, quando o comissário ergueu a mão direita do ferido e pressionou seus dedos um depois do outro na almofadinha, teve a impressão de que, no lapso de uma fração de segundo, a sombra de um sorriso se desenhou novamente em seu semblante.

Decalcou as impressões digitais numa folha de papel, observou por um momento o moribundo, como se esperasse alguma coisa, voltou um último olhar para as divisórias, para as ancas irrequietas dos animais, e saiu.

Junto ao timão, o balseiro e a mulher comiam seu pão molhado no café com leite, de olho na cocheira. A menos de cinco metros da *Providence*, via-se o *Southern Cross* atracado, ninguém no convés.

Na véspera, Maigret deixara sua bicicleta na eclusa, onde a pegou de volta. Dez minutos depois, estava nas dependências da polícia e despachava um agente de motocicleta para Épernay com a missão de transmitir as impressões digitais a Paris via belinógrafo.

Quando retornou a bordo da *Providence*, estava acompanhado de dois médicos do hospital, com quem foi necessário negociar.

Os médicos queriam levar o ferido de volta. A bruxelense, alarmada, lançava olhares suplicantes para Maigret.

– Os senhores podem curá-lo?

– Não! O peito está arrebentado. Uma costela penetrou no pulmão direito...

– Quando tempo ele tem de vida?

– Qualquer outro já estaria morto...! Dentro de uma hora, ou cinco...

– Ora, então o deixem aqui!

O velho não se mexera, nem sequer estremecera. Quando Maigret passou pela mulher, ela lhe tocou a mão, num gesto de gratidão.

Com cara de poucos amigos, os médicos atravessaram a passarela.

– Deixá-lo morrer numa cocheira...! – resmungou um deles.

– Bah...! Se permitiram que nela vivesse...

Nem por isso o comissário deixou de posicionar um agente nas proximidades da balsa e do iate, incumbido de avisá-lo se alguma coisa acontecesse.

Da eclusa, fez contato telefônico com o Café de la Marine, em Dizy, sendo informado de que o inspetor Lucas acabara de passar, alugara um carro em Épernay e estava a caminho de Vitry-le-François.

A hora seguinte custou a passar. O balseiro da *Providence* aproveitou aquela pausa para calafetar o botezinho que trazia a reboque. Vladímir dava um brilho nas alças de cobre do *Southern Cross*.

Quanto à mulher, andava de um lado para o outro no convés, indo da cozinha à cocheira e vice-versa. Ora levava um travesseiro de alvura ofuscante, ora uma tigela com líquido fumegante, sem dúvida o caldo que ela metera na cabeça preparar.

Em torno das onze horas, Lucas chegou ao Hôtel de la Marne, onde Maigret o aguardava.

– Tudo certo, meu velho?

– Tudo certo! Parece cansado, chefe...

– Como foi...?

– Nada muito interessante! Em Meaux, nada salvo o iate ter sido pivô de um pequeno escândalo... Os balseiros, que não conseguiam dormir devido à música e à cantoria, falavam em quebrar tudo...

– A *Providence* estava lá?

– Abasteceu a menos de vinte metros do *Southern Cross*... Mas ninguém observou nada de anormal...

– Em Paris?

– Estive novamente com as duas... Confessaram não ter sido Mary Lampson quem lhes passou o colar, e sim Willy Marco... Isso foi confirmado no hotel, onde a reconheceram no retrato e onde a sra. Lampson não fora vista... Não tenho certeza, mas acho que Lia Lauwenstein conhecia Willy mais intimamente do que ele queria admitir e já lhe dera uma ajudinha em Nice...

– E em Moulins?

– Nada! Fiz uma visita à padeira, que é de fato a única Marie Dupin do pedaço... Uma mulher honesta e sem malícia, completamente alheia ao que está acontecendo e apreensiva, temendo que essas histórias lhe causem prejuízo... A cópia da certidão de nascimento data de oito anos... Pois bem, um novo tabelião assumiu há três anos, o antigo morreu ano passado... Vasculhamos os arquivos, sem nada encontrar relativo a esse documento...

Após um silêncio, Lucas indagou:

– E o senhor?

– Não sei ainda... Nada...! Ou tudo...! Isso será decidido de uma hora para outra... O que falam em Dizy...?

– Que se o *Southern Cross* não fosse um iate certamente não o deixariam partir, e lembram que o coronel já teve mais de uma mulher.

Maigret calou-se e arrastou o colega pelas ruas da pequena cidade, até o posto do telégrafo.

– Passe-me à Perícia Técnica em Paris...

O belinograma com as impressões digitais do cavalariço devia ter chegado à Chefatura duas horas antes. Agora, era uma questão de sorte. Tanto era possível descobrir de cara, entre oitenta mil fichas, aquela correspondente às impressões, como o trabalho poderia durar horas.

– Pegue um fone, meu velho... Alô...! Quem está no aparelho...? É você, Benoît...? Maigret falando... Receberam minha mensagem...? Como assim...? É você mesmo que está verificando...? Aguarde um instante no aparelho...

Saiu da cabine e foi até a agência dos Correios.

– Talvez eu precise ocupar a linha! Cuide para que não a cortem em hipótese alguma...

Quando pegou de volta o aparelho, tinha o olhar mais aceso.

– Sente-se, Benoît, pois você vai ler para mim o dossiê inteiro... Lucas, que está ao meu lado, fará anotações... Vá em frente...

Imaginava seu interlocutor como se estivesse ao seu lado, pois conhecia como a palma da mão as salas situadas acima do Tribunal de Justiça, onde arquivos de ferro contêm as fichas de todos os delinquentes da França e de um bom número de bandidos estrangeiros.

– Para começo de conversa, o nome dele...

– Jean Évariste Darchambaux, nascido em Boulogne, atualmente com cinquenta e cinco anos...

Como se por reflexo, Maigret tentou rememorar algum caso com aquele nome, mas a voz indiferente de Benoît, que articulara claramente as sílabas, já voltava, enquanto Lucas escrevia:

– Doutor em medicina... Casado, aos vinte e cinco anos, com uma tal Céline Mornet, de Étampes... Mudou-se para Toulouse, onde fez estudos... Vida bastante movimentada... Está me ouvindo, comissário?

– Perfeitamente! Adiante...

– Peguei o dossiê inteiro, pois a ficha não fala quase nada... O casal não demora a ficar crivado de dívidas... Dois anos depois do casamento, aos vinte e sete anos, Darchambaux é acusado de envenenar a tia, Julia Darchambaux, que viera visitar o casal em Toulouse e reprovava seu estilo de vida... A tia era rica... Os Darchambaux eram seus únicos herdeiros.

"O inquérito arrastou-se por oito meses, pois não se encontrava uma prova categórica. O assassino declarava – e alguns especialistas o respaldavam – que os remédios receitados à velha não constituíam em si um veneno, sendo tão somente parte de um tratamento arriscado...

"Foi grande a polêmica... Quer que eu leia os relatórios...?

"O julgamento foi tumultuado e tiveram que suspender a sessão diversas vezes... A maior parte acreditava na absolvição, sobretudo depois do depoimento da mulher do médico, que jurou não só que o marido era inocente, como também que, se o mandassem para a prisão, ela iria junto...

– Condenado? – indagou Maigret.

– A quinze anos de trabalhos forçados... Espere...! No que se refere ao nosso dossiê, fim de papo... Mas mandei um mensageiro ao Ministério do Interior... Ele acaba de chegar...

Ouviram-no falando com alguém atrás dele, depois manuseando alguns papéis.

– Aqui está...! Não é muita coisa... O diretor de Saint-Laurent-du-Maroni cogitou escalar Darchambaux para trabalhar em um dos hospitais da colônia penitenciária... ele se recusou... As avaliações são boas... Prisioneiro dócil... Uma única tentativa de fuga, na companhia de quinze colegas que o arrastaram...

"Transcorridos cinco anos, um novo diretor tenta o que ele chama de reabilitação de Darchambaux, mas não demora a anotar na margem de seu relatório que, no prisioneiro que lhe apresentam, nada lembra o intelectual de antigamente, nem sequer o homem de certa educação...

"Bom! Isso lhe interessa...?

"Lotado como enfermeiro em Saint-Laurent, ele mesmo pede para retornar à colônia...

"Era dócil, obstinado, calado. Um colega seu, interessado no caso, examina-o do ponto de vista mental e não consegue se pronunciar.

"Verifica-se, segundo ele, sublinhando as palavras com tinta vermelha, uma espécie de extinção progressiva das faculdades intelectuais concomitante a uma hipertrofia da vida orgânica.

"Darchambaux rouba em duas ocasiões. Nas duas, rouba comida, na segunda, de um companheiro de prisão, que o fere no peito com uma pedra pontiaguda...

"Jornalistas de passagem o aconselham, em vão, a requerer um indulto.

"Cumprida sua pena de quinze anos, ele cai no ostracismo e arranja emprego como ajudante numa serraria, onde cuida dos cavalos.

"Aos quarenta e cinco anos, está quite com a lei. Seu rastro desaparece..."

– Só isso?

– Posso lhe enviar o dossiê... Só forneci uma análise...

– Nenhuma informação sobre a mulher...? Você falou que ela nasceu em Étampes, certo...? Obrigado, Benoît... Não vale a pena remeter os documentos... O que você disse é suficiente...

Quando saiu da cabine, seguido por Lucas, suava em bicas.

– Você vai telefonar para o cartório de Étampes. Se Céline Mornet morreu, você saberá... Quer dizer, se tiver sido enterrada com esse nome... Verifique também, em Moulins, se Marie Dupin tem família em Étampes...

Atravessou a cidade às cegas, com as mãos nos bolsos, e foi obrigado a esperar cinco minutos na beira do canal, pois a ponte levadiça estava erguida e uma balsa sobrecarregada avançava com dificuldade, arrastando sua barriga plana no fundo, cujo lodo subia à superfície junto com bolhas de ar.

Em frente à *Providence*, ele abordou o policial de prontidão no caminho de sirga.

– Pode ir...

Percebeu o coronel, andando de um lado para o outro no convés do iate.

A balseira acorreu, ainda mais transtornada do que de manhã, franzindo as bochechas lustrosas.

– É horrível, comissário...

Maigret empalideceu, contraindo as feições:

– Morto?

– Não...! Cale-se... ainda há pouco, eu estava com ele, sozinha... Porque o senhor precisa saber que, embora ele também gostasse do meu marido, tinha uma preferência por mim...

"Sou bem mais moça... Pois bem! Em todo caso, ele me via um pouco como uma espécie de mãe...

"Ficávamos semanas sem falar... Só que... Um exemplo...! É comum meu marido esquecer a data do meu aniversário... Pois bem! Faz oito anos que Jean nunca deixa de me dar flores... Às vezes, quando estávamos no meio da função, eu me perguntava onde ele as arranjava...

"E nesse dia ele colocava uma fita nas viseiras dos cavalos...

"Então... Eu estava sentada ao seu lado... Sem dúvida são suas últimas horas... Meu marido queria retirar os cavalos, que não estão acostumados a ficar confinados tanto tempo assim...

"Discordei, pois tenho certeza de que ele faz questão de sua companhia...

"Peguei sua mãozorra..."

Ela chorava. Não soluçava. Continuava a falar, enquanto lágrimas fluidas rolavam sobre suas faces rubicundas.

– Não sei como aconteceu... Não tenho filhos... Embora tenhamos decidido adotar um quando tivermos a idade que a lei exige...

"Eu lhe dizia que aquilo não era nada, que ele ficaria bom, que tentaríamos conseguir uma carga para a Alsácia, onde, no verão, a região é muito bonita...

"Senti que seus dedos apertavam os meus... Eu não podia confessar que doía...

"Foi quando ele quis falar...

"O senhor entende...! Um homem como ele, ainda ontem forte feito um cavalo... Abriu a boca... Fez um esforço tão intenso que suas veias ficaram todas roxas e inchadas nas têmporas...

"Ouvi um chiado rouco, feito um grito de animal...

"Supliquei que sossegasse... Mas ele insistia... Sentou-se na palha, não sei como... E continuou de boca aberta...

"Dela saía sangue, que lhe escorria sobre o queixo...

"Eu quis chamar o meu marido... Mas Jean continuava me segurando... Me deu medo...

"O senhor não pode imaginar... Eu queria entender... Fiz umas perguntas...

'Quer beber alguma coisa...? Não...? Que eu chame alguém...?'

"E ele estava tão desesperado por não conseguir se exprimir...! Eu devia ter adivinhado... Bem que tentei...

"Que situação! O que será que ele deseja...? E agora parece que uma coisa rasgou na garganta dele... Sei lá...

"Teve então uma hemorragia. Voltou a se deitar, trincando os dentes, em cima do braço quebrado... Deve estar doendo horrores, mas ninguém diz que ele sente alguma coisa...

"Está olhando reto, para a frente...

"Eu daria tudo para saber o que lhe traria um pouco de alívio, antes... antes que seja tarde demais..."

Maigret caminhou silenciosamente até a cocheira, onde espiou através do painel aberto.

Era pungente e rude como a agonia de um animal com o qual não há comunicação.

O cavalariço mantinha-se encolhido. Arrancara parcialmente a atadura que, à noite, o médico lhe passara em volta do peito.

E, bem espaçadamente, ouvia-se o fio de sua respiração.

Um dos cavalos prendera a pata na rédea, mas continuava imóvel, parecendo perceber que alguma coisa de solene se desenrolava.

Maigret também hesitava. Lembrava-se da mulher morta, encafuada na palha da cocheira de Dizy, do corpo de Willy boiando no canal e das pessoas, na manhã fria, tentando recolhê-lo com um croque.

Sua mão revirava no bolso o emblema do Iate Clube da França e a abotoadura.

E ele revia o coronel inclinando-se perante o juiz de instrução e, com voz firme, pedindo autorização para seguir viagem.

No necrotério de Épernay, numa câmara glacial, onde boxes metálicos se enfileiravam como no subsolo de um banco, dois corpos aguardavam, cada um em seu compartimento numerado.

E, em Paris, mais borradas que maquiadas, duas infelizes deviam arrastar sua angústia emudecida de bar em bar.

Lucas vinha chegando.

– E então? – gritou Maigret, de longe.

– Céline Mornet não deu mais as caras em Étampes desde o dia em que requereu os papéis necessários ao seu casamento com Darchambaux...

O inspetor olhou meio ressabiado para o comissário.

– O que o senhor tem?

– Psiu...!

Lucas, porém, olhando em vão à sua volta, nada via que justificasse alguma emoção.

Então Maigret o levou até o painel da cocheira e apontou a forma deitada na palha.

A balseira não sabia direito o que fazer. De um barco a motor que passava, uma voz bradou em tom de galhofa:

– Ih, que pena... Enguiçaram...?

Ela caiu de novo no choro, sem saber por quê. De volta a bordo, com um balde de alcatrão na mão e uma escova na outra, seu marido avisou da popa:

– Tem alguma coisa queimando no fogo...

Ela se dirigiu mecanicamente à cozinha. E Maigret, meio a contragosto, convocou Lucas:

– Vamos lá embaixo...

Um dos cavalos relinchou debilmente. O cavalariço não se mexeu.

O comissário pegara na carteira a fotografia da mulher morta, mas não olhava para ela.

10

Os dois maridos

– ESCUTE, DARCHAMBAUX...

Maigret dissera isso em pé, estudando a fisionomia do cavalariço. Sem ao menos se dar conta, tirara o cachimbo da boca, mas não cogitava reabastecê-lo.

A reação não foi a que esperava? O fato é que ele arriou no banco da cocheira, debruçou para a frente e, com o queixo nas mãos, mudou o tom:

– Escute... Não se exalte... Sei que não pode falar...

Uma sombra insólita passando sobre a palha o fez erguer a cabeça e perceber o coronel, em pé, no convés da balsa, rente ao painel aberto.

O inglês não se mexeu, continuando a acompanhar a cena com os olhos, de cima para baixo, os pés acima da cabeça dos três personagens.

Lucas se mantinha à parte, tanto quanto permitia a exiguidade da cocheira. Maigret, um pouco mais nervoso, prosseguiu:

– Não iremos removê-lo... Ouviu, Darchambaux...? Daqui a pouco vou embora... A sra. Hortense ocupará o meu lugar...

Era tocante, embora não se pudesse dizer exatamente por quê. Involuntariamente, Maigret falava quase com a mesma doçura da bruxelense.

– Antes, você precisa responder com batidas de pálpebras a algumas perguntas... Muita gente pode ser acusada e presa de uma hora para outra... Não é o que você quer, é...? Então preciso que me confirme a verdade...

E, enquanto falava, o comissário não parava de espreitar o homem, perguntando-se o que tinha naquele instante à sua frente: o médico de antigamente, o presidiário obstinado, o cavalariço bronco ou, por fim, o assassino descontrolado de Mary Lampson.

O aspecto era primitivo, as feições, rudes. Mas os olhos não mostravam uma expressão nova, destituída de qualquer ironia?

Uma expressão de tristeza infinita.

Em duas oportunidades, Jean tentou falar. Nas duas, o que se fez ouvir foi um chiado semelhante ao uivo de um animal, com saliva cor-de-rosa borbulhando no lábio do moribundo.

Maigret não perdia de vista a sombra das pernas do coronel.

– Quando você foi para o presídio, antes, você tinha certeza de que sua mulher cumpriria a promessa e o acompanharia... Foi ela que você matou em Dizy...!

Nenhum tremor! Nada! Exceto o rosto, que adquiriu uma cor indefinida.

– Ela não foi e... você perdeu o ânimo... Quis esquecer tudo, até a própria personalidade...

Maigret falava aceleradamente, indócil. Tinha pressa de acabar com aquilo. E, acima de tudo, temia ver Jean sucumbir àquele interrogatório execrável.

– Você a reencontrou por acaso, quando já se tornara outro homem... Foi em Meaux... Não foi...?

Teve de esperar um bom tempo até que o cavalariço, dócil, consentisse fechar as pálpebras em sinal de confirmação.

A sombra das pernas se mexeu. A balsa oscilou ligeiramente à passagem de um barco a motor.

– Ela continuava igual...! Bonita... Vaidosa...! Alegre...! Dançava-se no convés do iate... Você não pensou imediatamente em matá-la... Caso contrário, não haveria necessidade de conduzi-la primeiro a Dizy...

Será que o moribundo ainda ouvia? Deitado naquela posição, decerto via o coronel logo acima de sua cabeça. Mas os olhos não exprimiam nada! Nada, pelo menos, passível de compreensão.

– Ela havia jurado acompanhá-lo aonde você fosse... Você tinha passado uma boa temporada na cadeia... Morava numa cocheira... e ocorreu-lhe subitamente a ideia de recuperá-la, tal qual ela era agora, com suas joias, seu rosto maquiado, seu vestido branco, e fazê-la dividir sua palha... Não foi assim, Darchambaux...?

As pálpebras não bateram. Mas o peito arfou. Novo grunhido. Lucas, não se aguentando mais, mexeu-se no seu canto.

– Foi assim! Eu sinto isso! – pronunciou Maigret, cada vez mais depressa, como se tomado de vertigem. – Diante da ex-mulher, Jean, o cavalariço, que praticamente se esquecera do médico Darchambaux, reencontrava lembranças, lufadas de outros tempos... E uma estranha vingança se esboçava... Vingança...? Quase isso...! Uma necessidade obscura de rebaixar ao seu nível aquela que prometera ser sua a vida inteira...

"E Mary Lampson passou três dias escondida naquela cocheira, quase por livre e espontânea vontade...

"Pois ela teve medo... Medo do fantasma que ela sentia disposto a tudo, que a intimava a segui-lo...!

"Medo duplicado pela consciência que tinha de seu ato de covardia...

"Ela foi voluntariamente... E você, Jean, você levou para ela carne enlatada e vinho tinto de segunda... Esteve com ela duas noites consecutivas, após as intermináveis etapas pelo Marne...

"Em Dizy..."

O moribundo voltou a se agitar. Mas estava sem forças. Caiu novamente, mole, drenado.

– Ela deve ter se rebelado... Não podia mais suportar aquela vida... Num momento de fúria, você a estrangulou, impedindo-a de partir pela segunda vez... Carregou o cadáver para aquela cocheira... Não é verdade?

Ele teve que repetir cinco vezes a pergunta e, no fim, as pálpebras se mexeram.

"Sim", elas diziam, com indiferença.

Ouviu-se um leve rumor no convés. O coronel rechaçava a bruxelense, que desejava se aproximar. Ela obedecia, impressionada com seu ar solene.

– O caminho de sirga... Uma vida nova ao longo do canal... Mas você estava inquieto... Sentia medo... Pois você tinha medo de morrer, Jean... Medo de ser preso de novo... Medo da cadeia... Um medo atroz, sobretudo, de abandonar seus cavalos, sua cocheira, sua palha, seu reduto que se tornara seu universo... Então, uma noite, você pegou a bicicleta de um operador... Eu o interroguei... Você adivinhou minhas suspeitas...

"Foi então zanzar em Dizy, com a ideia de fazer alguma coisa, qualquer coisa, para desviá-las...

"Procede...?"

Jean, agora, demonstrava uma calma tão absoluta que parecia morto. O rosto não exprimia senão tédio. As pálpebras, entretanto, abaixaram-se mais uma vez.

– Quando você chegou, o *Southern Cross* não estava iluminado. Você pensou que todo mundo dormia. No convés, secava um gorro de marinheiro... Você o pegou... Foi até a cocheira para escondê-lo sob a palha... Era um jeito de mudar o curso da investigação, desviá-la para os ocupantes do iate...

"Você não podia saber que Willy Marco, que se encontrava do lado de fora, sozinho, e o vira pegar o gorro, estava nos seus calcanhares... Ele o esperou, à porta da cocheira, onde perdeu uma abotoadura...

"Intrigado, foi no seu encalço quando você retornava à ponte de pedra, onde deixara a bicicleta...

"Chamou por você...! Você ouviu alguma coisa às suas costas...?

"Vocês lutaram... Você o matou, com seus dedos terríveis, que já haviam estrangulado Mary Lampson... Arrastou o corpo até o canal...

"Depois deve ter caminhado, cabisbaixo... Viu, no caminho, alguma coisa brilhando, o emblema do ICF... E, intuitivamente, sabendo que aquele emblema pertencia a alguém, tendo-o visto talvez na lapela do coronel, você o jogou no lugar onde se dera a briga... Responda, Darchambaux... Foi assim que as coisas se passaram...?"

– Enguiçado, *Providence*...? – gracejava outro balseiro, cuja embarcação passou tão perto que viram sua cabeça deslizar na altura do painel.

E, coisa estranha e perturbadora, os olhos de Jean ficaram marejados. Ele bateu as pálpebras precipitadamente, como se, para terminar com aquilo, admitisse tudo. Ouviu a balseira respondendo, da proa, onde esperava:

– Foi o Jean que se machucou...

Maigret, levantando-se, concluiu:

– Ontem à noite, quando examinei suas botas, você compreendeu que eu fatalmente chegaria à verdade e quis se matar, atirando-se na pororoca da eclusa...

Mas o cavalariço estava tão exaurido, respirava com tanta dificuldade que o comissário nem sequer esperou pela resposta. Fez um sinal para Lucas e olhou pela última vez à sua volta.

Um raio de sol oblíquo batia em cheio na orelha esquerda do cavalariço e no casco de um dos cavalos.

No momento em que os dois homens saíam do estábulo, sem encontrar nada para acrescentar, Jean tentou falar mais uma vez, com veemência, indiferente à dor. Soergueu-se do colchão, os olhos enlouquecidos.

Maigret não cuidou do coronel imediatamente. Com um gesto, chamou a mulher, que, de longe, o observava.

– E então...? Como ele está...? – ela indagou.

– Vá lhe fazer companhia...

– Posso...? Não virá mais ninguém...?

Não ousou terminar. Imobilizara-se, ouvindo os apelos indistintos de Jean, que parecia com medo de morrer sozinho.

Então, subitamente, correu para a cocheira.

Vladímir, sentado no cabrestante do iate, cigarro na boca, o gorro branco inclinado na cabeça, fazia uma emenda num cabo.

Um policial aguardava no cais e, da balsa, Maigret indagou:

– O que é?

– Temos a resposta de Moulins...

Estendeu um bilhete que dizia simplesmente:

A padeira Marie Dupin declara ter tido uma prima distante, em Étampes, chamada Céline Mornet.

Maigret examinou o coronel, dos pés à cabeça. Usava o quepe branco, com o imponente escudo. Seus olhos estavam menos sombrios, o que sem dúvida significava ter bebido relativamente pouco.

– O senhor suspeitava da *Providence*? – perguntou-lhe à queima-roupa.

Estava tão na cara! Maigret também não teria suspeitado da balsa se os ocupantes do iate não tivessem por um momento desviado sua atenção?

– Por que não disse nada?

A resposta foi digna do diálogo entre Sir Lampson e o juiz de instrução, em Dizy.

– Eu queria *agir* pessoalmente...

O que resumia bem o desprezo que o coronel votava à polícia.

– Minha mulher...? – perguntou quase imediatamente.

– Como o senhor disse, como Willy Marco disse, era uma mulher encantadora...

Maigret falava sem ironia. Aliás, prestava mais atenção aos sons que vinham da cocheira do que à conversa.

Ouvia-se o murmúrio abafado de uma única voz, a da balseira, que parecia consolar uma criança doente.

– Quando ela casou com Darchambaux, já sonhava com luxo... E, sem dúvida, foi por ela que o médico, pobre que era, deu uma ajudazinha para a tia morrer... Não digo que ela fosse cúmplice... Digo que foi por ela...! E ela sabia disso tão bem que, no tribunal, jurou acompanhá-lo...

"Uma mulher encantadora... O que não é a mesma coisa que uma heroína...

"O gosto da vida foi mais forte... Imagino que compreenda, coronel..."

Sol, vento e nuvens ameaçadoras se conjugavam, prenunciando um temporal. Uma luz difusa se espalhava sobre tudo.

– É tão raro alguém voltar da cadeia...! Ela era bonita... Todas as alegrias estavam ao seu alcance... só o seu nome atrapalhava... Então, na Côte d'Azur, onde conhecera um primeiro admirador disposto a casar com ela, teve a ideia de mandar vir de Moulins uma cópia da certidão de nascimento de uma prima de segundo grau de quem se lembrara...

"Coisa fácil! Tão fácil que já se fala em inserir impressões digitais de recém-nascidos nas certidões do registro civil...

"Ela se divorciou... Virou sua mulher...

"Mulher encantadora... Sem sombra de maldade, tenho certeza... Mas amava a vida, certo...? Amava a juventude, o amor, o luxo...

"Às vezes, provavelmente, uma espécie de combustão espontânea a levava a um descontrole inexplicável...

"Veja! Estou convencido de que ela seguiu Jean menos por causa de suas ameaças do que pela necessidade de ser perdoada...

"No primeiro dia, escondida na cocheira desta balsa, em meio a relentos fortes, deve ter tido uma satisfação difusa, julgando expiar...

"Como antigamente, quando gritou para os jurados que seguiria o marido até a Guiana.

"Criaturas encantadoras, cujo primeiro gesto é sempre bonito, teatral... Todas cheias de boas intenções...

"A vida, entretanto, com suas covardias, seus comprometimentos, suas necessidades imperiosas, fala mais alto..."

Maigret discorrera com certa exaltação, enquanto espreitava os sons vindos da cocheira e seu olhar acompanhava o movimento dos barcos que entravam ou saíam da eclusa.

O coronel, à sua frente, mantinha a cabeça baixa. Quando a levantou, foi para observar Maigret com manifesta simpatia, talvez até mesmo com uma emoção contida.

– Que tal beber alguma coisa? – sugeriu, apontando para o iate.

Lucas se mantinha afastado.

– Você me avisa? – perguntou-lhe o comissário.

Entre eles, não havia necessidade de explicações. O inspetor, calado, aguardando junto à cocheira, compreendera.

O *Southern Cross* estava em perfeitas condições, como se nada tivesse acontecido. Não havia um grão de poeira nas divisórias de mogno do camarote.

No centro da mesa, uma garrafa de uísque, sifão e copos.

– Fique do lado de fora, Vladímir...!

A impressão de Maigret era nova. Não entrava mais ali para tentar descobrir um pedaço da verdade. Estava menos pesado, menos bruto.

E o coronel o tratava como tratara o sr. de Clairfontaine de Lagny.

– Ele vai morrer, não é...?

– Muito em breve, sim...! Ele sabe disso desde ontem...

A água gasosa esguichou do sifão. Sir Lampson pronunciou gravemente:

– Saúde...!

E Maigret bebeu, com a mesma avidez do anfitrião.

– Por que ele fugiu do hospital...?

O ritmo das réplicas era lento. Antes de responder, o comissário olhou à sua volta, observando os menores detalhes do camarote.

– Porque...

Procurou as palavras, enquanto seu companheiro já enchia os copos.

– ... um homem sem laços... um homem que cortou todos os vínculos com o passado, com a antiga personalidade... Precisava agarrar-se a alguma coisa...! Teve a cocheira... os relentos... os cavalos... o café ingerido pelando às três da manhã antes de pôr-se a caminhar até o anoitecer... Sua toca, se preferir...! Seu antro... Impregnado do seu calor animal...

E Maigret olhou o coronel nos olhos. Viu-o desviar a cabeça. Acrescentou, enquanto pegava o copo:

– Há muitos tipos de antro... Há os que cheiram a uísque, água-de-colônia e mulher... Com música na vitrola...

Calou-se para beber. Quando ergueu a cabeça, seu companheiro tivera tempo de esvaziar um terceiro copo.

E Sir Lampson o fitava com seus olhos esbugalhados e estendia-lhe a garrafa.

– Obrigado... – protestou Maigret.

– *Yes...!* Preciso...

Não haveria afeição em seu olhar?

– Minha mulher... Willy...

Nesse instante, um pensamento ferino resvalou na mente do comissário. Sir Lampson não seria um homem tão solitário e desamparado quanto Jean, que estava em vias de morrer em sua cocheira?

O cavalariço, pelo menos, tinha junto a si os cavalos e a bruxelense maternal.

– Beba...! *Yes...!* Estou pedindo... O senhor é um *gentleman*...

Estava quase suplicante. Estendia a garrafa com certo pudor. Ouvia-se Vladímir indo e vindo no convés.

Maigret estendeu o copo. Mas bateram à porta. Lucas chamou:

– Comissário...!

E, tão logo a porta se entreabriu, acrescentou...

– Terminou...

O coronel não se mexeu. Olhou os dois homens se afastarem com um ar lúgubre. Maigret, voltando-se, viu-o beber de um trago o copo que acabava de servir e gritar:

– Vladímir...!

Uma aglomeração se formara nas imediações da *Providence*, de onde partiam soluços.

Era Hortense Canelle, a balseira, que, ajoelhada ao lado de Jean, ainda lhe falava, embora ele já tivesse deixado de viver há alguns minutos.

Seu marido, no convés, aguardava a chegada do comissário. Saltitou até ele, chacoalhando sua magreza, e murmurou com angústia:

– Que devo fazer...? Ele está morto...! Minha mulher...

Uma imagem que Maigret não devia esquecer: na cocheira, vista de cima e ocupada pelos dois cavalos, um corpo quase compactado, com metade da cabeça enfiada na palha. E os cabelos louros da balseira absorvendo todo o sol, enquanto ela gemia lentamente, repetindo às vezes:

– Meu pequeno Jean...

Como se Jean fosse uma criança, e não aquele velho duro feito pedra, com carcaça de gorila, que havia desconcertado os médicos!

11

Prioridade

NINGUÉM, EXCETO MAIGRET, PERCEBEU.

Duas horas após a morte de Jean, enquanto o corpo era transportado numa padiola para um carro que o esperava, o coronel perguntou, com os olhos avermelhados, mas o andar cheio de dignidade:

– Acha que me darão autorização para enterrar?

– A partir de amanhã...

Cinco minutos depois, Vladímir, com a precisão de sempre, largava as amarras.

Dois barcos aguardavam na eclusa de Vitry-le-François, com destino a Dizy.

O primeiro, impelido por um croque, já avançava em direção à calha, quando o iate roçou nele, contornou sua quilha abaulada e penetrou na eclusa aberta.

Houve protestos. O balseiro gritou para o operador da eclusa que era a vez dele, que faria queixa, e mil outras coisas.

Mas o coronel, de quepe branco, em uniforme de oficial, nem sequer se voltou.

Mantinha-se em pé, diante do timão, impassível, olhando reto à sua frente.

Quando a eclusa se fechou, Vladímir desembarcou e estendeu os papéis e a gorjeta de praxe.

– É o fim da picada! Os iates têm todas as prerrogativas! – resmungou um cavalariço... – Também, a dez francos por eclusa...

A calha, abaixo de Vitry-le-François, estava lotada. Parecia quase impossível esgueirar-se por entre os barcos que esperavam a vez.

E, no entanto, assim que as comportas se abriram, a água efervesceu na hélice. Com um gesto indiferente, o coronel arrancou.

E, tirando fino das pesadas balsas, em meio a gritos e protestos, mas sem tocar numa só delas, o *Southern Cross* imprimiu subitamente sua velocidade máxima.

Dois minutos mais tarde, desaparecia na curva e Maigret comentava com Lucas, que o acompanhara:

– Os dois estão caindo de bêbados!

Ninguém desconfiara. O coronel estava correto e digno, com o grande escudo dourado no meio do quepe.

Vladímir, em sua camiseta listrada, gorro no cocuruto, não cometera um único deslize.

Porém, enquanto o pescoço sanguíneo de Sir Lampson estava roxo, o rosto exibia uma palidez doentia, olhos empapuçados, lábios sem cor.

Quanto ao russo, o menor esbarrão o teria feito perder o equilíbrio, pois dormia em pé.

A bordo da *Providence*, tudo fechado e silencioso. A cem metros da balsa, os dois cavalos estavam amarrados a uma árvore.

E os balseiros haviam ido à cidade, comprar trajes de luto.

O CACHORRO AMARELO

TRADUÇÃO DE EDUARDO BRANDÃO

FOTO

Eugène Atget, *Cour Saint-Louis, 26 rue de Lappe*, Paris, 1912

1

O cão sem dono

SEXTA-FEIRA, 7 DE NOVEMBRO. CONCARNEAU ESTÁ DESERTA. O relógio luminoso da cidade velha, que se avista acima das muralhas, marca cinco para as onze. A maré está cheia e uma tempestade de sudoeste faz as embarcações no porto se entrechocarem. O vento se engolfa nas ruas, onde às vezes se veem pedaços de papel voar disparados rente ao chão.

Cais de Aiguillon, não há uma só luz. Tudo está fechado. Todo mundo dorme. Somente as três janelas do Hôtel de l'Amiral, na esquina da praça com o cais, ainda estão iluminadas.

Elas não estão com os contraventos postos, mesmo assim as silhuetas mal se deixam adivinhar através de suas vidraças esverdeadas. O guarda alfandegário de prontidão, encolhido na sua guarita a menos de cem metros, inveja as pessoas atardadas no café.

Em frente a ele, na bacia do porto, um navio de pequeno curso, que de tarde veio se pôr ao abrigo. Ninguém no convés. As polias rangem e uma vela mal amarrada estala ao vento. Ouve-se o barulho contínuo da ressaca e um clique do relógio que vai soar às onze.

A porta do Hôtel de l'Amiral se abre. Aparece um homem, que continua a falar um instante por seu vão com as pessoas que ficaram dentro. A tempestade o abocanha, agita as abas do seu capote, levanta seu chapéu-coco, que ele agarra a tempo e segura na cabeça enquanto avança.

Mesmo de longe, sente-se que está um pouco alegre, mal parando em cima das pernas, e que tirita de frio. O guarda alfandegário o segue com os olhos, sorri quando o homem cisma de acender um charuto. Porque começa uma luta cômica entre o bêbado, o capote que o vento quer lhe tomar e o chapéu que foge ao longo da calçada.

Dez fósforos se apagam.

E o homem de chapéu-coco avista uma entrada de dois degraus, abriga-se nela, inclina-se. Um clarão tremula, brevíssimo. O fumante vacila, se agarra à maçaneta da porta.

O guarda alfandegário não terá percebido um ruído estranho à tempestade? Não tem certeza. Primeiro ri, vendo o noctâmbulo perder o equilíbrio, dar vários passos para trás, tão inclinado que sua pose é inacreditável.

Desaba no chão, na beira da calçada, a cabeça na lama da sarjeta. O guarda bate as mãos nos flancos para aquecê-las, observa com mau humor a vela cujos estalidos o irritam.

Um minuto, dois minutos se passam. Nova olhada para o bêbado, que não se mexeu. Mas um cachorro, vindo sabe-se lá de onde, está ali, farejando-o.

– Foi só nesse momento que tive a sensação de ter acontecido alguma coisa – dirá o guarda, durante a investigação.

As idas e vindas que sucederam essa cena são mais difíceis de estabelecer numa ordem cronológica rigorosa. O guarda alfandegário se dirige até o homem caído, um tanto apreensivo com a presença do cachorro, um bichão amarelo com cara de poucos amigos. Há um lampião a gás a oito metros dali. Primeiro o agente não vê nada de anormal. Depois percebe um buraco no sobretudo do beberrão, e desse buraco escorre um líquido espesso.

Corre então para o Hôtel de l'Amiral. O café está quase vazio. Acotovelada na caixa registradora, uma garçonete. A uma mesa de mármore dois homens terminam seus charutos, recostados na cadeira, pernas esticadas.

– Depressa! Um crime... não sei...

O guarda se volta. O cachorro amarelo entrou atrás dele e se deitou aos pés da garçonete.

Há uma hesitação, um vago pavor no ar.

– O amigo de vocês, que acaba de sair...

Instantes depois, são três a se debruçar sobre o corpo, que não mudou de lugar. A prefeitura, onde fica o posto policial, fica a dois passos. O guarda alfandegário prefere tomar providências. Precipita-se para lá, ofegante, depois se dependura na campainha de um médico.

E repete, sem conseguir se livrar daquela visão:

– Ele vacilou para trás, como um bêbado, e deu pelo menos uns três passos assim...

Cinco pessoas... seis... sete... E as janelas que se abrem aqui e ali, cochichos.

O médico, ajoelhado na lama, declara:

– Uma bala disparada à queima-roupa, no meio da barriga. Tem de ser operado com urgência. Telefonem ao hospital!

Todo mundo reconheceu o ferido. O sr. Mostaguen, principal negociante de vinhos de Concarneau, um bom gorducho que só tem amigos.

Os dois policiais fardados – um não achou o quepe – não sabem por onde começar a investigação.

Alguém fala, o sr. Le Pommeret, que por sua aparência e sua voz logo se vê que é uma pessoa importante.

– Jogamos cartas juntos, no Café de l'Amiral, com Servières e o dr. Michoux. O doutor saiu antes, faz uma meia hora. Mostaguen, que tem medo da mulher, nos deixou quando deu onze horas.

Incidente tragicômico. Todos escutam o sr. Le Pommeret. Esquecem o ferido. E não é que ele abre os olhos, tenta se levantar, murmura com uma voz espantada, tão suave, tão delicada, que a garçonete solta uma risada nervosa:

– O que foi?

Mas um espasmo o sacode. Seus lábios se agitam. Os músculos do rosto se contraem enquanto o médico prepara a seringa para dar uma injeção.

O cachorro amarelo circula por entre as pernas. Alguém se espanta.

– Vocês conhecem este cachorro?

– Nunca vi...

– Na certa é de algum barco.

Na atmosfera de drama, o cachorro tem algo de inquietante. Quem sabe por sua cor, de um amarelo sujo. Tem patas compridas, é magérrimo, e sua enorme cabeça lembra ao mesmo tempo o mastim e o dogue alemão.

A cinco metros do grupo, os policiais interrogam o guarda alfandegário, única testemunha do acontecimento.

Examinam a entrada de dois degraus. É a entrada de uma grande casa burguesa, cujas janelas estão fechadas. À direita da porta, o aviso de um tabelião anuncia o leilão do imóvel no dia 18 de novembro: *Avaliação: Oitenta mil francos.*

Um guarda-civil tenteia em vão por um bom tempo forçar a fechadura, e é o dono da oficina vizinha que a arromba com uma chave de fenda.

A ambulância chega. Içam o sr. Mostaguen a uma maca. Os curiosos não têm mais o que fazer, senão contemplar a casa vazia.

Está desabitada faz um ano. No corredor reina um pesado cheiro de pólvora e de tabaco. Uma lanterna ilumina, nas lajotas do chão, cinzas de cigarro e vestígios de lama que provam que alguém ficou bastante tempo espreitando atrás da porta.

Um homem, vestindo apenas um sobretudo por cima do pijama, diz à sua mulher:

– Vamos! Não há mais nada a ver. Ficaremos sabendo do resto amanhã, pelo jornal. O sr. Servières está aí.

Servières é um personagem pequeno, gordinho, de paletó bege-claro, que estava com o sr. Le Pommeret no Hôtel de l'Amiral. É redator do *Le Phare de Brest*, onde entre outras coisas publica aos domingos uma crônica humorística.

Toma notas, dá indicações, quando não ordens, aos dois policiais.

As portas que se abrem para o corredor estão trancadas à chave. A dos fundos, que dá acesso a um jardim, está aberta. O jardim é cercado por um muro que não tem um metro e meio de altura. Do outro lado do muro, fica uma ruela que dá no cais de Aiguillon.

– O assassino saiu por ali! – anuncia Jean Servières.

Foi no dia seguinte que Maigret fez como pôde esse resumo dos acontecimentos. Fora destacado havia um mês para a Brigada Móvel de Rennes, onde certos serviços precisavam ser reorganizados. Havia recebido um telefonema alarmado do prefeito de Concarneau.

Chegara a essa cidade em companhia de Leroy, um inspetor com quem nunca trabalhara.

A tempestade não havia cessado. As borrascas rebentavam sobre a cidade grossas nuvens que desabavam em chuva glacial. Nenhuma embarcação saía do porto, e falavam de um vapor em dificuldade ao largo das ilhas Glénan.

Maigret se instalou, naturalmente, no Hôtel de l'Amiral, que é o melhor da cidade. Eram cinco da tarde, e a noite acabava de cair quando entrou no café, uma sala comprida, um bocado soturna, de assoalho acinzentado coberto de serragem, mesas de mármore, que as vidraças verdes das janelas entristecem ainda mais.

Várias mesas estavam ocupadas. Mas ao primeiro olhar se reconhecia a dos *habitués*, os clientes sérios, cuja conversa os outros procuravam ouvir.

Alguém se levantou, aliás, dessa mesa, um homem de rosto abonecado, olhos redondos, lábios sorridentes.

Comissário Maigret? Meu amigo prefeito me avisou da sua chegada. Ouvi falar bastante do senhor. Permita-me que me apresente. Jean Servières. Hum! O senhor é de Paris, não é? Eu também! Fui por muitos anos diretor do *La Vache Rousse*, em Montmartre. Colaborei para o *Le Petit Parisien*, o *Excelsior*, *La Dépêche*... Conheci intimamente um dos seus chefes, o querido Bertrand, que se aposentou ano passado e foi ficar de papo para o ar em Nièvre. E eu fiz como ele! Por assim dizer, me retirei da vida pública. Colaboro, para me distrair, no *Le Phare de Brest*.

Saltitava, gesticulava.

– Venha, vou lhe apresentar nossa mesa. Os últimos *bons-vivants* de Concarneau. Este é Le Pommeret, garanhão impenitente, rentista profissional e vice-cônsul da Dinamarca.

O homem que se levantou e estendeu a mão vestia-se como um fidalgo da roça: calça de montar axadrezada, perneiras justas, sem um pingo de lama, gravata plastrom de piquê branco. Tinha belos bigodes prateados, cabelos bem alisados, uma tez clara e bochechas ornadas pela acne.

– É um prazer, comissário.

E Jean Servières continuava:

– O dr. Michoux, filho do ex-deputado. Aliás, de médico só tem o diploma, pois nunca exerceu. Vai ver que acabará lhe vendendo um lote. É dono do mais bonito loteamento de Concarneau, talvez até da Bretanha.

Uma mão fria. Um rosto anguloso, nariz enviesado. Cabelos ruivos já raros, embora o doutor não tivesse trinta e cinco anos.

– Toma alguma coisa?

Enquanto isso, o inspetor Leroy tinha ido fazer contatos na prefeitura e na gendarmaria.

Havia na atmosfera do café algo cinzento, de sombrio, sem que se pudesse especificar o quê. Por uma porta aberta, podia-se ver a sala de refeições, onde moças de traje bretão punham as mesas para o jantar.

O olhar de Maigret pousou num cachorro amarelo, deitado ao pé da caixa registradora. Ergueu os olhos, percebeu uma saia preta, um avental branco, um rosto sem graça e, no entanto, tão cativante que, durante a conversa que se seguiu, não parou de observá-lo.

Toda vez que virava a cabeça, aliás, era a garçonete que cravava nele seu olhar febril.

– O coitado do Mostaguen, que é a melhor pessoa da terra, à parte o fato de morrer de medo da mulher, quase foi desta para a melhor. Seria capaz de apostar que se trata de uma piada de mau gosto.

Era Jean Servières que falava. Le Pommeret chamou familiarmente:

– Emma!

E a garçonete se aproximou.

– Sim? O que deseja tomar?

Havia dois copos pela metade na mesa.

– É hora do aperitivo! – observou o jornalista. – Em outras palavras, é hora do Pernod. Traga uns Pernods, Emma. Não é, comissário?

O dr. Michoux fitava sua abotoadura com um ar absorto.

– Quem podia prever que Mostaguen pararia na entrada daquela casa para acender o charuto? – prosseguia a voz sonora de Servières. – Ninguém, não é mesmo? Ora, Le Pommeret e eu moramos do outro lado da cidade! Nunca passamos pela casa vazia. Naquela hora só havia nós três andando pelas ruas. Mostaguen não é pessoa que tenha inimigos. É o que chamamos de um bom sujeito. Um homem cuja única ambição é ganhar um dia a medalha da Legião de Honra.

– A cirurgia foi bem-sucedida?

– Ele vai se recuperar. O mais engraçado é que sua mulher fez a maior cena no hospital, porque está persuadida de que se trata de uma história de amor! Já imaginaram? O coitado não ousaria nem sequer acariciar sua datilógrafa, por medo das complicações!

– Dose dupla! – disse Le Pommeret à garçonete que servia a imitação de absinto. – Traga gelo, Emma.

Alguns clientes saíram, porque estava na hora do jantar. Uma ventania penetrou pela porta aberta, fez as toalhas da sala de refeições tremularem.

– Leiam o artigo que escrevi sobre o caso e em que creio ter estudado todas as hipóteses. Somente uma é plausível: é que estamos em presença de um louco. Por exemplo, nós, que conhecemos a cidade inteira, não conseguimos ver quem possa ter perdido a razão. Estamos aqui todas as noites. Às vezes o prefeito vem se juntar a nós. Ou Mostaguen. Ou então vamos buscar, para um *bridge*, o relojoeiro, que mora a umas poucas casas daqui.

– E o cachorro?

O jornalista esboçou um gesto de ignorância.

– Ninguém sabe de onde saiu. Por um instante acreditamos ser do barco que chegou ontem. O *Sainte-Marie*. Parece que não. Ele tem um cachorro a bordo, mas é um terra-nova, e desafio qualquer um a dizer de que raça é esse bicho horroroso!

Enquanto falava, pegou uma garrafa d'água, verteu um pouco no copo de Maigret.

– Faz tempo que a garçonete está aqui? – perguntou o comissário a meia-voz.

– Anos...

– Ela não saiu, ontem à noite?

– Não se mexeu. Esperava que fôssemos embora para ir dormir. Le Pommeret e eu evocávamos velhas lembranças, lembranças dos bons tempos, quando éramos bastante bonitos para conseguir mulheres sem precisar pagar. Não é, Le Pommeret? Ele não diz nada! Quando o senhor o conhecer melhor vai ver que, quando se trata de mulheres, ele é capaz de passar a noite toda... Sabe como chamamos a casa em que ele mora, defronte ao mercado de peixes? A casa das torpezas. Hum!

– À sua saúde, comissário – brindou, não sem um certo incômodo, àquele de quem falavam.

Maigret notou no mesmo instante que o dr. Michoux, que tinha dificuldade de abrir a boca, se inclinava para olhar seu copo em transparência. Sua testa estava franzida. Seu rosto, naturalmente descorado, tinha um semblante de visível aflição.

– Um instante! – soltou de repente, depois de muito hesitar.

Aproximou o copo das narinas, mergulhou nele um dedo em que tocou com a ponta da língua. Servières deu uma gargalhada.

– Essa é boa! Ele está se deixando aterrorizar com a história do Mostaguen.

– E? – perguntou Maigret.

– Acho que é melhor não beber. Emma! Vá dizer ao farmacêutico do lado para vir já para cá. Mesmo se estiver jantando.

Aquilo esfriou o ambiente. A sala pareceu mais vazia, ainda mais soturna. Le Pommeret puxou os bigodes nervosamente. O próprio jornalista se remexeu na cadeira.

– Em que está pensando?

O doutor estava sombrio. Continuava olhando fixo para seu copo. Levantou e pegou ele mesmo na prateleira a garrafa de Pernod, manejou-a contra a luz, e Maigret distinguiu dois ou três grãozinhos brancos boiando no líquido.

A garçonete voltou, seguida pelo farmacêutico, que estava de boca cheia.

– Kerdivon, você tem de analisar imediatamente o conteúdo desta garrafa e dos copos.

– Hoje?

– Agora mesmo!

– Que reação devo experimentar? Em que está pensando?

Maigret nunca vira a sombra pálida do medo despontar tão rápido. Alguns instantes haviam bastado. Todo calor havia desaparecido dos olhares, e a acne parecia artificial nas bochechas de Le Pommeret.

A garçonete tinha se acotovelado na caixa registradora e molhava o grafite de um lápis para alinhar alguns números num caderno com capa de tecido encerado preto.

– Você está louco! – tentou proferir Servières.

Soou falso. O farmacêutico estava com a garrafa numa mão, um copo na outra.

– Estricnina – soprou o doutor.

Empurrou o outro porta afora, voltou, cabisbaixo, a tez amarelada.

– O que o faz pensar? – começou Maigret.

– Não sei. Um acaso. Vi um grão de pó branco no meu copo. O cheiro me pareceu esquisito.

– Autossugestão coletiva – afirmou o jornalista. – Se contar isso amanhã no meu jornal, é a ruína de todos os botecos da região do Finistère.

– Os senhores sempre bebem Pernod?

– Todas as noites, antes do jantar. Emma está tão acostumada que traz a garrafa assim que constata que nosso copo está vazio. Temos nossos costumes. Mais tarde, é a vez do Calvados.

Maigret foi até a prateleira das bebidas, avistou uma garrafa de Calvados.

– Deste não! A garrafa barriguda.

Pegou-o, manejou-o contra a luz, percebeu alguns grãos de pó branco. Mas não disse nada. Não precisava. Os outros tinham entendido.

O inspetor Leroy entrou, anunciou com uma voz indiferente:

– A gendarmaria não notou nada de suspeito. Nenhum vagabundo rondando por aí. Não entendem.

Espantou-se com o silêncio que reinava, com a angústia compacta que estrangulava a garganta. A fumaça de tabaco se estendia em torno das lâmpadas elétricas. A mesa de bilhar mostrava seu pano esverdeado, parecendo grama cortada. Havia tocos de cigarro no chão, assim como algumas cusparadas na serragem.

– Sete, e vai um... – soletrava Emma, molhando a ponta do lápis.

E, erguendo a cabeça, gritou para dentro:

– Já vou, senhora!

Maigret enchia o cachimbo. O dr. Michoux fixava obstinadamente o chão e seu nariz parecia mais enviesado que antes. O calçado de Le Pommeret brilhava como se nunca tivessem servido para andar. Jean Servières de vez em quando erguia os ombros, discutindo consigo mesmo.

Todos os olhares se voltaram para o farmacêutico, quando voltou com a garrafa e um copo vazio.

Havia corrido. Estava ofegante. À porta, deu um pontapé no vazio para escorraçar alguma coisa, grunhiu:

– Cachorro nojento!

E, mal entrou no café:

– É uma brincadeira, não? Ninguém bebeu?

– E então?

– Estricnina, sim! Devem ter posto na garrafa há no máximo meia hora.

Olhou aterrorizado para os copos ainda cheios, para os cinco homens silenciosos.

– Que significa isso? É inacreditável! Tenho o direito de saber! Esta noite, tentam matar um homem ao lado de casa. E hoje...

Maigret pegou a garrafa em suas mãos. Emma voltava, indiferente, mostrava acima da caixa registradora seu rosto comprido de olhos cavos, lábios finos, seus cabelos mal penteados em que a touca bretã caía sempre para a esquerda, embora ela a pusesse no lugar a cada instante.

Le Pommeret ia e vinha a passos largos contemplando os reflexos de seus calçados. Jean Servières, imóvel, olhava fixamente para os copos e de repente estrondeou com uma voz que um soluço de pavor abafava:

– Com mil trovões!

O doutor encolhia os ombros.

2

O doutor de chinelo

O INSPETOR LEROY, QUE TINHA VINTE E CINCO ANOS, parecia mais o que se chama um rapaz bem-criado do que um inspetor de polícia.

Saíra da escola. Era seu primeiro caso e fazia alguns instantes que observava Maigret com um ar desconsolado, tentando atrair discretamente sua atenção. Acabou por lhe sussurrar, enrubescendo:

– Desculpe, comissário. É que as digitais...

Deve ter pensado que seu chefe era da velha escola e ignorava o valor das investigações científicas, porque Maigret, dando uma baforada em seu cachimbo, soltou:

– Se me fizer essa gentileza...

Não viram mais o inspetor Leroy, que levou com precaução a garrafa e os copos para o quarto e passou a noite confeccionando uma embalagem modelo, cujo esquema trazia no bolso, estudada para enviar os objetos sem apagar as digitais.

Maigret tinha se sentado num canto do café. O hoteleiro, de avental branco e chapéu de mestre-cuca, olhava para seu estabelecimento como se tivesse sido devastado por um ciclone.

O farmacêutico havia falado. Ouviam-se as pessoas cochichando do lado de fora. Jean Servières, primeiro de todos, pôs o chapéu na cabeça.

– Já passou da hora. Sou casado, e a sra. Servières me espera. Até já, comissário.

Le Pommeret interrompeu seu vaivém.

– Espere! Também vou jantar. Você fica, Michoux?

O doutor respondeu com um simples dar de ombros. O farmacêutico fazia questão de desempenhar um papel de destaque. Maigret ouviu-o dizer ao hoteleiro:

– É preciso, claro, analisar o conteúdo de todas as garrafas. Como tem aqui alguém da polícia, basta ele me ordenar a fazê-lo.

Havia mais de sessenta garrafas de aperitivos diversos e de licores na prateleira.

– O que acha, comissário?

– É uma ideia. Sim, talvez seja prudente.

O farmacêutico era pequeno, magro e nervoso. Agitava-se três vezes mais do que o necessário. Tiveram de buscar para ele um cesto para as garrafas. Depois telefonou a um café da cidade velha para que fossem dizer a seu ajudante que precisava dele.

Sem chapéu, fez cinco ou seis vezes o percurso do Hôtel de l'Amiral à sua loja, atarefado, mas encontrando tempo para dizer algumas palavras aos curiosos agrupados na calçada.

– Que vai ser de mim, se levarem todas as minhas bebidas? – gemia o hoteleiro. – E ninguém pensa em comer! Não vai jantar, comissário? E o senhor, doutor? Vai para casa?

– Não. Minha mãe está em Paris. A empregada está de folga.

– Vai dormir aqui, então?

Chovia. As ruas estavam cheias de uma lama escura. O vento agitava as persianas do primeiro andar. Maigret havia jantado no salão, não longe da mesa em que o doutor tinha se instalado, fúnebre.

Através dos vidros verdes, adivinhavam-se lá fora caras curiosas que, às vezes, se colavam às vidraças. A garçonete se ausentou por uma meia hora, o tempo de, por sua vez, jantar. Depois voltou a seu lugar habitual, à direita da caixa registradora, o cotovelo apoiado nesta, uma toalha na mão.

– Me traga uma garrafa de cerveja – disse Maigret.

Sentiu muito bem que o doutor o observava enquanto bebia e logo depois, como para adivinhar os sintomas do envenenamento.

Jean Servières não voltou, como havia anunciado. Le Pommeret também não. De modo que o café ficou deserto, porque as pessoas preferiam não entrar e, principalmente, não beber. Do lado de fora afirmavam que todas as garrafas estavam envenenadas.

– Dava para matar a cidade inteira!

O prefeito, da sua casa na praia de Sables Blancs, telefonou para saber direito o que estava acontecendo. Depois foi o silêncio soturno. O dr. Michoux, num canto, folheava os jornais sem lê-los. A garçonete não se mexia. Maigret fumava, plácido, e de vez em quando o hoteleiro vinha se assegurar com uma olhadela que não ocorrera um novo drama.

Ouvia-se o relógio da cidade soar as horas e as meias horas. Os passos e os conciliábulos cessaram na calçada, e não houve mais nada além do queixume monótono do vento, a chuva que batia nas vidraças.

– O senhor dorme aqui? – perguntou Maigret ao doutor.

O silêncio era tal que o simples fato de falar em voz alta criou certo incômodo.

– Sim. Acontece. Vivo com minha mãe, a três quilômetros da cidade. Uma casa enorme. Minha mãe foi passar uns dias em Paris, e a empregada tirou folga para ir ao casamento do irmão.

Levantou-se, hesitou, disse apressadamente:

– Boa noite.

E desapareceu na escada. Ouviram-no tirando os sapatos, no primeiro andar, bem acima da cabeça de Maigret. Só ficaram no café a garçonete e o comissário.

– Venha cá! – disse a ela, recostando-se na cadeira.

E acrescentou, vendo-a permanecer de pé numa atitude afetada:

– Sente-se. Qual a sua idade?

– Vinte e quatro anos.

Havia nela uma humildade exagerada. Seus olhos cansados, sua maneira de se movimentar sem fazer barulho, sem bater em nada, de tremer inquieta à menor palavra, encaixavam bem na ideia que se faz da serviçal acostumada a todas as durezas. No entanto sentia-se debaixo dessas aparências como que umas pontas de orgulho que ela se esforçava para não deixar transparecer.

Era anêmica. Seu peito liso não era feito para atiçar a sensualidade. No entanto, ela atraía, porque havia algo de nebuloso nela, de desanimado, de doentio.

– O que você fazia antes de trabalhar aqui?

– Sou órfã. Meu pai e meu irmão morreram no mar, no *Trois Mages*. Minha mãe já tinha morrido muito tempo atrás. Antes fui balconista da papelaria da Place de la Poste.

O que o olhar inquieto dela buscava?

– Tem um amante?

Ela virou a cabeça sem dizer nada, e Maigret, olhos cravados no rosto da moça, fumou mais lentamente, tomou um gole de cerveja.

– Deve haver clientes que cortejam você. Os que estavam aqui até há pouco eram *habitués*. Vêm todas as noites. Gostam de moças bonitas. E então, qual deles?

Mais pálida, ela articulou com uma cara entediada:

– O doutor, principalmente.

– Você é amante dele?

Ela o fitou com veleidades de confiança.

– Ele tem outras. Às vezes eu, quando lhe dá na telha. Dorme aqui. Diz para eu ir encontrá-lo em seu quarto.

Raras vezes Maigret havia ouvido uma confissão tão fria.

– Ele te dá alguma coisa?

– Dá... Nem sempre. Duas ou três vezes, quando é meu dia de folga, ele me faz ir à casa dele. Anteontem mesmo. Aproveita que a mãe está viajando. Mas tem outras garotas.

– E o sr. Le Pommeret?

– A mesma coisa. Só que fui à casa dele apenas uma vez, faz muito tempo. Estava lá uma operária da fábrica de sardinhas e... e eu não quis. Cada semana eles têm uma.

– O sr. Servières também?

– Não é a mesma coisa. Ele é casado. Parece que vai farrear em Brest. Aqui, ele se contenta em fazer gracinhas, me beliscar quando passo...

Continuava a chover. Ao longe, ululava o apito de nevoeiro de um navio que devia estar procurando a entrada do porto.

– E o ano todo é assim?

– O ano todo, não. No inverno, só tem eles. Às vezes tomam alguma coisa com um caixeiro-viajante. Mas no verão tem bastante gente. O hotel lota. De noite, são sempre uns dez ou quinze tomando champanhe ou farreando nas casas de campo. Tem automóveis, mulheres bonitas. Temos bastante trabalho. No verão, não sou eu que sirvo, são garçons. Aí, eu fico lá embaixo, lavando a louça.

O que será que ela procurava ao redor? Estava mal sentada na borda da cadeira e parecia prestes a se levantar de supetão.

Soou uma campainha aguda. Ela olhou para Maigret, depois para o quadro elétrico dos quartos, situado atrás da caixa registradora.

Com licença.

Subiu. O comissário ouviu passos, um murmúrio confuso de vozes no andar de cima, no quarto do doutor.

O farmacêutico entrou, meio embriagado.

– Pronto, comissário. Quarenta e oito garrafas analisadas. E, falando sério, garanto! Nenhum sinal de veneno, salvo no Pernod e no Calvados. O dono pode mandar buscar seu material. Me diga uma coisa, cá entre nós, qual é a sua opinião? Anarquistas, não é?

Emma voltou, saiu à rua para pôr os contraventos nas janelas, esperava poder fechar logo.

– E então? – fez Maigret quando ficaram novamente a sós.

Ela virou a cabeça sem responder, com um pudor inesperado, e o comissário teve a impressão de que se forçasse um pouco ela se desmancharia em lágrimas.

– Boa noite, menina – disse a ela.

Quando o comissário desceu, pensava ser o primeiro de pé, a tal ponto o céu estava enegrecido pelas nuvens. Da sua janela, havia percebido o porto deserto, onde um guindaste solitário descarregava a areia de um barco. Nas ruas, alguns guarda-chuvas, capas fugindo rente às casas.

Na metade da escada cruzou com um caixeiro-viajante que chegava e cuja mala era trazida por um carregador.

Emma varria a sala do térreo. Numa mesa de mármore, havia uma xícara em que estagnava um fundo de café.

– É do meu inspetor? – indagou Maigret.

– Já faz tempo que me perguntou o caminho da estação, para levar um pacote volumoso.

– E o doutor?

– Subi seu café da manhã. Está doente. Não quer sair.

E a vassoura continuava a levantar poeira misturada com serragem.

– O senhor vai tomar o quê?

– Café preto.

Ela teve de passar bem junto dele para chegar à cozinha. Nesse momento, ele pegou os ombros da moça com suas mãos grandes, fitou-a nos olhos, de uma maneira ao mesmo tempo rude e cordial.

– Escute aqui, Emma...

Ela esboçou apenas um movimento tímido para se soltar, permaneceu imóvel, trêmula, fazendo-se o menor possível.

– Cá entre nós, hein, o que você sabe? Cale a boca! Vai mentir! Você é uma pobre mocinha e não estou a fim de te arranjar aborrecimentos. Olhe para mim. A garrafa... hein? Agora fale.

– Juro...

– Não precisa jurar.

– Não fui eu!

– Eu sei, ora essa, que não foi você. Mas quem foi?

As pálpebras se incharam de repente. Lágrimas escorreram. O lábio inferior se ergueu espasmodicamente, e a garçonete, assim, era tão comovente que Maigret parou de segurá-la.

– O doutor... naquela noite?

– Não! Não é o que o senhor está pensando.

– O que ele queria?

– Ele me perguntou a mesma coisa que o senhor. Me ameaçou. Queria que eu lhe dissesse quem mexeu na garrafa. Quase bateu em mim. Mas eu não sei! Pela memória da minha mãe, juro que...

– Traga meu café.

Eram oito da manhã. Maigret foi comprar tabaco, deu uma volta pela cidade. Quando voltou, o doutor estava no café, de chinelo, um lenço no pescoço à guisa de colarinho postiço. Os traços do semblante estavam marcados, seus cabelos ruivos mal penteados.

– Parece que não está se sentindo bem.

– Estou doente. Devia esperar por isso. São os rins. Qualquer coisinha que me acontece, uma contrariedade, uma emoção, é assim que se traduz. Não preguei os olhos a noite toda.

Não desgrudava a vista da porta.

– Não vai voltar para casa?

– Não tem ninguém lá. Estou mais bem cuidado aqui.

Tinha mandado comprar todos os jornais da manhã, que estavam em cima da mesa.

– Não viu meus amigos? Servières? Le Pommeret? Engraçado eles não terem vindo saber das novidades.

– Na certa ainda estão dormindo – suspirou Maigret. – Aliás! Não vi aquele cachorro amarelo horroroso. Emma! Você viu o cachorro? Não? Lá vem o Leroy, vai ver que topou com ele na rua. Novidades, Leroy?

– As garrafas e os copos foram despachados para o laboratório. Passei pela gendarmaria, pela prefeitura. Estavam falando do cachorro, não é? Parece que um camponês o viu esta manhã no jardim do sr. Michoux.

– No meu jardim?

O doutor tinha se levantado. Suas mãos pálidas tremiam.

– O que ele fazia no meu jardim?

– Pelo que me disseram, estava deitado na entrada da casa e, quando o camponês se aproximou, ele rosnou tão feio que o homem preferiu cair fora.

Maigret observava os rostos com o canto dos olhos.

– Doutor, que tal darmos um pulo à sua casa?

Um sorriso forçado:

– Debaixo desta chuva? Com minha crise? Isso me custaria pelo menos oito dias de cama. Dane-se esse cachorro. Um simples cão vadio, sem dúvida.

Maigret pôs o chapéu, o sobretudo.

– Aonde vai?

– Não sei. Respirar ar fresco. Vem comigo, Leroy?

Quando saíram, ainda puderam ver a cara comprida do doutor que os vidros deformavam, alongavam ainda mais e lhe davam uma tez esverdeada.

– Aonde vamos? – perguntou o inspetor.

Maigret deu de ombros, vagou uns quinze minutos em torno das bacias do porto, como alguém que se interessa por barcos. Chegando perto do molhe, virou à direita, pegou um caminho que uma placa indicava como sendo a estrada de Sables Blancs.

– Se tivéssemos analisado as cinzas de cigarro encontradas no corredor da casa vazia... – começou Leroy, depois de dar uma tossidela.

– O que acha de Emma? – interrompeu Maigret.

– A... acho... a dificuldade, a meu ver, principalmente num lugar como este, em que todo mundo se conhece, deve ser conseguir tamanha quantidade de estricnina.

– Não foi o que perguntei. Por exemplo, você gostaria de ter um caso com ela?

O coitado do inspetor não soube o que responder. E Maigret obrigou-o a parar e a abrir o sobretudo, para que pudesse acender o cachimbo ao abrigo do vento.

A praia de Sables Blancs, margeada por algumas casas e, entre elas, uma suntuosa morada que mereceria o nome de castelo, pertencente ao prefeito da cidade, se estende entre duas pontas rochosas, a três quilômetros de Concarneau.

Maigret e seu companheiro chapinharam na areia coberta de algas, mal olharam para as casas vazias, com contraventos nas janelas.

Além da praia, o terreno se eleva. Rochedos a pique coroados de pinheiros mergulham no mar.

Um grande painel: *Loteamento de Sables Blancs*. Um mapa, com os lotes já vendidos e os disponíveis em cores diferentes. Um quiosque de madeira: *Escritório de venda dos terrenos*.

Enfim a menção: *Em caso de ausência, dirigir-se ao sr. Ernest Michoux, administrador*.

No verão, tudo aquilo devia ser alegre, pintado de novo. Na chuva e na lama, na barulhada do mar, era um tanto ou quanto sinistro.

No centro, uma grande casa, nova, de pedras cinzentas, com terraço, lago e canteiros ainda sem flores.

Mais longe, esboços de outras casas: algumas paredes surgindo do chão e já desenhando os cômodos.

Faltavam vidros no quiosque. Montes de areia esperavam para ser estendidos na nova estrada, que um rolo compressor obstruía em parte. No alto da falésia, um hotel, ou antes, um futuro hotel inacabado, com paredes de um branco cru, janelas fechadas com tábuas e papelão.

Maigret adiantou-se tranquilamente, empurrou a cancela que dava acesso à casa do dr. Michoux. Quando chegou à entrada e estendeu a mão para a maçaneta, o inspetor Leroy murmurou:

– Não temos mandado. Não acha que...

Mais uma vez, seu chefe deu de ombros. Nas alamedas, viam-se marcas profundas deixadas pelas patas do cachorro amarelo. Havia outras pegadas: a de pés enormes, calçando botas com pregos. Quarenta e seis, pelo menos!

A maçaneta girou. A porta se abriu como que por encanto e puderam reconhecer no tapete as mesmas marcas lamacentas: as do cachorro e as das tais botas.

A casa, de uma arquitetura complicada, era mobiliada de forma pretensiosa. Eram cantinhos por toda parte, com sofás, estantes baixas, camas-armário bretãs transformadas em cristaleiras, mesinhas turcas ou chinesas. Muitos tapetes, cortinados.

A vontade manifesta de realizar, com coisas antigas, um conjunto rústico-moderno.

Algumas paisagens bretãs. Nus assinados, com dedicatória: *Ao amigo Michoux*, ou mesmo, *Ao amigo dos artistas*.

O comissário espiava aquele bricabraque com um ar mal-humorado, enquanto o inspetor Leroy se deixava impressionar por aquela falsa elegância.

Maigret abria as portas, dava uma olhada nos quartos. Alguns não estavam mobiliados. O gesso das paredes quase não estava seco.

Acabou empurrando uma porta com o pé e emitiu um murmúrio de satisfação ao ver a cozinha. Na mesa de madeira branca, havia duas garrafas de Bordeaux vazias.

Uma dezena de latas de conserva tinham sido grosseiramente abertas com uma faca qualquer. A mesa estava suja, engordurada. Alguém tinha comido, direto das latas, arenque ao vinho branco, cassoulet frio, cogumelos e damasco.

O chão estava manchado. Caídos nele, restos de carne. Uma garrafa de conhaque jazia quebrada, e o cheiro de álcool se misturava ao dos alimentos.

Maigret olhou para o colega com um sorriso esquisito.

– Acha, Leroy, que foi o doutor que fez esta refeição porca?

E como o outro, estupefato, não respondia:

– A mãe dele também não, espero. Nem mesmo a empregada! Olhe, você que gosta de vestígios. Na verdade são crostas de lama desenhando um solado. Quarenta e cinco ou quarenta e seis. E as pegadas do cachorro!

Encheu de novo o cachimbo, pegou fósforos numa prateleira.

– Recolha tudo o que encontrar aqui dentro para análise. Trabalho não vai te faltar! Até já.

E se foi, as mãos nos bolsos, a gola do sobretudo levantada, pela praia de Sables Blancs.

Quando entrou no Hôtel de l'Amiral, a primeira pessoa que percebeu foi, em seu canto, o dr. Michoux, sempre de chinelo, barba por fazer, lenço no pescoço.

Le Pommeret, tão arrumado quanto na véspera, estava sentado ao lado dele, e os dois deixaram o comissário se aproximar sem abrir a boca.

Foi o doutor que por fim articulou com uma voz mal timbrada:

– Sabe o que me disseram? Servières desapareceu! Sua mulher está quase louca. Ele se despediu de nós ontem à noite. Desde então, não tornamos a vê-lo.

Maigret teve um sobressalto, não por causa do que lhe diziam, mas porque acabava de avistar o cachorro amarelo, deitado aos pés de Emma.

3

O medo reina em Concarneau

LE POMMERET SENTIA NECESSIDADE de confirmar, pelo prazer de se ouvir falar:

– Ela veio à minha casa faz pouco me suplicando para procurá-lo. Servières, cujo verdadeiro sobrenome é Goyard, é um velho amigo.

Do cachorro amarelo, o olhar de Maigret passou à porta que se abria, ao jornaleiro que entrava como um furacão e, por fim, a uma manchete em negrito que dava para ler de longe: *O medo reina em Concarneau.*

Os subtítulos diziam em seguida:

Um drama a cada dia

Desaparecimento do nosso colaborador Servières

Manchas de sangue no seu carro

Quem será o próximo?

Maigret segurou pela manga o pequeno jornaleiro.

– Vendeu muito?

– Dez vezes mais que nos outros dias. Somos três correndo desde a estação.

Solto, o guri continuou sua andança pelo cais, gritando:

– *Le Phare de Brest!* Extra! Extra!

O comissário mal teve tempo de começar o artigo, e Emma anunciava:

– Chamam o senhor ao telefone.

Uma voz furiosa, a do prefeito:

– Alô! Foi o senhor, comissário, que inspirou esse artigo idiota? E eu nem fui posto a par! Creio, não é, que devo ser o primeiro informado sobre o que acontece na cidade de que sou prefeito! Que história de automóvel é essa? E esse homem de pé grande? Nesta última meia hora, recebi mais de vinte telefonemas de pessoas apavoradas me perguntando se essas notícias são exatas. Repito que quero, doravante, ser...

Maigret, sem retrucar, desligou, voltou à sala, sentou e começou a ler. Michoux e Le Pommeret percorriam com os olhos outro exemplar do mesmo jornal aberto no mármore da mesa.

Nosso excelente colaborador Jean Servières contou aqui mesmo os acontecimentos de que Concarneau foi recentemente teatro. Era sexta-feira. Um honrado negociante da cidade, o sr. Mostaguen, saía do Hôtel de l'Amiral, parava à uma porta para acender um charuto e recebia no ventre uma bala disparada através da caixa de correio da casa, uma casa desabitada.

Sábado, o comissário Maigret, recentemente destacado de Paris e posto à frente da Brigada Móvel de Rennes, chegava ao local do crime, o que não impediu que um novo drama se produzisse.

De noite, um telefonema nos anunciava que na hora do aperitivo, três personalidades locais, os srs. Le Pommeret, Jean Servières e o dr. Michoux, a que os policiais tinham se juntado, percebiam que o Pernod que lhes era servido continha uma alta dose de estricnina.

Ora, neste domingo de manhã, o carro de Jean Servières foi encontrado perto do rio Saint-Jacques sem seu proprietário, que, desde sábado à noite, não foi mais visto. O banco da frente está manchado de sangue. Um vidro foi quebrado e tudo leva a crer que houve luta.

Três dias: três dramas! Concebe-se que o terror comece a reinar em Concarneau, cujos moradores se perguntam com angústia quem será a próxima vítima.

A inquietação foi lançada na população especialmente pela misteriosa presença de um cachorro amarelo que ninguém conhece, que parece não ter dono e que é encontrado a cada nova desgraça.

Esse cachorro já não terá levado a polícia a uma pista séria? E ela não procura um indivíduo que não foi identificado mas que deixou em vários lugares vestígios curiosos, de pés muito maiores do que a média?

Um louco? Um vagabundo? Será ele o autor de todos esses malfeitos? Quem ele vai atacar esta noite?

Com certeza encontrará com quem se deparar, porque os moradores apavorados tomarão a precaução de se armar e de atirar nele, ao menor sinal de alerta.

Enquanto isso, este domingo a cidade parece morta, e a atmosfera lembra as cidades do Norte quando, durante a guerra, era anunciado um bombardeio aéreo.

Maigret olhou através da vidraça. Não chovia mais, porém as ruas estavam cheias de lama escura e o vento continuava a soprar com violência. O céu era de um cinza lívido.

As pessoas voltavam da missa. Quase todos tinham *Le Phare de Brest* na mão. E todos os rostos se voltavam para o Hôtel de l'Amiral, enquanto vários passantes apertavam o passo.

Havia sem dúvida algo de morto na cidade. Mas não era assim todos os domingos de manhã? O telefone tocou novamente. Ouviu-se Emma responder:

– Não sei, senhor... não estou a par. Quer que chame o comissário? Alô! Alô! Desligaram.

– Quem era? – rosnou Maigret.

– Um jornal de Paris, acho. Perguntou se havia novas vítimas. Reservaram um quarto.

– Ligue-me para o *Le Phare de Brest.*

Enquanto aguardava, ficou andando de um lado para o outro, sem um olhar sequer para o dr. Michoux derreado em sua cadeira, nem para Le Pommeret que contemplava seus dedos cheios de anéis.

– Alô... *Le Phare de Brest*? Comissário Maigret. O diretor, por favor... Alô! É ele? Bom. Pode me dizer a que horas seu jornal saiu do prelo esta manhã? Hein? Nove e meia? E quem redigiu o artigo sobre os dramas de Concarneau? Ah, não! Não me venha com histórias, ouviu? O que disse? Recebeu o artigo num envelope? Sem assinatura? E o senhor publica qualquer informação anônima que lhe chega? Bom dia!

Quis sair pela porta que dava diretamente para o cais, mas encontrou--a fechada.

– Que significa isto? – perguntou a Emma, fitando-a nos olhos.

– Foi o doutor...

Ele cravou os olhos em Michoux, que tinha uma cara mais oblíqua que nunca, deu de ombros, saiu pela outra porta, a do hotel. A maioria das lojas estava com as venezianas fechadas. As pessoas, endomingadas, caminhavam depressa.

Do lado de lá da bacia do porto, onde as embarcações deitavam ferros, Maigret encontrou a foz do rio Saint-Jacques, bem no fim da cidade, onde as casas rareiam dando lugar aos estaleiros. Viam-se barcos inacabados no cais. Velhas barcaças apodreciam na lama.

No local em que uma ponte de pedra cruza o rio que vem se lançar no porto, havia um grupo de curiosos ao redor de um pequeno automóvel.

Era preciso dar uma volta para chegar até lá, porque o cais estava bloqueado para obras. Maigret percebeu, pelos olhares que lhe dirigiam, que todo mundo já sabia quem ele era. E na frente das lojas fechadas viu pessoas inquietas falando baixinho.

Chegou enfim ao carro abandonado à beira do caminho, abriu a porta com um gesto brusco, fazendo cair uns cacos de vidro, e não precisou procurar para reparar nas manchas amarronzadas no forro do banco.

À sua volta se acotovelavam sobretudo uns garotos e uns jovens metidos.

– Onde é a casa do sr. Servières?

Foram dez a levá-lo até lá. Ficava a uns trezentos metros, um pouco afastada, uma casa burguesa rodeada por um jardim. A escolta se deteve no portão, enquanto Maigret tocava a campainha e era introduzido por uma empregada com uma cara transtornada.

– A sra. Servières está?

Ela já lhe abria a porta da sala de jantar.

– Diga comissário, o senhor acha que o mataram? Estou enlouquecida. Eu...

Uma mulher de bem, de uns quarenta anos, ares de boa dona de casa, o que a limpeza do seu interior confirmava.

– A senhora não vê seu marido desde...?

– Veio jantar ontem à noite. Percebi que estava preocupado, mas ele não quis dizer nada. Tinha deixado o carro em frente à porta, o que significava que ia sair à noite. Eu sabia que era para jogar baralho no Café de l'Amiral. Perguntei se ia voltar tarde. Às dez, fui me deitar. Fiquei um tempão acordada. Ouvi soar as onze, depois onze e meia. Mas era comum ele chegar tarde. Devo ter adormecido. Acordei no meio da noite. Fiquei espantada por não o sentir a meu lado. Pensei então que alguém o havia arrastado até Brest. Aqui não é muito divertido. Então às vezes... Não consegui dormir de novo. Às cinco da manhã estava de pé, espiando detrás da janela. Ele não gosta que eu pareça estar esperando, menos ainda que lhe peça satisfações. Às nove, corri à casa do sr. Le Pommeret. Foi ao voltar por outro caminho que vi umas pessoas em volta do carro. Diga, comissário! Por que o matariam? É o melhor homem da terra. Tenho certeza de que não tem inimigos.

Um grupo estava parado diante do portão.

– Parece que está com manchas de sangue. Vi umas pessoas lendo um jornal, mas ninguém quis me mostrar...

– Seu marido levava muito dinheiro no bolso?

Acho que não. O de sempre. Trezentos ou quatrocentos francos.

Maigret prometeu mantê-la informada, deu-se até ao trabalho de tranquilizá-la com algumas frases vagas. Um cheiro de pernil de cordeiro chegava da cozinha. A empregada de avental branco o acompanhou até a porta.

O comissário não andara cem metros quando um passante se aproximou vivamente.

– Com licença, comissário. Eu me apresento. Dujardin, professor. Faz uma hora que as pessoas, os pais dos meus alunos principalmente, vêm me perguntar se tem alguma verdade no que o jornal conta. Alguns querem saber se, caso virem o homem de pé grande, têm o direito de atirar.

Maigret não era um anjo de paciência. Grunhiu enfiando as mãos no bolso:

– Não encha.

Dirigiu-se para o centro da cidade.

Que coisa! Nunca tinha visto nada assim. Lembrava as tempestades, como são às vezes representadas no cinema. Mostram uma rua alegre, um céu sereno. Depois vem uma nuvem em sobreimpressão, esconde o sol. Um vento violento varre a rua. Iluminação sombria. Venezianas que batem. Rodamoinhos de poeira. Grossas gotas d'água.

E eis a rua sob um aguaceiro, sob um céu dramático!

Concarneau mudava a olhos vistos. O artigo do *Le Phare de Brest* fora apenas um ponto de partida. Fazia tempo que os comentários verbais iam muito além da versão escrita.

E ainda por cima era domingo! Os moradores não tinham o que fazer! Escolhiam como passeio ir até o carro de Jean Servières, perto do qual foi preciso postar dois policiais. Os passantes ficavam lá uma hora, ouvindo as explicações dadas pelos mais bem informados.

Quando Maigret entrou de volta no Hôtel de l'Amiral, o dono, com seu chapéu branco de *chef*, presa de um nervosismo inusitado, agarrou-o pela manga.

– Preciso falar com o senhor, comissário. A coisa está ficando insuportável...

– Antes sirva o meu almoço.

– Mas...

Maigret foi sentar num canto, irritado, pediu:

– Um chope! Não viu meu inspetor?

– Saiu. Acho que foi chamado à casa do prefeito. Acabam de telefonar de Paris. Um jornal reservou dois quartos, para um repórter e um fotógrafo.

– E o doutor?

– Está lá em cima. Me pediu para não deixar ninguém ir vê-lo.

– E o sr. Le Pommeret?

– Acaba de sair.

O cachorro amarelo não estava mais lá. Uns jovens, flor na lapela, cabelos endurecidos de cosmético, estavam à mesa, mas não bebiam as limonadas que haviam pedido. Tinham vindo bisbilhotar. Estavam todo prosas por terem a coragem de fazê-lo.

– Venha cá, Emma.

Havia uma espécie de simpatia inata entre a garçonete e o comissário. Ela se aproximou com abandono, deixou-se levar a um canto.

– Tem certeza de que o doutor não saiu esta noite?

– Juro que não dormi no seu quarto!

– Ele pode ter saído?

– Acho que não. Está com medo. Hoje de manhã, foi ele que me mandou fechar a porta que dá para o cais.

– Como é que o cachorro amarelo te conhece?

– Não sei. Eu nunca o tinha visto. Ele vem, vai. Eu me pergunto inclusive quem lhe dá de comer.

– Faz tempo que ele foi embora?

– Não prestei atenção.

O inspetor Leroy entrava, nervoso.

– Sabe, comissário, o prefeito está furioso. E é uma pessoa influente! Me disse que é primo do ministro da Justiça. Diz que estamos metendo os pés pelas mãos, que só servimos para deixar a cidade em pânico. Quer que prendamos alguém, qualquer um, para tranquilizar a população. Prometi que falaria com o senhor.

Maigret raspou calmamente o fornilho do cachimbo.

– O que o senhor pensa em fazer?

– Nada.

– Mas...

– Você é jovem, Leroy. Colheu vestígios interessantes na casa do doutor?

– Mandei tudo para o laboratório. Copos, latas de conserva, faca... Tirei até um molde de gesso das pegadas do homem e do cachorro. Foi difícil, porque o gesso daqui é ruim. Tem alguma ideia?

Como resposta, Maigret tirou uma caderneta do bolso e o inspetor leu, cada vez mais desconcertado:

"Ernest Michoux (dito: doutor). Filho de um pequeno industrial de Seine-et-Oise, que foi deputado por uma legislatura e que, depois, faliu. O pai morreu. A mãe vive fazendo conchavos. Tentou, com o filho, explorar um loteamento em Juan-les-Pins. Fracasso completo. Recomeçou em Concarneau. Abriu sociedade anônima, graças ao nome do falecido esposo. Não fez aporte de capital. Atualmente, tenta conseguir que as vias de acesso ao loteamento sejam pagas pelo município e pelo departamento.

"Ernest Michoux foi casado, depois se divorciou. Sua ex-mulher se casou com um tabelião de Lille.

"O tipo do degenerado. Dívidas difíceis de saldar."

O inspetor olhou para o chefe como que dizendo:

– Que mais?

Maigret mostrou a ele as linhas seguintes.

"Yves Le Pommeret. Família Le Pommeret. Seu irmão Arthur dirige a maior fábrica de conservas de Concarneau. Pequena nobreza. Yves Le Pommeret é o boa-vida da família. Nunca trabalhou. Devorou, faz tempo, a maior parte da herança em Paris. Veio se instalar em Concarneau quando não tinha mais de vinte mil francos de renda. Numerosas aventuras com jovens operárias. Alguns escândalos precisaram ser abafados. Caça em todos os castelos das redondezas. Belo porte. Chegou, por meio de suas relações, a se fazer nomear vice-cônsul da Dinamarca. Briga pela Legião de Honra. Às vezes recorre ao irmão para pagar as dívidas.

"Jean Servières (pseudônimo de Jean Goyard). Nascido no Morbihan. Por um bom tempo jornalista em Paris, secretário-geral de pequenos teatros etc. Ganhou uma modesta herança e se instalou em Concarneau. Casou-se com uma ex-lanterninha de teatro, que era sua amante havia quinze anos. Padrão de vida burguês. Algumas estripulias em Brest e em Nantes. Vive muito mais de pequenas rendas do que do jornalismo de que tanto se orgulha. Palmas acadêmicas."

– Não estou entendendo – balbuciou o inspetor.

– Não diga! Passe suas anotações.

– Mas... quem disse ao senhor que eu...?

– Passe-as.

A caderneta do comissário era um caderninho barato, de papel quadriculado, capa de tecido encerado. A do inspetor Leroy era uma agenda tipo fichário de folhas soltas e argolas de aço.

Com um ar paternal, Maigret leu:

"1. CASO MOSTAGUEN: a bala que atingiu o negociante de vinhos era certamente destinada a outro. Como não se podia prever que alguém pararia na entrada da casa, *devem ter marcado encontro ali com a verdadeira vítima, que não veio, ou que veio mais tarde.*

"A não ser que o objetivo seja aterrorizar a população. O *assassino conhece muito bem Concarneau.* (Não foram analisadas as cinzas de cigarro encontradas no corredor.)

"2. CASO DO PERNOD ENVENENADO: no inverno, o Café de l'Amiral fica deserto quase o dia todo. Um homem a par desse detalhe pode ter entrado e posto o veneno nas garrafas. Em duas garrafas. Logo, visava especialmente os consumidores de Pernod e Calvados. (Note-se porém que o doutor percebeu a tempo e sem dificuldade os grãos de pó branco no líquido.)

"3. CASO DO CACHORRO AMARELO: ele conhece o Café de l'Amiral. Tem dono. Mas quem? Parece ter pelo menos cinco anos.

"4. CASO SERVIÈRES: descobrir pela peritagem da caligrafia quem enviou o artigo ao *Le Phare de Brest.*"

Maigret sorriu, devolveu a agenda ao colega, deixou escapar:

– Muito bem, rapaz.

Depois acrescentou, com um olhar enfezado para as silhuetas que apareciam sem cessar através das vidraças verdes:

– Vamos comer.

Emma anunciaria a eles um pouco depois, quando estavam a sós na sala de refeições com o caixeiro-viajante que havia chegado aquela manhã, que o dr. Michoux, cujo estado piorara, pedia que lhe servisse uma refeição leve em seu quarto.

De tarde, o Café de l'Amiral, com seus vidrinhos escuros, parecia uma jaula do jardim zoológico, diante da qual os curiosos endomingados desfilavam. Depois podia-se vê-los rumarem para o fim do porto, onde o carro de Servières era uma segunda atração vigiada por dois policiais.

O prefeito ligou três vezes, de sua suntuosa mansão de Sables Blancs.

– Prendeu alguém?

Maigret mal se dava ao trabalho de responder. A juventude de dezoito a vinte e cinco anos invadiu o café. Grupos barulhentos, que se apossavam de uma mesa, pediam bebidas que não bebiam.

Não levava cinco minutos para que os diálogos escasseassem pela sala, os risos morressem, o exibicionismo cedesse lugar ao mal-estar. E iam embora, uns depois dos outros.

A diferença ficou mais sensível quando se teve de acender a luz. Eram quatro horas. Geralmente, uma multidão continuava a passear.

Naquela noite, ficou deserto, e se fez um silêncio mortal. Até parecia que os passeadores haviam combinado entre si. Em menos de quinze minutos, as ruas se esvaziaram e quando ecoavam alguns passos eram os passos precipitados de um passante ansioso para se pôr a salvo em casa.

Emma estava acotovelada na caixa registradora. Seu patrão ia da cozinha ao café, onde Maigret se obstinava a não ouvir suas queixas.

Ernest Michoux desceu, por volta das quatro e meia, sempre de chinelo. A barba tinha crescido. Seu lenço bege-claro estava manchado de suor.

– O senhor está aí, comissário?

Aquilo pareceu tranquilizá-lo.

– E o seu inspetor?

– Mandei-o dar uma volta pela cidade.

– E o cachorro?

– Ninguém tornou a vê-lo desde hoje de manhã.

O assoalho era cinzento, o mármore das mesas de um branco cru com veios azuis. Através da vidraça, adivinhava-se o relógio luminoso da cidade velha, que marcava dez para as cinco.

– Ainda não se sabe quem escreveu esse artigo?

O jornal estava em cima da mesa. E acabava-se por não ver nada mais que quatro palavras: *Quem será o próximo?*

O telefone tocou, Emma respondeu:

– Não... nada... não sei de nada...

– Quem é? – perguntou Maigret.

– Outra vez um jornal de Paris. Parece que os redatores vêm de carro.

Mal acabou a frase, o telefone tocou novamente.

– É para o senhor, comissário.

O doutor, palidíssimo, acompanhou Maigret com os olhos.

– Alô? Quem é?

– Leroy. Estou na cidade velha, perto do canal. Deram um tiro. Um sapateiro, que avistou o cachorro amarelo pela janela.

– Morreu?

– Está ferido. A bacia destroçada. Mal consegue se arrastar. As pessoas não ousam se aproximar dele. Estou ligando de um café. O cachorro está no meio da rua. Estou vendo pela vidraça. Está ganindo. O que devo fazer.

A voz que o inspetor gostaria que fosse calma era ansiosa, como se o cão amarelo ferido fosse um ser sobrenatural.

– Tem gente em todas as janelas. Comissário, devo sacrificá-lo?

O doutor, a tez cinzenta, de pé atrás de Maigret, perguntava timidamente.

– O que foi? O que ele está dizendo?

O comissário via Emma acotovelada no balcão, o olhar vago.

4

Posto de Comando do Exército

MAIGRET ATRAVESSOU A PONTE LEVADIÇA, entrou nas muralhas, pegou uma rua irregular e mal iluminada. O que os moradores de Concarneau chamam de cidade fechada, isto é, o bairro antigo ainda cercado por suas muralhas, é uma das partes mais populosas da cidade.

No entanto, enquanto avançava, o comissário entrava numa zona de silêncio cada vez mais equívoca. O silêncio de uma multidão hipnotizada por um espetáculo e que se arrepia, tem medo ou se impacienta.

Algumas vozes isoladas de adolescentes decididos a se exibir.

Mais uma volta, e o comissário descobre a cena: a rua estreita, com gente em todas as janelas; quartos iluminados a petróleo; camas apenas entrevistas; um grupo obstruindo a passagem e, além desse grupo, um grande vazio do qual se erguia um ganido.

Maigret afastou os espectadores, a maioria jovens, surpresos com a sua chegada. Dois deles ainda se distraíam atirando pedras na direção do animal. Os amigos quiseram deter o gesto deles. Ouviu-se, ou antes, adivinhou-se:

– Cuidado!

Um dos arremessadores de pedras enrubesceu até as orelhas, enquanto Maigret o empurrava para a esquerda e se adiantava até o cão ferido.

O silêncio já era de outra qualidade. Era evidente que alguns minutos antes uma embriaguez doentia animava os espectadores, exceto uma velhinha que gritava da janela:

– Que vergonha! O senhor devia abrir uma ocorrência, comissário! Estão se encarniçando contra o coitado do cachorro. Sei muito bem por quê! Porque têm medo.

O sapateiro que tinha dado o tiro entrou incomodado em sua lojinha. Maigret se abaixou para acariciar a cabeça do cachorro, que lhe lançou um olhar espantado, ainda não de reconhecimento. O inspetor Leroy saiu do café de onde havia telefonado. Algumas pessoas se afastavam a contragosto.

– Tragam um carrinho.

As janelas se fechavam uma depois da outra, mas percebiam-se sombras curiosas atrás das cortinas. O cachorro estava sujo, seus pelos densos manchados de sangue. Sua barriga estava enlameada, o focinho, seco e ardendo. Agora que cuidavam dele, recobrava a confiança, não procurava mais se arrastar pelo chão, onde vinte calhaus o emolduravam.

– Para onde devo levá-lo, comissário?

– Para o hotel. Bem devagar. Bote palha no fundo do carrinho.

O séquito poderia ter sido ridículo. Foi impressionante, pela magia da angústia que, desde aquela manhã, não havia parado de se adensar. O carrinho, empurrado por um velho, quicava nas pedras do chão, pela rua de incontáveis rotatórias, atravessou a ponte levadiça, e ninguém ousou acompanhá-lo. O cachorro amarelo respirava com força, estirava as quatro patas ao mesmo tempo, num espasmo.

Maigret notou um carro que ainda não tinha visto em frente ao Hôtel de l'Amiral. Quando empurrou a porta do café, constatou que a atmosfera havia mudado.

Um homem o empurrou, viu o cachorro que levantavam, apontou para ele uma máquina fotográfica e fez irromper um clarão de magnésio. Outro, com calça de golfe, suéter vermelho, um caderninho na mão, tocou no boné.

– Comissário Maigret? Vasco, do jornal. Acabo de chegar e já tive a sorte de encontrar o senhor...

Identificou Michoux sentado num canto, recostado no banco de couro sintético.

– O carro do *Le Petit Parisien* vem vindo. Enguiçou a dez quilômetros daqui.

Emma indagou ao comissário:

– Onde quer que o ponhamos?

– Não tem um lugar para ele nesta casa?

– Tem, perto do quintal. Um local onde a gente guarda as garrafas vazias.

– Leroy! Telefone a um veterinário.

Uma hora antes, reinava o vazio, um silêncio cheio de reticências. Agora, o fotógrafo, de impermeável quase branco, empurrava mesas e cadeiras, exclamando:

– Um instante. Não se mexa, por favor. Vire a cabeça do cachorro para cá.

E o magnésio fulgurava.

– Le Pommeret? – indagou Maigret, dirigindo-se ao doutor.

– Saiu pouco depois do senhor. O prefeito tornou a telefonar. Acho que vai vir.

Às nove da noite, era uma espécie de quartel-general. Dois novos repórteres tinham chegado. Um redigia sua matéria numa mesa do fundo. De vez em quando um fotógrafo descia de seu quarto.

– Você teria álcool noventa graus? Estou precisando para secar os filmes. O cachorro é prodigioso! Como, tem uma farmácia aqui ao lado? Fechada? Não tem importância.

No corredor, onde ficava o telefone, um jornalista ditava seu texto com uma voz indiferente.

– É, Maigret. "M" de Maurice, "a" de Arthur. É, "i" de Isidore. Anote logo todos os nomes. Michoux... "M"... "i"... "choux", como "chu" de "chuchu". Não, não é "pu"... Espere, vou lhe passar os títulos... Vai sair na capa? Diga ao chefe que tem de sair na primeira página.

Desnorteado, o inspetor Leroy buscava o tempo todo Maigret com os olhos, como para se agarrar nele. Num canto, o único caixeiro-viajante preparava suas visitas do dia seguinte com a ajuda de uma lista telefônica. De vez em quando chamava Emma.

– Chauffier, é uma loja de ferragens importante? Obrigado.

O veterinário havia extraído a bala e posto uma atadura rígida em torno do quarto traseiro do animal.

– Esses bichos têm uma resistência incrível!

Haviam posto um cobertor velho em cima da palha, na pequena área pavimentada de granito azul que dava ao mesmo tempo para o quintal e para a escada do porão. O cachorro estava deitado lá, sozinho, a dez centímetros de um pedaço de carne em que não tocava.

O prefeito viera de carro. Um velhote de barbicha branca, muito bem-apessoado, de gestos secos. Havia arqueado as sobrancelhas ao penetrar naquela atmosfera de corpo de guarda, ou mais exatamente de Posto de Comando do Exército.

– Quem são esses senhores?

– Jornalistas de Paris.

O prefeito mal podia se conter.

– Magnífico! Amanhã toda a França estará falando desta história idiota! Ainda não descobriu nada?

– A investigação continua – grunhiu Maigret no mesmo tom com que teria declarado: "Não é da sua conta!".

Havia muita irritabilidade no ar. Todos estavam com os nervos à flor da pele.

– E você, Michoux, não vai voltar para casa?

O olhar do prefeito era de desprezo, acusava o doutor de covardia.

– Desse jeito, vai ser um pânico generalizado nas próximas vinte e quatro horas. O que era preciso, eu disse, era uma prisão, qualquer um...

E salientou essas últimas palavras lançando um olhar para Emma.

– Sei que não posso lhe dar ordens. Quanto à polícia local, o senhor só lhe deixou um papel irrisório. Mas vou lhe dizendo: mais um drama, um só, e será uma catástrofe. As pessoas esperam alguma coisa. Lojas que, nos outros domingos, ficam abertas até as nove taparam suas vitrines. Este artigo estúpido do *Le Phare de Brest* apavorou a população.

O prefeito não havia tirado o chapéu-coco da cabeça e enfiou-o ainda mais, indo embora logo após recomendar:

– Peço-lhe o favor de me manter informado, comissário. Lembro-lhe de que tudo o que se faz neste momento, se faz sob a sua responsabilidade.

– Um chope, Emma! – pediu Maigret.

Não se podia impedir os jornalistas de se hospedarem no Hôtel de l'Amiral, nem de se instalarem no café, telefonarem, encherem a casa com sua agitação barulhenta. Pediam tinta, papel. Interrogavam Emma, que mostrava uma carinha assustada.

Lá fora, a noite escura, com um raio de lua que salientava o romantismo de um céu carregado de pesadas nuvens, em vez de iluminá-lo. E aquela lama que colava em todos os sapatos, porque Concarneau ainda não conhece as ruas pavimentadas!

– Le Pommeret lhe disse que ia voltar? – lançou Maigret a Michoux.

– Sim. Foi jantar em casa.

– Endereço? – pediu um jornalista que não tinha mais o que fazer.

O doutor deu, enquanto o comissário dava de ombros e chamava Leroy a um canto.

– Você tem o original do artigo que saiu esta manhã?

– Acabo de receber. Está no meu quarto. O texto é escrito com a mão esquerda, logo por alguém que temia que sua escrita fosse reconhecida.

– Não tem selo?

– Não. A carta foi deixada na caixa de correio do jornal. O envelope traz a menção: *Extrema urgência*.

– Quer dizer então que às oito da manhã, no máximo, alguém já sabia do desaparecimento de Jean Servières, sabia que o carro estava ou seria abandonado perto do rio Saint-Jacques e que seriam encontradas marcas de sangue no banco. Esse alguém, ainda por cima, não ignorava que seriam descobertas em algum lugar as pegadas de um desconhecido de pés grandes.

– Incrível! – suspirou o inspetor. – Quanto às pegadas, despachei para a polícia no Quai des Orfèvres por belinógrafo. Já consultaram os arquivos. Tenho a resposta: não correspondem a nenhuma ficha de malfeitor.

Não havia dúvida: Leroy se deixava contaminar pelo medo ambiente. No entanto, o mais intoxicado – se assim podemos dizer – por esse vírus era Ernest Michoux, cuja silhueta era ainda mais frágil em contraste com os modos esportivos, os gestos desenvoltos e a segurança dos jornalistas.

Não sabia onde se meter. Maigret lhe perguntou:

– Não vai se deitar?

– Ainda não. Nunca durmo antes da uma da manhã.

Michoux se esforçava para esboçar um sorriso, malogrado, que mostrava dois dentes de ouro.

– Francamente, o que o senhor acha?

O relógio luminoso da cidade velha soou dez badaladas. Chamaram o comissário ao telefone. Era o prefeito.

– Nada ainda?

Será que ele também esperava um drama?

E, aliás, o próprio Maigret não esperava um? Com a testa franzida, foi visitar o cão amarelo que tinha adormecido e que, sem medo, abriu um olho e observou-o se aproximar. O comissário acariciou a cabeça dele, empurrou um pouco de palha sob suas patas.

Notou o hoteleiro atrás dele.

– O senhor acha que esses senhores da imprensa vão ficar muito tempo? Se ficarem, eu teria de pensar em me abastecer... A feira é amanhã às seis.

Quando não se estava acostumado com Maigret era desconcertante, num caso como este, ver seus olhos grandes fixarem a testa do hoteleiro sem vê-lo, depois ouvi-lo grunhir algo ininteligível, se afastando com um jeito de não considerar o outro grande coisa.

O repórter do *Le Petit Parisien* voltava, sacudia sua capa gotejante.

– Ué! Está chovendo? Novidades, Groslin?

Uma luz coriscava nas pupilas do jovem, que disse algumas palavras em voz baixa ao fotógrafo que o acompanhava, depois tirou o fone do gancho.

– *Le Petit Parisien*, senhorita. Serviço de imprensa. Prioridade! O quê? Paris na linha? Então me passe rápido! Alô? Alô? *Le Petit Parisien*? Srta. Germaine? Me passe a estenógrafa de plantão. Aqui, Groslin.

Sua voz estava impaciente. E seu olhar parecia desafiar os colegas que o ouviam. Maigret, que passava por trás dele, parou para escutar.

– Ah, é você, Jeanne? Rápido, hein? Ainda dá para sair em algumas edições da região. As outras só terão a notícia na edição de Paris. Diga ao secretário de redação para redigir a matéria. Não tenho tempo.

"Caso de Concarneau. Nossas previsões estavam corretas. Novo crime. Alô? Sim, *crime*! Um homem assassinado, se preferir."

Todo mundo tinha se calado. O doutor, fascinado, se aproximava do jornalista, que continuava, febril, triunfal, trepidante:

– Depois do sr. Mostaguen, depois do jornalista Jean Servières, o sr. Le Pommeret! Sim, soletrei faz pouco. Acaba de ser encontrado morto em seu quarto. Em casa! Não há lesões. Os músculos estão rígidos e tudo leva a crer que foi envenenamento. Espere. Terminar com: *O terror reina*... Isso! Corra ao secretário de redação. Daqui a pouco eu lhe dito uma matéria para a edição de Paris, mas a informação tem de sair nas edições da província.

Desligou, enxugou-se, lançou à sua volta um olhar radiante.

O telefone já voltava a tocar.

– Alô? Comissário? Faz quinze minutos que tento falar com o senhor. Aqui é da casa do sr. Le Pommeret. Venha depressa. Ele está morto!

E a voz repetiu num gemido:

– Morto...

Maigret olhou ao redor. Em quase todas as mesas havia copos vazios. Emma, exangue, acompanhava o policial com os olhos.

– Não toquem em nenhum copo, em nenhuma garrafa! – ordenou. – Entendeu, Leroy? Não saia daqui.

O doutor, com a testa gotejando suor, havia arrancado o lenço, deixando ver seu pescoço magro, sua camisa fechada com uma abotoadura de colarinho.

* * *

Quando Maigret chegou ao apartamento de Le Pommeret, um médico que morava ao lado já tinha feito as primeiras constatações.

Estava lá uma mulher cinquentona, dona do imóvel, ela é que havia telefonado.

Uma bonita casa de pedras cinzentas, de frente para o mar. E a cada vinte segundos, o pincel luminoso do farol incendiava as janelas.

Uma sacada. Um mastro de bandeira e um escudo com as armas da Dinamarca.

O corpo estava estendido no tapete avermelhado de um estúdio entulhado de bibelôs sem valor. Fora, cinco pessoas espiaram o comissário passar sem pronunciar uma só palavra.

Nas paredes, fotografias de atrizes, desenhos recortados nos jornais galantes e emoldurados, algumas dedicatórias femininas.

A camisa de Le Pommeret havia sido arrancada. Seus sapatos ainda estavam pesados de lama.

– Estricnina! – disse o médico. – Em todo caso, aposto que é. Veja os olhos. E, principalmente, note a rigidez do corpo. A agonia durou cerca de meia hora. Talvez mais.

– Onde a senhora estava? – perguntou Maigret.

– Embaixo. Eu sublocava todo o primeiro andar ao sr. Le Pommeret, que fazia as refeições na minha casa. Veio jantar por volta das oito. Não comeu quase nada. Lembro de ele ter dito que a luz elétrica estava com problemas, mas as lâmpadas iluminavam normalmente.

“Ele me disse que ia sair de novo, mas que antes ia tomar uma aspirina, porque sentia a cabeça pesada.”

O comissário olhou interrogativo para o doutor.

– Isso mesmo! Os primeiros sintomas.

– Que se manifestam quanto tempo depois da absorção do veneno?

– Depende da dose e da constituição do homem. Às vezes meia hora, às vezes duas...

– E a morte?

– Vem depois da paralisia geral. Mas, antes, há paralisias locais. Assim, é provável que tenha tentado chamar. Estava deitado no sofá.

O mesmo sofá que fazia o apartamento de Le Pommeret ser chamado de a casa das torpezas! As gravuras galantes eram mais numerosas em torno dos móveis do que nos outros lugares. Um pequeno abajur destilava uma luz cor-de-rosa.

– Ele teve uma convulsão, como numa crise de *delirium tremens*. A morte pegou-o no chão.

Maigret foi até a porta, que um fotógrafo queria cruzar, e bateu-a em seu nariz.

Calculava a meia-voz:

– Le Pommeret saiu do Café de l'Amiral pouco depois das sete. Bebeu um conhaque com água gasosa. Aqui, quinze minutos depois, bebeu e comeu. Pelo que o senhor me diz dos efeitos da estricnina, ele pode ter tomado o veneno tanto lá como aqui.

Desceu imediatamente ao térreo, onde a senhoria chorava, cercada por três vizinhas.

– Os pratos, os copos do jantar?

Ela ficou alguns instantes sem entender. E, quando quis responder, ele já tinha percebido, na cozinha, uma bacia com água ainda quente, pratos limpos à direita, sujos à esquerda, e copos.

– Estava lavando a louça quando...

Um guarda municipal chegava.

– Vigie a casa. Ponha todo mundo para fora, menos a proprietária. E nem um jornalista, nem um fotógrafo! Não deixe tocar em nenhum copo, em nenhum prato.

Havia quinhentos metros a percorrer na borrasca para voltar ao hotel. A cidade estava às escuras. Restavam não mais que duas ou três janelas iluminadas, a grandes distâncias uma da outra.

Na praça, em compensação, na esquina do cais, as três vidraças esverdeadas do Hôtel de l'Amiral estavam iluminadas, mas, por causa dos vitrais, davam a impressão de serem um monstruoso aquário.

Ao se aproximar, percebeu barulhos de voz, o toque do telefone, o rom-rom de um carro cujo motor alguém ligava.

– Aonde o senhor vai? – questionou Maigret.

Dirigia-se a um jornalista.

– A linha está ocupada. Vou telefonar de outro lugar. Daqui a dez minutos, será tarde demais para a edição de Paris.

O inspetor Leroy, de pé no café, parecia um bedel que toma conta da turma da noite. Alguém escrevia sem parar. O caixeiro-viajante estava pasmo, mas apaixonado, naquela atmosfera nova para ele.

Todos os copos haviam ficado nas mesas. Havia copos de haste que contiveram aperitivos, tulipas de chope ainda sujas de espuma, tacinhas de licor.

– A que horas tiraram as mesas?

Emma vasculhou a memória.

– Não sei dizer. Alguns copos eu fui tirando. Outros estão aí desde esta tarde.

– O copo do sr. Le Pommeret?

– O que ele tomou, sr. Michoux?

Foi Maigret que respondeu:

– Conhaque com água gasosa.

Ela olhou os pires com as contas um depois do outro.

– Seis francos. Mas servi um uísque a um desses senhores, o preço é o mesmo. Este copo aqui, talvez. Talvez não...

O fotógrafo, que não perdia uma, tirava fotos de toda aquela copada sinistra espalhada pelas mesas de mármore.

– Vá buscar o farmacêutico! – ordenou o comissário a Leroy.

E foi mesmo a noite dos copos e dos pratos. Trouxeram os da casa do vice-cônsul da Dinamarca. Os repórteres entravam no laboratório do farmacêutico como se estivessem em casa, e um deles, ex-estudante de medicina, até participava das análises.

O prefeito, ao telefone, tinha se contentado em soltar numa voz cortante:

– A responsabilidade é toda sua...

Não encontravam nada. De repente o hoteleiro indagou:

– O que fizeram do cachorro?

A área em que o tinham deitado na palha estava vazia. O cão amarelo, incapaz de andar e até de se arrastar, por causa da atadura que aprisionava seu quarto traseiro, havia desaparecido.

Os copos não revelavam nada!

– Talvez o do sr. Le Pommeret tenha sido lavado. Não sei. No meio dessa confusão! – dizia Emma.

Na casa da senhoria dele também a metade da louça havia sido lavada com água quente.

Ernest Michoux, a tez terrosa, se inquietava principalmente com o desaparecimento do cão.

– Vieram pegá-lo pelo pátio. Tem uma porta dando para o cais. Uma espécie de beco. É melhor mandar trancá-la, comissário, senão... Pensar que puderam entrar aqui sem ninguém perceber! E ir embora carregando o animal!

Dir-se-ia que ele não ousava sair do fundo da sala, que se mantinha o mais longe possível das portas.

5

O homem do Cabélou

ERAM OITO DA MANHÃ. MAIGRET, que não tinha dormido, acabava de tomar um banho e terminava de se barbear diante de um espelho pendurado na fechadura da janela.

Fazia mais frio que nos dias anteriores. A chuva turva parecia neve derretida. Um repórter, em mangas de camisa, espreitava a chegada dos jornais de Paris. Tinha-se ouvido o trem das sete e meia apitar. Em alguns instantes, veriam chegar os portadores de edições sensacionalistas.

Sob os olhos do comissário, a praça estava tomada pela feira semanal. Mas percebia-se que essa feira não tinha a sua animação costumeira. As pessoas falavam baixo. Os camponeses pareciam inquietos com as notícias que ouviam.

Havia cerca de cinquenta barracas montadas, exibindo blocos de manteiga, ovos, legumes, suspensórios e meias de seda femininas. À direita, estavam estacionadas carroças de todos os tipos, e o todo era dominado pelo deslizar alado das toucas brancas com largos rendados.

Maigret só se deu conta de que estava acontecendo alguma coisa ao ver toda uma porção da feira mudar de fisionomia, as pessoas se aglomerarem e olharem na mesma direção. A janela estava fechada. Ele não ouvia os barulhos, ou antes, era apenas um rumor confuso que chegava até ele.

Espiou mais longe. No porto, alguns pescadores carregavam cestos vazios e redes em seus barcos. Mas de repente ficavam imóveis, abriam alas para dois guardas municipais passarem, conduzindo um preso para a prefeitura.

Um dos guardas era bem jovem, imberbe. Seu rosto, modelado pela ingenuidade. O outro usava fortes bigodes acaju, e as sobrancelhas espessas quase lhe emprestavam um ar terrível.

Na feira, o falatório tinha cessado. Todos olhavam para os três homens que avançavam. Apontavam para as algemas que apertavam os punhos do malfeitor.

Um colosso! Andava inclinado para a frente, o que fazia seus ombros parecerem duas vezes mais largos. Arrastava os pés na lama, ele é que parecia levar os guardas a reboque.

Vestia um velho casaco qualquer. Sua cabeça nua era plantada de cabelos hirtos, bem curtos e castanhos.

O jornalista corria escada abaixo, esmurrava uma porta, gritava para seu fotógrafo adormecido:

– Benoît! Benoît! Depressa! De pé! Uma foto incrível!

Não imaginava como falava certo. Porque, enquanto Maigret tirava os últimos vestígios de sabão no rosto e procurava seu casaco, sem tirar os olhos da praça, produziu-se um acontecimento extraordinário.

A multidão não demorara a se comprimir em torno dos guardas e do preso. Bruscamente, este, que fazia tempo devia esperar a ocasião, sacudiu violentamente os punhos.

De longe, o comissário viu as lamentáveis correntes ficarem penduradas nas mãos dos agentes de polícia. E o homem arremeter contra o público. Uma mulher rolou no chão. Muitos fugiram. Ninguém ainda tinha se recuperado do estupor, e o preso já havia corrido para um beco, a vinte metros do Hôtel de l'Amiral, bem ao lado da casa vazia cuja caixa de correio havia cuspido uma bala de revólver na sexta-feira precedente.

Um guarda – o mais moço – quase atirou, mas hesitou e saiu correndo empunhando a arma de tal jeito que Maigret esperou um acidente. Uma armação de ripas cedeu sob a pressão dos fujões e seu teto de lona despencou em cima dos blocos de manteiga.

O jovem guarda teve a coragem de se precipitar sozinho no beco. Maigret, que conhecia o local, acabou de se vestir sem pressa.

Porque seria um milagre encontrar o brutamontes. A entrada do beco, com dois metros de largura, fazia dois cotovelos em ângulo reto. Vinte casas que davam para o cais ou para a praça tinham uma saída no beco. Além delas, havia galpões, os armazéns de um comerciante de cordoalha e artigos para embarcações, um depósito de latas de conserva, todo um amontoado de construções irregulares, de cantos e recantos, telhados facilmente acessíveis que tornavam uma perseguição quase impossível.

A multidão agora se mantinha à distância. A mulher que haviam derrubado, rubra de indignação, esticava o punho em todas as direções, enquanto as lágrimas vinham estremecer sob seu queixo.

O fotógrafo saiu do hotel, o impermeável por cima do pijama, descalço.

Meia hora depois, chegava o prefeito, pouco depois o tenente de gendarmaria, cujos homens se achavam no dever de dar batidas nas casas vizinhas.

Ao encontrar Maigret sentado no café em companhia do jovem guarda e ocupado em devorar um pão tostado com manteiga, o primeiro magistrado da cidade fremiu de indignação.

– Eu avisei, comissário, que o responsabilizaria por... por... Mas o senhor não parece se importar com isso! Vou mandar daqui a pouco um telegrama para o Ministério do Interior para informar que... que... e pedir que... O senhor viu o que está acontecendo lá fora? As pessoas fogem de casa. Um velhinho entrevado berra de pavor porque está imobilizado num segundo andar. Veem o bandido por toda parte...

Maigret se virou, percebeu Ernest Michoux que, como uma criança medrosa, se mantinha o mais perto possível dele movendo menos ar que um fantasma.

– Veja que foi a polícia local, quer dizer, simples guardas municipais, que o prenderam enquanto...

– O senhor continua fazendo questão de que eu prenda alguém?

– Como assim? Pretende pegar o fugitivo?

– Ontem o senhor tinha me pedido a prisão de qualquer um...

Os jornalistas estavam do lado de fora, ajudavam os gendarmes em suas buscas. O café estava quase vazio, em desordem, porque ainda não tinham tido tempo de arrumá-lo. Um cheiro acre de fumo frio cortava a respiração. Pisava-se nos tocos de cigarro, nas cusparadas, na serragem e nos copos quebrados.

O comissário, enquanto isso, tirava da carteira um mandado de prisão em branco.

– Diga mais uma palavra, senhor prefeito, e eu...

– Seria curioso o senhor me prender!

– Emma! Uma pena e tinteiro, por favor.

Fumava dando pequenas baforadas. Ouviu o prefeito grunhir na esperança de ser ouvido:

– Está blefando!

Mas Maigret não se perturbou, escreveu com grandes traços, como de costume: *O sr. Ernest Michoux, administrador da Sociedade Imobiliária de Sables Blancs...*

Foi mais cômico do que trágico. O prefeito lia de cabeça para baixo. Maigret disse:

– Pronto! Já que o senhor faz questão, prendo o doutor.

Este olhou para os dois, esboçou um sorriso amarelo, como um homem que não sabe o que responder a uma brincadeira. Mas era Emma que o comissário observava, Emma que se dirigia para a caixa registradora e que se virou subitamente, menos pálida que de costume, sem conseguir controlar um tremor de alegria.

– Imagino, comissário, que o senhor entenda a gravidade do que...

– É minha profissão, senhor prefeito.

– E a única coisa que o senhor faz depois do que acaba de acontecer é prender um dos meus amigos, quer dizer, um dos meus conhecidos, enfim, uma das figuras ilustres de Concarneau, um homem que...

– O senhor tem uma cadeia confortável?

Michoux, entrementes, só parecia preocupado com a dificuldade de engolir a saliva.

– À parte o posto policial, na prefeitura, só a gendarmaria, na cidade velha.

O inspetor Leroy acabava de entrar. Perdeu a respiração quando Maigret disse a ele com sua voz mais natural:

– Escute aqui, meu velho! Faça o favor de levar o doutor para a gendarmaria. Discretamente. Não precisa algemá-lo. Encarcere-o e cuide que não lhe falte nada.

– Isso é uma loucura! – balbuciou o doutor. – Não estou entendendo. Eu... É inacreditável! É uma infâmia!

– Não diga! – grunhiu Maigret.

E, voltando-se para o prefeito:

– Não me oponho a que se continue a procurar o tal vagabundo. Distrai a população. Quem sabe pode até ser útil? Mas não dê muita importância à sua captura. Tranquilize as pessoas.

– O senhor sabe que quando o pegaram, hoje de manhã, encontraram com ele um canivete de mola?

– Pode ser...

Maigret começava a se irritar. De pé, enfiava seu pesado sobretudo de gola de veludo, limpava com a manga o chapéu-coco.

– Até logo, senhor prefeito. Vou mantê-lo informado. Mais um conselho: nada de contar muitas histórias aos jornalistas. No fundo, não há nada de muito preocupante nisso tudo. Vamos?

Esta última palavra se dirigia ao jovem guarda municipal, que olhou para o prefeito como que dizendo: "Desculpe. Sou obrigado a ir com ele".

O inspetor Leroy girava em torno do doutor como um homem embaraçado com um fardo incômodo.

Viu-se Maigret dar de passagem um tapinha no rosto de Emma, depois atravessar a praça não dando a mínima para a curiosidade das pessoas.

– É por aqui?

– É. Temos de contornar as bacias do porto. Vai levar uma meia hora.

Os pescadores estavam menos chocados que a população com o drama que se desenrolava em torno do Café de l'Amiral, e uma dezena de barcos, aproveitando a relativa calmaria, se dirigiam movidos pelo remo de popa para a saída do porto, rumando daí para alto-mar.

O guarda lançava a Maigret olhares de um colegial desejoso de agradar a seu professor.

– O senhor sabe... o prefeito e o doutor jogavam cartas juntos pelo menos duas vezes por semana. Deve ter sido um golpe para ele.

– O que o pessoal do lugar conta?

– Depende das pessoas. A gente miúda, os operários, os pescadores não dão muita bola. Aliás, estão quase contentes com os acontecimentos. Porque o doutor, o sr. Le Pommeret e o sr. Servières não tinham muito boa reputação. Eram senhores, é claro. Ninguém ousava dizer nada a eles. Em todo caso, abusavam um pouco, quando depravavam as meninas das fábricas. No verão, com os amigos de Paris, era pior. Estavam sempre bebendo, fazendo algazarra nas ruas às duas da manhã, como se a cidade pertencesse a eles. Volta e meia recebíamos queixas. Principalmente do sr. Le Pommeret, que não podia ver um rabo de saia. É triste dizer, mas as fábricas não trabalham. Tem muito desemprego. Então, por dinheiro, todas essas moças...

– Então, quem dá bola?

– Os outros! Os burgueses! E os comerciantes que se enturmavam com o grupo do Café de l'Amiral. O café era como que o centro da cidade, sabe? Até o prefeito ia.

O guarda estava lisonjeado com a atenção que Maigret lhe dava.

– Onde estamos?

– Acabamos de sair da cidade. A partir daqui, a orla é quase deserta. Só tem rochedos, bosques de pinheiros, algumas casas de veraneio de gente de Paris. É o que chamamos de ponta do Cabélou.

– Quem lhe deu a ideia de fuçar deste lado?

– Quando o senhor nos disse, a meu colega e a mim, para procurar um vagabundo que poderia ser o dono do cachorro amarelo, primeiro vasculhamos os barcos velhos do anteporto. De vez em quando encontramos por lá algum pobre coitado. No ano passado, um barco se incendiou porque um vagabundo esqueceu de apagar o fogo que havia acendido para se aquecer.

– Não encontraram nada?

– Nada. Meu colega é que se lembrou do velho posto de vigia do Cabélou. Estamos chegando nele. Está vendo aquela construção quadrada de pedra, na extremidade do rochedo? Data da mesma época das fortificações da cidade velha. Venha por aqui. Cuidado com a sujeira. Havia muito tempo vivia lá um guarda, um vigia, cuja missão era assinalar as passagens de navios. Dá para ver longe. Domina-se o estreito das ilhas Glénan, a única passagem de acesso à enseada. Mas deve fazer uns cinquenta anos que foi desativado.

Maigret atravessou uma passagem cuja porta havia desaparecido, penetrou num cômodo cujo chão era de terra batida. Voltadas para o largo, seteiras estreitas davam vista para o mar. De outro lado, uma só janela, sem vidraça, sem montantes.

E nas paredes de pedra inscrições feitas à ponta de faca. No chão, papéis sujos, detritos inomináveis.

– É aqui! Por quase quinze anos um homem viveu aqui, sozinho. Um abobado. Uma espécie de selvagem. Dormia neste canto, indiferente ao frio, à umidade, às tempestades que jogavam bateladas de mar pelas seteiras. Era uma curiosidade. Os parisienses vinham vê-lo no verão, lhe davam umas moedas. Um vendedor de cartões-postais teve a ideia de fotografá-lo e vender os retratos na entrada. O homem acabou morrendo durante a guerra. Não passou pela cabeça de ninguém limpar o lugar. Ontem eu pensei que, se alguém se escondia nas redondezas, podia ser aqui.

Maigret pegou uma estreita escada de pedra construída na espessura da parede, chegou a uma guarita, ou antes, a uma torre de granito aberta dos quatro lados que permitia admirar toda a região.

– Era o posto de vigia. Antes da invenção dos faróis, acendiam uma fogueira no terraço. Então, esta manhã cedinho viemos, meu colega e eu. Vínhamos pé ante pé. Embaixo, bem onde o maluco dormia, vimos um homem roncando. Um colosso! Dava para ouvir a sua respiração a quinze metros de distância. Conseguimos algemá-lo antes que ele acordasse.

Tinham descido de volta ao cômodo quadrado que as correntes de ar tornavam glacial.

– Ele resistiu?

– Que nada! Meu colega pediu seus documentos e ele não respondeu. O senhor devia ver! Sozinho era mais forte que nós dois. Tanto que não tirei a mão da coronha do meu revólver. Que mãos! As do senhor são grandes, não é? Bom, tente imaginar mãos duas vezes maiores, com tatuagens.

– Viu o que elas representavam?

– Só vi uma âncora, na mão esquerda, e as letras SS dos dois lados. Mas tinha também uns desenhos complicados. Uma cobra, talvez. Não tocamos no que estava pelo chão. Olhe!

Havia de tudo: garrafas de vinho bom, destilados de luxo, latas de conserva vazias e umas vinte intactas.

Havia melhor: as cinzas de um fogo que havia sido aceso no meio do cômodo e, pertinho, um pernil de cordeiro devorado. Nacos de pão. Algumas espinhas de peixe. Uma vieira e patas de lagosta.

– Que comilança! – se extasiava o jovem guarda que nunca devia ter feito um banquete assim. – Isso explica as queixas recebidas nestes últimos tempos. Não prestamos atenção, porque não se tratava de nada importante. Um pão de seis libras roubado do padeiro. Um cesto de pescadinhas desaparecido de um barco de pesca. O gerente do empório Prunier que alegava que lhe surrupiavam lagostas durante a noite...

Maigret fazia um estranho cálculo mental, tentava estabelecer em quantos dias um homem de grande apetite podia devorar o que tinha sido consumado ali.

– Uma semana – murmurou. – É, incluindo o pernil.

Perguntou de repente:

– E o cachorro?

– Pois é, não o achamos! Tem rastros de patas no chão, mas não vimos o bicho. Sabe, o prefeito deve estar uma fera por causa do doutor. Não me espantaria que telegrafe a Paris, como falou.

– O homem estava armado?

– Não. Eu é que revistei seus bolsos, enquanto meu colega Piedboeuf, que segurava as algemas, o mantinha sob a mira do revólver com a outra mão. Num bolso da calça, tinha umas castanhas torradas. Quatro ou cinco. Devem vir da carroça que estaciona sábado e domingo à noite na frente do cinema. E algumas moedas. Nem mesmo dez francos. Uma faca. Mas uma faca nada extraordinária. Como uma dessas que os marinheiros usam para cortar o pão.

– Ele não disse nada?

– Nem uma palavra. Tanto que meu colega e eu pensamos que também era abobado, como o antigo inquilino. Olhava para a gente como um urso. Tinha uma barba de oito dias, dois dentes quebrados bem no meio da boca.

– As roupas?

– Não sei dizer. Um terno velho. Nem sei se usava por baixo uma camisa ou um suéter. Ele nos acompanhou docilmente. Estávamos orgulhosos da nossa presa! Podia ter fugido dez vezes antes de chegar à cidade. De modo que estávamos despreocupados quando, com um puxão, arrebentou as correntes das algemas. Achei que tinha arrancado meu pulso direito. Ainda estou com as marcas. Falando do dr. Michoux...

– Diga!

– O senhor soube que a mãe dele deve voltar hoje ou amanhã. É viúva de um deputado. Dizem que tem muita influência. E é amiga da mulher do prefeito.

Maigret contemplou o oceano acinzentado através das seteiras. Pequenos barcos a vela se esgueiravam entre a ponta do Cabélou e um recife que as ondas deixavam perceber, viravam de bordo e iam lançar suas redes a menos de uma milha.

– O senhor acha mesmo que foi o doutor que...?

– Vamos embora! – disse o comissário.

A maré subia. Quando saíram, a água começava a lamber a plataforma. Um garoto, a uns cem metros dele, pulava de pedra em pedra, procurando os puçás que havia colocado entre elas. O jovem policial não se resignava ao silêncio.

– O mais extraordinário é que tenham atacado o sr. Mostaguen, que é o melhor homem de Concarneau. Tanto que queriam que ele fosse conselheiro-geral. Parece que escapou, mas a bala não pôde ser extraída. De modo que a vida toda vai guardar um pedaço de chumbo no ventre! E pensar que não fosse a ideia de acender um charuto...

Não contornaram as bacias do porto, mas atravessaram uma parte deste no barco que faz a travessia entre a passagem e a cidade velha.

A pouca distância do lugar em que, na véspera, os jovens apedrejavam o cachorro amarelo, Maigret avistou um muro, uma porta monumental encimada por uma bandeira e pelas palavras "Gendarmaria Nacional".

Atravessou o pátio de uma construção datando da época de Colbert. Numa sala, o inspetor Leroy discutia com um brigadeiro.

– E o doutor? – perguntou Maigret.

– Justamente! O oficial não quer saber de mandar vir as refeições de fora.

– A não ser que o senhor assuma a responsabilidade! – disse o guarda a Maigret. – E lhe pedirei um documento que me isente dela.

O pátio estava calmo como um claustro. Um chafariz fazia um adorável glu-glu.

– Onde ele está?

– Ali, à direita. Empurre a porta. É a segunda do corredor. Quer que vá abrir para o senhor? O prefeito telefonou recomendando tratar o preso com a maior consideração.

Maigret coçou o queixo. O inspetor Leroy e o guarda municipal, que eram quase da mesma idade, olhavam para ele com igual curiosidade tímida.

Alguns instantes depois, o comissário entrava sozinho na cela de paredes caiadas, que não era mais triste que um dormitório de quartel.

Michoux, sentado diante de uma mesinha de madeira branca, se levantou à sua chegada, hesitou um instante, começou olhando para outro lado:

– Imagino, comissário, que o senhor tenha encenado essa comédia para evitar um novo drama, me pondo ao abrigo de... dos...

Maigret percebeu que não tinham tirado seus suspensórios, nem seu cachecol, nem seus cadarços, como é de regra. Com a ponta do pé puxou uma cadeira, sentou, encheu o cachimbo e grunhiu, bonachão:

– Ora vamos, doutor, sente-se!

6

Um covarde

– O SENHOR É SUPERSTICIOSO, COMISSÁRIO?

Maigret, a cavalo na sua cadeira, cotovelos no encosto, esboçou uma expressão que podia ser tudo o que se quisesse. O doutor não sentara.

– Acho que no fundo todos nós somos, num momento dado, ou, se preferir, no momento em que somos visados.

Tossiu em seu lenço, para o qual olhou com preocupação, prosseguiu:

– Oito dias atrás eu lhe teria respondido que não acreditava nos oráculos, mas, faz uns cinco anos talvez... Éramos alguns amigos jantando na casa de uma atriz em Paris. Na hora do café, alguém propôs ler as cartas. Sabe o que me anunciou? Não imagina como ri. Gargalhei ainda mais porque se distanciava do refrão habitual: loura, senhor de idade que quer o seu bem, carta que vem de longe, *et cetera*.

"A mim disseram:

'O senhor vai ter uma morte feia. Uma morte violenta. Cuidado com os cachorros amarelos...'"

Ernest Michoux ainda não havia olhado para o comissário, no qual pousou seu olhar. Maigret estava plácido. Era até, enorme em sua cadeirinha, uma estátua da placidez.

– Não se espanta com isso? Durante anos e anos não ouvi falar em cachorro amarelo. Sexta-feira um drama se produz. Um dos meus amigos é a vítima. Eu poderia, tanto quanto ele, ter me abrigado naquela entrada e sido atingido pela bala. E eis que surge um cachorro amarelo!

"Outro amigo desaparece em circunstâncias inauditas. E o cachorro amarelo continua rondando!

"Ontem foi a vez de Le Pommeret. O cachorro amarelo! E o senhor quer que eu não fique impressionado?"

Michoux nunca havia falado tanto de um só fôlego, e à medida que falava recobrava a consistência. Como único encorajamento, o comissário suspirou:

– Claro, claro...

– Não é perturbador? Eu me dou conta de que devo ter lhe dado a impressão de ser um covarde. Pois bem, fiquei com medo, sim. Um medo vago, que me assaltou desde o primeiro drama, principalmente quando se falou de um cachorro amarelo.

Percorria a cela a passos curtos, olhando para o chão. Seu rosto se animava.

– Quase pedi sua proteção, mas temi ver o senhor achar graça. Temo mais ainda seu desprezo. Porque os homens fortes desprezam os covardes.

Sua voz se tornava aguda.

– E, confesso, comissário, sou um covarde! Faz quatro dias que estou com medo, quatro dias que sofro com o medo. Não é culpa minha! Estudei medicina o bastante para formar uma ideia exata do meu caso.

"Quando nasci, tiveram de me colocar numa incubadora artificial. Na minha infância, colecionei todas as doenças infantis.

"E quando a guerra estourou, os médicos que examinavam quinhentos homens por dia me declararam bom para o serviço e me mandaram para o *front*. Ora, não só eu tinha fraqueza pulmonar com cicatrizes de antigas lesões, como dois anos antes tinham me tirado um rim.

"Fiquei com medo! Um medo enlouquecedor! Os enfermeiros me recolheram quando eu acabava de ser enterrado num buraco pela deflagração de um obus. Finalmente perceberam que eu não era apto para o serviço militar.

"O que conto ao senhor talvez não seja muito bonito. Mas eu o observei. Tenho a impressão de que é capaz de compreender.

"É fácil o desprezo dos fortes pelos covardes. Mas as pessoas deveriam se interessar por conhecer as causas profundas da covardia.

"Por exemplo! Percebi que o senhor não via com simpatia nosso grupo do Café de l'Amiral. Disseram ao senhor que eu vendia terrenos. Filho de um ex-deputado. Doutor em medicina. E aquelas noites em volta de uma mesa de café, com outros fracassados.

"Mas o que eu podia fazer? Meus pais gastavam muito dinheiro, mas não eram ricos. Não é raro em Paris. Fui criado no luxo. Nas grandes estações de águas. E aí meu pai morre e minha mãe começa a investir na Bolsa, a conchavar, sempre tão grande dama quanto antes, sempre tão orgulhosa, mas acossada pelos credores.

"Ajudei-a! Era tudo o que eu era capaz de fazer. Esse loteamento... nada de prestigioso. E esta vida daqui. Figurões locais! Mas sem maior envergadura.

"Faz três dias que o senhor me observa e que tenho vontade de lhe falar de coração aberto. Fui casado. Minha mulher pediu o divórcio porque queria um homem animado por maiores ambições.

"Um rim a menos. Três ou quatro dias por semana me arrastando, doente, cansado, da minha cama a uma poltrona."

Sentou-se com lassidão.

– Emma deve ter lhe dito que fui seu amante. Bobagem, não é? Porque às vezes precisamos de uma mulher. A gente não explica essas coisas a todo mundo.

"No Café de l'Amiral eu poderia ter acabado enlouquecendo. O cachorro amarelo. Servières que sumiu. As manchas de sangue no carro. E principalmente essa morte ignóbil de Le Pommeret.

"Por que ele? Por que não eu? Estávamos juntos duas horas antes, na mesma mesa, diante dos mesmos copos. E eu tinha o pressentimento de que se saísse de casa seria a minha vez. Depois senti que o círculo se estreitava, que mesmo no hotel, mesmo trancado no meu quarto, o perigo me perseguia.

"Tive um tremor de alegria quando vi o senhor assinar meu mandado de prisão. No entanto..."

Olhou para as paredes ao redor, para a janela com três barras de ferro que dava para o pátio.

– Tenho que mudar meu catre de lugar, empurrá-lo para este canto. Como é, sim, como é que puderam falar de um cachorro amarelo cinco anos atrás, quando esse cachorro sem dúvida nem havia nascido! Pouco importa o que as pessoas pensarão ao saber que estou na prisão. O que não quero é morrer! E alguém me espreita, alguém que não sei quem é, que já matou Le Pommeret, que sem dúvida matou Goyard, que atirou em Mostaguen. Por quê? Me diga! Por quê? Um louco, na certa. E ainda não conseguiram abatê-lo. Está solto! Talvez ronde em torno de nós. Sabe que estou aqui. Vai vir, com seu cachorro horroroso que tem um olhar humano...

Maigret se levantou lentamente, bateu o cachimbo no calcanhar do sapato. E o doutor repetiu com uma voz de dar dó:

– Sei que para o senhor causo o efeito de um covarde. Sabe, tenho certeza de que vou sofrer como um condenado esta noite por causa do meu rim.

Maigret estava plantado ali como a antítese do preso, da agitação, da febre, da doença, a antítese daquele pavor malsão e repugnante.

– Quer que eu chame um médico?

– Não! Se eu soubesse que vinha alguém teria mais medo ainda. Acharia que *ele* é que viria, o homem do cachorro, o assassino.

Mais um pouco estaria batendo os dentes.

– O senhor acha que vai prendê-lo ou abatê-lo como um animal raivoso? Porque ele é raivoso! Ninguém mata assim, sem razão.

Mas três minutos e ele teria uma crise de nervos. Maigret preferiu sair, enquanto o detento o acompanhava com o olhar, a cabeça enfiada nos ombros, as pálpebras avermelhadas.

– Entendeu? Ninguém pode entrar na cela, a não ser você, que deve levar pessoalmente para ele a comida e tudo o que ele pedir. No entanto, não deixe nada que ele possa usar como arma para se matar. Tire os cadarços, a gravata... O pátio deve ser vigiado noite e dia. Consideração! Muita consideração!

– Um homem tão distinto – suspirou o gendarme. – O senhor acha que ele é que...?

– Que é a próxima vítima? Sim! O senhor é responsável pela vida dele!

E Maigret se foi ao longo da rua estreita, pisando nas poças d'água. Toda a cidade já o conhecia. As cortinas tremelicavam à sua passagem. Os garotos paravam de brincar e olhavam para ele com um respeito temeroso.

Atravessava a ponte levadiça que liga a cidade velha à cidade nova quando encontrou o inspetor Leroy que o procurava.

– Novidades? Pegaram o meu urso, pelo menos?

– Que urso?

– O homem de pé grande.

– Não. O prefeito deu ordem de cessar as buscas, que excitavam a população. Deixou alguns gendarmes postados nos lugares estratégicos. Mas não é disso que quero lhe falar. É sobre o jornalista, Goyard, dito Jean Servières. Um caixeiro-viajante que o conhece e acaba de chegar afirma tê-lo encontrado ontem em Brest. Goyard fingiu não vê-lo e virou a cara.

O inspetor se espantou com a calma com que Maigret recebia a notícia.

– O prefeito está convencido de que o viajante se enganou. Há muitos homens gorduchos e baixinhos em todas as cidades. Sabe o que eu o ouvi dizer a seu assistente, a meia-voz, talvez esperando que eu ouvisse? Literalmente: "Você vai ver o comissário seguir essa pista falsa, ir para Brest e deixar o verdadeiro assassino por nossa conta!".

Maigret deu uns vinte passos em silêncio. Na praça, desmontavam as barracas da feira.

– Quase respondi a ele que...

– Que o quê?

Leroy enrubesceu, virou a cara.

– Aí é que está! Não sei. Tive a impressão de que o senhor não daria também muita importância à captura do vagabundo.

– Como vai Mostaguen?

– Melhor. Não consegue entender a agressão de que foi vítima. Pediu desculpa à mulher. Desculpa por ter ficado até tarde no café! Desculpa por ter se embriagado um pouco! Jurou em lágrimas que não beberia mais uma gota de álcool.

Maigret tinha parado em frente ao porto, a cinquenta metros do Hôtel de l'Amiral. Barcos voltavam, recolhiam a vela amarronzada ao contornar o molhe, empurravam-se lentamente com o remo de popa.

A maré baixa descobria, ao pé das muralhas da cidade velha, os bancos de lodo encastoados com panelas velhas e detritos.

Adivinhava-se o sol atrás da abóbada de nuvens.

– Sua impressão, Leroy?

O inspetor se perturbou mais ainda.

– Não sei. Parece que se pegarmos esse homem... Note que o cachorro amarelo desapareceu de novo. O que ele podia fazer na casa do doutor? Devia conseguir o veneno lá. Deduzo...

– Sim, claro. Só que eu não deduzo.

– Em todo caso, tenho a curiosidade de ver o vagabundo de perto. As pegadas provam que é um colosso.

– Justamente!

– O que o senhor quer dizer?

– Nada!

Maigret não se mexia, parecia deslumbrar-se contemplando o panorama do pequeno porto, a ponta do Cabélou, à esquerda, com seu bosque de pinheiros e seus rochedos avançando no mar, a baliza vermelha e negra, as boias escarlates assinalando o canal até as ilhas Glénans, que o céu cinzento não permitia avistar.

O inspetor ainda tinha muitas coisas a dizer.

– Telefonei a Paris para obter informações sobre Goyard, que viveu lá bastante tempo.

Maigret olhou para ele com uma afetuosa ironia, e Leroy, atingido em seu amor-próprio, recitou rápido:

– As informações são ótimas ou péssimas. Falei com um ex-agente da Brigada de Costumes que o conheceu pessoalmente. Parece que evoluiu por um bom tempo às margens do jornalismo. Primeiro, colunista social. Depois secretário de um pequeno teatro. Depois diretor de um cabaré de Montmartre. Dois fracassos. Redator-chefe, durante dois anos, de um jornal de província, em Nevers, creio. Por fim, gerencia uma boate. *Uma pessoa que sabe se virar*. Foram os termos do agente. É verdade que acrescentou: *Um bom sujeito. Quando percebeu que no fim das contas tudo que ia conseguir era devorar seus trocados ou arranjar encrencas, preferiu mergulhar de novo na província.*

– E daí?

– Daí eu me pergunto por que ele simulou essa agressão. Fui ver o carro outra vez. Tem manchas de sangue, verdadeiras. E, se foi atacado, por que não deu sinal de vida, já que agora bate pernas em Brest?

– Muito bem!

O inspetor olhou vivamente para Maigret, querendo ver se ele não estava brincando. Mas não! O comissário estava sério, os olhos pregados numa mancha de sol que nascia ao longe no mar.

– Quanto a Le Pommeret...

– Tem alguma dica?

– O irmão dele veio ao hotel falar com o senhor. Não tinha tempo para esperar. Falou horrores do morto. Pelo menos para ele é grave: um boa-vida. Duas paixões: as mulheres e as caçadas. Mais a mania de se endividar e bancar o grã-fino. Um detalhe entre outros mil. O irmão, que é mais ou menos o maior industrial do lugar, me declarou: "Eu me contento em me vestir em Brest. Não é luxuoso, mas é de boa qualidade, confortável. Yves ia a Paris encomendar suas roupas. E fazia questão de sapatos assinados por um grande sapateiro! Nem mesmo minha mulher usa sapatos sob medida!".

– Muito boa! – disse Maigret, para grande espanto, se não indignação, do seu colega.

– Por quê?

– Formidável, se prefere. Conforme sua expressão de há pouco é um verdadeiro mergulho na vida de província que estamos dando. E é bonito como uma antiguidade. Saber se Le Pommeret usava sapatos comprados prontos ou sob medida! Parece que não é nada... Acredite se quiser, mas é o nó do drama. Vamos tomar um aperitivo, Leroy! Como essas pessoas tomavam todos os dias: no Café de l'Amiral!

O inspetor observou mais uma vez seu chefe, perguntando-se se não estava caçoando dele. Havia esperado felicitações por sua atividade da manhã e por suas iniciativas.

E Maigret parecia levar tudo na chacota!

Produziu-se a mesma reação de quando o professor entra numa turma onde os alunos conversavam. O falatório cessou, os jornalistas se precipitaram em direção ao comissário.

– Podemos anunciar a detenção do doutor? Ele confessou alguma coisa?

– Nada!

Maigret os afastou com um gesto, pediu a Emma:

– Dois Pernods, menina.

– Mas se o senhor deteve o sr. Michoux...

– Querem saber da verdade?

Eles já estavam com os blocos na mão. Esperavam, canetas em riste.

– Pois bem! Ainda não apareceu a verdade. Pode ser que apareça um dia. Pode ser que não.

– Dizem que Jean Goyard...

– Está vivo! Melhor para ele!

– Em todo caso, tem um homem que se esconde, que procuram em vão...

– O que prova a inferioridade do caçador em relação à caça.

E retendo Emma pela manga, Maigret diz docemente:

– Mande levarem meu almoço no quarto.

Tomou o aperitivo de um só gole, levantou-se.

– Um conselho, senhores. Nada de conclusões prematuras. E, principalmente, nada de deduções.

– Mas e o culpado?

Maigret deu de ombros, bufou:

– Quem sabe?

Já estava ao pé da escada. O inspetor Leroy lhe dirigia um olhar interrogador.

– Não, meu velho. Coma no restaurante. Preciso descansar.

Ouviram-no subir os degraus com passos pesados. Dez minutos depois, Emma subiu por sua vez levando uma bandeja de entradas.

Depois viram-na levar uma vieira e uma vitela assada com espinafre. No salão, a conversa esmorecia. Um dos jornalistas foi chamado ao telefone e declarou:

– É, lá pelas quatro. Espero lhe passar uma matéria sensacional. Ainda não. Temos que esperar.

Sozinho a uma mesa, Leroy comia com modos de rapaz fino, limpando a cada instante os lábios com o canto do guardanapo.

A gente da feira observava a fachada do Café de l'Amiral, esperando confusamente algo acontecer.

Um gendarme estava postado na esquina da ruela pela qual o vagabundo desaparecera.

– O senhor prefeito está chamando o comissário Maigret ao telefone.

Leroy se mexeu, ordenou a Emma:

– Vá avisá-lo lá em cima.

Mas a garçonete desceu, declarando:

– Não está mais lá.

O inspetor subiu a escada de quatro em quatro, voltou pálido, pegou o fone.

– Alô? Sim, senhor prefeito, não sei. Es... estou muito preocupado. O comissário não está mais aqui. Alô? Não sei lhe dizer. Ele almoçou no quarto. Não o vi descer. Te... telefono ao senhor daqui a pouco.

E Leroy, que não tinha largado seu guardanapo, serviu-se dele para enxugar o suor da testa.

7

O casal da vela

O INSPETOR SÓ VOLTOU PARA SEU QUARTO MEIA HORA DEPOIS. Na mesa encontrou um bilhete em código Morse dizendo:

> *Suba no telhado esta noite por volta das onze, sem ser visto. Vai me encontrar. Não faça barulho. Diga que parti para Brest, de onde lhe telefonei. Não saia do hotel. Maigret.*

Pouco antes das onze, Leroy tirou os sapatos, pôs as pantufas de feltro que tinha comprado de tarde para aquela expedição que não deixava de ser impressionante.

Depois do segundo andar, não havia mais escada, apenas uma escada de mão fixa, sob o alçapão do teto. Entrando por ele, deu num sótão gelado pelas correntes de ar, onde se arriscou a acender um fósforo.

Alguns instantes depois, passava pela lucarna, mas não ousava descer imediatamente para a beira do telhado. Tudo era frio. Em contato com as chapas de zinco, os dedos congelavam. E Leroy não tinha querido se atravancar com o sobretudo.

Quando seus olhos se acostumaram à escuridão, acreditou distinguir uma massa sombria, maciça, como um enorme animal à espreita. Suas narinas reconheceram baforadas de cachimbo. Assobiou levemente.

No instante seguinte, estava emboscado no beiral ao lado de Maigret. Não dava para enxergar nem o mar nem a lua. Estavam na vertente do telhado oposta ao cais, à beira de uma trincheira negra, que outra coisa não era senão a tal ruela pela qual o vagabundo de pé grande havia escapado.

Todos os planos eram irregulares. Havia telhados bem baixos, outros da altura de dois homens. Algumas janelas estavam iluminadas aqui e ali. Umas tinham cortinas nas quais eram como que representadas peças de teatro de sombras chinês. Num quarto, bem longe, uma mulher banhava um bebezinho numa bacia esmaltada.

A massa do comissário se mexeu, ou antes, se arrastou até sua boca ficar colada ao ouvido do colega.

– Cuidado! Nada de movimentos bruscos. O beiral não é sólido, embaixo de nós tem uma calha pedindo para desabar barulhentamente. Os jornalistas?

– Estão lá embaixo, menos um, à procura do senhor em Brest, persuadido de que o senhor segue a pista de Goyard.

– Emma?

– Não sei. Não prestei atenção nela. Foi ela que me serviu o café depois do jantar.

Era desconcertante se encontrar assim, sem ninguém saber, no alto de uma casa cheia de vida, de pessoas que circulavam no calor, na luz, sem precisar falar baixo.

– Bom. Vire devagarinho para o imóvel à venda. Devagarinho!

Era a segunda casa à direita, uma das raras da altura do hotel. Ela se encontrava num trecho de escuridão completa, e no entanto o inspetor teve a impressão de que uma claridade se refletia num vidro sem cortina do segundo andar.

Pouco a pouco percebeu que não era um reflexo vindo de fora, mas uma tênue luz interior. À medida que fixava os olhos no mesmo ponto do espaço, as coisas iam surgindo nele.

Um assoalho encerado... Uma vela parcialmente gasta cuja chama era reta, envolta num halo.

– É ele! – disse de repente, elevando a voz sem querer.

– Psiu! É...

Alguém estava deitado no assoalho, metade na parte iluminada pela vela, metade na penumbra. Via-se um sapato enorme, um torso largo moldado por um suéter de marinheiro.

Leroy sabia que havia um gendarme na esquina da ruela, outro na praça, mais outro andando pelo cais.

– Vai prendê-lo?

– Não sei. Faz três horas que dorme.

– Está armado?

– Hoje de manhã não estava.

Mal dava para ouvir as sílabas pronunciadas. Era um murmúrio indistinto, misturado ao sopro das respirações.

– O que estamos esperando?

– Não sei. Gostaria de saber por que acendeu uma vela, se está sendo procurado e dorme. Atenção!

Um quadrado amarelo acabava de surgir numa parede.

– Acenderam a luz no quarto de Emma, embaixo de nós. É o reflexo.

– Não jantou, comissário?

– Trouxe pão e salaminho. Não está com frio?

Os dois estavam gelados. No céu, viam passar o raio luminoso do farol em intervalos regulares.

– Ela apagou...

– Sim. Psiu!

Houve cinco minutos de silêncio, de morosa espera. Depois a mão de Leroy buscou a de Maigret, apertou-a de forma significativa.

– Embaixo...

– Eu vi.

Uma sombra, na parede caiada que separava o jardim da casa vazia e a ruela.

– Ela vai se encontrar com ele – sussurrou Leroy que não conseguia se resignar ao silêncio.

No andar de cima, o homem continuava dormindo, perto da vela. Um pé de groselha farfalhou no jardim. Um gato fugiu por uma calha.

– Tem um isqueiro?

Maigret não ousava acender o cachimbo. Hesitou por um bom tempo. Acabou fazendo um anteparo com o casaco do colega e riscou vivamente um fósforo, enquanto o inspetor sentia novamente o cheiro quente de tabaco.

– Olhe!

Não disseram mais nada. O homem se levantara com um movimento tão súbito que quase derrubou a vela. Recuava para a sombra, enquanto a porta se abria, Emma aparecia na luz, hesitante, tão lastimável que dava a impressão de ser uma culpada.

Tinha alguma coisa debaixo do braço: uma garrafa e um pacote que pôs no chão. O papel se desfez em parte, deixando ver um frango assado.

Ela falava. Seus lábios se moviam. Dizia apenas algumas palavras, humildemente, tristemente. Mas seu companheiro não estava visível aos policiais.

Será que ela chorava? Usava seu vestido preto de garçonete, a touca bretã. Tirara apenas o avental branco, e isso lhe dava um aspecto mais arrasado que de costume.

Sim, ela devia chorar ao falar, ao pronunciar palavras espaçadas. Prova disso é que se apoiava de repente na moldura da porta, enfiava o rosto no braço dobrado. Suas costas se erguiam a uma cadência irregular.

O homem, surgindo, escureceu quase todo o retângulo da janela, desimpediu depois a perspectiva caminhando para o fundo do cômodo. Sua enorme mão se abateu sobre o ombro da moça, deu-lhe tal sacolejão que Emma fez uma meia-volta completa, quase caiu, mostrou uma face tristemente pálida, lábios inchados pelos soluços.

Mas era tão impreciso, tão *flou* quanto um filme projetado quando as lâmpadas da sala estão acesas. Faltava outra coisa: ruídos, vozes...

Sempre como cinema: cinema sem música.

E no entanto era o homem que falava. Devia falar alto. Era um urso. A cabeça enfiada nos ombros, o torso moldado pelo suéter que realçava os peitorais, cabelos cortados rentes como os de um prisioneiro, punhos nas ancas, gritava censuras, ou injúrias, ou ameaças.

Devia estar prestes a bater nela. A tal ponto que Leroy tentou encostar mais em Maigret, como que para ganhar confiança.

Emma continuava chorando. Sua touca agora estava de través. Seu coque ia se desfazer. Uma janela se fechou em algum lugar e desviou a atenção deles por um segundo.

– Comissário, será que não...

O cheiro de tabaco envolvia os dois homens e lhes dava como que uma ilusão de calor.

Por que Emma juntava as mãos? Ela falava de novo. Seu rosto estava deformado por uma expressão confusa de medo, rogo, dor, e o inspetor Leroy ouviu Maigret engatilhar o revólver. Não havia mais de quinze a vinte metros entre os dois grupos. Um estampido seco, um vidro se estilhaçando, e o colosso estaria fora de combate.

Agora ele andava de um lado para o outro, as mãos nas costas, parecia mais baixo, mais largo. Seu pé bateu no frango. Quase escorregou e o chutou enraivecido para a sombra.

Emma olhou para aquele lado.

O que os dois estariam dizendo? Qual seria o tema desse diálogo patético?

Porque o homem parecia repetir as mesmas palavras. Mas não as repetia de um modo mais manso?

Ela caiu de joelhos, melhor dizendo, se pôs de joelhos no caminho dele e estendeu para ele os braços. O colosso fingiu não vê-los, evitou-a, e já não era de joelhos que agora estava, mas quase deitada, um braço implorante.

Ora se via o homem, ora a sombra o absorvia. Quando voltou, se empertigou diante da moça suplicante, que fitou de alto a baixo.

Voltou a andar, se aproximou, afastou-se de novo, e então ela não teve mais força, ou coragem, para estender o braço em direção a ele, para suplicar. Ela se deixou desabar, estendida por inteiro no assoalho. A garrafa de vinho estava a menos de vinte centímetros da sua mão.

Foi inesperado. O vagabundo se inclinou, ou melhor, baixou uma das suas pesadas patas, agarrou a roupa pelo ombro e, com um só movimento, pôs Emma de pé. Tudo isso tão brutalmente que ela cambaleou quando ele não a segurava mais.

Mas seu rosto decomposto não traía uma esperança? O coque tinha se desfeito. A touca branca caíra no chão.

O homem andava. Duas vezes evitou sua companheira desamparada.

Da terceira vez, tomou-a em seus braços, apertou-a contra si, virou a cabeça de Emma para trás. E gulosamente colou seus lábios no dela.

Só se via agora seu dorso, um dorso inumano, com uma mãozinha de mulher crispada em seu ombro.

Com seus dedos grossos, o bruto sentia a necessidade, sem desgrudar seus lábios, de acariciar os cabelos pendentes, de acariciá-los como se quisesse aniquilar sua companheira, esmagá-la, melhor: incorporá-la a si.

– Essa é boa! – fez a voz atarantada do inspetor.

E Maigret ficara tão tocado que, em contrapartida, quase soltou uma gargalhada.

Fazia quinze minutos que Emma estava ali? O enlace havia cessado. A vela não ia durar mais que cinco minutos. E havia na atmosfera uma descontração quase visível.

Será que a garçonete não ria? Devia ter encontrado em algum lugar um pedaço de espelho. Em plena luz, dava para vê-la enrolar seus cabelos compridos, prendê-los com um grampo de cabelo, procurar no chão outro grampo que havia perdido, segurá-lo com os dentes enquanto punha a touca.

Era quase bonita. Era bonita! Tudo era comovente, até seu peito chato, sua saia preta, suas pálpebras vermelhas. O homem havia pegado o frango. E, sem perdê-la de vista, mordia com apetite, estalava os ossos, arrancava retalhos de carne.

Buscou uma faca no bolso, não achou, quebrou o gargalo da garrafa batendo-o contra o calcanhar do sapato. Bebeu. Quis fazer Emma beber, ela tentou recusar, rindo. Quem sabe o vidro quebrado lhe dava medo. Mas ele a obrigou a abrir a boca, derramou lentamente o líquido.

Ela engasgou, tossiu. Então ele a pegou pelos ombros, beijou-a de novo, não mais nos lábios, porém. Beijava-a alegremente, pequenos beijos nas faces, nos olhos, na testa e até na touca de renda.

Ela estava pronta. Ele veio colar o rosto à janela e mais uma vez preencheu quase todo o retângulo luminoso. Quando se virou, foi para apagar a vela.

O inspetor Leroy estava tenso.

– Eles vão embora juntos.

– É.

– Vão ser presos!

O pé de groselha do jardim tremeu. Depois uma forma foi içada até o topo do muro. Emma se encontrou no beco, esperou o amante.

– Siga-os de longe. Não deixe de maneira nenhuma eles te perceberem. Logo que puder, me dê notícias.

Como o vagabundo fizera com a companheira, Maigret ajudava o inspetor a se içar ao longo das ardósias até a lucarna. Depois se inclinou para espiar o beco, onde os dois personagens já não eram mais que duas cabeças.

Hesitavam. Cochichavam. Foi a garçonete que levou o homem para uma espécie de galpão onde desapareceram, porque a porta estava fechada apenas com um trinco.

Era o galpão do negociante de cordoalha. Dava para o armazém onde, naquela hora, não havia ninguém. Uma fechadura a arrombar, e o casal chegaria ao cais.

Mas Leroy estaria lá antes deles.

Assim que desceu a escada do sótão, o comissário compreendeu que acontecia algo de anormal. Ouviu um zum-zum no hotel. Embaixo, o telefone funcionava no meio da gritaria.

Inclusive a voz de Leroy, que devia estar ao telefone, porque erguia consideravelmente o tom.

Maigret se precipitou escada abaixo, chegou ao térreo, topou com um jornalista.

– O que houve?

– Um novo crime. Faz uns quinze minutos. Na cidade. O ferido foi transportado para a farmácia.

O comissário se precipitou primeiro para o cais, viu um gendarme que corria brandindo um revólver. Raramente o céu esteve tão escuro. Maigret alcançou o homem.

– O que está acontecendo?

– Um casal que acaba de sair do armazém. Eu fazia a ronda em frente. O homem quase trombou comigo. Não adianta correr. Devem estar longe!

– Explique-se!

– Ouvi barulho na loja, onde não havia mais luz. Espreitava de arma em punho. A porta se abriu. Um sujeito saiu. Mas não tive tempo de rendê-lo. Me deu um soco tão violento na cara que caí no chão. Soltei meu revólver. Eu só tinha um receio, que ele pegasse a arma. Mas não! Foi buscar uma mulher que o esperava à porta. Ela não podia correr. Pegou-a no colo. O tempo que levei para me levantar, comissário... Um soco assim... Olhe, está sangrando! Correram ao longo do cais. Devem ter dado a volta na bacia. Por ali há uma porção de ruelas, depois o campo.

O gendarme enxugava o sangue do nariz com o lenço.

– Ele podia ter me matado! Seu punho é um martelo!

Continuava-se ouvindo a gritaria vinda do hotel, cujas janelas estavam iluminadas. Maigret deixou o gendarme, virou a esquina, viu a farmácia cujas venezianas estavam fechadas, mas cuja porta aberta deixava escapar um facho de luz. Umas vinte pessoas se aglomeravam em frente a essa porta. O comissário afastou-as a cotoveladas.

Dentro, um homem deitado no assoalho soltava gemidos ritmados olhando para o teto.

A mulher do farmacêutico, de camisola, fazia mais barulho sozinha do que todo mundo junto.

E o próprio farmacêutico, que havia posto um casaco por cima do pijama, se agitava desnorteado, sacudia frascos, abria grandes pacotes de algodão hidrófilo.

– Quem é? – perguntou Maigret.

Não esperou a resposta, porque havia reconhecido o uniforme do guarda alfandegário, de cuja calça haviam rasgado uma perna. E agora reconhecia o rosto.

Era o guarda que, na sexta-feira precedente, estava de serviço no porto e havia assistido de longe ao drama de que Mostaguen fora vítima.

Um médico chegava, esbaforido, olhava para o ferido, depois para Maigret, exclamava:

– O que foi dessa vez?

Um pouco de sangue escorria no chão. O farmacêutico havia lavado a perna do guarda alfandegário com água oxigenada, que formava filetes de espuma rosada.

Do lado de fora, um homem contava, talvez pela décima vez, com uma voz que mesmo assim continuava ofegante:

– Eu estava deitado com minha mulher quando ouvi um barulho parecido a um tiro, depois um grito. Depois mais nada, talvez durante uns cinco minutos. Eu não ousava dormir de novo. Minha mulher quis que eu fosse ver. Notei então uns gemidos que pareciam vir da calçada, juntinho da nossa porta. Abri. Estava armado. Vi uma forma escura. Reconheci o uniforme. Comecei a gritar para acordar os vizinhos, e o fruteiro, que tem um automóvel, me ajudou a trazer o ferido para cá.

– A que horas o tiro foi dado?

– Faz uma meia hora.

Quer dizer, no momento mais comovente da cena entre Emma e o homem das pegadas!

– Onde o senhor mora?

– Sou o veleiro. O senhor passou várias vezes à minha porta. À direita do porto. Para lá do mercado de peixe. Minha casa fica na esquina do cais com uma ruazinha. Depois, as construções se espacejam e só há mansões ajardinadas.

Quatro homens transportaram o ferido para uma sala nos fundos, onde o deitaram num sofá. O doutor dava ordens. Ouvia-se lá fora a voz do prefeito indagar:

– O comissário está aqui?

Maigret foi ao encontro dele, mãos no bolso.

– O senhor há de convir, comissário...

Mas o olhar do seu interlocutor era tão frio que o prefeito perdeu por um instante a pose.

– Foi nosso homem que fez isso, não foi?

– Não.

– Como é que o senhor sabe?

– Sei porque, no momento em que o crime foi cometido, eu o via quase tão bem quanto estou vendo o senhor.

– E não o prendeu?

– Não.

– Me falaram também de um gendarme atacado.

– É verdade.

– O senhor se dá conta das repercussões que esses dramas podem ter? Afinal, desde que o senhor está aqui é que...

Maigret tirava o fone do gancho.

– Ligue para a gendarmaria, senhorita... Sim... Obrigado... Alô, gendarmaria? É o próprio brigadeiro? Alô? Aqui é o comissário Maigret. O dr. Michoux continua aí, por certo... Isso, vá verificar mesmo assim. Como? Tem um homem de sentinela no pátio? Está bem. Eu aguardo.

– O senhor acha que foi o doutor que...?

– De jeito nenhum! Nunca acho nada, senhor prefeito. Alô? Sim! Não saiu daí? Obrigado. Disse que ele está dormindo? Ótimo. Alô? Não. Nada de especial.

Gemidos chegavam da peça dos fundos, de onde uma voz não tardou a chamar:

– Comissário...

Era o médico que enxugava as mãos ainda ensaboadas numa toalha.

– Pode interrogá-lo. A bala só raspou na canela. Sente mais medo do que dor. Devo dizer também que a hemorragia foi bem forte.

O guarda alfandegário tinha lágrimas nos olhos. Enrubesceu quando o doutor prosseguiu:

– Todo seu medo vem de que achava que iam cortar sua perna. Mas daqui a uns oito dias não se verá mais nada.

O prefeito estava parado no umbral da porta.

– Conte como aconteceu – disse delicadamente Maigret, sentando-se à beira do sofá. – Não tenha medo. Ouviu o que o doutor disse?

– Não sei...

– E que mais?

– Hoje, eu acabava o serviço às dez. Moro um pouco depois do lugar em que fui ferido.

– Quer dizer que não foi direto para casa?

– Não. Vi que ainda havia luz no Café de l'Amiral. Tive vontade de saber em que pé estavam as coisas... Juro que minha perna está pegando fogo!

– Não é nada, não é nada – afirmou o médico.

– Estou dizendo que... Bom, já que não é nada... Tomei um chope no café. Só havia uns jornalistas, nem ousei perguntar nada a eles.

– Quem o serviu?

– Uma arrumadeira, acho. Não vi a Emma.

– E depois?

– Quis ir para casa. Passei diante da gendarmaria, onde acendi meu cigarro no cachimbo de um colega. Margeei o cais. Virei à direita. Não havia ninguém. O mar estava lindo. De repente, quando eu acabava de passar por uma esquina, senti uma dor na perna, antes mesmo de ouvir o barulho de uma detonação. Era como o choque de um paralelepípedo que tivesse me acertado bem na canela. Caí. Quis me levantar. Alguém corria. Minha mão encontrou um líquido quente e, não sei como foi, mas revirei os olhos. Achei que tinha morrido...

"Quando voltei a mim, o fruteiro dali abria a porta e não ousava sair.

"É tudo o que sei."

– Não viu a pessoa que atirou?

– Não vi nada. A coisa não acontece como a gente pensa. Caí, e só. E, principalmente, quando tirei a mão cheia de sangue...

– Tem algum inimigo?

– Nem isso! Faz só dois anos que estou aqui. Sou do interior da região. E nunca tive a ocasião de ver um contrabandista.

– Você vai para casa por esse caminho?

– Não! Demora mais. É que eu não tinha fósforo e fui ao corpo de guarda na intenção de acender meu cigarro. Então, em vez de passar pela cidade, segui o cais.

– Pela cidade é mais curto?

– Um pouco.

– Quer dizer que alguém que o teria visto sair do café em direção ao cais teria tido tempo de se emboscar?

– Com certeza. Mas por quê? Nunca ando com dinheiro. Não tentaram me roubar.

– Tem certeza, comissário, que não deixou de ver *seu* vagabundo a noite toda?

Havia algo de ferino na voz do prefeito. Leroy entrava, com um papel na mão.

– Um telegrama, que o correio acaba de telefonar para o hotel. É de Paris.

E Maigret leu:

Sûreté Générale a comissário Maigret, Concarneau.
Jean Goyard, dito Servières, cuja descrição o senhor enviou, detido esta segunda à noite oito horas Hôtel Bellevue, Rue Lepic, em Paris, quando se instalava quarto 15. Confessou ter chegado de Brest no trem das seis. Protesta inocência e pede ser interrogado sobre o caso em presença advogado. Aguardamos instruções.

8

Mais um!

– O SENHOR HÁ DE CONVIR QUE ESTÁ NA HORA, comissário, de termos uma conversa séria.

O prefeito havia pronunciado essas palavras com uma deferência glacial, e o inspetor Leroy ainda não conhecia Maigret o bastante para avaliar suas emoções a partir do seu modo de expelir a fumaça do cachimbo. Dos lábios entreabertos do comissário um tênue fio cinzento saiu lentamente, enquanto as pálpebras piscavam duas ou três vezes. Depois Maigret tirou a caderneta do bolso, olhou à sua volta, para o farmacêutico, o doutor, os curiosos.

– Às suas ordens, senhor prefeito. Aqui está...

– Se o senhor quiser vir tomar uma xícara de chá lá em casa... – o prefeito se apressou a interrompê-lo. – Meu carro está aqui na porta. Esperarei o senhor dar as ordens necessárias.

– Que ordens?

– Ora, o assassino... o vagabundo... essa moça...

– Ah, sim! Bom, se a gendarmaria não tiver mais o que fazer, então que vigie as estações ferroviárias dos arredores.

Fazia seu ar mais ingênuo.

– Quanto a você, Leroy, telegrafe a Paris dizendo que mandem Goyard para cá e vá dormir.

Sentou-se no carro do prefeito, dirigido por um chofer de libré preta. Pouco antes de Sables Blancs, avistou a mansão construída na falésia, o que lhe dava um arzinho de castelo feudal. Algumas janelas estavam iluminadas.

No percurso, os dois homens não haviam trocado duas frases.

– Permita que lhe mostre o caminho.

O prefeito entregou seu capote de pele ao mordomo.

– Madame foi se deitar?

– Ela espera o senhor prefeito na biblioteca.

De fato, encontraram-na lá. Embora com uns quarenta anos, parecia mais moça ao lado do marido, que tinha sessenta e cinco. Fez um sinal de cabeça para o comissário.

– E então?

Homem mundano, o prefeito beijou a mão dela, mantendo-a na sua enquanto dizia:

– Fique tranquila. Um guarda alfandegário ligeiramente ferido. E espero que depois da conversa que teremos, o comissário Maigret e eu, esse pesadelo inadmissível termine.

Ela saiu, num fru-fru de seda. Uma cortina de veludo azul desceu, ocultando a porta. A biblioteca era vasta, as paredes cobertas de belos lambris de madeira, o teto de vigas aparentes, como nas velhas casas de campo inglesas.

Percebiam-se ricas encadernações, porém as mais preciosas deviam estar numa estante fechada que ocupava toda uma parede.

O conjunto era de uma real suntuosidade, sem falta de gosto; o conforto perfeito. Embora houvesse aquecimento central, gravetos ardiam numa lareira monumental.

Nada a ver com o falso luxo da casa do doutor. O prefeito escolhia uma caixa de charuto, oferecia um a Maigret.

– Obrigado. Se me permite, fumarei meu cachimbo.

– Sente-se, por favor. Aceita um uísque?

Apertou uma campainha, acendeu um charuto. O mordomo veio servi-los. E Maigret, talvez voluntariamente, tinha o ar inseguro de um pequeno burguês recebido numa residência aristocrática. Seus traços pareciam mais densos, seu olhar, vago.

Seu anfitrião aguardou a saída do criado.

– O senhor há de compreender, comissário, que não é possível essa série de crimes continuar. Bom... vejamos, faz cinco dias que o senhor está aqui. E há cinco dias...

Maigret tirou do bolso sua caderneta de lavadeira com capa de tecido encerado.

– Me permite? – interrompeu. – O senhor fala de uma série de crimes. Ora, devo observar que todas as vítimas estão vivas, menos uma. Uma só morte, a do sr. Le Pommeret. Quanto ao guarda alfandegário, o senhor há de convir que, se alguém queria mesmo atentar contra a vida dele, não teria atirado na perna. O senhor conhece o lugar em que o tiro foi dado. O agressor era invisível. Podia mirar com toda tranquilidade. A não ser que nunca tenha empunhado um revólver.

O prefeito olhou para ele surpreso, disse pegando seu copo:

– E o senhor insinua que...?

– Que quiseram atingi-lo na perna. Pelo menos até que se prove o contrário.

– Quiseram acertar o sr. Mostaguen na perna também?

A ironia era ferina. As narinas do prefeito fremiam. Queria ser educado, manter-se calmo, porque estava em casa. Mas havia um assobio desagradável em sua voz.

Maigret, com cara de bom funcionário que presta contas a um superior, prosseguiu:

– Se me permite, vamos retomar minhas notas uma a uma. Leio a de sexta-feira, 7 de novembro:

"*Uma bala foi disparada através da caixa de correio de uma casa inabitada em direção ao sr. Mostaguen.*

"Note, antes de mais nada, que ninguém, nem mesmo a vítima, podia saber que, em certo momento, o sr. Mostaguen teria a ideia de se abrigar na entrada de uma casa para acender um charuto. Um pouco de vento menos, e o crime não teria ocorrido. Ora, no entanto, havia um homem armado com um revólver atrás da porta. Ou era um louco, ou esperava *alguém que devia vir*. Agora, lembre-se da hora. Onze da noite. Toda a cidade dorme, menos o grupinho do Café de l'Amiral.

"Não terminei. Vejamos os possíveis culpados. Os srs. Le Pommeret e Jean Servières, bem como Emma, estão excluídos, pois se encontravam no café.

"Restam o dr. Michoux, que saíra quinze minutos antes, e o vagabundo de pegadas formidáveis. Mais um desconhecido, que chamaremos de Xis. Estamos de acordo?

"Acrescentemos, à margem, que o sr. Mostaguen não morreu e que em quinze dias estará de pé.

"Passemos ao segundo drama. *No dia seguinte, sábado, estou no café com o inspetor Leroy. Vamos tomar o aperitivo com os srs. Michoux, Le Pommeret e Jean Servières, quando o doutor tem uma desconfiança, ao olhar para o seu copo. A análise prova que a garrafa de Pernod está envenenada.*

"Possíveis culpados: os srs. Michoux, Le Pommeret, Servières, a garçonete Emma, o vagabundo – que, durante o dia, pode ter entrado no café sem ser visto – e, por fim, nosso desconhecido, que designamos pelo nome Xis.

"Continuemos. *Domingo de manhã, Jean Servières desapareceu. Seu carro é encontrado, ensanguentado, não longe da casa dele. Antes mesmo dessa descoberta, o* Le Phare de Brest *recebe um relato dos acontecimentos feito sob medida para semear o pânico em Concarneau.*

"Ora, Servières é visto em Brest primeiro, em Paris depois, onde parece se esconder e onde se encontra, evidentemente, por livre e espontânea vontade.

"Um só culpado possível: o próprio Servières.

"*No mesmo domingo, o sr. Le Pommeret toma o aperitivo com o doutor, volta para casa, janta e morre logo em seguida, em consequência de um envenenamento por estricnina.*

"Possíveis culpados: no café, se foi lá que foi envenenado, o doutor, Emma e, enfim, nosso Xis.

"Aqui nosso vagabundo deve ser isentado, porque a sala não ficou vazia um só instante, e dessa vez a garrafa não foi envenenada, mas um só copo.

"Se o crime foi cometido na casa de Le Pommeret, possíveis culpados: sua senhoria, o vagabundo e nosso sempiterno Xis.

"Não se impaciente. Estamos chegando ao fim. *Esta noite, um guarda alfandegário leva um tiro na perna ao passar por uma rua deserta. O doutor não saiu da prisão, onde é rigorosamente vigiado. Le Pommeret está morto. Servières está em Paris nas mãos da Sûreté Générale. Emma e o vagabundo, na mesma hora, estão, diante dos meus olhos, se abraçando, depois devorando um frango assado.*

"Logo, um só culpado possível: Xis.

"Ou seja, um indivíduo que ainda não encontramos no desenrolar dos acontecimentos. Um indivíduo que pode ter feito tudo, como pode ter cometido somente este último crime.

"Não o conhecemos. Não temos sua descrição. Uma só indicação: essa noite, tinha interesse de provocar um drama. Um interesse poderoso. Porque o tiro não foi disparado por um meliante qualquer.

"Agora, não me peça para prendê-lo. Porque, o senhor há de convir, senhor prefeito, que cada um nesta cidade, sobretudo todos os que conhecem os principais personagens envolvidos nesta história e que, em particular, frequentam o Café de l'Amiral podem ser esse Xis.

"Inclusive o senhor."

Essas últimas palavras foram ditas num tom ameno, ao mesmo tempo que Maigret se recostava em sua poltrona e esticava as pernas em direção aos gravetos.

O prefeito teve apenas um tremor.

– Espero que não passe de uma pequena vingança.

Então Maigret se levantou repentinamente, sacudiu o cachimbo na lareira, falou dando largas passadas pela biblioteca:

– Nem isso! Quer conclusões? Pois bem, vamos lá. Quis simplesmente lhe mostrar que um caso como este não é uma simples operação policial que se pode dirigir dando telefonemas sentado numa poltrona. E acrescentarei, senhor prefeito, com todo o respeito que lhe devo, que, quando assumo a responsabilidade de uma investigação, faço questão de que, antes de mais nada, não me encham o...!

Aquilo saiu num repente. Fazia dias que estava para explodir. Maigret, talvez para se acalmar, tomou um gole de uísque, olhou para a porta como o homem que já disse o que tinha para dizer e que aguarda apenas a permissão de sair.

Seu interlocutor ficou um bom momento silencioso, contemplando a cinza branca do charuto. Acabou deixando-a cair numa tigela de porcelana azul, depois se levantou lentamente, procurou com os olhos o olhar de Maigret.

– Escute, comissário.

Deviam pesar as palavras, porque eram intercaladas por silêncios.

– Talvez eu tenha errado, durante nossa breve relação, ao manifestar certa impaciência.

Era inesperado. Ainda mais naquele contexto, em que o prefeito tinha um aspecto mais elegante que nunca, com seus cabelos brancos, seu casaco bordado de seda, sua calça cinza de vinco rígido.

– Começo a apreciá-lo por seu justo valor. Em alguns minutos, com um simples resumo dos fatos, o senhor me fez sentir o mistério angustiante, de uma complexidade que eu nem suspeitava e que está na base deste caso. Confesso que sua inércia no que diz respeito ao vagabundo não deixou de me indispor contra o senhor.

Tinha se aproximado do comissário, cujo ombro tocou.

– Peço-lhe que não me guarde rancor. Também tenho pesadas responsabilidades.

Teria sido impossível adivinhar os sentimentos de Maigret, que estava ocupado em encher um cachimbo com seus dedos grossos. Sua bolsa de tabaco era gasta. Seu olhar errava através de uma vidraça pelo vasto horizonte do mar.

– O que é aquela luz? – perguntou de repente.

– O farol.

– Não. Estou falando daquela luzinha à direita.

– A casa do dr. Michoux.

– A criada voltou, então?

– Não. É a sra. Michoux, mãe do doutor, que voltou esta tarde.

– O senhor a viu?

Maigret acreditou sentir certo mal-estar em seu anfitrião.

– Quer dizer, ela se espantou por não encontrar o filho. Veio se informar aqui. Eu a pus a par da detenção, explicando que era uma medida de proteção. Porque é isso, não é? Ela me pediu autorização para visitá-lo na prisão. No hotel ninguém sabia que fim o senhor tinha levado. Assumi a responsabilidade de permitir essa visita.

"A sra. Michoux voltou pouco antes do jantar para saber das últimas notícias. Foi minha mulher que a recebeu e a convidou para cear conosco."

– São amigas?

– Por assim dizer. Mais exatamente, relações de boa vizinhança. No inverno tem muito pouca gente em Concarneau.

Maigret recomeçava seu passeio pela biblioteca.

– Jantaram os três, então?

– Sim. Acontece com frequência. Tranquilizei como pude a sra. Michoux, que estava vivamente impressionada com a ida à gendarmaria. Teve muita dificuldade para criar o filho, cuja saúde não é das melhores.

– Não falaram de Le Pommeret e de Jean Servières?

– Ela nunca gostou de Le Pommeret. Acusava-o de arrastar seu filho para a bebida. O fato é que...

– E Servières?

– Ela o conhecia menos. Servières não pertencia ao mesmo mundo. Um jornalistazinho, um conhecido de café, por assim dizer, um sujeito divertido. Mas, por exemplo, não dá para receber a mulher dele, cujo passado não é irrepreensível. Cidade pequena é assim, comissário. O senhor tem de se resignar a essas distinções. Elas lhe explicam em parte meus humores. O senhor não sabe o que é administrar uma população de pescadores, levando em conta as suscetibilidades dos patrões e, enfim, de certa pequena burguesia que...

– A que horas a sra. Michoux saiu daqui?

– Por volta das dez. Minha mulher a levou de carro.

– Aquela luz nos prova que a sra. Michoux ainda não foi dormir.

– É um costume dela. Meu também! Numa certa idade já não precisamos de muito sono. Tarde da noite ainda estou aqui, lendo ou folheando dossiês.

– Os negócios de Michoux são prósperos?

Novo mal-estar, apenas perceptível.

– Ainda não. É preciso esperar a valorização de Sables Blancs. Dadas as relações da sra. Michoux em Paris, isso não tardará. Numerosos lotes são vendidos. Na primavera, vai se começar a construir. Na viagem que ela acaba de fazer, praticamente convenceu um banqueiro, cujo nome não posso lhe dizer, a construir uma casa magnífica no alto da colina.

– Mais uma pergunta, senhor prefeito. A quem pertenciam antes os terrenos que são objeto do loteamento.

Seu interlocutor não hesitou.

– A mim. É um bem de família, como esta casa. Só crescia mato e giestas quando os Michoux tiveram a ideia...

Nesse instante, a luz ao longe se apagava.

– Mais um uísque, comissário? Claro, mandarei meu chofer levá-lo.

– Muita amabilidade sua. Mas adoro caminhar, principalmente quando preciso refletir.

– O que acha dessa história do cachorro amarelo? Confesso que é, talvez, o que mais me desconcerta. Isso e o Pernod envenenado! Afinal...

Mas Maigret olhava ao redor, procurando o chapéu e o sobretudo. O prefeito não teve como não apertar o botão da campainha.

– As vestimentas do comissário, Delphin!

O silêncio foi tão absoluto que se ouviu o barulho surdo, compassado, do mar nos rochedos que serviam de base à casa.

– Não quer mesmo meu carro?

– Mesmo...

Restavam na atmosfera como que farrapos de mal-estar que se pareciam com os farrapos de fumaça de tabaco que se estendiam em torno das lâmpadas.

– Eu me pergunto qual vai ser amanhã o estado de espírito da população. Se o mar estiver bonito, pelo menos teremos os pescadores a menos nas ruas, porque aproveitarão para atirar as redes na água.

Maigret pegou o sobretudo nas mãos do mordomo, estendeu sua mão enorme. O prefeito ainda tinha perguntas a fazer, mas hesitava, por causa da presença do criado.

– Quanto tempo acha que vai ser preciso para...

O relógio marcava uma da manhã.

– Esta noite espero que tudo esteja terminado.

– Tão rápido? Apesar do que me disse há pouco? Nesse caso, está contando com Goyard? A não ser que...

Tarde demais. Maigret já estava na escada. O prefeito procurava uma última frase para pronunciar. Não encontrava nada que traduzisse seu sentimento.

– Fico incomodado em deixar o senhor voltar a pé por esses caminhos...

A porta se fechou. Maigret estava na estrada tendo acima da cabeça um belo céu de nuvens pesadas que brincavam de passar correndo diante da lua.

O ar estava frio. O vento vinha do mar alto, recendia a sargaços, cujos amontoados escuros se adivinhava na areia da praia.

O comissário caminhou lentamente, mãos no bolso, cachimbo entre os dentes. Viu de longe, ao se virar, as luzes se apagarem na biblioteca, depois outras se acenderem no segundo andar, onde as cortinas as abafaram.

Não foi pela cidade, margeou a orla, como o guarda alfandegário havia feito, parou um instante na esquina em que o homem fora ferido. Tudo estava calmo. Um poste de luz, de longe em longe. Concarneau dormia.

Quando chegou à praça, viu que as vidraças do café ainda estavam iluminadas e perturbavam a paz da noite com seu halo venenoso.

Empurrou a porta. Um jornalista ditava ao telefone:

– *Não se sabe mais de quem suspeitar. As pessoas, nas ruas, se olham com angústia. Quem sabe não é este o assassino? Quem sabe não é aquele? Nunca a atmosfera de mistério e de medo foi tão densa...*

O próprio dono, lúgubre, estava na caixa registradora. Quando percebeu o comissário, quis falar. Dava para adivinhar de antemão suas recriminações.

O café estava em desordem. Havia jornais em cima de todas as mesas, copos vazios, e um fotógrafo secava suas provas no radiador da calefação.

O inspetor Leroy foi ao encontro do chefe.

– É a sra. Goyard – disse a meia-voz designando uma mulher gordinha desabada num banco.

Ela se levantou. Enxugou os olhos.

– Me diga, comissário, é verdade? Não sei mais em que acreditar. Parece que Jean está vivo? Mas não é possível que ele tenha representado essa farsa! Não teria feito uma coisa dessas comigo! Não teria me deixado tão aflita! Acho que estou enlouquecendo. O que ele teria ido fazer em Paris? Me diga! E sem mim...

Ela chorava. Chorava como certas mulheres sabem chorar, com profusão de lágrimas fluidas que rolavam nas faces, escorriam até o queixo enquanto sua mão comprimia um seio carnudo.

E fungava. Procurava seu lenço. Queria falar, ainda por cima.

– Garanto ao senhor que não é possível! Sei que ele era meio mulherengo. Mas não teria feito isso! Quando voltava, me pedia desculpa. O senhor entende? Eles dizem...

Apontou para os jornalistas.

– Eles dizem que foi ele mesmo que fez as manchas de sangue no carro, para levar a crer num crime. Mas, então, é que ele não tinha a intenção de voltar! E eu sei, entende, tenho certeza de que voltaria. Ele nunca teria caído na farra se os outros não o tivessem arrastado. O sr. Le Pommeret. O doutor. E o prefeito! E todos, que nem me cumprimentavam na rua, porque eu era pouca coisa para eles!

"Me disseram que foi preso. Eu me recuso a acreditar. O que ele teria feito de errado? Ele ganhava o bastante para o tipo de vida que a gente tem. Éramos felizes, apesar das farras que ele se permitia de vez em quando."

Maigret fitou-a, suspirou, pegou um copo na mesa, esvaziou o conteúdo de um só gole e murmurou:

– Desculpe, senhora. Preciso ir me deitar.

– O senhor também acha que ele é culpado de alguma coisa?

– Nunca acho nada. Faça como eu, senhora. Amanhã será outro dia.

Subiu a escada a passos pesados enquanto o jornalista, que não havia se afastado do telefone, tirava partido desta última frase.

– *Últimas notícias. É amanhã que o comissário Maigret conta elucidar definitivamente o mistério.*

Acrescentou em outro tom de voz:

– É tudo, senhorita. Ah, diga ao chefe que não mude uma linha da minha matéria. Ele não pode entender. É preciso estar no local dos acontecimentos.

Desligou, pediu enfiando o bloco de notas no bolso:

– Um grogue, por favor. Muito rum e um pouquinho de água quente.

Enquanto isso, a sra. Goyard aceitava a oferta que um repórter fazia de levá-la para casa. E voltava às suas confidências:

– Só que era um pouco farrista. Mas, o senhor compreende, não é? Todos os homens são!

9
A caixa das conchas

MAIGRET ESTAVA DE TÃO BOM HUMOR NA MANHÃ SEGUINTE que o inspetor Leroy ousou acompanhá-lo tagarelando e até lhe fazer perguntas.

Aliás, sabe-se lá por quê, a descontração era geral. Talvez fosse por causa do tempo que, de repente, ficara bom. O céu parecia ter sido lavado recentemente. Era azul, um azul um tanto pálido mas vibrante em que cintilavam leves nuvens. Por isso, o horizonte era mais vasto, como se houvessem escavado a calota celeste. O mar, liso, liso, cintilava, plantado de pequenas velas que pareciam bandeiras espetadas num mapa de Estado-maior.

Ora, basta um raio de sol para transformar Concarneau, porque então as muralhas da cidade velha, lúgubres sob a chuva, se tornam de um branco alegre, fulgurante.

Os jornalistas, embaixo, cansados com as idas e vindas dos três últimos dias, contavam casos tomando café, e um deles havia descido de robe, pés nus em suas chinelas.

Quanto a Maigret, tinha penetrado no quarto de Emma, uma água--furtada mais propriamente, cujo basculante dava para a ruela e cujo teto inclinado só o deixava ficar ereto no meio do cômodo.

A janela estava aberta. O ar era fresco, mas sentiam-se carícias de sol. Uma mulher havia aproveitado para pôr a roupa para secar na janela, do outro lado da viela. No pátio de uma escola, em algum lugar, vibrava um ruído de recreio.

E Leroy, sentado na beira da caminha de ferro, observava:

– Ainda não entendi direito seus métodos, comissário, mas acho que começo a perceber.

Maigret fitou-o com olhos sorridentes, mandou para o sol uma boa baforada.

– Você tem sorte, meu velho! Principalmente no que diz respeito a este caso, no qual meu método teve sua importância. Se quiser um bom conselho, caso esteja a fim de ser promovido, não vá me tomar como modelo nem tentar teorizar o que me vê fazer.

– Mas constato que o senhor agora está se preocupando com os indícios materiais, depois de...

– Justamente, depois! Depois de tudo! Em outras palavras, fiz a investigação às avessas, o que não me impedirá, talvez, de fazer a próxima às direitas. É uma questão de atmosfera. Uma questão de caras. Quando cheguei aqui, dei com uma cara que me seduziu e não a larguei mais.

Mas não disse a quem pertencia essa cara. Levantou uma colcha velha que ocultava um guarda-roupa. Continha um traje bretão de veludo preto, que Emma devia reservar para os dias de festa.

Na penteadeira, um pente com vários dentes quebrados, grampos de cabelo e uma caixa de pó de arroz rosada demais. Foi numa gaveta que achou o que parecia buscar: uma caixa ornada com conchas brilhantes, como as que se vendem em todos os bazares do litoral. Esta, que talvez datasse de dez anos antes e que havia percorrido sabe Deus que caminhos, trazia as palavras: *Lembrança de Ostende.*

Dela emanava um cheiro de papelão velho, de poeira, de perfume e de papel amarelado. Maigret, que tinha sentado na beira da cama ao lado do seu colega, fazia com seus dedos grossos o inventário das miudezas.

Havia um rosário de contas de vidro azul facetadas, com uma frágil correntinha de prata, uma medalha de primeira comunhão, um frasco de perfume vazio que Emma deve ter guardado por causa da sua forma sedutora e que talvez tenha encontrado no quarto de uma hóspede.

Uma flor de papel, lembrança de um baile ou de uma festa, dava um toque de um vermelho-vivo.

Ao lado dela, uma pequenina cruz de ouro era o único objeto de algum valor.

Um monte de cartões-postais. Um representava um grande hotel de Cannes. No verso, uma letra feminina:

Você devia vir pra cá em vez de ficar nesse seu canto horrível onde chove o tempo todo. E a gente ganha bem. Come quanto quer. Um beijo.
Louise

Maigret passou o postal ao inspetor, examinou atentamente uma dessas fotos de parque de diversões que a gente tira acertando uma bala no centro de um alvo. Pelo fato de apoiar a carabina no ombro, mal dava para ver o homem, que estava com um olho fechado. Tinha um corpanzil enorme, um boné de marinheiro na cabeça. E Emma, sorrindo para a objetiva, segurava ostensivamente seu braço. Ao pé do postal, a menção: *Quimper*.

Uma carta, com o papel tão amarrotado que ela a deve ter lido várias vezes:

Querida,
Está feito e assinado: tenho meu barco. Ele vai se chamar: A bela Emma. *O padre de Quimper me prometeu batizá-lo semana que vem, com água benta, grãos de trigo, sal e tudo, e vai ter champanhe da boa, porque quero que seja uma festa de que se falará por muito tempo aqui.*
No começo, vai ser um pouco difícil pagar, porque tenho de reembolsar o banco em dez mil francos por ano. Mas acho que ele suporta cem braças quadradas de vela e que fará uns dez nós. Dá pra ganhar bastante dinheiro transportando cebola para a Inglaterra. Quer dizer que logo nos casaremos. Já consegui frete para a primeira viagem, mas tentam voltar atrás porque sou novato.
Sua patroa bem podia te dar dois dias de folga para o batismo, porque todo mundo vai estar bêbado e você não poderá voltar para Concarneau. Já tive de pagar umas rodadas nos cafés por causa do barco, que já está no porto e tem uma bandeira novinha em folha.

Vou tirar uma fotografia nele e mandar para você. Eu te beijo como te amo, enquanto espero que você seja a mulher querida do seu

Léon

Maigret enfiou o postal no bolso, olhando com um ar sonhador para a roupa que secava do outro lado do beco. Não havia mais nada na caixa das conchas, salvo um porta-penas de osso talhado em que se via, numa pequena lente de vidro, a cripta da igreja de Nossa Senhora de Lurdes.

– Tem alguém no quarto que o doutor costumava ocupar? – indagou.

– Acho que não. Os jornalistas estão instalados no segundo andar.

O comissário revistou o quarto mais uma vez, por desencargo de consciência, mas não encontrou nada de interessante. Pouco depois, estava no primeiro andar, empurrava a porta do quarto 3, aquela cuja sacada domina o porto e a enseada.

A cama estava feita, o assoalho encerado. Havia toalhas limpas em cima da jarra d'água.

O inspetor acompanhava seu chefe com os olhos e uma curiosidade mesclada de ceticismo. Maigret, de seu lado, assobiava olhando ao redor, notava uma mesinha de carvalho posta diante da janela e ornada com um risque-rabisque publicitário e um cinzeiro.

No risque-rabisque havia papel branco com o timbre do hotel e um envelope azul trazendo as mesmas menções. Mas havia também duas grandes folhas de papel mata-borrão, um quase preto de tinta, o outro apenas manchado com caracteres incompletos.

– Vá buscar um espelho para mim, meu velho.

– Grande?

– Tanto faz. Um espelho que eu possa pôr na mesa.

Ao voltar, o inspetor encontrou Maigret plantado na sacada, os dedos enfiados nas cavas do colete, fumando seu cachimbo com uma satisfação evidente.

– Este serve?

A janela foi fechada. Maigret pôs o espelho em pé na mesa e, valendo-se de dois castiçais que pegou na lareira, ergueu diante das velas a folha de mata-borrão.

Os caracteres refletidos no espelho estavam longe de ser de leitura fácil. Letras, palavras inteiras faltavam. Era preciso adivinhar outras, deformadas demais.

– Já entendi! – disse Leroy fazendo cara de esperto.

– Ótimo! Então vá pedir ao hoteleiro o caderno de contas de Emma, ou qualquer coisa escrita por ela.

Transcreveu umas palavras a lápis numa folha de papel.

Te ver... horas... desabitada... conto...

Quando o inspetor voltou, o comissário preenchendo as lacunas aproximativamente, reconstituía o seguinte bilhete: *Preciso te ver. Venha amanhã às onze à casa desabitada que fica na praça, um pouco depois do hotel. Conto com você. É só bater que eu abro.*

– Trouxe o bloco com as contas da lavadeira, que Emma escriturava – anunciou Leroy.

– Não preciso mais. A carta está assinada. Olhe aqui: ...*mma*. Ou seja, *Emma*. E foi escrita neste quarto!

– Onde a garçonete se encontrava com o doutor? – o inspetor se espantou.

Maigret compreendeu sua repugnância a admitir essa hipótese, principalmente depois da cena a que, deitados no beiral do telhado, haviam assistido na véspera.

– Nesse caso, seria ela que...?

– Calma! Calma, rapaz. Nada de conclusões apressadas. E, sobretudo, nada de deduções. A que horas chega o trem que deve nos trazer Jean Goyard?

– Onze e trinta e dois.

– Eis o que você vai fazer, meu velho. Primeiro, vai dizer aos dois colegas que acompanham Goyard que tragam o sujeito para a gendarmaria. Ele chegará lá, portanto, cerca de meio-dia. Telefone ao prefeito dizendo que eu ficaria feliz em vê-lo nessa mesma hora, nesse mesmo lugar. Espere!

Mesmo recado para a sra. Michoux, que você contatará por telefone em sua mansão. Finalmente, é provável que de um instante para o outro os policiais ou os gendarmes levarão Emma e seu amante a você. Mesmo lugar, mesma hora. Será que estou esquecendo alguém? Bom, uma recomendação: que Emma não seja interrogada na minha ausência. Impeça-a inclusive de falar.

– E o guarda alfandegário?

– Não preciso dele.

– O sr. Mostaguen?

– Ahn? Não. Só esses.

No café, Maigret pediu um Marc da região, que degustou com visível prazer, soltando para os jornalistas:

– Estamos chegando ao fim, senhores. Esta noite vão poder regressar a Paris.

Seu passeio pelas ruas tortuosas da cidade velha melhorou ainda mais seu humor. E, quando chegou diante do portão da gendarmaria, encimado pela luminosa bandeira francesa, notou que a atmosfera, pela magia do sol, das três cores, do muro jorrando luz, tinha uma alegria de 14 de Julho.

Um velho gendarme sentado numa cadeira do outro lado do portão lia um jornal humorístico. O pátio, com todos os seus pequenos paralelepípedos separados por traços de musgo verde, tinha a serenidade de um pátio de convento.

– O gendarme?

– Estão todos na rua, o tenente, o gendarme e a maioria dos homens, à procura do vagabundo que o senhor sabe.

– O doutor não saiu daqui?

O homem sorriu olhando para a janela gradeada da cela, à direita.

– Não tem perigo.

– Abra a porta para mim, por favor.

E assim que os ferrolhos foram puxados, falou com uma voz alegre, cordial:

– Bom dia, doutor. Dormiu bem, pelo menos?

Mas só viu um rosto pálido, anguloso, que, no catre, emergia de um cobertor cinza. As pupilas estavam febris, profundamente enfiadas nas órbitas.

– O que há? Não está bem?

– Muito mal – articulou Michoux levantando-se do leito com um suspiro. – É meu rim.

– Estão lhe dando tudo que o senhor necessita, espero.

– Estão sim. Grato pela sua amabilidade.

Tinha se deitado com toda a roupa. Tirou os pés de sob o cobertor, sentou, passou a mão na testa. E Maigret, no mesmo momento, sentava-se a cavalo numa cadeira, se acotovelava no encosto, transbordante de saúde, de disposição.

– Ora, ora! Vejo que o senhor pediu um Bourgogne!

– Foi minha mãe que me trouxe ontem. Gostaria tanto de ter evitado essa visita... Deve ter sabido alguma coisa em Paris. Voltou.

As olheiras roíam a metade das faces não barbeadas, que pareciam mais cavas. E a ausência de gravata, somada ao terno amarrotado, aumentavam a impressão de prostração que emanava do personagem.

Ele parava de falar para tossir. Chegou a cuspir ostensivamente em seu lenço, para o qual olhou como alguém que teme a tuberculose e se observa com ansiedade.

– O senhor tem alguma novidade? – questionou com lassidão.

– Os gendarmes devem ter lhe falado do drama desta noite, não?

– Não. O que... quem foi?

Tinha se grudado na parede como se tivesse medo de ser assaltado.

– Bah! Um passante que levou um tiro na perna...

– E pegaram o assassino? Não aguento mais, comissário. Admita que é de enlouquecer. Mais um cliente do Café de l'Amiral, não é? Nós é que estamos sendo visados! Fico quebrando a cabeça para adivinhar por quê. Sim, por quê? Mostaguen! Le Pommeret! Goyard! E o veneno que era destinado a todos nós. O senhor vai ver que eles acabarão me atingindo aqui mesmo, apesar de tudo! Mas por quê, me diga?

Não estava mais pálido. Estava lívido. Fazia mal vê-lo, a tal ponto ilustrava a ideia de pânico no que ela tem de mais lamentável, de mais horroroso.

– Não me atrevo a dormir. Esta janela, olhe! Tem grades. Mas é possível atirar através dela. De noite! Um gendarme pode adormecer, ou pensar em outra coisa. Não nasci para uma vida assim, eu não! Ontem bebi toda esta garrafa, na esperança de dormir. E não preguei os olhos, fiquei doente! Se pelo menos tivessem conseguido abater esse vagabundo, com seu cachorro amarelo...

– Tornaram a ver o cachorro? Ele continua rondando o café? Não entendo como não lhe meteram uma bala. Nele e no seu dono!

– O dono dele se foi de Concarneau esta noite.

– Ah!

O doutor parecia ter dificuldade de acreditar.

– Logo depois... depois do seu novo crime?

– Antes!

– Mas nesse caso... não é possível! Pelo visto...

– É isso mesmo! Era o que eu dizia ao prefeito esta noite. Cá entre nós, sujeito esquisito, o prefeito. O que o senhor acha dele?

– Eu? Não sei. Eu...

– Afinal ele lhe vendeu os terrenos do loteamento. O senhor tem relações com ele. Era o que se chama de amigos.

– Tínhamos sobretudo relações de negócios e de boa vizinhança. Aqui no interior...

Maigret notou que a voz do doutor se firmava, que seu olhar era menos vago.

– O que o senhor disse a ele?

Maigret tirou a caderneta do bolso.

– Eu disse a ele que a série de crimes, ou, se o senhor preferir, de tentativas de assassinato, não podia ter sido cometida por nenhuma das pessoas que conhecemos atualmente. Não vou relembrar os dramas um a um. Resumindo. Falo objetivamente, não é? Como técnico. Pois bem, o fato é que o senhor não pode materialmente ter atirado esta noite no guarda alfandegário, o que poderia bastar para isentá-lo. Le Pommeret também não, porque vai ser enterrado amanhã de manhã. Nem Goyard, que acaba de ser encontrado em Paris. E nem um nem outro podiam estar na sexta-feira à noite atrás da caixa de correio da casa vazia. Emma também não.

– Mas e o vagabundo do cachorro amarelo?

– Pensei nisso. Não só não foi ele que envenenou Le Pommeret, como esta noite ele estava longe do local do drama, quando este se produziu. Foi por isso que falei ao prefeito de uma pessoa desconhecida, um Xis misterioso, que poderia ter cometido todos esses crimes. A não ser...

– A não ser?

– A não ser que não se trate de uma série. Em vez de uma espécie de ofensiva unilateral, suponha um verdadeiro combate, entre dois grupos, ou entre dois indivíduos.

– Mas então, comissário, o que vai ser de mim? Se há inimigos desconhecidos rondando, eu...

E seu rosto se anuviava novamente. Agarrou a cabeça com as duas mãos.

– Quando penso que estou doente, que os médicos me recomendam a calma mais absoluta! Oh! Não será preciso bala nem veneno para me liquidar. O senhor vai ver que meu rim se encarregará disso.

– O que o senhor acha do prefeito?

– Não sei! O que posso saber! Ele é de uma família riquíssima. Quando jovem, viveu à larga em Paris. Teve até um haras de cavalos de corrida. Depois tomou jeito. Salvou uma parte da fortuna e veio se instalar aqui, na casa do avô, que também era prefeito de Concarneau. Ele me vendeu as terras que não lhe serviam. Acho que queria ser nomeado conselheiro-geral, para acabar no Senado.

O doutor tinha se levantado e dava para garantir que em alguns dias havia perdido dez quilos. Se começasse a chorar de nervoso, não espantaria ninguém.

– O que o senhor quer entender da história dele? E esse Goyard que está em Paris quando todo mundo achava... O que ele podia estar fazendo lá? E por quê?

– Não vamos demorar a saber, porque vai chegar a Concarneau. Aliás, a esta hora já deve ter chegado.

– Prenderam ele?

– Pediram-lhe o obséquio de acompanhar dois cavalheiros até aqui. Não é a mesma coisa.

– O que foi que ele disse?

– Nada! É bem verdade que não lhe perguntaram nada.

Então, de repente, o doutor encarou o comissário. Seu sangue subiu de uma só vez às maçãs do rosto.

– O que significa isso! Tenho a impressão de que alguém está enlouquecendo! O senhor vem me falar do prefeito, de Goyard. E eu sinto, entende, eu sinto que de uma hora para a outra eu é que serei morto. Apesar destas grades que não impedirão nada! Apesar desse gendarme gorducho, imbecil, que está de guarda no pátio! Mas eu não quero morrer. Não quero! Me dê pelo menos um revólver para eu me defender. Ou então prenda os que querem a minha vida, os que mataram Le Pommeret, que envenenaram a garrafa.

Ele palpitava da cabeça aos pés.

– Não sou um herói! Minha profissão não é enfrentar a morte! Sou um homem. Sou um doente. E já me basta, para viver, lutar contra a doença. O senhor fala! O senhor fala! Mas o que é que faz?

Colérico, bateu a testa na parede.

– Isso tudo parece uma conspiração. A não ser que queiram me enlouquecer. Sim! Querem me internar! Quem sabe? Será que é minha mãe que já está cheia? Porque eu sempre guardei zelosamente a parte que me cabe da herança do meu pai. Mas não me entregarei!

Maigret não se mexera. Continuava ali, no meio da cela branca cuja parede estava inundada de sol, os cotovelos no encosto da cadeira, cachimbo entre os dentes.

O doutor ia e vinha, presa de uma agitação que confinava com o delírio.

Ora, de repente ouviu-se na cela uma voz alegre, só ligeiramente irônica, que modulava à maneira das crianças:

– Uh-uh!

Ernest Michoux sobressaltou-se, olhou para os quatro cantos da cela antes de encarar Maigret. E então percebeu o rosto do comissário, que havia tirado o cachimbo da boca e que ria lançando-lhe uma piscadela.

Era como se tivesse levado um choque. Michoux se imobilizou, todo mole, vacilante, pareceu derreter até se tornar uma silhueta irreal, tamanha a inconsistência.

– Foi o senhor que...?

Podia-se acreditar que a voz vinha de outro lugar, como a de um ventríloquo que faz palavras saírem do teto ou de um vaso de porcelana.

Os olhos de Maigret continuavam a rir enquanto ele se levantava e dizia com uma gravidade encorajadora, que contrastava com a expressão da sua fisionomia:

– Recomponha-se, doutor! Ouço passos no pátio. Em alguns instantes o assassino certamente estará entre estas quatro paredes.

Foi o prefeito que o gendarme introduziu primeiro. Mas havia outros ruídos de passos no pátio.

10

A bela Emma

– O SENHOR ME PEDIU PARA VIR, COMISSÁRIO?

Maigret nem teve tempo de responder, e já se via entrar no pátio dois inspetores flanqueando Jean Goyard, enquanto se adivinhava na rua, de ambos os lados do portão, uma multidão agitada.

O jornalista parecia mais baixo, mais gordinho, entre seus guarda--costas. Havia inclinado seu chapéu mole sobre os olhos e, sem dúvida por medo dos fotógrafos, segurava um lenço na parte inferior do rosto.

– Por aqui – disse Maigret aos inspetores. – Vocês poderiam ir buscar umas cadeiras, porque estou ouvindo uma voz feminina.

Uma voz aguda, que dizia:

– Onde ele está? Quero vê-lo imediatamente! Vou acabar com o senhor, inspetor! Está ouvindo? Vou acabar com o senhor!

Era a sra. Michoux, de vestido lilás, com todas as suas joias, pó de arroz e ruge, ofegante de indignação.

– Ah, o senhor está aqui, caro amigo! – coqueteou diante do prefeito. – Como é possível uma coisa dessas? Esse sujeitinho chega à minha casa quando ainda nem estava vestida. Minha criada está de folga. Digo a ele através da porta que não posso recebê-lo, e ele insiste, exige, espera eu me arrumar alegando que tinha ordens de me trazer aqui. É simplesmente inacreditável! Quando penso que meu marido era deputado, que quase foi presidente do Conselho e que este... este vadio... sim, vadio!

Ela estava indignada demais para se dar conta da situação. Mas de repente viu Goyard que virava a cara, seu filho sentado à beira do catre, cabeça entre as mãos. Um carro entrava no pátio ensolarado. Fardas de gendarmes reluziam. E da multidão partia agora um clamor.

– O que é que... o que é que o senhor...?

Tiveram de fechar o portão para impedir o público de entrar à força no pátio. Porque a primeira pessoa que arrastaram literalmente do carro outra não era senão o vagabundo. Não só estava com as mãos algemadas, como tinham lhe amarrado os tornozelos com uma corda sólida, de modo que tiveram de transportá-lo como um pacote.

Atrás dele descia Emma, livre em seus movimentos, tão aturdida quanto num sonho.

– Soltem as pernas dele!

Os gendarmes estavam orgulhosos, ainda emocionados com a sua captura. Não deve ter sido fácil, a julgar pelos uniformes desalinhados e, principalmente, pelo rosto do prisioneiro, completamente maculado pelo sangue que ainda escorria de seu lábio rachado.

A sra. Michoux soltou um grito de terror, recuou até a parede, como à vista de uma coisa repugnante, enquanto o homem se deixava soltar sem dizer palavra, erguia a cabeça, olhava lentamente, lentamente, à sua volta.

– Calminho, viu, Léon! – grunhiu Maigret.

O outro estremeceu, procurou saber quem havia falado.

– Deem uma cadeira e um lenço para ele.

Percebeu que Goyard tinha se esgueirado para o fundo da cela, atrás da sra. Michoux, e que o doutor tiritava, sem olhar para ninguém. O tenente da gendarmaria, embaraçado com aquela reunião insólita, se perguntava que papel devia representar.

– Fechem a porta! Sentem-se todos, por favor. Seu gendarme é capaz de nos servir de escrivão, tenente? Ótimo. Instale-se nesta mesinha. Peço para o senhor também se sentar, prefeito.

A multidão, lá fora, não gritava mais, e no entanto dava para senti-la presente, adivinhava-se na rua uma vida compacta, uma espera apaixonada.

Maigret encheu o cachimbo, andando de um lado para o outro, virou-se para o inspetor Leroy.

– Antes de mais nada, você devia telefonar ao síndico dos marinheiros de Quimper e perguntar o que aconteceu, há uns quatro ou cinco anos, talvez seis, com um barco chamado *A bela Emma*.

Enquanto o inspetor se dirigia para a porta, o prefeito tossiu, fez sinal de que desejava falar.

– Posso lhe informar, comissário. É uma história que todo mundo conhece por aqui.

– Diga.

O vagabundo se mexeu em seu canto, à maneira de um cão raivoso. Emma não tirava os olhos dele, mantinha-se sentada bem na beirada da cadeira. O acaso a tinha posto ao lado da sra. Michoux, cujo perfume começava a invadir a atmosfera, um cheiro adocicado de violeta.

– Não vi o barco – dizia o prefeito com desenvoltura, talvez com um quê de pose. – Pertencia a um tal de Le Glen, ou Le Glerec, que era tido como um excelente marinheiro mas muito esquentado. Como todos os barcos daqui, o *Bela Emma* transportava principalmente hortifrútis para a Inglaterra. Um belo dia, falaram de uma viagem mais demorada. Ficamos sabendo então que o *Bela Emma* havia sido fiscalizado num pequeno porto próximo de Nova York, a tripulação detida e a carga de cocaína apreendida. O barco também, claro. Era a época em que a maioria dos barcos mercantes, principalmente os que transportavam sal para a Terra Nova, se dedicavam ao contrabando de álcool.

– Muito obrigado. Não se mexa, Léon! Responda de onde você está. E, principalmente, responda exatamente às minhas perguntas, *sem mais*! Entendeu? Primeiro, onde o prenderam há pouco?

O vagabundo enxugou o sangue que maculava seu queixo, falou numa voz rouca:

– Em Rosporden. Num armazém da ferrovia onde esperávamos a noite cair para nos enfiar num trem qualquer.

– Quanto dinheiro você tinha no bolso?

Foi o tenente que respondeu:

– Onze francos e uns trocados.

Maigret olhou para Emma, que tinha lágrimas fluidas nas faces, depois para o brutamontes, todo encolhido. Sentiu que o doutor, embora imóvel, estava tomado por uma intensa agitação e fez sinal a um dos policiais para que se pusesse junto dele, de modo a evitar uma eventual reação.

O gendarme escrevia. A pena arranhava o papel com um barulho metálico.

– Conte-nos exatamente em que condições foi feito esse carregamento de cocaína, Le Guérec.

O homem ergueu os olhos. Seu olhar, fixado no doutor, endureceu. E, com a boca carregada de ódio, punhos cerrados, resmungou:

– O banco tinha me emprestado dinheiro para construir meu barco.

– Eu sei. Que mais?

– Veio um ano ruim. O franco subia. A Inglaterra comprava cada vez menos frutas, eu me perguntava como ia pagar os juros. Esperava, para me casar com Emma, reembolsar a maior parte. Foi então que um jornalista, que eu conhecia porque vivia fuçando no porto, veio me ver.

Para estupefação geral, Ernest Michoux descobriu o rosto, que estava pálido, mas infinitamente mais calmo do que se supunha. Tirou um caderninho e um lápis do bolso, escreveu algumas palavras.

– Foi Jean Servières que lhe propôs um carregamento de cocaína?

– Não de saída. Ele me falou de um negócio. Marcou encontro comigo num café de Brest onde estava com dois outros.

– O dr. Michoux e o sr. Le Pommeret?

– Isso mesmo.

Michoux fazia novas anotações e seu rosto tinha uma expressão desdenhosa. A certa altura chegou até a esboçar um sorriso irônico.

– Qual dos três lhe fez a proposta?

O doutor esperou, lápis erguido.

– Nenhum dos três. Quer dizer, eles só me falaram do dinheirão a ganhar rapidamente. Um americano chegou uma hora depois. Nunca soube o nome dele. Só o vi duas vezes. Com certeza um homem que conhece o mar, porque me perguntou sobre as características do meu barco, quantos homens eu precisava a bordo e o tempo necessário para instalar um motor auxiliar. Achava que era contrabando de álcool. Todo mundo fazia, até oficiais de paquetes. Na semana seguinte, uns operários vieram instalar um motor semidiesel no *Bela Emma*.

Ele falava lentamente, olhar fixo, e era impressionante ver seus dedões se mexerem, mais eloquentes, em seus gestos lentos como espasmos, do que o seu rosto.

– Me entregaram uma carta náutica inglesa com todos os ventos do Atlântico e a rota dos veleiros, porque eu nunca havia feito a travessia. Só levei dois homens comigo, por prudência, e não falei do assunto com ninguém, só com Emma, que estava no cais na noite da partida. Os três homens também estavam lá, junto de um carro de faróis apagados. O carregamento tinha sido feito de tarde. E, nesse momento, fiquei com medo. Não tanto por causa do contrabando. Nunca fui à escola. Enquanto dá para me servir do compasso e da sonda, tudo bem. Não fico atrás de ninguém. Mas lá, ao largo... um velho capitão tinha me ensinado a manejar o sextante para calcular a posição. Eu tinha comprado uma tabela de logaritmos e todo o necessário. Mas tinha certeza de que ia me atrapalhar com os cálculos. Só que, se desse certo, o barco estava pago e ainda me sobravam uns vinte mil francos no bolso. Ventava furiosamente naquela noite. Perdemos de vista o carro e os três homens. Depois Emma, cuja silhueta se recortava em preto à beira do molhe. Dois meses no mar...

Michoux continuava a tomar notas, mas evitava olhar para o homem que falava.

– Eu tinha instruções para o desembarque. Chegamos por fim, sabe Deus como, ao pequeno porto indicado. Ainda não tínhamos lançado as amarras à terra quando três lanchas da polícia, com metralhadoras e homens armados de fuzis nos cercaram, pularam no convés, nos renderam gritando alguma coisa em inglês e nos deram coronhadas até pormos as mãos ao alto.

“Foi tão rápido que nem deu para entender. Não sei quem levou meu barco para o cais, nem como fomos metidos num caminhão. Uma hora depois, estávamos trancafiados cada um numa gaiola de ferro, na prisão de Sing Sing.

“Estávamos doentes. Ninguém falava francês. Os presos nos gozavam e nos xingavam.

“Lá, esse tipo de coisas é rápido. No dia seguinte, fomos levados a um tribunal, e o advogado que, parece, nos defendia nem tinha falado com a gente!

“Foi só depois que ele me anunciou que eu estava condenado a dois anos de trabalhos forçados e a cem mil dólares de multa, que meu barco estava confiscado e tudo mais. Eu não entendia. Cem mil dólares! Eu jurava que não tinha dinheiro. Nesse caso, eram não sei quantos anos de prisão a mais.

“Fiquei em Sing Sing. Meus marinheiros devem ter sido levados para outra prisão, porque nunca mais tornei a vê-los. Rasparam minha cabeça. Levaram-me para quebrar pedra em uma estrada. Um capelão quis me ensinar a Bíblia.

“O senhor não pode imaginar. Havia presos ricos que iam passear na cidade quase todas as noites. E os outros serviam de criados deles!

“Deixa pra lá. Foi só um ano depois que encontrei, um dia, o americano de Brest, que veio visitar um detido. Eu o reconheci. Chamei-o. Ele levou algum tempo para se lembrar, depois caiu na gargalhada e mandou me levarem ao locutório.

“Era muito cordial. Me tratava como um velho colega. Ele me disse que sempre foi agente da proibição. Trabalhava principalmente no estrangeiro, na Inglaterra, na França, na Alemanha, de onde enviava à polícia americana informações sobre os comboios que partiam.

“Mas ao mesmo tempo às vezes traficava por conta própria. Era o caso daquela partida de cocaína, que devia render milhões, porque havia dez toneladas a bordo, a não sei quantos francos o grama. Ele tinha feito contato com uns franceses que deviam fornecer o barco e uma parte do dinheiro. Eram os três homens. E, naturalmente, o lucro seria dividido entre os quatro.

"Mas espere, porque falta o melhor. No mesmo dia em que procedíamos ao carregamento, em Quimper, o americano recebe um aviso do seu país. A proibição tem um novo chefe. A vigilância foi reforçada. Os compradores dos Estados Unidos hesitam e, por isso, a mercadoria corre o risco de não encontrar comprador.

"Por outro lado, um novo decreto promete a quem colaborar para a apreensão da mercadoria proibida uma recompensa de um terço do valor dessa mercadoria.

"É na minha prisão que me contam isso! Fico sabendo que, enquanto largava as amarras, ansioso, e me perguntava se chegaríamos vivos do outro lado do Atlântico, os três homens discutiam com o americano, no próprio cais.

"Arriscar tudo ou nada? Foi o doutor, eu sei, que insistiu em favor da denúncia. Pelo menos desse jeito recuperavam com certeza um terço do capital, sem risco de complicações. E sem dizer que o americano se arranjava com um colega para pôr de lado uma parte da cocaína apreendida. Pilantragens incríveis, eu sei. O *Bela Emma* deslizava nas águas negras do porto. Olhei pela última vez para a minha noiva, certo de que ia me casar com ela alguns meses depois.

"E eles sabiam que nos viam partir, que seríamos pegos ao chegar! Contavam até que nós nos defenderíamos, que seríamos sem dúvida mortos na luta, como acontecia todos os dias naquela época em águas americanas.

"Eles sabiam que meu barco seria confiscado, que não estava inteiramente pago, que eu não tinha mais nada neste mundo.

"Eles sabiam que eu sonhava me casar. E nos viam partir!

"Era isso que me confessavam em Sing Sing, onde eu tinha me tornado um bruto entre outros brutos. E me davam provas. Meu interlocutor ria, exclamava batendo nas coxas:

'Uns canalhas e tanto, aqueles três!'"

Fez-se um silêncio absoluto. E, nesse silêncio, tiveram o estupor de ouvir o lápis de Michoux deslizar numa página branca que ele acabava de virar.

Maigret olhou – compreendendo – as iniciais SS tatuadas na mão do colosso: Sing Sing!

– Acho que eu ia ficar mais uns dez anos. Naquele país, nunca se sabe. A menor falta contra o regulamento, e a pena aumenta, ao mesmo tempo que chovem as porretadas. Levei centenas. E surras dos meus colegas! E foi o americano que fez o necessário em meu favor. Acho que estava enojado com a covardia dos que ele chamava de meus amigos. Eu só tinha por companheiro um cachorro. Um animal que eu havia criado a bordo, que tinha me salvado de um afogamento e que, apesar de toda a disciplina deles, tinham deixado viver comigo na prisão. Porque eles não têm as mesmas ideias que a gente sobre esse tipo de coisas. Um inferno! E no entanto tocam música para você aos domingos, mesmo que depois o espanquem até sangrar. No fim, eu nem sabia mais se ainda era um homem. Chorei cem vezes, mil vezes.

"E quando, uma manhã, abriram o portão para mim, me dando uma coronhada nas costas para me mandar de volta à vida civilizada, eu desmaiei, bobamente, na calçada. Não sabia mais viver. Não tinha mais nada.

"Sim! Uma coisa!"

Seu lábio rachado sangrava. Esquecia de enxugar o sangue. A sra. Michoux escondia o rosto com seu lenço rendado, cujo cheiro embrulhava o estômago. E Maigret fumava tranquilamente, sem tirar os olhos do doutor, que continuava escrevendo.

– A vontade de fazer os que eram a causa de toda essa desgraceira passarem pelo que eu passei. Matá-los, não! Morrer não é nada! Em Sing Sing tentei um monte de vezes, sem conseguir. Me recusei a comer, e me alimentaram artificialmente. *Fazer eles saberem o que é a prisão!* Gostaria que fosse na América. Mas era impossível.

"Vaguei pelo Brooklyn, onde fiz de tudo um pouco, esperando poder pagar a passagem de volta num navio. Paguei até para o meu cachorro.

"Nunca recebi notícias de Emma. Não pus os pés em Quimper, onde poderiam me reconhecer, apesar da minha cara horrível.

"Aqui, fiquei sabendo que ela era garçonete e, na época, amante de Michoux. Dos outros também, quem sabe. Uma garçonete, não é?

"Não era fácil mandar meus três canalhas para a cadeia. E eu fazia questão! Era o único desejo que eu tinha. Vivi com meu cachorro a bordo de uma barca encalhada, depois no antigo posto de vigia, na ponta do Cabélou.

"Comecei me mostrando a Michoux. Só me mostrar! Mostrar minha aparência sinistra, minha silhueta de bruto! Entende? Queria meter medo nele. Queria provocar nele um pavor capaz de levá-lo a atirar em mim! Eu talvez tivesse morrido. E daí? Ele iria parar na prisão! Os pontapés! As coronhadas! Os colegas nojentos, mais fortes que você, que obrigam você a servi-los. Eu rondava a casa dele. Atravessava seu caminho. Três dias! Quatro dias! Ele me reconhecera. Saía menos. E, no entanto, aqui, a vida não havia mudado esse tempo todo. Eles tomavam aperitivos, todos os três. As pessoas os cumprimentavam. Eu roubava do que comer nas vendas. Queria que a coisa acabasse depressa.

Uma voz surda se ergueu:

– Com licença, comissário. Este interrogatório, sem a presença de um juiz, tem valor legal?

Era Michoux! Michoux branco como um lençol, traços tensos, narinas estreitadas, lábios descorados. Mas um Michoux que falava com uma nitidez quase ameaçadora!

Um olhar de Maigret ordenou a um policial que se pusesse entre o doutor e o vagabundo. Em tempo! Léon Le Guérec se levantava lentamente, atraído por aquela voz, punhos cerrados, pesados como marretas.

– Sentado! Sente-se, Léon!

E enquanto o brutamontes obedecia, com a respiração roufenha, o comissário dizia sacudindo a cinza do cachimbo:

– É minha vez de falar!

11

•

O medo

SUA VOZ BAIXA, SUA FALA RÁPIDA CONTRASTARAM com o discurso apaixonado do marinheiro, que olhava para ele com o canto dos olhos.

– Primeiro uma palavra sobre Emma, senhores. Ela fica sabendo que seu noivo foi preso. Não recebe mais notícia dele. Um dia, por uma causa fútil, perde o emprego e se torna garçonete do Hôtel de l'Amiral. É uma pobre moça, que não tem ninguém. Homens a cortejam tal como clientes ricos cortejam uma criada. Dois anos, três anos se passam. Ela não sabe que Michoux é o culpado. Uma noite, vai ter com ele em seu quarto. O tempo continua a passar, a vida prossegue. Michoux tem outras amantes. De vez em quando, lhe vem o capricho de dormir no hotel. Ou, quando sua mãe não está, leva Emma para casa. Amores apagados, sem amor. E a vida de Emma é apagada. Ela não é uma heroína. Guarda numa caixa enfeitada com conchas uma carta, uma foto, mas não passa de um velho sonho que empalidece a cada dia mais.

"Ela não sabe que Léon acaba de voltar.

"Não reconheceu o cachorro amarelo que gira em torno dela e que tinha quatro meses quando o barco zarpou.

"Uma noite, Michoux lhe dita uma carta, sem lhe dizer a quem é destinada. Trata-se de marcar um encontro com alguém numa casa desabitada, às onze da noite.

"Ela escreve. Uma garçonete, entendem? Léon Le Guérec não se enganou. Michoux tem medo. Sente sua vida em perigo. Quer suprimir o inimigo que o ronda.

"Mas ele é um covarde! Sentiu a necessidade de me dizer isso com todas as letras. Ele se esconderá atrás de uma porta, num corredor, depois de fazer a carta chegar à sua vítima, amarrando-a no pescoço do cachorro.

"Léon vai desconfiar? Não vai querer rever, apesar de tudo, sua ex-namorada? No momento em que bater na porta, bastará disparar através da caixa de correio e fugir pela ruela. E o crime ficará ainda mais misterioso porque ninguém reconhecerá a vítima!

"Mas Léon desconfia. Quem sabe vagueia pela praça. Quem sabe se decide a ir apesar dos pesares ao encontro. O acaso faz que o senhor Mostaguen saia nesse instante do café, ligeiramente alto, pare na entrada da casa para acender um charuto. Seu equilíbrio é instável. Esbarra na porta. É o sinal. Uma bala o acerta em cheio na barriga.

"Este é o primeiro caso. Michoux falhou. Voltou para casa. Goyard e Le Pommeret, que estão a par e que têm o mesmo interesse no desaparecimento daquele que ameaça todos os três, estão aterrorizados.

"Emma entendeu que papel a fizeram representar. Será que viu Léon? Quem sabe sua cabeça funcionou e ela identificou por fim o cachorro amarelo.

"No dia seguinte, estou no local do crime. Vejo os três homens. Sinto o terror deles. *Esperam um drama!* E quero saber de onde acreditam que deva vir o golpe. Trato de garantir que não me engano.

"Fui eu que envenenei a garrafa de aperitivo, desastradamente. Estava pronto para intervir, se alguém fosse beber. Mas não! Michoux está atento! Michoux desconfia de tudo, das pessoas que passam, do que come, do que bebe. Não ousa nem mesmo sair do hotel."

Emma estava petrificada, numa imobilidade tal que não se poderia encontrar uma imagem mais impressionante do estupor. E Michoux havia erguido a cabeça um instante, para fixar Maigret nos olhos. Agora, escrevia febrilmente.

– Este é o segundo drama, senhor prefeito. E nosso trio continua vivo, continua a ter medo. Goyard é o mais impressionável dos três, sem dúvida também o menos mau caráter. Aquela história de envenenamento o deixou fora de si. Sente que vai chegar a sua vez mais dia menos dia. Adivinha que estou na pista certa. E decide fugir. Fugir sem deixar vestígios. Fugir sem que possam acusá-lo de ter fugido. Simulará uma agressão, deixará crer que morreu e que seu corpo foi lançado nas águas do porto.

"Antes, a curiosidade o leva a fuçar a casa de Michoux, talvez à procura de Léon e para lhe propor a paz. Encontra vestígios da passagem do brutamontes. Esses vestígios ele compreende que não vou demorar a descobrir, por minha vez.

"Porque ele é jornalista! Ele sabe, além disso, como as multidões são impressionáveis. Sabe que enquanto Léon viver, não estará em segurança em lugar nenhum. E tem uma ideia verdadeiramente genial: o artigo, escrito com a mão esquerda e enviado ao *Le Phare de Brest*.

"Fala do cachorro amarelo, do vagabundo. Cada frase é calculada para semear o terror em Concarneau. E, desse modo, é possível que, se as pessoas perceberem o homem de pé grande, este receba uma descarga de chumbo no peito.

"Quase aconteceu! Começaram atirando no cachorro. Teriam atirado no homem também. Uma população amedrontada é capaz de tudo.

"De fato, domingo o terror reina na cidade. Michoux não sai do hotel. Está doente de medo. Mas continua decidido a se defender até o fim, *por todos os meios*.

"Deixo-o a sós com Le Pommeret. Não sei o que aconteceu então entre eles. Goyard fugiu. Le Pommeret, que pertence a uma família honrada do lugar, deve ter sentido a tentação de chamar a polícia e revelar tudo, para não continuar a viver aquele pesadelo. Que risco ele corre? Uma multa? Um tempinho na prisão? No máximo. O principal delito foi cometido na América...

"E Michoux, que o sente fraquejar, que tem a tentativa de assassinato de Mostaguen na consciência, que quer sair disso custe o que custar por seus próprios meios, não hesita em envenená-lo.

"Emma estava aqui. Não vai ser dela que suspeitarão?

"Eu queria lhes falar mais demoradamente do medo, porque é ele que está na base de todo esse drama. Michoux tem medo. Michoux quer vencer muito mais seu medo do que seu inimigo.

"Conhece Léon Le Guérec. Sabe que ele não se deixará prender sem resistência. E conta com uma bala, atirada pelos gendarmes ou por algum morador assustado, para dar cabo dele.

"Não sai daqui. Trago o cachorro ferido, moribundo. Quero saber se o vagabundo virá buscá-lo, e vem mesmo.

"Ninguém mais viu o animal desde então, e isso me prova que está morto."

Foi um simples ruído na garganta de Léon.

– Está...

– Você o enterrou?

– No Cabélou. Tem uma cruzinha feita com dois galhos de pinheiro.

– A polícia encontra Léon Le Guérec. Ele foge, porque sua única ideia é forçar Michoux a atacá-lo. Ele nos disse: *Quer vê-lo na prisão!* Meu dever é impedir um novo drama, e foi por isso que prendi Michoux, afirmando a ele que era para pô-lo em segurança. Não é mentira. Mas, com isso, também impeço Michoux de cometer outros crimes. Ele não aguenta mais. É capaz de tudo. Sente-se acossado por todos os lados.

"Apesar disso, ainda é capaz de fazer teatro, de me falar da sua constituição frágil, de pôr seu medo na conta do misticismo e de uma velha predição inventada de cabo a rabo.

"O que ele precisa é que a população se decida a abater seu inimigo.

"Sabe que pode ser logicamente suspeito de tudo o que aconteceu até agora. Sozinho nesta cela, ele quebra a cabeça.

"Não há uma maneira de desviar definitivamente as suspeitas? Se um novo crime for cometido, quando ele está detrás das grades, quando tem o mais formidável de todos os álibis?

"Sua mãe vem visitá-lo. Ela sabe de tudo. É preciso que não recaia nenhuma suspeita sobre ela, nem que seja pega, se perseguida. Ela tem de escapar!

"Janta em casa do prefeito. É levada para casa, onde o abajur não se apagará a noite inteira. Volta para a cidade a pé. Todo mundo dorme? Menos no Café de l'Amiral. Basta esperar alguém sair, tocaiá-lo numa esquina...

"E, para impedi-lo de correr, mirará na perna.

"Esse crime, totalmente inútil, é a pior das acusações contra Michoux, se já não tivéssemos outras. De manhã, quando chego aqui, está febril. Não sabe que Goyard foi preso em Paris. Ignora tudo, principalmente que no instante em que o tiro foi disparado no guarda alfandegário, o vagabundo estava diante dos meus olhos.

"Porque Léon, perseguido pela polícia e pela gendarmaria, ficou no quarteirão. Quer acabar logo com essa história. Não quer se afastar de Michoux.

"Dorme num quarto do imóvel vazio. Da sua janela, Emma o avista. E vai ao seu encontro. Diz a ele que não é culpada. Joga-se no chão, agarra-se a seus joelhos.

"É a primeira vez que ela o revê, que ouve novamente o som da sua voz. Ela foi de outro, de outros...

"Mas o que ele não viveu? Seu coração se derrete. Ele a agarra com uma mão brutal, como para moê-la, mas são seus lábios que ele comprime contra os dela.

"Não é mais o homem sozinho, o homem de um objetivo, de uma ideia só. Em suas lágrimas, ela lhe falou de uma felicidade possível, de uma vida a recomeçar.

"E os dois partem, sem um tostão, na noite. Vão para qualquer lugar. Deixam Michoux entregue aos seus terrores.

"Vão procurar ser felizes em algum lugar."

Maigret encheu seu cachimbo, lentamente, fitando uma a uma todas as pessoas presentes.

– Queira me desculpar, senhor prefeito, por não o ter mantido a par da minha investigação. Mas quando cheguei tive a certeza de que o drama apenas começava. Para conhecer sua meada, eu precisava deixar que ele se desenvolvesse, evitando na medida do possível seus estragos. Le Pommeret morreu, assassinado por seu cúmplice. Mas, tal como o vi, estou persuadido de que ele próprio se mataria no dia da sua prisão. Um guarda alfandegário levou um tiro na perna. Daqui a oito dias não haverá mais sinal. Em compensação, posso assinar agora um mandado de prisão contra o dr. Ernest Michoux por tentativa de assassinato, ferimentos à pessoa do sr. Mostaguen e por envenenamento voluntário do seu amigo Le Pommeret. E aqui outro mandado contra a sra. Michoux, por agressão noturna. Quanto a Jean Goyard, dito Servières, creio que só pode ser processado por ultraje à magistratura, devido à comédia que representou.

Foi o único incidente cômico. Um suspiro! Um suspiro feliz, aéreo, soltado pelo jornalista gorducho. E ele teve a caradura de balbuciar:

– Suponho, nesse caso, que posso ser deixado em liberdade sob caução. Estou pronto para pagar cinquenta mil francos.

– O tribunal avaliará, sr. Goyard.

A sra. Michoux havia desabado em sua cadeira, mas seu filho tinha mais forças do que ela.

– Não tem nada a acrescentar? – Maigret lhe perguntou.

– Responderei na presença do meu advogado. Enquanto isso, faço todas as reservas sobre a legalidade desta confrontação.

E espichava seu pescoço de galeto magro, onde sobressaía um gogó amarelado. Seu nariz parecia mais oblíquo que de costume. Não havia largado o caderninho onde tomara notas.

– E estes dois? – murmurou o prefeito se levantando.

– Não tenho nenhuma acusação contra eles. Léon Le Guérec confessou que sua meta era fazer Michoux atirar nele. Para tanto só fez se mostrar. Não existe lei que...

– A não ser que... por vagabundagem! – interveio o tenente da gendarmaria.

Mas o comissário deu de ombros de tal modo que o tenente enrubesceu com sua sugestão.

Embora a hora do almoço houvesse passado fazia tempo, havia uma multidão do lado de fora, e o prefeito aceitara emprestar seu carro, cujas cortinas fechavam quase hermeticamente.

Emma foi a primeira a entrar no automóvel, depois Léon Le Guérec, enfim Maigret, que se acomodou no banco de trás com a jovem, enquanto o marinheiro se instalava desajeitadamente num assento dobrável virado para eles.

Atravessaram a multidão a toda. Alguns minutos mais tarde, rodavam rumo a Quimperlé, e Léon, incomodado, o olhar vago, indagava:

– Por que o senhor disse aquilo?

– O quê?

– Que foi o senhor que envenenou a garrafa?

Emma estava lívida. Não ousava se encostar no banco e era sem dúvida a primeira vez na vida que andava numa limusine.

– Uma ideia... – grunhiu Maigret, cerrando com os dentes a boquilha do cachimbo.

E a moça, então, exclamou aflita:

– Juro, senhor comissário, que eu não sabia mais o que fazer! Michoux me obrigara a escrever a carta. Eu havia reconhecido o cachorro. Domingo de manhã, vi Léon rondando. Então entendi. Tentei falar com Léon e ele se foi sem sequer olhar para mim, cuspindo no chão. Quis vingá-lo. Quis... sei lá! Estava como que louca. Sabia que eles queriam matá-lo. Eu continuava amando ele. Passei o dia com a cabeça fervendo. Foi ao meio-dia, durante o almoço, que corri à casa de Michoux para pegar o veneno. Não sabia qual escolher. Ele já tinha mostrado uns frascos me dizendo que havia o bastante para matar toda Concarneau.

"Mas juro que não deixaria o senhor beber. Pelo menos, não creio..."

Ela soluçava. Léon, desajeitadamente, dava tapinhas em seu joelho para acalmá-la.

– Nunca poderei agradecer ao senhor, comissário – ela dizia entre soluços. – O que o senhor fez é... não encontro a palavra... é tão maravilhoso!

Maigret olhava para um e para o outro, ele com o lábio rachado, cabelos rentes e sua cara de bruto que tenta se humanizar, ela com sua pobre cabeça empalidecida naquele aquário que é o Café de l'Amiral.

– O que vocês vão fazer?

– Ainda não sabemos. Ir embora daqui. Para Le Havre, talvez. Afinal, dei um jeito de ganhar a vida nos cais de Nova York.

– Devolveram seus doze francos?

Léon corou, não respondeu.

– Quanto custa o trem daqui a Le Havre?

– Não! Não faça isso, comissário. Porque então... não saberíamos como... O senhor entende?

Maigret bateu com o dedo no vidro divisório do carro, porque passavam em frente a uma pequena estação. Tirou do bolso duas notas de cem francos.

– Tome. Eu ponho no meu relatório de despesas.

E quase os empurrou para fora, fechou a porta enquanto eles ainda procuravam como agradecer.

– Para Concarneau! A toda!

Sozinho no carro, ergueu os ombros pelo menos três vezes, como um homem que tem uma vontade danada de zombar de si mesmo.

O processo durou um ano. Durante esse tempo, o dr. Michoux se apresentou até cinco vezes por semana ao juiz, com uma pasta de marroquim repleta de documentos.

E a cada interrogatório, novos motivos de contestação.

Cada peça dos autos deu lugar a controvérsias, a investigações e contrainvestigações.

Michoux estava cada vez mais magro, mais amarelo, mais debilitado, mas não desistia.

– Permita a um homem que não tem mais que três meses de vida...

Era sua frase favorita. Defendeu-se palmo a palmo, com manobras astutas, réplicas inesperadas. E havia descoberto um advogado mais bilioso do que ele e que com ele se revezava.

Condenado a vinte anos de trabalhos forçados pelo tribunal do júri da região do Finistère, esperou durante seis meses que seu caso fosse para a Corte de Cassação.

Mas uma fotografia, de apenas um mês atrás, que saiu em todos os jornais, o mostra, sempre magro e amarelo, nariz oblíquo, saco nas costas, gorro na cabeça, embarcando na ilha de Ré no *Martinière*, que levou cento e oitenta forçados para Caiena.

Em Paris, a sra. Michoux, que pagou uma pena de três meses e prisão, conchava nos meios políticos. Pretende conseguir a revisão do processo.

Já tem dois jornais a seu favor.

Léon Le Guérec pesca arenque no mar do Norte, a bordo do *Francette*, e sua mulher espera um bebê.

O ENFORCADO DE SAINT-PHOLIEN

TRADUÇÃO DE ANDRÉ TELLES

FOTO
Jeanne Laplanche, Casa do príncipe Napoleão em estilo pompeiano, Paris, c. 1860

1

O crime do comissário Maigret

NINGUÉM PERCEBEU O QUE ESTAVA EM CURSO. Ninguém desconfiou ser um drama o que se desenrolava no saguão da pequena estação ferroviária, onde, em meio a um odor de café, cerveja e limonada, seis passageiros aparentemente entediados aguardavam.

Eram cinco da tarde e já escurecia. As luzes haviam sido acesas, mas, através dos vidros, no vapor do cais, ainda era possível perceber os funcionários alemães e holandeses da alfândega e da ferrovia movimentando-se de um lado para o outro.

A estação de Neuschanz está cravada no extremo norte da Holanda, na fronteira alemã.

Estação irrelevante. Neuschanz é uma simples aldeia. Nenhuma linha importante passa lá. Há um trem de manhã e um à noite, para os operários alemães, que, atraídos pelos salários polpudos, trabalham nas fábricas holandesas.

E o mesmo ritual se repete todas as vezes. O trem alemão para numa ponta da plataforma. O trem holandês espera na outra.

Os funcionários de boné laranja e os que vestem uniforme verde-claro ou azul-da-prússia encontram-se e compartilham o horário de expediente dedicado às formalidades alfandegárias.

Como são apenas cerca de vinte passageiros por trem, e tão assíduos que tratam os aduaneiros pelo nome, tais formalidades são cumpridas rapidamente.

E vão todos se sentar na cantina, que é igual a todas as cantinas de fronteira. Os preços são informados em *cents* e *pfennig*. Uma vitrine oferece chocolate holandês e cigarros alemães. Toma-se genebra e schnaps.

O marasmo reinava naquela noite. Uma mulher cochilava junto à caixa registradora. Um jato de vapor escapava da cafeteira. A porta da cozinha estava aberta e ouviam-se os chiados de um telégrafo em que um menino mexia.

Era a rotina, não obstante alguns detalhes bastavam para carregar a atmosfera com uma nuvem de aventura e mistério.

Os uniformes dos dois países, por exemplo! Aquela mistura de cartazes anunciando os esportes de inverno alemães e a Feira Comercial de Utrecht...

Um vulto a um canto: um homem na casa dos trinta anos, com as roupas puídas até a trama, rosto sem cor, barba por fazer, na cabeça um chapéu mole de um cinza indefinível, que talvez tivesse atravessado toda a Europa.

Chegara no trem da Holanda. Havia mostrado a passagem a Bremen e o funcionário lhe explicara, em alemão, que ele escolhera a linha menos direta, pela qual não circulavam expressos.

O homem fez sinal de que não havia entendido. Pediu um café, em francês, e todos se voltaram para ele com curiosidade.

Tinha os olhos inquietos, afundados nas órbitas. Fumava, mantendo o cigarro grudado no lábio inferior, e esse simples detalhe bastava para exprimir fastio ou desprezo.

A seus pés, uma pequena mala amarela, de couro sintético, dessas que se veem à venda em todos os bazares. Era nova.

Uma vez servido, ele puxou do bolso um punhado de dinheiro trocado, cédulas francesas, belgas, além de moedinhas de prata holandesas.

A garçonete foi obrigada a pegar ela mesma as moedas de que precisava.

Chamava menos atenção um passageiro sentado na mesa ao lado, corpulento e pesado, de ombros largos. Usava um sobretudo volumoso com gola de veludo, e o nó de sua gravata cobria um colarinho de celuloide.

O primeiro, tenso, não desgrudava os olhos dos funcionários pela porta de vidro, como se temesse perder o trem.

O segundo examinava-o sem ansiedade, de maneira quase implacável, dando baforadas em seu cachimbo.

O passageiro agitado ausentou-se por dois minutos para ir ao banheiro. Então, sem nem se abaixar, com um simples movimento do pé, o outro puxou para si a pequena mala e empurrou em seu lugar outra exatamente igual.

Meia hora depois, o trem partia. Os dois homens instalaram-se no mesmo compartimento de terceira classe, mas não se dirigiram a palavra.

Em Leer, o trem se esvaziou, porém a viagem não terminara para os dois passageiros.

Eram dez horas quando a composição penetrou sob a monumental abóbada de vidro da estação de Bremen, cujas luminárias em arco deixavam todos os rostos lívidos.

O primeiro passageiro parecia não saber uma palavra de alemão, pois perdeu-se diversas vezes no caminho, entrando no restaurante da primeira classe, e só depois de inúmeras idas e vindas foi encalhar na lanchonete da terceira, onde não pegou uma mesa.

Apontou o dedo para alguns pãezinhos com salsicha, indicou que desejava levá-los e pagou, estendendo novamente um monte de moedas.

Por mais de meia hora, vagou pelas ruas largas e adjacentes à estação, carregando a maleta, com ar de quem estava à procura de alguma coisa.

E o homem da gola de veludo, que o seguia sem impaciência, entendeu o que o sujeito buscava quando por fim o viu incursionar por um bairro mais pobre que começava à esquerda.

O objeto de suas buscas era simplesmente uma pensão barata. O rapaz, cujo andar denotava cansaço, examinou com desconfiança vários estabelecimentos antes de escolher um de última categoria, indicado por um grande globo de vidro fosco acima da porta.

Continuava segurando a maleta com uma das mãos e com a outra os pãezinhos embrulhados em papel-manteiga.

A rua estava movimentada. A névoa começava a descer, filtrando as luzes das vitrines.

O homem do sobretudo pesado teve certa dificuldade para alugar o quarto contíguo ao do primeiro hóspede.

Um quarto pobre, igual a todos os quartos pobres do mundo, com a ressalva, talvez, de que em parte alguma a pobreza é tão lúgubre como na Alemanha do Norte.

Mas havia uma porta de comunicação entre os dois cômodos e, nela, uma fechadura.

Isso permitiu ao homem assistir à abertura da mala, que só continha jornais velhos.

Viu o hóspede ficar branco como cera, virar e revirar a maleta nas mãos trêmulas, espalhar os jornais pelo quarto.

Os pãezinhos, ainda embrulhados, estavam sobre a mesa, mas o rapaz, que não comia desde as quatro da tarde, não lhes dignou um olhar.

Precipitou-se para a estação, desviando-se das pessoas, perguntando dez vezes o caminho, repetindo, com um sotaque que deformava de tal maneira a palavra que seus interlocutores mal o compreendiam:

– *Bahnhof!...*

Estava tão nervoso que, para se fazer entender, imitava o barulho do trem!

Chegou à estação. Vagando pelo imenso saguão, avistou uma pilha de malas a um canto e acercou-se feito um ladrão para certificar-se de que a sua não estava ali.

Estremecia sempre que alguém passava com uma maleta do mesmo tipo.

O outro continuava na sua cola, sem desviar seu olhar pesado.

Foi só à meia-noite que, um atrás do outro, os dois regressaram ao hotel.

A fechadura emoldurou o espetáculo do rapaz com a cabeça entre as mãos, prostrado numa cadeira. Quando ele se levantou, estalou os dedos num gesto ao mesmo tempo furioso e fatalista.

E foi o fim. Puxou um revólver do bolso, abriu a boca e apertou o gatilho.

No instante seguinte, havia dez pessoas no quarto, entre as quais o comissário Maigret, que, sem tirar o sobretudo com gola de veludo, tentava manter todos afastados. Ouviam-se repetir as palavras *Polizei* e *Mörder*, que significa assassino.

Morto, o rapaz parecia ainda mais deplorável do que vivo. Viam-se as solas furadas de seu sapato, e a calça, arregaçada, deixava à mostra a meia vermelha inverossímil e canelas brancas e peludas.

Um agente chegou, pronunciou algumas palavras com voz imperiosa e todos se comprimiram no corredor do andar, exceto Maigret, que exibiu sua insígnia de comissário da Polícia Judiciária de Paris.

O agente não falava francês. Maigret apenas arranhava algumas palavras de alemão.

Dez minutos depois, uma viatura parou defronte à pensão e agentes à paisana irromperam dela.

No corredor, agora, a palavra *Franzose* substituíra a palavra *Polizei*, e o comissário era observado com curiosidade. Bastaram, contudo, algumas ordens para acabar com toda a agitação e impor um silêncio respeitoso.

Os hóspedes entraram novamente em seus quartos. Na rua, um grupo silencioso manteve-se a uma distância respeitosa.

O comissário Maigret conservava seu cachimbo na boca, embora apagado. E seu rosto carnudo, como se esculpido em concreto armado com vigorosos golpes de polegar, tinha uma expressão que beirava o medo ou a derrota.

– Peço licença para empreender uma investigação paralela à sua! – disse. – Uma coisa é certa: esse homem se suicidou. É um francês...

– Estava seguindo-o?

– Seria demorado explicar... Eu gostaria que sua equipe técnica tirasse fotografias dele tão nítidas quanto possível, de todos os ângulos...

O silêncio sucedera à agitação no quarto, onde agora eram apenas três a circular.

Um deles, jovem e corado, cabeça raspada, usava jaleco e calça listrada, limpando de vez em quando as lentes de seus óculos de armação dourada. Sua qualificação era algo como *médico da polícia científica*.

O outro, igualmente corado, mas menos solene em seu uniforme, revistava tudo e procurava exprimir-se em francês.

Nada foi encontrado, exceto um passaporte em nome de Louis Jeunet, nascido em Aubervilliers, torneiro mecânico.

Quanto ao revólver, trazia a marca da fábrica de armas de Herstal (Bélgica).

Aquela noite, na Polícia Judiciária, no Quai des Orfèvres, ninguém poderia imaginar um Maigret calado, como que esmagado pela fatalidade, assistindo às diligências de seus pares alemães, retraindo-se para dar lugar a fotógrafos e médicos legistas, esperando, com expressão obstinada e o cachimbo ainda apagado, o ridículo butim que lhe entregaram às três da manhã: as roupas do morto, seu passaporte e uma dúzia de fotografias às quais a luz de magnésio imprimia um quê alucinatório.

Ele não estava longe de pensar – estava mesmo muito perto – que acabara de matar um homem.

E ele não conhecia esse homem! Nada sabia a seu respeito! Nada provava que tivesse contas a prestar à justiça!

Aquilo começara na véspera, em Bruxelas, da maneira mais inesperada. Maigret estava em missão na cidade, para uma reunião com a Sûreté belga sobre refugiados alemães expulsos da França e cujas atividades geravam preocupação.

Viagem que parecia um programa recreativo! As negociações haviam sido mais breves do que o esperado. O comissário dispunha de algumas horas.

E, para matar o tempo, entrara num barzinho, o La Montagne aux Herbes Potagères.

Eram duas da manhã. O bar estava quase deserto. Contudo, enquanto o dono, simpático e afável, dirigia-lhe a palavra, Maigret notara, bem ao fundo da sala, na penumbra, um freguês concentrado numa singular tarefa.

O homem era pobre. Tinha tudo do "desqualificado profissional", figura comum em todas as capitais, atrás de uma oportunidade.

Bem, ele retirava cédulas de mil francos do bolso, contava-as, embrulhava-as em papel pardo e amarrava o maço, escrevendo nele um endereço.

Trinta cédulas pelo menos! Trinta mil francos belgas! Maigret franzira o cenho e, quando o desconhecido saíra, após pagar o café que bebera, seguira-o até a agência de correio mais próxima.

Lá, por cima dos ombros do homem, conseguira ler o endereço, escrito numa letra que nada tinha da caligrafia de um bronco:

Senhor Louis Jeunet
Rue de la Roquette, 18, Paris

Mas o que mais o impressionara havia sido a menção: *Impresso*.

Trinta mil francos viajavam como simples jornais, prospectos vulgares! A remessa não fora sequer registrada! Um funcionário pesou-a e comunicou:

– Setenta cêntimos...

O remetente foi embora depois de pagar. Maigret anotara o nome e o endereço. Seguiu seu homem e, por um instante, divertiu-se com a fantasia de oferecer um presente à polícia belga. Dali a pouco, ao encontrar o chefe da Sûreté bruxelense, lhe diria displicentemente:

– A propósito, fui tomar uma cervejinha e pus as garras num delinquente... Basta recolhê-lo em tal lugar...

Maigret estava de bom humor. Banhava a cidade, varrida por lufadas de calor, um mormaço de outono.

Às onze horas, o desconhecido comprou, por trinta e dois francos, uma mala à imitação de couro – ou de couro sintético! – numa loja da Rue Neuve. E Maigret, só por diversão, comprara uma igual, sem nem pensar em como acabaria aquela aventura.

Às onze e meia, o homem entrou numa pensão de um beco cujo nome o comissário não conseguira discernir. Saíra um pouco mais tarde e, na Gare du Nord, embarcara no trem de Amsterdã.

Dessa vez o policial hesitou. A impressão de já ter visto aquela fisionomia em algum lugar teria influenciado em sua decisão?

"Provavelmente é um caso irrelevante. Mas e se não for?..."

Nada urgente o aguardava em Paris. Na fronteira holandesa, chamou sua atenção a habilidade com que o homem içara a maleta para o teto do vagão antes de chegarem ao posto da alfândega, o que denunciava a frequência dessa manobra.

"Vamos ver o que acontece quando ele parar em algum lugar!"

Contudo, não parou em Amsterdã, onde se limitou a comprar uma passagem de terceira classe para Bremen. E atravessaram a fronteira holandesa, com seus canais percorridos por veleiros que pareciam navegar em meio às plantações.

Neuschanz... Bremen...

Maigret substituíra as malas sem premeditação. Horas a fio procurara em vão classificar o indivíduo numa das categorias conhecidas da polícia.

"Nervoso demais para um verdadeiro bandido internacional! Ou será apenas um comparsa, que terminará entregando seus chefes?... Um conspirador?... Um anarquista?... Ele só fala francês e não há mais conspiradores na França, nem mesmo anarquistas militantes! Um pequeno chantagista trabalhando por conta própria?..."

Um chantagista viveria tão modestamente após expedir trinta cédulas de mil francos num reles papel pardo?

O homem não consumia álcool, contentando-se, nas estações em que a espera era longa, com um café e, por vezes, com um pãozinho ou brioche.

Não conhecia o trajeto, pois a todo instante pedia informações, preocupando-se em saber se estava na direção certa, aliás preocupando-se de forma exagerada.

Não era forte. Suas mãos, contudo, mostravam sinais de trabalho braçal. As unhas eram escuras, compridas demais, o que fazia supor que não trabalhava havia certo tempo.

Sua tez revelava anemia, quando não desnutrição.

E, pouco a pouco, Maigret foi se esquecendo do divertimento que seria entregar à polícia belga, de mão beijada, um delinquente algemado.

O problema o eletrizava. Arranjava desculpas para si mesmo:

"Amsterdã não é tão longe de Paris!"

Depois:

"Bah! De Bremen, pelo expresso, estarei de volta em treze horas..."

O homem estava morto. Não carregava consigo nenhum item comprometedor, nenhum objeto revelador de seu gênero de atividade, a não ser um revólver banal, da marca mais corriqueira que existia na Europa.

Parecia ter se matado exclusivamente porque lhe haviam roubado a mala! Caso contrário, por que comprar na lanchonete da estação pãezinhos que não iria comer?

E qual o motivo daquele dia inteiro de viagem, desde Bruxelas, onde também poderia ter estourado os miolos do mesmo jeito que numa pensão alemã?

Restava sua mala, que talvez fornecesse a chave do enigma. Eis por que, após o cadáver, nu e enrolado num lençol, ter sido levado e colocado num furgão oficial, já examinado, fotografado e estudado da sola dos pés ao couro cabeludo, o comissário trancou-se em seu quarto.

Tinha as feições tensas. Se encheu o cachimbo, calcando levemente o polegar, como era seu costume, foi apenas para tentar se persuadir de que estava calmo.

Irritava-o a cara de sofredor do morto. Sua imagem não lhe saía da cabeça, estalando os dedos e, em seguida, abrindo a boca para nela desfechar um tiro.

Tal sensação de constrangimento, de quase remorso, era tão intensa que ele só se ocupou da mala após uma penosa hesitação.

No entanto, na mala devia estar sua justificativa! Nela não iria encontrar a prova de que o homem por quem tivera a fraqueza de se apiedar era um chantagista, um bandido perigoso, talvez um assassino?

As chaves ainda pendiam, como na loja da Rue Neuve, num barbante amarrado na alça. Maigret ergueu a tampa, retirando primeiramente um terno cinza-escuro, menos surrado que o do morto.

Sob o terno, havia duas camisas sujas, puídas no colarinho e nos punhos e emboladas.

... Um colarinho sobressalente, com listrinhas cor-de-rosa, usado durante pelo menos quinze dias, pois estava encardido na altura do pescoço de seu proprietário... Encardido e amarrotado...

E mais nada! A mala expunha seu fundo de papel verde e as duas correias não usadas, com argolas e presilhas novas.

Maigret sacudiu as roupas, revistou os bolsos. Vazios!

Tomado por uma angústia indefinível, obstinou-se em sua vontade e necessidade de encontrar alguma coisa.

Um homem não se matara porque lhe haviam roubado aquela maleta? E ela só continha um terno velho e roupa suja!...

Nenhum papel! Nada que pudesse ser considerado um documento! Nem sequer um indício que permitisse suposições sobre o passado do morto!

O quarto havia sido recentemente forrado com um papel de parede barato, cujas cores chapadas desenhavam flores agressivas. Em contraste, os móveis eram usados, bambos, desconjuntados e, cobrindo a mesa, um pano estampado que não se podia tocar sem repugnância.

A rua estava deserta. As lojas haviam fechado as janelas. No cruzamento, porém, a cem metros dali, o fluxo contínuo de carros fazia um barulho tranquilizador.

Maigret olhou para a porta de comunicação e a fechadura, pela qual não ousou mais espiar. Lembrou-se de que os peritos, previdentes, haviam desenhado o contorno do cadáver no assoalho do quarto.

Foi até lá na ponta dos pés para não acordar os hóspedes, e talvez também porque o mistério lhe pesasse nos ombros, carregando nas mãos o terno da mala, o qual conservava seus vincos falsos.

A silhueta no chão era disforme, mas matematicamente exata.

Quando tentou lhe aplicar o paletó, a calça e o colete, uma luz cintilou em seus olhos e ele trincou mecanicamente o tubo do cachimbo.

O tamanho das roupas era pelo menos três vezes maior! Não pertenciam ao morto!

O que o vagabundo guardava ciosamente em sua mala, aquilo a que tanto se apegava, a ponto de haver se matado porque o perdera, era o terno de outra pessoa!

2

O sr. Van Damme

OS JORNAIS DE BREMEN LIMITARAM-SE A NOTICIAR, laconicamente, que um francês chamado Louis Jeunet, torneiro mecânico, suicidara-se numa pensão da cidade e que o motivo de seu gesto seria a pobreza.

Na manhã seguinte, porém, quando essas linhas eram publicadas, a informação já não era exata. Com efeito, folheando o passaporte, uma particularidade chamara a atenção de Maigret.

Na sexta página, reservada à descrição física, em que figuram numa coluna *idade*, *altura*, *cabelo*, *testa*, *sobrancelhas* etc., a palavra *testa* precedia a palavra *cabelo* em vez de sucedê-la.

Ora, seis meses antes, a Sûreté de Paris descobrira, em Saint-Ouen, uma verdadeira fábrica de passaportes falsos, carteiras militares, vistos de estrangeiro e outros papéis oficiais. Haviam apreendido certo número desses documentos. Os próprios falsários, no entanto, haviam confessado que centenas de itens oriundos de suas prensas estavam em circulação fazia vários anos e que, por falta de uma contabilidade, eram incapazes de fornecer a lista dos clientes.

O passaporte provava que Louis Jeunet era um deles e que, por conseguinte, não se chamava Louis Jeunet.

Com isso, esboroava-se a única base mais ou menos sólida da investigação. O homem que se matara naquela noite agora não passava de um desconhecido!

Eram nove horas quando o comissário, munido de um salvo-conduto, chegou ao necrotério, ao qual, tão logo as portas se abrissem, o público teria acesso.

Foi em vão que procurou um canto escuro para montar uma tocaia, da qual, é verdade, não esperava muita coisa. O necrotério era moderno, como a maior parte da cidade e como todos os prédios públicos.

E ainda mais sinistro do que o antigo necrotério do Quai de l'Horloge, em Paris. Mais sinistro, justamente, por causa da nitidez das linhas e dos planos, do branco uniforme das paredes, que refletiam uma luz crua, dos equipamentos frigoríficos, reluzentes como numa central elétrica.

O ambiente lembrava uma fábrica-modelo cuja matéria-prima seriam cadáveres humanos!

O falso Louis Jeunet estava ali, menos desfigurado do que se esperava, pois, bem ou mal, os especialistas haviam reconstituído seu rosto.

Havia também uma adolescente e um afogado recolhido no porto.

O vigilante, esbanjando saúde e estufado num uniforme sem um cisco de poeira, tinha o aspecto de um guarda de museu.

Em uma hora, contrariando todas as expectativas, desfilaram ali umas trinta pessoas. Quando uma mulher pediu para ver um corpo que não se achava exposto na sala, ouviram-se campainhas elétricas e algarismos lançados ao telefone.

Numa dependência do primeiro andar, o compartimento de um amplo armário que ocupava uma parede inteira deslizou, pousando numa empilhadeira, e instantes depois uma caixa de aço surgia ao rés do chão como, em certas bibliotecas, os livros chegam à sala de leitura.

Era o cadáver solicitado! A mulher debruçou-se, soluçou, foi levada até um escritório dos fundos, onde o jovem secretário registrou sua declaração.

Poucas pessoas se interessavam por Louis Jeunet. No entanto, por volta das dez da manhã, um homem vestido com apuro, saindo de um automóvel particular, adentrou na sala, procurou com os olhos o suicida e o examinou com atenção.

Maigret estava a poucos passos. Aproximou-se e, escrutando o visitante, teve a impressão de não se tratar de um alemão.

Tão logo viu o comissário se mexer, o homem estremeceu, embaraçado, decerto alimentando a respeito de Maigret o mesmo pensamento que este alimentava sobre o outro.

– O senhor é francês? – indagou o primeiro.

– Sim. O senhor também?

– Quer dizer, belga... Mas moro em Bremen há alguns anos...

– E conhecia esse tal Jeunet?

– Não! Eu... Li hoje de manhã no jornal que um francês se suicidara em Bremen... Morei muito tempo em Paris... Fiquei curioso e quis vir aqui dar uma espiada...

Como sempre em tais momentos, Maigret aparentava uma calma granítica. Nessas ocasiões, sua fisionomia assumia uma expressão tão ensimesmada e pouco sutil que continha algo de bovino.

– O senhor é da polícia?

– Sou! Da Polícia Judiciária...

– E fez a viagem no expresso? Que ideia a minha! Isso é impossível, uma vez que o suicídio aconteceu na noite passada! Tem algum compatriota em Bremen? Não? Nesse caso, se eu lhe puder ser útil em alguma coisa... Aceita um aperitivo?

Pouco depois, Maigret o acompanhava, num carro que o próprio homem dirigia.

Ele falava como uma matraca. Era o protótipo do homem de negócios jovial e dinâmico. Parecia conhecer todo mundo, cumprimentava quem passava, apontava alguns prédios, explicava:

– Este é o Norddeutscher Lloyd... Ouviu falar no novo transatlântico que eles lançaram? São meus clientes...

Apontou para um prédio com nomes diferentes em cada janela:

– Meu escritório fica no quarto andar, à esquerda...

Lia-se nas vidraças, em letras de porcelana: *Joseph Van Damme, encomendas, importação e exportação.*

– Acredita se eu lhe disser que passei um mês sem ter a oportunidade de falar francês? Meus funcionários, e até mesmo minha secretária, são alemães... Os negócios exigem...

Difícil ler qualquer pensamento no rosto de Maigret, cuja última qualidade parecia ser de fato a sutileza. Ele aprovava. Admirava o que lhe pediam para admirar, inclusive o carro, cuja suspensão exclusiva Van Damme enaltecia.

Entrou atrás dele numa grande cervejaria, tomada por homens de negócios estrepitosos, onde uma orquestra vienense tocava incansavelmente e canecas de chope se entrechocavam.

– O senhor nem imagina quantos milhões essa clientela toda representa! – extasiava-se Van Damme. – Preste atenção... Não entende alemão? O sujeito aqui ao lado está vendendo um carregamento de lã que neste momento está navegando entre a Austrália e a Europa... Ele possui trinta ou quarenta embarcações no mar. Eu poderia lhe apontar outros... O que vai beber? Recomendo a Pilsen...

"A propósito..."

Maigret nem sequer sorriu da guinada.

– A propósito, o que o senhor pensa desse suicídio? Um indigente, como afirmam os jornais daqui?

– É possível...

– Está à frente de uma investigação?

– Não, isso é da alçada da polícia alemã. E como o suicídio foi comprovado...

– Evidentemente! Observe que, se isso me espanta, é apenas por tratar-se de um francês. Eles vêm tão pouco ao Norte...

Levantou-se para apertar a mão de um homem que saía, voltou, excitadíssimo.

– Desculpe! O diretor de uma companhia de seguros... Vale uns cem milhões. Mas ouça, comissário, já é quase meio-dia. Aceitaria almoçar comigo?

"Só posso convidá-lo para irmos a um restaurante, sou solteiro... Não comerá como em Paris... Mas farei de tudo para que almoce razoavelmente.

"Negócio fechado?"

Chamou o garçom, pagou. E, para puxar a carteira do bolso, fez um gesto que Maigret vira diversas vezes nos homens de negócios daquele tipo, que tomam drinques nas vizinhanças da Bolsa, gesto inimitável, um meneio para trás estufando o peito e recolhendo o queixo ao mesmo tempo, para abrir com uma displicência próspera essa coisa sagrada que é uma carteira de couro recheada.

– Vamos!

Só largou o comissário aproximadamente às cinco da tarde, depois de tê-lo arrastado ao seu escritório, onde havia três funcionários e uma datilógrafa.

Mas ainda fizera Maigret prometer que fariam um programa num cabaré famoso se ele não fosse embora de Bremen naquele dia.

O policial se viu sozinho na multidão, às voltas com pensamentos que estavam longe de ser claros. Seriam mesmo pensamentos?

Aproximava mentalmente duas figuras, dois homens, e tentava estabelecer uma relação entre eles.

Pois havia uma! Não fora à toa que Van Damme tinha se deslocado até o necrotério para se debruçar sobre o cadáver de um desconhecido. E o prazer de falar francês não fora a única coisa que o levara a convidar Maigret para almoçar.

Aliás, só assumira gradualmente sua verdadeira personalidade à medida que o comissário lhe foi parecendo mais indiferente ao caso – e talvez mais tolo!

De manhã estava inquieto. Não havia espontaneidade em seu sorriso.

Quando o policial o deixara, ao contrário, era efetivamente o pequeno farejador de negócios que vai e vem, se agita, fala, exulta, esfrega-se nas grandes personalidades financeiras, dirige o próprio carro, telefona, dispara ordens à datilógrafa e oferece jantares finos, satisfeito e orgulhoso de ser quem é.

Do outro lado, um vagabundo anêmico de roupas surradas, as solas do sapato cheias de buracos, que comprara um lanche sem imaginar que não iria comê-lo!

Van Damme decerto encontraria outro companheiro para o drinque da noite, numa atmosfera idêntica de música vienense e cerveja.

Às seis da tarde, uma gaveta metálica deslizaria suavemente, fechando-se sobre o corpo nu do falso Jeunet, e a empilhadeira o encaminharia ao frigorífico, no qual ele ocuparia um compartimento numerado até o dia seguinte.

Maigret dirigiu-se ao Polizei Praesidium. Agentes sem camisa, apesar da estação, faziam ginástica num pátio cercado por muros gritantemente vermelhos.

No laboratório, um rapaz de olhos pensativos o aguardava junto a uma mesa sobre a qual, etiquetados, alinhavam-se todos os objetos que haviam pertencido ao morto.

Falava um francês correto, esforçado, fazendo questão de encontrar a palavra apropriada.

Começou pelo terno cinzento que Jeunet vestia no momento do suicídio, explicou que as bainhas haviam sido desfeitas, todas as costuras examinadas, sem encontrarem nada.

– O terno vem da Belle Jardinière, de Paris. O tecido contém cinquenta por cento de algodão. É, portanto, uma roupa barata. Detectamos manchas de gordura, gordura mineral, entre outras, que parecem indicar que o homem trabalhou ou frequentou uma fábrica, metalúrgica ou oficina mecânica. Na roupa de baixo não há procedência. O sapato foi comprado em Reims. Mesma observação para o terno: de baixa qualidade, fabricação em série. A meia é de algodão, dessas que os camelôs vendem por quatro ou cinco francos o par. Tem furos, mas não fora cerzida.

"Todas essas peças de roupa foram acondicionadas numa sacola de papel resistente, sacudidas, e a poeira recolhida submetida à análise.

"Dessa forma obtivemos a confirmação da origem das manchas de gordura. Com efeito, o tecido está impregnado de um fino pó metálico só encontrado nos pertences de montadores, torneiros mecânicos e, mais genericamente, trabalhadores metalúrgicos.

"Esses indícios estão ausentes das roupas que eu chamaria de roupas B e que não foram usadas durante anos, seis no mínimo.

"Outra diferença: nos bolsos do terno A, encontramos resíduos de tabaco da colônia francesa, que vocês chamam de fumo cinzento.

"Nos bolsos B, ao contrário, subsistem fiapos de tabaco claro imitando o egípcio.

"Mas chego ao ponto mais importante. As manchas detectadas no terno B não são mais manchas de gordura. São antigas manchas de sangue humano, provavelmente sangue arterial.

"O tecido ficou anos sem lavar. O portador dessa roupa deve ter sido literalmente ensopado de sangue. Por fim, rasgões sugerem ter havido luta, pois em diversos pontos, entre os quais as lapelas, a trama foi arrancada como se unhas houvessem se incrustado nela.

"As roupas B trazem uma marca: Roger Morcel, alfaiate, Rue Haute--Sauvenière, em Liège.

"Quanto ao revólver, trata-se de um modelo que pararam de fabricar há dois anos.

"Se me deixar um endereço, posso lhe enviar uma cópia do relatório que devo apresentar aos meus chefes."

Às oito da noite, Maigret terminara todas as formalidades. A polícia alemã lhe entregara não só as roupas do defunto como as da mala, que o perito chamara de roupas B. E decidira que, até segunda ordem, o corpo seria mantido à disposição das autoridades francesas no frigorífico do necrotério.

Maigret fizera uma cópia da ficha de Joseph Van Damme, nascido em Liège, de pais flamengos, representante comercial, depois diretor de uma firma que levava seu nome.

Tinha trinta e dois anos. Era solteiro. Fazia apenas três anos que se instalara em Bremen, onde, após um começo difícil, parecia realizar bons negócios.

O comissário voltou ao quarto da pensão, onde deixou-se ficar por um longo tempo sentado na beira da cama, as duas malas de couro sintético dispostas à sua frente.

Abrira a porta de comunicação com o quarto adjacente, onde tudo permanecia tal qual na véspera. E se impressionou com a pouca desordem que o drama deixara. Na parede, sob uma flor cor-de-rosa do papel de parede, uma minúscula mancha marrom, a única mancha de sangue. Sobre a mesa, os dois pãezinhos ainda embrulhados. Uma mosca pousara neles.

De manhã, Maigret enviara a Paris duas fotografias do morto, solicitando à PJ que as publicasse no maior número possível de jornais.

Era lá que deveria procurar? Em Paris, onde pelo menos o policial tinha como pista um endereço: aquele para o qual Jeunet tinha enviado para si mesmo, de Bruxelas, trinta cédulas de mil francos?

Ou em Liège, onde a roupa B fora comprada anos antes? Em Reims, de onde provinha o sapato do morto? Em Bruxelas, onde Jeunet embrulhara os trinta mil francos? Em Bremen, onde ele morrera e onde um certo Joseph Van Damme viera dar uma espiada em seu cadáver, embora negasse conhecê-lo?

O dono da pensão se apresentou, fez um longo discurso em alemão e o comissário deduziu que lhe perguntavam se o quarto onde o drama se desenrolara podia ser arrumado e alugado.

Emitiu um grunhido afirmativo, lavou as mãos, pagou e foi embora com as duas malas, que, pela aparência tosca, contrastavam com seu vulto burguês.

Dava na mesma começar a investigação por uma ponta ou outra. E, se decidiu por Paris, foi sobretudo porque aquela atmosfera violentamente estrangeira, chocando-se a todo instante com seus hábitos e mentalidade, acabava deprimindo-o.

Sem falar no tabaco claro e fraco demais, que lhe tirava a vontade de fumar.

No expresso, dormiu, despertou na fronteira belga ao raiar do dia e, meia hora depois, atravessou Liège, onde deixou que um olhar frouxo errasse pela portinhola.

O trem permaneceria apenas trinta minutos na estação, portanto Maigret não dispunha de tempo para ir à Rue Haute-Sauvenière.

Às duas da tarde, desembarcou na Gare du Nord e, desbravando a multidão parisiense, sua primeira preocupação foi parar numa tabacaria.

Obrigado por um instante a catar dinheiro francês nos bolsos, levou um esbarrão. As duas malas estavam pousadas a seus pés. Quando foi pegá-las novamente e encontrou apenas uma, procurou em vão ao redor e concluiu que de nada adiantaria alertar os policiais.

Um detalhe o tranquilizou. A mala que lhe haviam entregue trazia um pequeno barbante com duas chaves amarrado na alça. Era a que continha as roupas.

O ladrão levara a mala com os jornais velhos.

Seria um ladrão comum, desses que costumam rondar as estações ferroviárias? Nesse caso, não era estranho ter escolhido mala tão chinfrim?

Maigret entrou num táxi, saboreando ao mesmo tempo seu cachimbo e o burburinho familiar das ruas. Numa tabacaria, deparou com uma fotografia na primeira página de um jornal e à distância reconheceu o retrato de Louis Jeunet, enviado de Bremen.

Quase passou em casa, no Boulevard Richard-Lenoir, para trocar de roupa e dar um beijo em sua mulher, mas o incidente na estação o preocupava.

"Se de fato eles queriam as roupas B, como souberam, em Paris, que eu as transportava e que chegaria exatamente àquela hora?"

Era como se uma nuvem de mistérios pairasse sobre o vulto magro e o rosto lívido do vagabundo de Neuschanz e de Bremen. Sombras se agitavam, qual uma chapa fotográfica mergulhada no revelador.

Era preciso delinear, iluminar os rostos, dar um nome a cada um, reconstituir mentalidades e existências inteiras.

Por enquanto, na superfície da chapa, não havia senão um corpo despido, uma face na qual os médicos alemães haviam trabalhado para devolver-lhe o aspecto normal e que era recortada por uma luz fria.

As sombras? Em primeiro lugar, um homem que, em Paris, naquele mesmo instante, fugia com a mala... Outro que, de Bremen ou de outro lugar, o informara. Talvez o jovial Joseph Van Damme? Talvez não! E ainda o personagem que, anos antes, usara o terno B... E aquele que, na luta, o regara com seu sangue.

Sem falar no que entregara ao falso Jeunet os trinta mil francos ou de quem o dinheiro fora roubado!

Fazia sol, havia gente nas varandas dos cafés aquecidas por braseiros. Motoristas discutiam. Cachos humanos atacavam ônibus e bondes.

Em meio a toda essa multidão em movimento, e na multidão de Bremen, Bruxelas, Reims, e em outros lugares ainda, pinçar dois, três, quatro, cinco indivíduos...

Mais, talvez? Menos?

Maigret observou com ternura a fachada austera da chefatura, atravessou o pátio com a maleta na mão, dirigiu-se ao contínuo pelo primeiro nome.

– Recebeu meu telegrama? Deu em alguma coisa?

– Há uma senhora aqui por causa da fotografia! Já está há duas horas na sala de espera.

Maigret não se deu ao trabalho de tirar o paletó e o sobretudo. Nem se desfez da mala.

A sala de espera, na extremidade do corredor ao longo do qual se alinham os escritórios dos comissários, é uma sala envidraçada, mobiliada com algumas cadeiras de veludo verde, tendo, na única parede de alvenaria, a lista dos policiais mortos em serviço.

Numa das cadeiras, estava uma mulher ainda jovem, vestida com aquela correção dos humildes que revela longas horas de costura sob a lamparina e uma vida ao deus-dará.

Sobre um casaco de lã preto, usava uma estola de pele bem estreita. Suas mãos, calçadas com luvas de fio cinza, carregavam uma bolsa que, como a mala de Maigret, imitava couro.

Uma vaga semelhança entre ela e o morto não teria impressionado o comissário?

Não uma semelhança de feições! Mas uma semelhança de expressão, de *classe*, se é que se pode dizer assim.

Ela também tinha as retinas cinzentas, as pálpebras cansadas daqueles de quem a coragem deserdara. As narinas eram repuxadas, a pele bastante opaca.

Fazia duas horas que esperava e certamente não ousara mudar de lugar nem se mexer. Através dos vidros, voltou-se para Maigret, sem esperança de que enfim fosse ele quem ela devia ver.

Ele abriu a porta.

– Se fizer a gentileza de me acompanhar até a minha sala, senhora...

Parecendo espantada por ele lhe ceder a passagem, ela quedou um instante como que desamparada no meio do aposento. Junto com a bolsa, trazia na mão um jornal amassado que revelava metade da fotografia.

– Me disseram que a senhora conhece o homem que...

Mas ele nem terminara de falar e ela já escondia o rosto nas mãos, mordia os lábios e, num soluço que em vão tentou sufocar, gemeu:

– É meu marido, senhor...

Então, sem saber que atitude tomar, ele foi pegar uma cadeira velha, que empurrou na direção dela.

3

A herborista da Rue Picpus

TÃO LOGO ELA CONSEGUIU FALAR, suas primeiras palavras foram:

– Ele sofreu muito?...

– Não, minha senhora. Posso lhe afirmar que a morte foi instantânea.

Ela olhou para o jornal que tinha na mão e foi obrigada a fazer um esforço para proferir:

– Na boca?...

Como o comissário limitava-se a balançar a cabeça, ela, subitamente calma e grave, cravando os olhos no chão, no tom que uma criança traquinas teria usado, deixou escapar:

– Ele não conseguia fazer nada igual a todo mundo!

Não era uma amante, nem sequer uma esposa. Sentia-se nela, que não tinha trinta anos, uma ternura maternal, uma doçura resignada de irmã de caridade.

Os pobres estão acostumados a refrear a expressão de seu desespero, porque a vida os espera, o trabalho, as necessidades de todos os dias, de todas as horas. Ela enxugava os olhos com o lenço e seu nariz, avermelhado, a impedia de ser bonita.

A comissura dos lábios, quando ela olhava para o comissário, oscilava entre um esgar de dor e um vago sorriso.

– Posso lhe fazer algumas perguntas? – disse ele, instalando-se à sua mesa. – Seu marido se chamava mesmo Louis Jeunet? Quando ele a deixou pela última vez?

Ela quase caiu no choro de novo. Seus olhos marejaram. Os dedos haviam amarfanhado o lenço numa pelota duríssima.

– Há dois anos... Mas eu o vi uma vez, estava com o rosto grudado na vitrine. Se a minha mãe não estivesse ali...

Ele entendeu que bastava deixá-la falar. Ela o fazia pelos dois.

– O senhor quer saber da nossa vida toda, não é? É o único jeito de entender por que Louis fez isso. Meu pai era enfermeiro em Beaujon. Ele montou um pequeno herbanário na Rue Picpus, que minha mãe tocava...

"Conheci Louis..."

– Está me dizendo que isso aconteceu há seis anos? Ele já se chamava Jeunet?

– Sim – ela respondeu com espanto. – Ele era fresador numa oficina metalúrgica de Belleville. Ganhava bem. Não sei por que as coisas foram tão rápido. O senhor não imagina... ele era impaciente com tudo. Parecia devorado por uma febre.

"Depois de namorarmos um mês, se tanto, já estávamos casados e ele tinha ido morar em nossa casa.

"O quartinho atrás da loja era pequeno demais para nós três. Alugamos um quarto para minha mãe na Rue du Chemin-Vert. Ela me deixou o herbanário, mas, como suas economias eram insuficientes para seu sustento, nós lhe dávamos duzentos francos todos os meses.

"Éramos felizes, juro! De manhã, Louis saía para trabalhar. Minha mãe vinha me fazer companhia. Ele não saía à noite.

"Não sei como explicar... Sempre senti que alguma coisa não encaixava.

"Sério, como se, por exemplo, Louis não pertencesse ao nosso mundo, como se aquela atmosfera, às vezes, o deprimisse.

"Ele era tão carinhoso..."

Suas feições se embaralharam. Ficou quase bonita enquanto confessava:

– Não creio que muitos homens sejam assim... Ele me pegava subitamente nos braços... Me olhava nos olhos, tão fundo que machucava. Às vezes me repelia com um gesto inesperado, só dele, e suspirava:

"'Aconteça o que acontecer, eu te amo muito, acredite, minha querida Jeanne...'

"E pronto. Ia se ocupar de outras coisas, sem nem me olhar, passava horas reformando um móvel, construindo um utensílio qualquer para mim, consertando um relógio...

"Minha mãe não simpatizava muito com ele, justamente por perceber que ele não era como os outros..."

– Ele não tinha, entre seus pertences, algum objeto que guardava especialmente?...

– Como o senhor sabe?

Ela teve um pequeno sobressalto de pavor e falou mais aceleradamente:

– Um terno velho! Uma vez, quando o retirei da caixa de papelão que estava em cima do guarda-roupa para escová-lo, ele entrou. Eu ia inclusive cerzir os rasgos... O terno dava perfeitamente para ser usado em casa... Louis arrancou-o das minhas mãos, ficou zangado, gritou palavrões e, naquela noite, qualquer um teria jurado que ele me odiava.

"Fazia um mês que estávamos casados. Depois disso..."

Ela suspirou e olhou para Maigret, como que pedindo desculpas por só ter aquilo para contar.

– Ele foi ficando mais estranho?

– Não era culpa dele, tenho certeza! Acho que estava doente... Ele se consumia... Se passávamos uma hora inteira felizes, na cozinha, ele então mudava bruscamente. Parava de falar. Olhava para os objetos, e até para mim, com um sorriso maldoso. Depois se jogava na cama sem nem dar boa-noite.

– Ele não tinha amigos?

– Não! Ninguém vinha visitá-lo.

– Viajava, recebia cartas?

– Não! E não gostava de ter gente em casa. Às vezes, uma vizinha que não tinha máquina de costura ia usar a minha, e isso bastava para deixá-lo furioso...

"Não era uma fúria como a de todo mundo. Era uma coisa represada... Ele é que parecia sofrer...

"Quando lhe contei que íamos ter um filho, ele me olhou com olhos de louco...

"Foi a partir desse momento, e principalmente depois que a criança nasceu, que ele deu para beber nas horas difíceis...

"No entanto, eu sabia que ele o amava! Olhava para ele de tempos em tempos com adoração como fazia comigo no começo...

"No dia seguinte, chegava bêbado, deitava, se trancava no quarto e passava horas lá, dias a fio...

"Nas primeiras vezes, me pediu perdão, chorando. Talvez, se a minha mãe não houvesse interferido, eu tivesse continuado com ele. Mas minha mãe passava sermões... Houve cenas...

"Principalmente quando Louis ficava dois ou três dias sem ir trabalhar!

"Nos últimos tempos, fomos absolutamente infelizes... O senhor sabe o que é isso, não sabe? Ele foi se tornando cada vez mais desagradável. Minha mãe botou-o duas vezes na rua, advertindo-o de que ali não era a casa dele.

"Tenho certeza de que não era culpa dele! Alguma coisa o empurrava, empurrava... Vez por outra ainda olhava para mim ou para o nosso filho com aqueles olhos que já lhe falei...

"Só que era cada vez mais raro... Não durava. Nossa última cena foi odiosa. Mamãe estava em casa. Louis havia usado o dinheiro do herbanário e ela o chamou de ladrão. Ele ficou pálido, com os olhos vermelhos, como nos seus dias ruins. Tinha um olhar de louco...

"Ainda o vejo, aproximando-se de mim como se fosse me estrangular. Gritei, aterrorizada:

"'Louis!...'

"E ele foi embora, batendo tão forte a porta que o vidro quebrou.

"Isso foi há dois anos. As vizinhas o viam passar por ali de tempos em tempos. Fui me informar na fábrica de Belleville, e me disseram que ele não trabalhava mais lá...

"Mas alguém o viu numa pequena oficina da Rue de la Roquette, que fabrica serpentinas para barris de chope.

"Também o vi uma vez, acho que faz seis meses, através da vitrine. Minha mãe, que voltara a morar comigo e com o meu pequeno, estava na loja. Ela me impediu de correr para a porta...

"O senhor jura que ele não sofreu, que morreu na hora? Era um pobre coitado, não é mesmo? Deve entendê-lo agora..."

Vivera seu relato com tamanha intensidade e seu marido, além disso, exercera tamanha influência sobre ela, que, involuntariamente, enquanto falava, reproduzia as expressões fisionômicas que evocava.

Tal como no início, Maigret admirou-se com a perturbadora semelhança entre aquela mulher e o homem que, em Bremen, estalara os dedos antes de disparar um tiro na boca.

Mais que isso, aquela febre devoradora que ela acabava de descrever parecia tê-la contaminado. Ela se calava e todos os seus nervos continuavam vibrando. Faltava-lhe ar. Esperava alguma coisa, sem saber o quê.

– Ele nunca lhe falou do passado, de sua infância?

– Não... Ele não era de falar muito. Sei apenas que nasceu em Aubervilliers. E sempre achei que tivesse recebido uma educação acima da sua condição. Tinha uma letra bonita... Conhecia o nome latino de todas as plantas... Quando a dona do armarinho ao lado tinha uma carta difícil para escrever, era a ele que recorria.

– A senhora nunca conheceu a família dele?

– Antes de nos casarmos, ele me contou que era órfão. Também queria lhe perguntar uma coisa, senhor comissário... Vão trazê-lo de volta à França?

Como ele hesitava em responder, ela acrescentou, desviando a cabeça para esconder o embaraço:

– Agora o herbanário pertence à minha mãe... E o dinheiro. Sei que ela não vai querer fazer despesas para repatriar o corpo. Muito menos me dar algum para eu ir até lá. Será que nesse caso...

O nó em sua garganta apertou e ela se abaixou rapidamente para recolher o lenço caído no chão.

– Farei o necessário, senhora, para que seu marido seja trazido de volta.

Ela dirigiu a ele um sorriso tocante, esmagando uma lágrima na face.

– O senhor entendeu, eu sinto isso! O senhor pensa como eu, senhor comissário! Não foi culpa dele. Ele era um pobre-diabo...

– Ele dispunha de grandes somas de dinheiro?

– Nada além do salário... No início, me entregava tudo. Depois, quando começou a beber...

Outro pequeno sorriso, mas carregado de tristeza, apesar de misericordioso.

Foi embora um pouco mais calma, apertando em volta do pescoço a estreita estola, enquanto a mão esquerda continuava estreitando a bolsa e o jornal bem dobradinho.

No número 18 da Rue de la Roquette, Maigret encontrou uma pensão de última categoria.

Esse trecho da rua fica a menos de cinquenta metros da Place de la Bastille. A Rue de Lappe, com seus bailes populares e espeluncas, desemboca nela.

Cada rés do chão é um bar, cada sobrado uma pensão frequentada por golpistas, eternos desocupados, imigrantes e garotas.

Contudo, naquele inquietante antro da gentalha, acham-se incrustadas algumas oficinas nas quais, com as portas escancaradas, manejam-se o martelo e o maçarico oxídrico em meio ao vaivém de pesados caminhões.

E é um contraste violento entre vida produtiva, operários honestos, funcionários atarefados com guias de expedição nas mãos e vultos sórdidos ou insolentes que se movimentam pelas cercanias.

– Jeunet! – resmungou o comissário, empurrando a porta do escritório da pensão, situado no mezanino.

– Não está!

– Ele continua com o quarto?

Farejaram a polícia. Responderam com mau humor.

– O 19, sim!

– Por semana? Por mês?...

– Por mês!

– Alguma entrega para ele?

Tergiversaram. No fim, entregaram a Maigret o embrulho que Jeunet enviara para si mesmo de Bruxelas.

– Ele recebia muitos parecidos com este?

– Às vezes...

– Algum outro tipo de remessa?

– Nunca! Deve ter recebido três pacotes ao todo. Um homem sossegado... Não vejo por que a polícia está xeretando.

– Ele trabalhava?

– No número 65 da Rue...

– Regularmente?

– Isso dependia... Havia semanas que sim, outras que não...

Maigret confiscou a chave do quarto. Lá, contudo, nada encontrou além de um sapato estropiado – a sola estava completamente separada da gáspea –, um tubo de aspirina vazio e um macacão de mecânico jogado a um canto.

Ao descer, voltou a interpelar o gerente e ficou sabendo que Louis Jeunet não recebia ninguém, não era mulherengo e, no final das contas, levava uma vida monótona, afora algumas viagens que duravam três ou quatro dias.

Mas ninguém mora numa pensão daquelas, naquele bairro, sem que exista uma ruptura qualquer. O gerente sabia disso tão bem quanto Maigret. No fim, resmungou:

– Não é o que o senhor está pensando... O problema dele era a bebida. Quer dizer, em momentos de crise. Penitências, dizíamos minha mulher e eu. Ele passava três semanas sóbrio, sem faltar ao trabalho, então, durante algum tempo, bebia até desabar na cama...

– Não havia nada de suspeito na atitude dele?

O homem encolheu os ombros, dando a entender que, em seu estabelecimento, só vinha gente suspeita.

No 65, uma vasta oficina que dava para a rua, fabricavam-se máquinas de tirar chope. Maigret foi recebido por um contramestre que já vira o retrato de Jeunet no jornal.

– Eu ia justamente escrever à polícia! – disse. – Ainda na semana passada ele trabalhou aqui. Um rapaz que ganhava oito francos e cinquenta por hora!

– Quando trabalhava!

– O senhor está a par?... Quando trabalhava, pois é! Há muitos assim. Mas em geral a maioria normalmente bebe um gole a mais ou cai na farra aos sábados. Com ele era de repente, de uma hora para outra ele se embriagava uma semana seguida. Uma vez, tínhamos um serviço urgente e fui dar uma espiada no quarto dele. Pois bem, lá estava ele bebendo sozinho direto de uma garrafa que estava no chão ao lado da cama... Não foi nada engraçado, garanto.

Em Aubervilliers, nada. Um certo Louis Jeunet, filho de Gaston Jeunet, biscateiro, e de Berthe Marie Dufoin, doméstica, constava do registro civil. Gaston Jeunet falecera dez anos antes. Sua mulher deixara a região.

Sobre Louis Jeunet, nada se sabia a não ser que seis anos antes escrevera de Paris para requerer uma cópia de sua certidão de nascimento.

Em compensação, o passaporte era falso e, por conseguinte, o homem que se matara em Bremen, após se casar com a herborista da Rue Picpus e ter um filho com ela, não era o verdadeiro Jeunet!

Os cadastros da chefatura tampouco revelaram alguma coisa. Nenhuma ficha em nome de Jeunet, nenhuma cujas impressões digitais correspondessem às do morto, recolhidas na Alemanha.

Logo, o desesperado nunca tivera contas a acertar com a Justiça nem na França nem no estrangeiro, pois foram consultados dossiês disponibilizados pela maioria das nações europeias.

Só era possível remontar a seis anos. Encontrava-se então um Louis Jeunet fresador, que levava a vida de um honesto operário.

Ele se casara. Já possuía aquele terno B que provocara a primeira cena com a mulher e que, anos depois, viria a ser a causa de sua morte.

Não tinha amigos, não recebia correspondência. Parecia saber latim, o que sugeria ter recebido instrução acima da média.

Em sua sala, Maigret redigiu um memorando para requisitar o corpo à polícia alemã, despachou assuntos de rotina e, com semblante obstinado e taciturno, abriu mais uma vez a mala amarela, cujo conteúdo o perito de Bremen tão meticulosamente etiquetara.

Ia acrescentar-lhe o embrulho com as trinta cédulas belgas, quando lhe ocorreu arrebentar o barbante e copiar a numeração; depois remeteria a lista à Sûreté bruxelense, para que descobrissem a proveniência das notas.

Fazia tudo isso pesadamente, semblante concentrado, como querendo criar a ilusão de dedicar-se a uma tarefa útil.

De tempos em tempos, porém, seu olhar pousava com uma espécie de rancor sobre as fotografias esparramadas, e sua pena permanecia no ar enquanto ele mordia o cachimbo.

Ia, a contragosto, desistir, voltar para casa e deixar as buscas para o dia seguinte, quando lhe anunciaram uma ligação de Reims.

Era sobre o retrato publicado nos jornais. O dono do Café de Paris, situado à Rue Carnot, afirmava ter visto o referido indivíduo em seu estabelecimento seis dias antes e, se não lhe falhava a memória, por conta de seu avançado estado de embriaguez, tinha-lhe recusado bebida.

Maigret hesitou. Pela segunda vez, Reims, de onde procedia o sapato do morto, voltava à pauta.

Ora, esse sapato, muito gasto, tinha sido comprado vários meses antes. Portanto, não fora por acaso que Louis Jeunet dirigira-se àquela cidade.

Uma hora depois, o comissário ocupava um lugar no expresso para Reims, aonde chegou às dez da noite. A alta burguesia lotava o luxuoso Café de Paris. Três bilhares estavam ocupados. Em diversas mesas, jogava-se baralho.

Era o café tradicional da província francesa, onde os fregueses apertam a mão da moça da caixa registradora e os garçons tratam com familiaridade os clientes pelo nome. Ilustres da cidade. Representantes comerciais.

E, aqui e acolá, baldes cromados com esfregões.

– Sou o comissário para quem o senhor telefonou há pouco...

O dono, em pé junto ao balcão, dava conselhos aos jogadores de bilhar enquanto vigiava seus funcionários.

– Ah, olá!... Pois é... Já disse tudo que sei.

Falava baixo, parecendo um pouco embaraçado.

– Veja bem, ele sentou naquele canto, perto do terceiro bilhar, e pediu conhaque, depois outro e mais outro... Foi mais ou menos a essa hora. Os fregueses olhavam atravessado para ele porque... como dizer? Ele não fazia o gênero da casa.

– Carregava alguma bagagem?

– Uma mala velha com o fecho quebrado. Lembro que, na saída, a mala se abriu, espalhando uns trapos pelo chão. Ele inclusive pediu um barbante para fechá-la.

– Ele conversou com alguém?

O homem olhou para um dos jogadores de bilhar, um rapaz alto, magro e bem vestido que tinha tudo do exímio jogador, desses cujas carambolas são acompanhadas com veneração pelos aficionados.

– Não exatamente... Não quer beber alguma coisa? Podemos sentar aqui.

Escolheu uma mesa afastada, na qual estavam colocadas as travessas.

– Por volta da meia-noite, ele estava branco feito esse mármore... Havia bebido talvez oito ou nove conhaques. E seu olhar tinha uma fixidez que me desagradava. Há pessoas em quem o álcool tem esse efeito. Elas não ficam agitadas, não divagam, mas, num dado momento, desmoronam... Todo mundo tinha notado. Fui lhe dizer que não podia mais servi-lo e ele não protestou...

– Ainda havia algum jogador?

– Os que o senhor vê no terceiro bilhar... São fregueses que vêm todas as noites, organizam campeonatos, formam um clube... O homem foi embora. Foi então que houve o incidente da mala aberta. Não sei como ele conseguiu amarrar o barbante, no estado em que se encontrava. Fechei o bar meia hora mais tarde... Os cavalheiros partiram, apertando a minha mão, e lembro-me que alguém disse:

– Vamos encontrá-lo caído em algum canto do córrego!

O dono observou mais uma vez o jogador elegante, de mãos brancas e bem cuidadas, gravata impecável, cujos sapatos de verniz estalavam todas as vezes que ele contornava a mesa de bilhar.

– Não vejo motivo para não lhe contar tudo. Aliás, sem dúvida foi um acaso ou um engano. Na noite seguinte, um caixeiro-viajante que vem aqui todos os meses me contou que, por volta da uma da manhã, tinha visto o beberrão e o sr. Belloir caminhando lado a lado. Viu, inclusive, os dois entrarem na casa do sr. Belloir...

– É um louro, alto?...

– Exatamente. Mora a cinco minutos daqui, numa casa bonita à Rue de Vesle. É vice-diretor do Banco de Crédito.

– O caixeiro-viajante não está aqui?

– Não! Está no Leste, fazendo sua viagem anual. Só voltará em meados de novembro. Eu disse a ele que ele devia estar enganado. Ele teimou. Quase comentei de brincadeira com o sr. Belloir... Depois, não me atrevi. Ele poderia ter se melindrado, não acha? Peço-lhe que não comente o que acabo de contar. Ou que não dê a entender que fui eu que contei. Na nossa profissão...

O jogador, que concluíra uma série de quarenta e oito pontos, olhava em volta para avaliar o efeito produzido, passava giz verde na ponta do taco e, ao ver Maigret na companhia do dono, piscou imperceptivelmente.

Pois ele, como quase todos que desejam parecer descontraídos, estampava o semblante ansioso do conspirador.

– É sua vez, sr. Émile! – avisou, de longe, Belloir.

4

O visitante inesperado

A CASA ERA NOVA E, EM SUAS LINHAS, nos materiais empregados, vigorava um apuro que tendia a dar uma sensação de limpeza, conforto e modernismo sóbrio, bem como de prosperidade.

Tijolos vermelhos, reassentados recentemente; pedras de corte; porta de carvalho envernizado com maçanetas e apliques de cobre...

Eram apenas oito e meia da manhã quando Maigret se apresentou, maquinando, assim, flagrar a vida íntima da família Belloir.

A fachada, em todo caso, harmonizava-se com o *status* de vice-diretor de banco, e, quando a porta foi aberta por um criado com uniforme imaculado, essa impressão aumentou. O corredor era comprido, limitado por uma porta com espelho bisotê. As paredes imitavam mármore e o piso de granito em dois tons formava figuras geométricas.

À esquerda, portas de carvalho claro com dois batentes: as portas do salão e da sala de jantar.

Num cabideiro de pé, roupas, entre elas o impermeável de uma criança de quatro ou cinco anos. Um porta-guarda-chuvas bojudo, do qual emergia uma bengala com castão de ouro.

O comissário mal teve tempo de dar uma espiada, deixando-se impregnar um pouco daquela vida altamente organizada. Tão logo pronunciou o nome do sr. Belloir, a criada replicou:

– Se fizer a gentileza de me seguir, os *cavalheiros* o aguardam...

Ela caminhou em direção à porta de vidro. Pelo vão de outra porta, o comissário entreviu a sala de jantar, aquecida e limpa, a mesa posta, onde uma moça de penhoar e um menino de quatro anos tomavam o café da manhã.

Do outro lado da porta envidraçada, começava uma escada de madeira clara, forrada com um tapete de ramagens vermelhas, fixado nos degraus por uma barra de cobre.

No saguão, uma planta ornamental. A criada já se lançava à maçaneta de uma nova porta, a de um escritório, onde três homens voltaram a cabeça ao mesmo tempo.

Houve uma espécie de choque, de constrangimento opressivo, uma angústia até, que fez esbugalhar os olhares, e disso só não se apercebeu a criada, que falou com a maior naturalidade do mundo:

– Se fizer a gentileza de me passar o casaco...

Um dos três homens era Belloir, correto, de cabelo louro alisado; seu vizinho, com trajes menos apurados, era um desconhecido para Maigret; mas o terceiro não era outro senão Joseph Van Damme, o homem de negócios de Bremen.

Duas pessoas falaram ao mesmo tempo. Belloir, franzindo o cenho, deu um passo e, com uma voz um pouco seca e arrogante, em harmonia com o cenário, indagou:

– Senhor?...

Simultaneamente, contudo, Van Damme, esforçando-se para manifestar sua costumeira franqueza, exclamou, estendendo a mão para Maigret:

– Não é possível! Que coincidência encontrá-lo aqui...

O terceiro se calou, acompanhando a cena com ar de interrogação.

– Desculpe o incômodo – disse o comissário. – Não esperava interromper reunião tão matutina...

– Em absoluto! Em absoluto! – retrucou Van Damme. – Sente-se! Um charuto?

Havia uma caixa sobre a mesa de mogno. E o homem de negócios precipitou-se, abriu a caixa, escolhendo ele mesmo um havana enquanto falava.

– Vou pegar meu isqueiro! Espero que não me aplique uma multa por eu não ter nota fiscal... Por que não me contou, em Bremen, que conhecia Belloir? Quando penso que poderíamos ter viajado juntos! Parti poucas horas depois do senhor. Um telegrama a respeito de um assunto me chamou a Paris. Aproveitei para vir cumprimentar Belloir...

Este continuava rígido, fitando alternadamente os dois homens, como se pedisse uma explicação. Foi para ele que Maigret se voltou a fim de esclarecer:

– Vou abreviar minha visita o máximo possível, visto que o senhor espera alguém...

– Eu?... Como sabe disso?

– Simples! Sua criada anunciou que eu era aguardado. Ora, como os senhores não podiam estar à minha espera, é evidente que...

Embora seus olhos sorrissem involuntariamente, as feições permaneciam imóveis.

– Comissário Maigret, da Polícia Judiciária... O senhor talvez tenha me visto ontem à noite no Café de Paris, onde eu pretendia colher determinadas informações sobre uma ocorrência.

– Ora, não seria a história de Bremen por acaso? – reagiu Van Damme com falsa desenvoltura.

– Ela mesma! Poderia, sr. Belloir, examinar esta fotografia e me dizer se é de fato a do homem que o senhor recebeu aqui numa noite da semana passada?

Ele estendeu uma fotografia do morto. O vice-diretor de banco se debruçou, mas sem olhar, ou melhor, sem fixar o olhar.

– Não conheço... – afirmou, devolvendo a foto a Maigret.

– Tem certeza de que não é o homem que lhe dirigiu a palavra quando o senhor voltava do Café de Paris?

– Do que o senhor está falando?

– Desculpe insistir... Estou atrás de uma informação que, aliás, tem uma importância meramente secundária. E, certo de que os senhores não hesitariam em auxiliar a justiça, permiti-me importuná-los. Naquela noite, um sujeito bêbado estava sentado perto da terceira mesa de bilhar, na qual o senhor jogava sua partida. Ele chamou a atenção de todos os fregueses. Saiu um pouco antes do senhor e, em seguida, quando o senhor saiu com seus amigos, ele o abordou...

– Estou me lembrando... Ele me pediu fogo...

– E o senhor voltou para casa com ele, não foi?

Belloir esboçou um sorriso perverso.

– Não sei quem lhe contou essa fantasia. Não é do meu feitio recolher vagabundos...

– O senhor poderia ter reconhecido um amigo ou...

– Sei escolher meus amigos!

– De modo que voltou sozinho?

– É o que afirmo...

– Esse homem era o mesmo da fotografia que acabei de lhe mostrar?

– Ignoro. Não reparei.

Van Damme escutara com visível impaciência e por diversas vezes estivera prestes a intervir. Quanto ao terceiro personagem, de cavanhaque e roupas pretas, como determinados artistas, olhava pela janela, às vezes limpando o vapor do próprio bafejo, que cobria o vidro.

– Nesse caso, só me resta lhe agradecer e me desculpar novamente, sr. Belloir...

– Um instante, comissário! – interveio Joseph Van Damme. – Não vá partir assim! Fique mais um pouco, eu lhe peço, Belloir vai nos oferecer um conhaque envelhecido que ele sempre tem na adega. Sabia que o odiei por não ter aparecido para jantar comigo em Bremen? Esperei-o a noite inteira...

– Veio de trem?

– Avião! Quase sempre viajo de avião, aliás como a maioria dos homens de negócios. Em Paris, senti vontade de vir ver meu velho companheiro Belloir. Estudamos juntos...

– Em Liège?

– Exatamente. E já fazia quase dez anos que não nos víamos. Eu nem sequer sabia que ele estava casado! Quem diria, encontrá-lo pai de um rapagão... Ainda não terminou com o seu suicida?

Belloir tocara uma campainha para chamar a criada, a quem pediu conhaque e copos. Em cada um de seus gestos, voluntariamente lentos e precisos, percebia-se uma agonia concentrada.

– A investigação está apenas no início – murmurou Maigret, sem insistir. – Impossível prever se será longa ou se em dois ou três dias o caso estará encerrado...

A campainha da porta de entrada ressoou. Os três homens entreolharam-se furtivamente. Ouviram-se vozes na escada. Alguém com um sotaque belga carregado disse:

– Estão todos lá em cima? Conheço o caminho. Pode deixar...

E, da porta, gritou:

– Ei, vocês!

Os traços de Belloir se crisparam. Ele avançou na direção do comissário:

– Jef Lombard, um companheiro... – disse sem muita convicção.

E destacando bem as sílabas:

– O comissário Maigret, da Polícia Judiciária...

O recém-chegado recebeu um leve esbarrão e balbuciou, com voz mecânica que teve entonações cômicas:

– Ah! Que bom... ótimo...

Em seguida, meio zonzo, entregou o sobretudo à criada e foi atrás dela para pegar cigarros no bolso.

– Mais um belga, comissário. O senhor está assistindo a um verdadeiro colóquio de belgas... Deve achar que é uma conspiração. E o conhaque, Belloir? Um charuto, comissário? Jef Lombard é o único que continua morando em Liège. O acaso fez com que nossos assuntos nos chamassem todos ao mesmo tempo no mesmo local, então decidimos comemorar a ocasião com um alegre festim! Se eu ousasse...

Olhou para os outros com uma ligeira hesitação.

– ... O senhor perdeu o jantar que eu queria lhe oferecer em Bremen... Aceite almoçar conosco daqui a pouco.

– Infelizmente, tenho um compromisso – respondeu Maigret. – Além disso, é hora de deixá-los com seus assuntos.

Jef Lombard aproximara-se da mesa. Era alto e magro, com feições irregulares, membros desproporcionalmente compridos, pele clara.

– Ah! Aqui está a foto que eu procurava... – disse o comissário, como que consigo mesmo. – Não lhe pergunto se conhece este homem, pois seria uma coincidência milagrosa, sr. Lombard.

De toda forma, colocou a fotografia debaixo dos olhos dele e viu o pomo de adão do sujeito saltar e entregar-se a um estranho movimento oscilatório.

– Não conheço... – ele conseguiu pronunciar, com uma voz rouca.

Belloir tamborilava a ponta de suas unhas tratadas sobre a mesa. Joseph Van Damme procurava algo para dizer.

– Então não terei o prazer de revê-lo, comissário? Regressa a Paris?

– Ainda não sei... Desculpem-me, cavalheiros...

Como Van Damme apertou sua mão, os demais sentiram-se na obrigação de imitá-lo. A mão de Belloir era seca e dura. A do personagem de barba se estendeu de maneira hesitante. Quanto a Jef Lombard, acendia um cigarro num canto do escritório e limitou-se a um grunhido e a um sinal com a cabeça.

Maigret passou rente à planta ornamental que emergia de uma enorme porcelana e pisou novamente no tapete com barras de cobre. No corredor, ouviu o som agressivo de um violino tocado por um aluno e uma voz de mulher dizendo:

– Mais devagar... Cotovelo na altura do queixo... Bem suave!...

Eram a sra. Belloir e o filho. Avistou-os da rua através das cortinas da sala.

Eram duas horas e Maigret terminava de almoçar no Café de Paris, quando viu Van Damme entrar, olhando em volta como se procurasse alguém. O homem de negócios sorriu ao perceber o comissário e avançou em sua direção com a mão estendida.

– Então é a isso que chama de compromisso! – disse. – Almoçar sozinho num restaurante... Compreendo... Quis nos deixar à vontade.

Pertencia, definitivamente, à categoria de homens que se penduram nas pessoas sem ser convidados, recusando-se a perceber que a acolhida que lhes é reservada talvez não seja das mais estimulantes.

Maigret concedeu-se o prazer perverso de se mostrar bem frio, o que não impediu Van Damme de instalar-se à sua mesa.

– Terminou? Nesse caso, permita-me oferecer-lhe um cálice... Garçom! Vejamos, o que o senhor toma, comissário? Um armanhaque envelhecido?

Pediu a carta dos destilados, chamou o proprietário, decidiu-se afinal por um Armagnac 1867 e exigiu cálices de degustação.

– A propósito... Está voltando para Paris? Vou para lá hoje à tarde e, como tenho horror a trens, pretendo alugar um carro. Caso aceite, posso lhe oferecer uma carona. O que achou dos meus amigos?

Cheirou o armanhaque com ar crítico e pegou um estojo de charutos no bolso.

– Por favor, são de primeira... Só há uma casa em Bremen onde é possível encontrá-los e ela os importa diretamente de Havana.

Maigret exibia sua expressão mais neutra, seu olhar mais vazio de pensamentos.

– Engraçado encontrar as pessoas depois de alguns anos... – continuou Van Damme, que parecia incapaz de suportar o silêncio. – Com vinte anos, no começo, se posso dizer assim, somos todos do mesmo time. Quando nos revemos mais tarde, ficamos perplexos diante do fosso que se abriu. Não que eu queira falar mal deles... Mas, agora há pouco, na casa de Belloir, me senti completamente deslocado.

"A atmosfera opressiva da província! O próprio Belloir, um presunçoso... Mas até que ele não se deu muito mal. Casou-se com a filha de Morvandeau, o Morvandeau dos arquivos metálicos. Todos os seus cunhados estão na indústria.... Quanto a ele, goza de uma belíssima situação no banco, do qual um dia virá a ser diretor.

– E o baixinho de cavanhaque? – indagou Maigret.

– Aquele... Talvez um dia suba na vida. Enquanto isso, come o pão que o diabo amassou. É escultor em Paris. Parece ter talento. No entanto...

O senhor viu o terno dele do século passado. Zero em matéria de modernidade! Nenhuma aptidão para os negócios...

– Jef Lombard?...

– O melhor rapaz da face da Terra! Jovem, é o que chamamos de um brincalhão, que o deixaria sem fôlego por horas a fio...

"Estava destinado à pintura. Para sobreviver, fez desenhos para os jornais. Depois entrou no ramo da clicheria em Liège. É casado. Ouvi dizer que está esperando o terceiro filho...

"Ou seja, minha sensação no meio deles foi de claustrofobia! Vidinhas, preocupações tacanhas... Não é culpa deles, mas tenho pressa em mergulhar novamente na atmosfera dos negócios..."

Esvaziou o copo, olhou o salão quase deserto onde um garçom, sentado numa mesa ao fundo, lia o jornal.

– Combinado então? Volta comigo para Paris?

– Ora, já não está levando o baixinho de cavanhaque que veio em sua companhia?

– Janin? Não! A essa hora, ele já pegou o trem...

– Casado?

– Não exatamente. Mas está sempre com uma ou outra namorada, que mora com ele por uma semana ou um ano... Depois ele troca! E costuma apresentar sua companheira como sra. Janin. Garçom, renove isto!

Maigret, por vezes, era obrigado a disfarçar o olhar, que se tornava demasiado incisivo. O proprietário veio pessoalmente lhe dizer que o chamavam ao telefone, pois ele deixara o endereço do Café de Paris na chefatura.

Notícias de Bruxelas haviam chegado por telégrafo na PJ. *As trinta cédulas de mil francos foram entregues pelo Banque Générale de Belgique a um tal de Louis Jeunet, como pagamento de um cheque assinado Maurice Belloir.*

Quando abriu a porta da cabine telefônica, Maigret notou Van Damme, que, ignorando estar sendo observado, tinha as feições distendidas. Consequentemente, parecia menos à vontade, menos corado, menos transbordante, sobretudo, de saúde e otimismo.

Ao sentir um olhar cravado nele, estremeceu, voltando a ser, automaticamente, um jovial homem de negócios.

– Combinado então? Vem comigo? Ei, chefe! Quer tomar as providências para que um carro venha nos pegar e levar a Paris? Um automóvel confortável, não é mesmo? Enquanto isso, mais uma dose...

Mascou a ponta de um charuto e, numa fração de segundo, enquanto fitava o mármore da mesa, suas pupilas se embaçaram e as comissuras dos lábios desceram, como se o tabaco estivesse com um sabor muito amargo.

– É quando moramos no estrangeiro que apreciamos os vinhos e conhaques da França...

Suas palavras soaram vazias. Sentia-se um abismo entre elas e os pensamentos que rodavam por trás da testa do homem.

Jef Lombard passou pela rua. As cortinas de tule esfumaçavam seu vulto. Estava sozinho. Dava passos largos e lentos, desanimados, sem nada apreciar do espetáculo da cidade.

Carregava uma valise de viagem que lembrou a Maigret as duas malas amarelas. Mas aquela era de qualidade superior, com duas correias e um compartimento para cartões de visita.

Os saltos do sapato começavam a ficar gastos de um lado. As roupas não eram escovadas diariamente. Jef Lombard dirigia-se a pé para a estação.

Uma nuvem de perfume, mesclada ao forte eflúvio de conhaque, aureolava Van Damme, que exibia um grande anel de platina no dedo. Ouvia-se o murmúrio da voz do proprietário telefonando para a locadora de carros.

Belloir devia estar saindo de sua casa nova e dirigindo-se à entrada de mármore do banco, enquanto sua mulher passeava com o filho ao longo das avenidas.

Todos o cumprimentavam. Seu sogro era o maior negociante da região. Seus cunhados estavam na indústria. Tinha um belo futuro.

Janin, por sua vez, com seu cavanhaque preto e sua gravata-borboleta, estava a caminho de Paris – na terceira classe, Maigret teria apostado.

E no nível mais baixo da escala, o lívido passageiro de Neuschanz e Bremen, o marido da herborista da Rue Picpus, o fresador da Rue de la Roquette, das carraspanas solitárias, que ia contemplar sua mulher através dos vidros da loja, que enviava a si mesmo dinheiro embrulhado como jornal velho, que comprava pãezinhos com salsicha numa lanchonete da estação e disparava uma bala na boca porque lhe haviam roubado um terno que não lhe pertencia.

– Tudo bem, comissário?

Maigret sobressaltou-se e lançou um olhar tão anuviado para seu companheiro que este, incomodado, tentou rir – mal! – e balbuciou:

– Estava sonhando? Parecia longe daqui... Aposto que ainda é o seu suicida que o atormenta...

Não exatamente! Pois no momento preciso em que era interpelado, Maigret, sem saber ele mesmo por quê, fazia uma conta, uma conta das crianças envolvidas na história: uma na Rue Picpus, entre a mãe e a avó, numa loja que cheirava a menta e borracha; outra em Reims, que aprendia a manter o cotovelo na altura do queixo ao passar o arco pelas cordas do violino; duas em Liège, na casa de Jef Lombard, onde uma terceira era esperada...

– Um último armanhaque, não é mesmo?

– Obrigado, foi o bastante...

– Vamos! Apenas mais este último...

Joseph Van Damme foi o único a rir, como sentia, constantemente, necessidade de fazer – como a criança que com medo de descer ao porão assobia para se convencer de que tem coragem.

5

O pneu furado em Luzancy

FOI RARO HAVER UM SILÊNCIO DE TRÊS MINUTOS enquanto seguiam a toda a velocidade ao cair da noite. Joseph Van Damme sempre encontrava alguma coisa para falar e, estimulado pelo armanhaque, conseguia manter o entusiasmo.

O automóvel era um velho carro de passeio com estofamento desgastado, porta-flores e lixeirinhas em marchetaria. O motorista usava um *trench coat* e, no pescoço, um cachecol de tricô.

Em determinado momento, quando rodavam já fazia quase duas horas, a marcha foi reduzida e o carro parou no acostamento, a aproximadamente um quilômetro de uma aldeia, da qual se viam algumas luzes em meio à névoa.

O motorista inclinou-se sobre as rodas traseiras e em seguida, abrindo a porta, comunicou que um pneu havia furado e que precisava de quinze minutos para trocá-lo.

Os dois homens desceram. O mecânico já instalara um macaco sob o eixo, afirmando não precisar de ajuda.

Quem, Maigret ou Van Damme, sugeriu uma volta? A bem da verdade, nenhum dos dois. Aconteceu de forma natural. Começaram dando alguns passos pela estrada, depois avistaram um caminho estreito que acompanhava a correnteza de um rio.

– Puxa! O Marne... – observou Van Damme. – Está na cheia...

Seguiram pelo caminho com passos lentos, fumando seus charutos. Ouvia-se um barulho confuso, cuja origem só foram compreender ao alcançarem a margem.

A cem metros, do outro lado do canal, havia uma eclusa, a de Luzancy, cujas cercanias estavam desertas e as comportas fechadas. Aos pés dos dois homens, situava-se a barragem, com sua queda leitosa, sua efervescência, seus remoinhos, sua corrente poderosa. O Marne regurgitava.

Na escuridão, entreviam-se galhos de árvores, talvez árvores inteiras à deriva, colidindo na barragem e terminando por transpô-la.

Uma única luz: a da eclusa em frente.

Nesse momento preciso, Joseph Van Damme, prosseguindo em seu discurso, dizia:

– ... Todos os anos os alemães fazem esforços inauditos para captar a energia dos rios, e nesse aspecto são imitados pelos russos. Na Ucrânia, construíram uma barragem que custará cento e vinte milhões de dólares, mas ela fornecerá energia elétrica a três províncias...

Foi imperceptível: sua voz fraquejou nas palavras *energia elétrica*. Em seguida voltou a ganhar amplitude. O homem, então, sentiu necessidade de tossir, tirar o lenço do bolso e se assoar.

Estavam a menos de meio metro da água, quando, bruscamente, Maigret, empurrado pelas costas, perdeu o equilíbrio, vacilou e rolou para a frente, agarrando-se com as mãos no capim da ribanceira, os pés já na água, enquanto seu chapéu deslizava por cima da barragem.

O resto se deu rápido, pois o comissário pressentira o ataque. Magotes de terra cediam sob sua mão direita.

Mas a esquerda agarrara um galho flexível que ele notara ali.

Logo já punha os joelhos no caminho de sirga, depois ficou de pé, gritando para um vulto que se afastava:

– Pare!

Coisa estranha, Van Damme não ousava correr. Encaminhava-se para o carro sem apertar o passo, voltando a cabeça, as pernas trêmulas de emoção.

Deixou-se alcançar, cabisbaixo, o pescoço enfiado na gola do sobretudo. Teve apenas um gesto, um gesto de raiva, como se desferisse um soco numa mesa imaginária, rosnando:

– Imbecil!...

Instintivamente, Maigret sacara o revólver. Sem largá-lo, sem parar de observar seu companheiro, sacudiu sua calça molhada até os joelhos, enquanto água esguichava do sapato.

Na estrada, o motorista dava pequenas buzinadas, anunciando que o carro estava em condições de partir.

– Ande! – ordenou o comissário.

Em silêncio, voltaram a ocupar seus assentos. Van Damme mantinha o charuto entre os dentes. Evitava o olhar de Maigret.

Dez quilômetros. Vinte quilômetros. Uma aglomeração, que atravessaram em marcha lenta. Pessoas caminhando por avenidas iluminadas. Depois a estrada novamente.

– De todo modo, o senhor não pode me prender...

O comissário, que não esperava por essas palavras, pronunciadas bem devagar e num tom de voz obstinado, estremeceu – ainda que elas correspondessem exatamente às suas preocupações.

Chegaram a Meaux. O grande subúrbio substituiu o campo. Uma chuva fina começava a cair e, quando passavam por um poste de iluminação, cada gota virava uma estrela. Aproximando a boca da corneta acústica, o policial disse:

– Leve-nos à chefatura de polícia, Quai des Orfèvres...

Encheu um cachimbo, que não pôde fumar porque os fósforos estavam úmidos. Não via o rosto de Van Damme, voltado para a porta, quase de costas, atenuado pela penumbra. Mas sua ferocidade era quase palpável.

No ar, havia agora uma condensação de algo implacável, rancoroso.

O próprio Maigret projetava um pouco o maxilar inferior, numa expressão rabugenta.

Isso se traduziu numa situação esdrúxula, quando o carro estacionou defronte à chefatura. O policial foi o primeiro a descer.

– Venha! – ordenou.

O motorista aguardava o pagamento e Van Damme não parecia nem um pouco preocupado com isso. Houve um instante de vacilação. Maigret arriscou, não sem se dar conta do ridículo da situação:

– Como é? Foi o senhor que alugou o carro...

– Desculpe, mas se viajei sob custódia, cabe ao senhor pagar.

Essa particularidade não valia para todo o trajeto percorrido desde Reims nem, sobretudo, para a metamorfose que se operara no belga.

Maigret pagou, apontou sem uma palavra o caminho para o homem e fechou a porta de sua sala, onde sua primeira atitude foi atiçar a estufa.

Em seguida, abriu um armário, do qual tirou uma muda de roupa, e, ignorando seu hóspede, trocou calça, meia e sapato, pondo as peças molhadas para secar junto ao fogo.

Sem ser convidado, Van Damme se sentara. Com a luz, a transformação era ainda mais impressionante.

Ele deixara em Luzancy a falsa bonomia, a extroversão, o sorriso um tanto forçado e, com as feições repuxadas e olhar dissimulado, esperava.

Maigret ainda se dedicou a outros afazeres e, fingindo desinteressar-se dele, arquivou pastas e telefonou a seu chefe para solicitar uma informação que nada tinha a ver com o caso.

Por fim, plantando-se diante de Van Damme, indagou:

– Onde, quando e como o senhor conheceu o suicida de Bremen, que viajava com um passaporte sob o nome de Louis Jeunet?

O outro apenas estremeceu. Em seguida, num gesto decidido, ergueu a cabeça e replicou:

– A título de quê estou aqui?

– Recusa-se a responder à minha pergunta?

Van Damme riu, um riso novo, irônico, mau.

– Conheço as leis tão bem quanto o senhor, comissário. Ou o senhor me indicia, e espero para ver o mandado de prisão, ou não me indicia, e nada me obriga a lhe responder.

"No primeiro caso, o código me autoriza ser assistido por um advogado."

Maigret não se zangou nem pareceu contrariado diante daquela postura. Ao contrário. Observou seu companheiro com curiosidade, talvez com certa satisfação.

Graças ao incidente de Luzancy, Joseph Van Damme vira-se forçado a abandonar seu teatro. Não só o que representava para Maigret como o que representava para o mundo e até para si mesmo!

Quase nada restava do homem de negócios alegre e superficial de Bremen, que transitava entre as grandes tabernas e seu escritório moderno e entre seu escritório e os restaurantes da moda. Nem sinal da despreocupação do comerciante próspero nos negócios, que mergulha no trabalho e acumula dinheiro com robusta energia, com um apetite de quem ama a vida!

Restava tão somente um rosto burilado de pele fosca. E não é que o intervalo de uma hora fora suficiente para que bolsas se formassem sob suas pálpebras!

Afinal, uma hora antes, Van Damme ainda era um homem livre que, se porventura carregava alguma coisa na consciência, continuava a exibir a segurança que lhe conferiam sua reputação, seu dinheiro, sua posição e sua astúcia!

Ele mesmo enfatizara essa diferença.

Em Reims, oferecia uma rodada atrás da outra. Estendia charutos de luxo a Maigret. Pedia, e o proprietário do estabelecimento se desmanchava para agradá-lo, telefonando à locadora e requisitando o carro mais confortável.

Ele era *alguém*!

Em Paris, recusara-se a pagar a corrida. Aludia ao código penal. Parecia disposto a discutir, a defender-se palmo a palmo, renhidamente, como quem defende a própria cabeça.

E estava furioso consigo mesmo! Sua exclamação, após o evento nas margens do Marne, provava isso!

Não premeditara nada. Não conhecia o motorista. No momento em que o pneu furou, nem lhe ocorrera, de imediato, tirar partido daquilo.

Só à beira d'água... Aqueles redemoinhos... As árvores passando como simples folhas mortas... Tolamente, sem refletir, esbarrara nele com o ombro.

Estava furioso! Percebeu que o outro havia esperado aquele gesto.

Sem dúvida percebia igualmente que estava perdido, por isso mostrava-se ainda mais determinado a se defender como um condenado.

Fez menção de acender outro charuto, mas Maigret arrancou-o de sua boca e o jogou na gaveta do carvão, aproveitando para tirar o chapéu que Van Damme conservara na cabeça.

– Saiba que tenho mais o que fazer. Caso não se decida a me colocar sob custódia segundo as formas previstas pela lei, peço-lhe o obséquio de me restituir a liberdade. Caso contrário, serei obrigado a processá-lo por sequestro.

"A propósito, quanto ao banho que o senhor tomou, declaro que negarei energicamente. O senhor deu um passo em falso no barro encharcado do caminho de sirga. O motorista afirmará que não tentei fugir, o que teria feito se tivesse realmente tentado afogá-lo.

"Quanto ao resto, continuo esperando para saber o que tem a me recriminar. Vim a Paris a negócios, provarei isso. Em seguida, fui a Reims visitar um velho colega, de nome tão honrado quanto o meu...

"Ao encontrar o senhor em Bremen, onde os franceses são raros, tive a ingenuidade de ser amistoso, oferecer-lhe comida e bebida e, no fim, uma carona até Paris.

"O senhor mostrou, aos meus amigos e a mim, a fotografia de um homem que não conhecemos. Ele se matou! Isso está materialmente provado. Nenhuma queixa foi registrada e, por conseguinte, não há inquérito em curso.

"É tudo que tenho a lhe dizer..."

Com um papel dobrado, que ele introduzira na estufa, Maigret acendeu o cachimbo e disse:

– O senhor está absolutamente livre.

Não pôde reprimir um sorriso enquanto Van Damme abismava-se com a vitória demasiado fácil.

– Isso quer dizer o quê?

– Que está livre! Só isso! Acrescento que estou disposto a lhe retribuir a gentileza, convidando-o para jantar.

Raramente sentira-se tão alegre. O outro observava-o com um misto de perplexidade e pavor, como se cada uma daquelas palavras embutisse uma ameaça disfarçada. Hesitante, levantou-se.

– Estou livre para regressar a Bremen?

– Por que não? O senhor mesmo acaba de dizer que não é culpado de nenhum delito...

Por um instante foi possível acreditar que Van Damme ia recuperar a segurança e a inconsequência, talvez aceitar o convite para jantar e explicar sua atitude em Luzancy como desastrada ou fruto de um acesso de loucura.

Mas o sorriso de Maigret derreteu aquela veleidade de otimismo. Ele pegou o chapéu e o assentou na cabeça com um gesto seco.

– Quanto lhe devo pelo carro?

– Absolutamente nada. Foi uma grande satisfação prestar-lhe esse favor...

Não tremiam os lábios do homem? Ele não sabia como se retirar. Procurava algo para dizer. Terminou por encolher os ombros e dirigir-se à porta, resmungando, sem que se pudesse saber ao certo a quem ou a quê a palavra se aplicava:

– Idiota!...

No hall da escada, onde o comissário, com os cotovelos no balaústre, observava-o desaparecer, ele continuava repetindo a mesma coisa.

O inspetor Lucas chegava, carregando algumas pastas, a caminho do escritório do chefe.

– Depressa! Seu chapéu, sua capa... Siga aquele homem até o fim do mundo se for preciso...

E Maigret pegou as pastas das mãos de seu subordinado.

O comissário acabava de preencher um punhado de formulários, cada um encabeçado por um nome. Os papéis, transmitidos às diversas brigadas, lhe seriam devolvidos com informações detalhadas sobre os envolvidos, a saber: Maurice Belloir, vice-diretor de banco, Rue de Vesle, em Reims, originário de Liège; Jef Lombard, clicherista em Liège; Gaston

Janin, escultor, Rue Lepic, em Paris; e Joseph Van Damme, representante comercial em Bremen.

Estava no último formulário, quando o contínuo veio lhe comunicar que um homem pedia para ser ouvido a respeito do suicídio de Louis Jeunet.

Era tarde. As dependências da Polícia Judiciária foram se esvaziando aos poucos. Na sala ao lado, contudo, um inspetor batia um relatório à máquina.

– Faça-o entrar!

O personagem que trouxeram, meio sem jeito ou ansioso, parou à porta, talvez já arrependido de sua iniciativa.

– Entre! Sente-se...

Maigret percorreu-o com os olhos. Alto, magro, cabelo bem louro, barba por fazer, roupas surradas que não deixavam de lembrar as de Louis Jeunet. Faltava-lhe um botão no sobretudo, que tinha manchas de gordura na gola e fiapos na lapela.

Em outras banalidades, ainda, em um certo jeito de ser, sentar, olhar, o comissário identificava o contraventor que, mesmo estando limpo, não consegue vencer a angústia de se ver diante da polícia.

– O senhor veio por causa da publicação da fotografia nos jornais? Por que não se apresentou imediatamente? A fotografia foi publicada há dois dias...

– Não leio jornais... – começou o homem. – Minha mulher trouxe por acaso um pedaço no embrulho das compras...

Em algum lugar Maigret já se deixara impressionar por aquela mobilidade de expressão, por aquele frêmito contínuo das narinas e, acima de tudo, por aquele olhar irrequieto, de uma inquietude doentia.

– O senhor conhecia Louis Jeunet?

– Não sei... A fotografia está ruim, mas lembra... Acho que é o meu irmão...

Um suspiro involuntário de alívio saiu da boca de Maigret. Pareceu-lhe, dessa vez, que o mistério ia se esclarecer por inteiro e num piscar de olhos. E foi plantar-se de costas para a estufa, na posição que adotava quando estava de bom humor.

– Nesse caso, o senhor se chama Jeunet?

– Não... Justamente... Foi o que me fez hesitar em vir. Mas é de fato meu irmão! Tenho certeza. Essa cicatriz, veja... Não entendo por que ele se matou, muito menos por que mudou de nome.

– Qual é o seu?

– Armand Lecocq d'Arneville. Trouxe um documento.

E aquilo também, aquele gesto em direção ao bolso para pegar um passaporte imundo, denunciava o fora da lei, habituado a ser alvo de suspeita e a mostrar a carteira de identidade.

– ... d'Arneville com uma letra minúscula? Em duas palavras?

– Sim...

– O senhor nasceu em Liège... – prosseguiu o comissário, passando os olhos pelo passaporte. – Tem trinta e cinco anos... Trabalha em quê?

– No momento, sou contínuo numa fábrica em Issy-les-Moulineaux... Moramos em Grenelle, minha mulher e eu.

– O senhor consta aqui como mecânico...

– Fui... Fiz de tudo.

– Foi inclusive presidiário! – afirmou Maigret, virando as páginas do livrinho. – O senhor é um desertor...

– Houve a anistia... Posso explicar. Meu pai era rico... dono de uma loja de pneus. Eu tinha apenas seis anos quando ele abandonou minha mãe, que acabava de conceber o meu irmão Jean. Tudo vem daí...

"Nos instalamos num pequeno apartamento na Rue de la Province, em Liège. No início, meu pai enviava regularmente uma soma para a nossa subsistência.

"Ele vivia na farra. Tinha amantes... Uma vez, quando foi nos levar o dinheiro, havia uma mulher no carro, estacionado no meio-fio.

"Houve cenas... Meu pai parou de pagar, ou então atrasava o pagamento... Minha mãe começou a trabalhar como faxineira e foi mergulhando na loucura.

"Mas não a ponto de ser internada. Abordava desconhecidos para lhes contar seus infortúnios. Chorava, perdida pelas ruas...

"Meu irmão, eu nem via. Eu aprontava com os meninos do bairro. Fomos parar dez vezes na delegacia de polícia... Depois me colocaram para trabalhar numa loja de quinquilharias...

"Eu praticamente não aparecia em casa, onde minha mãe chorava sem parar, atraindo as velhas da vizinhança para se lamuriar com elas.

"Com dezesseis anos, me alistei no Exército e pedi para ser enviado ao Congo. Fiquei lá apenas um mês. Permaneci escondido em Matadi por oito dias, depois embarquei clandestinamente em um navio que regressava à Europa.

"Fui descoberto. Acabei preso. Fugi e vim para a França, onde fiz um pouco de tudo.

"Passei fome... Dormi nos Halles... Nunca fui santo, mas juro que estou limpo há quatro anos.

"Tanto que cheguei a me casar! Com uma operária de fábrica, que continua trabalhando, pois eu não ganho muito e volta e meia estou desempregado...

"Nunca tentei voltar à Bélgica. Ouvi dizer que a minha mãe morreu num hospício e que o meu pai ainda está vivo.

"Mas ele nunca quis saber de nós. Tem uma segunda família..."

E o homem sorriu obliquamente, meio que se justificando.

– E o seu irmão?

– Não é a mesma coisa. Jean era sério. Na escola, obteve uma bolsa e conseguiu estudar. Quanto troquei a Bélgica pelo Congo, ele só tinha treze anos, e nunca mais o vi...

"Volta e meia eu recebia notícias dele, pois costumo encontrar pessoas de Liège. Quando acabou o curso colegial, conseguiu ajuda para entrar na faculdade.

"Isso faz dez anos. De lá para cá, todos os conterrâneos que encontrei me garantiram não saber mais nada sobre ele, que Jean devia ter ido para o estrangeiro, já que não se ouvia mais falar dele...

"Foi um choque quando vi a fotografia, principalmente por saber que ele morreu em Bremen, sob um nome falso...

"O senhor não entende... Tudo bem, eu comecei mal, me perdi... Fiz muita besteira por aí...

"Mas quando me lembro de Jean com treze anos... Ele parecia comigo, embora fosse um pouco mais calmo, mais sério. Já lia poesia. Passava as noites estudando, sozinho, com a luz de tocos de vela que um sacristão lhe dava...

"Eu tinha certeza de que ele seria alguma coisa. E não devia mesmo pensar assim? Afinal, nem por todo o ouro do mundo ele se arriscava pelas ruas... A ponto da gangue do bairro ridicularizá-lo!

"Já eu precisava sempre de dinheiro e não hesitava em extorquir minha mãe, que se sacrificava para me dar algum. Ela nos adorava. Com dezesseis anos somos cegos... Me lembro de um dia em que fui odioso, tinha prometido levar uma garota ao cinema...

"Minha mãe estava sem dinheiro. Chorei, ameacei... Ela tinha acabado de comprar alguns remédios com o dinheiro que recebeu por um trabalho de costura e foi revendê-los...

"Compreende agora? E de repente Jean aparece morto dessa maneira, usando um nome falso!

"Não sei o que ele fez. Não consigo acreditar que tenha seguido a mesma trilha que eu... O senhor pensaria da mesma forma se o tivesse conhecido quando criança.

"O senhor sabe de alguma coisa?..."

Maigret devolveu o passaporte a seu interlocutor.

– Você conhece, em Liège, uns sujeitos chamados Belloir, Van Damme, Janin e Lombard? – perguntou o comissário.

– Um Belloir, sim. Seu pai era médico no nosso bairro. O filho estudava... Mas eram pessoas "finas", que nem olhavam para mim.

– E os outros?

– Ouvi o nome Van Damme... Acho que na Rue de la Cathédrale havia uma grande mercearia com esse nome. Mas isso já faz tanto tempo...

E Armand Lecocq d'Arneville acrescentou, após breve hesitação:

– Eu poderia ver o corpo de Jean? Para onde o levaram?

– Chegará amanhã a Paris.

– O senhor tem certeza de que ele realmente se matou?

Maigret desviou a cabeça, constrangido ao pensar que tinha mais do que certeza, que assistira ao drama, que inadvertidamente o provocara.

O homem retorcia seu boné, oscilava entre uma perna e outra, esperando ser dispensado. E seus olhos afundados nas órbitas, suas pupilas iguais a confetes cinzentos perdidos nas pálpebras claras, lembravam de tal forma os olhos humildes e ansiosos do viajante de Neuschanz que Maigret sentiu no peito um beliscão doído que lembrava um remorso.

6

Os enforcados

ERAM NOVE DA NOITE. MAIGRET ESTAVA EM CASA, no Boulevard Richard--Lenoir, de colarinho aberto e sem paletó, sua mulher costurava, quando Lucas entrou, sacudindo os ombros encharcados pela chuva torrencial.

– O homem foi embora – disse. – Como eu não sabia se era para segui-lo também fora do país...

– Liège?

– Isso mesmo! O senhor já sabe? Estava hospedado no Hotel du Louvre. Jantou, trocou de roupa e pegou o expresso das oito e dezenove para Liège. Passagem simples de primeira classe. Comprou uma pilha de revistas no quiosque da estação.

– Ele parece se embolar de propósito nas minhas pernas! – murmurou o comissário. – Em Bremen, quando eu nem suspeitava de sua existência, ele se apresenta no necrotério, me convida para almoçar, gruda em mim... Chego a Paris: lá está ele algumas horas mais cedo ou mais tarde... Provavelmente mais cedo, pois foi de avião. Vou a Reims e ele já está lá... Uma hora atrás, decidi ir amanhã a Liège, e não é que ele já se encontra lá desde hoje à tarde?! O mais irritante é que ele sabe perfeitamente que eu vou chegar e que sua presença lá é quase uma autoincriminação.

Lucas, que nada conhecia do caso, conjecturou:

– Talvez ele queira atrair as suspeitas para si mesmo a fim de salvar outra pessoa...

– Trata-se de um crime? – indagou calmamente a sra. Maigret, sem interromper a costura.

Seu marido, porém, levantou-se, suspirando, e olhou para a poltrona em que estava instalado momentos antes.

– A que horas sai o trem para a Bélgica?

– Há apenas o trem noturno, às nove e trinta. Chega a Liège por volta das seis da manhã.

– Você pode preparar minha mala? – pediu o comissário à sua mulher. – Um copo de alguma coisa, Lucas? Sirva-se! Você já sabe onde fica o armário... Acabei de receber o licor de ameixa feito pela minha cunhada na Alsácia. É a garrafa de pescoço comprido...

Vestiu-se, tirou da mala de couro sintético amarela o terno B e guardou-o, bem embrulhado, em sua bagagem. Meia hora depois, saía acompanhado de Lucas, que perguntou, enquanto os dois esperavam um táxi:

– Que caso é esse? Não ouvi nenhum comentário na PJ...

– Nem eu sei muita coisa! – afirmou o comissário. – Um rapaz muito estranho suicidou-se da maneira mais estúpida na minha frente, e venho tentando desvendar a confusão armada em torno desse gesto. Entrei nesse caso de maneira meio estabanada e não me admiraria se terminasse repreendido... Está vindo um carro. Deixo-o no centro?

Eram oito da manhã quando ele saiu do Hôtel du Chemin de Fer, em frente à estação dos Guillemins, em Liège. Tomara um banho, fizera a barba e carregava embaixo do braço um embrulho contendo não o terno B completo, mas apenas o paletó.

Encontrou a Rue Haute-Sauvenière, uma subida movimentada, e ali perguntou pelo alfaiate Morcel. Era uma casa mal iluminada, onde um homem em mangas de camisa, enquanto fazia perguntas, pegou o paletó e examinou-o demoradamente.

– É uma peça muito velha! – afirmou após refletir. – Está rasgada. Não podemos deduzir mais nada...

– Ela não lembra nada ao senhor?

– Absolutamente nada. A gola foi mal cortada. É imitação de tecido inglês, fabricada em Verviers...

E o homem destravou a língua.

– O senhor é francês? Esse paletó pertence a alguém que o senhor conhecia?

Maigret suspirou e pegou de volta o objeto, enquanto seu interlocutor continuava a falar, terminando por onde deveria ter começado.

– Esqueci de dizer! Estou aqui há apenas seis meses. Se eu tivesse feito esse terno, ele não teria tido tempo de puir...

– E o sr. Morcel?

– Em Robermont!

– É longe?

O alfaiate riu, divertindo-se com o equívoco, e explicou:

– Robermont é o cemitério. O sr. Morcel morreu no início do ano e eu herdei o negócio.

Maigret se viu na rua, abraçado ao pacote. Dirigiu-se à Rue Hors--Château, uma das mais antigas da cidade, onde, no fundo de um pátio, uma placa de zinco informava: *Clicheria Central – Jef Lombard – Serviços rápidos e variados.*

As janelas em estilo *vieux*-Liège tinham caixilhos pequenos. No centro do pátio, tendo como base pequenos paralelepípedos desiguais, erguia-se uma fonte esculpida com o brasão de um fidalgo de outrora.

O comissário tocou a sineta. Ouviu passos descendo do primeiro andar; uma velha abriu a porta da entrada e apontou para uma porta de vidro.

– É só empurrar. O laboratório fica no fim do corredor.

Um recinto comprido e iluminado por uma claraboia, onde dois homens de macacão azul circulavam entre chapas de zinco e tinas com ácidos, enquanto provas de fotografias e papéis manchados por uma tinta viscosa juncavam o chão.

Cartazes cobriam as paredes. Viam-se também capas de revistas.

– O sr. Lombard?...

– Está no escritório com um cavalheiro. Passe por aqui... Cuidado para não se sujar! Vire à esquerda. É a primeira porta.

Aquelas dependências pareciam ter sido construídas por módulos. Escadas subiam e desciam. Portas abriam-se para salas abandonadas.

Tudo ali era ao mesmo tempo arcaico e de uma estranha singeleza, aliás igualmente observável na velha que recebera Maigret e nos funcionários.

Chegando a um corredor mal iluminado, o comissário ouviu fragmentos de vozes e, julgando reconhecer o timbre de Joseph Van Damme, tentou entender. Impossível. Deu então mais alguns passos e as vozes se calaram. Uma cabeça passou pelo vão da porta, a de Jef Lombard.

– É para mim? – gritou, sem reconhecer o visitante na penumbra.

O escritório era uma sala menor que as outras, mobiliada com uma mesa, duas cadeiras e prateleiras abarrotadas de clichês. Na mesa em desordem, viam-se contas, prospectos, cartas em papel timbrado dos mais variados estabelecimentos comerciais.

Sentado a um canto do escritório, estava Van Damme, que, após um vago cumprimento de cabeça dirigido a Maigret, permaneceu imóvel, olhando para um ponto impreciso à sua frente, com cara de poucos amigos.

Jef Lombard vestia um uniforme de trabalho, tinha as mãos sujas e pequenas manchas escuras no rosto.

– O que o senhor deseja?

Removeu os papéis de uma cadeira e empurrou-a para o visitante, procurando um toco de cigarro que deixara numa prateleira, cuja beirada começava a queimar.

– Uma simples informação – disse o comissário, mantendo-se em pé. – Desculpe incomodar. Eu gostaria de saber se, há alguns anos, o senhor conheceu um tal de Jean Lecocq d'Arneville.

Houve, nitidamente, algo como um disparo. Van Damme estremeceu, mas evitou olhar para Maigret. Quanto ao clicherista, ele se abaixou de súbito para pegar um papel amassado no chão.

– Eu... acho que já ouvi esse nome... – murmurou. – É de Liège, não é?

Estava pálido. Mudou de lugar uma pilha de clichês.

– Não sei o que foi feito dele... Ele... faz tanto tempo!

– Jef! Depressa, Jef!...

Era uma voz de mulher, vinda do labirinto de corredores. Uma mulher que chegou correndo, esbaforida, e parou diante da porta aberta, tão transtornada que suas pernas tremiam e ela esfregava as mãos na bainha do avental. Maigret reconheceu a velha que o recebera.

– Jef!

E ele, pálido de emoção, os olhos cintilando:

– E então?

– Uma menina... Depressa!

Ele olhou em volta, balbuciou alguma coisa de indistinto e saiu feito um raio porta afora.

Os dois homens ficaram a sós, e Van Damme, puxando um charuto do bolso, acendeu-o lentamente, esmagando o fósforo com o pé. Tinha os traços duros, como na chefatura, o mesmo vinco nos lábios, o mesmo movimento dos maxilares.

Mas o comissário fingiu não notar sua presença e, com as mãos nos bolsos e o cachimbo na boca, pôs-se a circular pela sala, examinando as paredes.

Mal se viam, aqui e ali, alguns centímetros do papel de parede, pois o espaço não ocupado por prateleiras estava tomado por desenhos, aquarelas e quadros a óleo.

Não havia moldura nos quadros. Eram simples telas sobre chassis, paisagens mal executadas, em que a relva e a folhagem das árvores estampavam o mesmo verde chapado.

Havia também algumas caricaturas com a assinatura *Jef*, ora realçadas com aquarela, ora recortadas de um jornal local.

Mas o que impressionava Maigret era a abundância de desenhos de outro gênero, na realidade variações sobre o mesmo tema. Os papéis estavam amarelecidos. Algumas datas permitiam estabelecer que haviam sido feitos aproximadamente dez anos antes.

Exibiam um traço diferente, infinitamente mais romântico, que não deixava de lembrar Gustave Doré imitado por um principiante.

Um primeiro desenho a caneta mostrava um enforcado balançando num patíbulo, no qual empoleirava-se um enorme corvo. E a forca era o *leitmotiv* de pelo menos uns vinte esboços, a lápis, caneta e em aquarela.

A orla de uma floresta, com um enforcado em cada galho de árvore... Mais além, o campanário de uma igreja e, nos dois braços da cruz, sob um galo, um corpo humano pendendo...

Havia enforcados de todo tipo. Alguns, com trajes do século XVI, formavam uma espécie de Pátio dos Milagres, onde todos balançavam alguns pés acima da terra.

Havia um enforcado excêntrico, de cartola, terno e bengala na mão, cujo patíbulo era um bico de gás.

Abaixo de outro desenho, algumas linhas: quatro versos da *Balada dos enforcados*, de Villon.

Datas. Sempre a mesma época! Todas aquelas imagens macabras, feitas dez anos antes, agora lado a lado com charges publicadas em jornais satíricos e desenhos de almanaques, paisagens das Ardenas e cartazes publicitários.

O tema do campanário também voltava. E a igreja inteira! Vista de frente, de perfil, de baixo... O portão, apenas ele. As gárgulas. O adro, com seus seis degraus, que a perspectiva agigantava.

A mesma igreja! E enquanto Maigret ia de uma parede à outra, sentia que Van Damme se agitava, incomodado, espicaçado talvez pela mesma tentação da eclusa de Luzancy.

Quinze minutos escoaram-se dessa forma, até Jef Lombard regressar, com os olhos úmidos e passando a mão na testa coberta por uma mecha de cabelo.

– O senhor me desculpe... – disse. – Minha mulher acaba de dar à luz. Uma menina...

Havia uma pontinha de orgulho em sua voz, porém, enquanto falava, seu olhar corria, angustiado, de Maigret a Van Damme.

– É o meu terceiro filho... Mesmo assim, estou nervoso como na primeira vez! O senhor viu minha sogra, ela teve onze e está soluçando de alegria. Ela foi anunciar a boa-nova para os funcionários. Queria levá-los para verem a pequena...

Seu olhar acompanhou o de Maigret, fixado nos dois enforcados do campanário, e ele ficou mais nervoso, murmurando, num visível constrangimento:

– Pecados da juventude... É tudo muito ruim. Mas na época eu acreditava que ia ser um grande artista.

– É uma igreja de Liège?

Jef não respondeu prontamente. Por fim, disse, meio a contragosto:

– Ela não existe mais, faz sete anos. Foi derrubada para que construíssem uma nova. Não era bonita. Nem sequer tinha um estilo. Mas era muito velha, com alguma coisa de misterioso em suas linhas, nos becos que a rodeavam e que depois foram destruídos.

– Como ela se chamava?

– Igreja de Saint-Pholien. A nova, erguida no mesmo lugar, recebeu o mesmo nome.

Joseph Van Damme agitava-se, como se todos os seus nervos lhe doessem. Uma agitação interior, traduzida em movimentos quase imperceptíveis, um descontrole na respiração, um tremor nos dedos, um vaivém da perna encostada na escrivaninha.

– O senhor era casado nessa época? – indagou Maigret.

Lombard riu.

– Eu tinha dezenove anos! Estudava na Academia. Veja.

Com um olhar nostálgico, apontou para um retrato malfeito, com cores tristes, no qual, ainda assim, graças à irregularidade peculiar de suas feições, era possível reconhecê-lo. O cabelo descia-lhe pela nuca. Usava uma túnica preta, abotoada até o pescoço, rematada por uma gravata esvoaçante.

O quadro era de um romantismo desenfreado, não faltava sequer a caveira ao fundo.

– Se o senhor tivesse me dito que eu iria acabar como fotogravador... – ironizou Jef Lombard.

Parecia tão constrangido com a presença de Van Damme quanto com a de Maigret. Contudo, visivelmente, não sabia como dispensá-los.

Um funcionário veio pedir uma informação sobre um clichê que não estava pronto.

– Mande voltar ao meio-dia!

– Parece que é tarde demais.

– Paciência! Diga que eu tive uma filha...

Uma mistura confusa de alegria, nervosismo, talvez de angústia, traía seus olhos, seus gestos, a palidez de sua pele mosqueada de pequenas manchas de ácido.

– Posso lhes oferecer alguma coisa? Lá em casa...

Os três caminharam ao longo dos corredores emaranhados, transpuseram a porta que a velha abrira antes para Maigret.

Havia janelas azuis no corredor, onde, apesar de bolores imprecisos, talvez umidade vinda do quarto da parturiente, reinava um cheiro de limpeza.

– Os dois meninos estão na casa do meu cunhado. Por aqui...

Abriu a porta da sala de jantar, onde as diminutas vidraças das janelas deixavam passar apenas uma luz avara. Os móveis eram escuros, e apliques de cobre, espalhados aqui e ali, reluziam.

Na parede, um grande retrato de mulher, assinado *Jef*, embora recheado de imperfeições, fazia um esforço manifesto para idealizar a modelo.

Maigret compreendeu que era a esposa, procurou em volta e, como já esperava, topou novamente com enforcados. Os melhores! Os que foram julgados dignos de uma moldura!

– Os senhores naturalmente aceitam um cálice de genebra...

O comissário sentia pesar sobre ele o olhar feroz de Joseph Van Damme, a quem cada detalhe daquela conversa parecia exasperar.

– O senhor disse que conheceu Jean Lecocq d'Arneville...

Ouviam-se passos no andar superior, onde devia ficar o quarto da parturiente.

– Um colega distante... – respondeu Jef Lombard, atento a um vagido.

E erguendo o copo:

– À saúde da minha pequena! E da minha mulher!

Desviou a cabeça bruscamente, esvaziou o cálice de um trago, foi procurar algo inexistente no armário para dissimular a perturbação. O comissário, porém, não deixou de ouvir o romper de um soluço abafado.

– Preciso ir lá em cima... Perdão... Um dia como hoje...

Van Damme e Maigret não haviam trocado uma palavra. Enquanto atravessavam o pátio e passavam rente à fonte, o comissário observava seu companheiro com ironia, perguntando-se o que ele pretendia.

Na rua, porém, Van Damme limitou-se a tocar a aba do chapéu e, com grandes passadas, afastou-se, seguindo para a direita.

Em Liège, os táxis são raros. Maigret, que não conhecia as linhas de bonde, voltou a pé para o Hôtel du Chemin de Fer, onde almoçou e passou os olhos pelos jornais da região.

Às duas horas, adentrava no prédio do jornal *La Meuse*, no momento preciso em que Joseph Van Damme saía de lá. Os dois homens passaram a um metro um do outro, sem se cumprimentar, e o comissário resmungou consigo mesmo:

– Ele continua chegando na frente...

Dirigiu-se a um funcionário e pediu para consultar o acervo do jornal, sendo obrigado a preencher uma ficha e esperar a autorização do administrador.

Alguns detalhes o haviam impressionado: Armand Lecocq d'Arneville soubera que seu irmão deixara Liège aproximadamente na época em que Jef Lombard estava desenhando enforcados com uma obstinação doentia.

E o terno B que o vagabundo de Neuschanz e de Bremen transportava na mala amarela era muito antigo – tinha pelo menos seis anos, dissera o especialista alemão, talvez dez!

Ora, a presença de Joseph Van Damme no *La Meuse* já não dizia tudo ao comissário?

Introduziram-no numa sala com o piso encerado como um rinque de patinação, móveis suntuosos e solenes. O funcionário, com uma corrente de prata atravessada no uniforme, indagou:

– Que ano o senhor deseja consultar?

Maigret já havia notado as enormes pastas de papelão contendo, cada uma delas, os jornais de todo um ano e que estavam dispostas em volta da sala.

– Eu mesmo procuro... – disse.

Reinava um cheiro de encáustica, papel velho e luxo oficial. Sobre a mesa revestida de couro, havia compartimentos destinados a receber os volumes suplementares. Era tudo tão limpo, organizado e austero que o comissário nem sequer tirou o cachimbo do bolso.

Instantes depois, folheava, dia por dia, os jornais do "ano dos enforcados".

Milhares de manchetes desfilavam à sua frente. Algumas lembravam acontecimentos mundiais. Outras diziam respeito a fatos locais: o incêndio de uma loja de departamentos (página inteira por três dias), a cassação de um vereador, o reajuste do preço da passagem de bonde.

Subitamente, rasgos rentes à costura da encadernação. Um jornal – o do dia 15 de fevereiro – fora arrancado.

Maigret precipitou-se para a antessala, foi buscar o funcionário.

– Alguém esteve aqui antes de mim, não é? Foi exatamente esta coleção que ele solicitou, certo?

– Sim... Ele ficou apenas cinco minutos aqui.

– O senhor é de Liège? Lembra-se do que pode ter acontecido nesta data?

– Espere... Dez anos... Foi o ano em que a minha cunhada morreu. Lembrei! A grande cheia! Tivemos inclusive que esperar uma semana para enterrá-la, pois nas ruas próximas ao Meuse só era possível deslocar-se de barco. Basta ver as reportagens. "O rei e a rainha visitam os desabrigados..." Há fotografias. Ei! Está faltando um número! É extraordinário... Preciso avisar o diretor...

Maigret abaixou-se para pegar um pedaço de jornal que havia caído no chão, possivelmente quando Joseph Van Damme arrancava as páginas correspondentes a 15 de fevereiro.

7

Os três

EM LIÈGE EXISTEM QUATRO JORNAIS DIÁRIOS. Maigret levou duas horas para percorrer as redações e, como já esperava, em todas deu pela falta do dia 15 de fevereiro nas coleções.

A vida da cidade tinha seu ponto nevrálgico num quadrilátero de ruas conhecido como o Quadrado, onde se encontravam as lojas de luxo, os grandes restaurantes e as boates.

Era lá que todo mundo se encontrava e, pelo menos em três ocasiões, o comissário percebeu Joseph Van Damme pavoneando-se por ali, de bengala na mão.

Quando voltou ao Hôtel du Chemin de Fer, duas mensagens o esperavam. A primeira era um telegrama de Lucas, a quem, antes de partir, encarregara de certas tarefas.

Cinzas encontradas estufa quarto Louis Jeunet, Rue Roquette, examinadas pelo perito. Ponto. Identificados resíduos cédulas belgas e francesas. Ponto. Quantidade sugere montante alto.

A outra mensagem era uma carta, levada ao hotel por um mensageiro. Fora datilografada no papel não timbrado que as datilógrafas usam para cópias. Dizia:

Senhor comissário,

Tenho a honra de lhe comunicar que me disponho a lhe oferecer esclarecimentos úteis à investigação que o senhor empreende.

Por certas razões, faço questão de manter a prudência e lhe pediria a vênia, se minha proposta for do seu interesse, de encontrá-lo esta noite, por volta das onze horas, no Café de la Bourse, situado atrás do teatro Royal.

Nessa expectativa, reitero, senhor comissário, meus melhores votos.

Sem assinatura. Em contrapartida, fórmulas bastante inesperadas, pela própria banalidade comercial, num bilhete desse tipo: *tenho a honra de lhe comunicar... lhe pediria a vênia... se minha proposta for do seu interesse... nessa expectativa... reitero meus melhores votos...*

Maigret jantou sozinho numa mesa isolada e, quase à sua revelia, constatou que o curso de suas preocupações mudara. Pensava menos em Jean Lecocq d'Arneville, vulgo Louis Jeunet, que se matara em Bremen, num quarto de hotel.

Mas estava obcecado pelas obras de Jef Lombard, por aqueles enforcados pendurados em toda parte, na cruz de uma igreja, nas árvores de um bosque, no prego de uma mansarda, enforcados grotescos ou sinistros, rutilantes ou lívidos, em trajes de todas as épocas.

Às dez e meia da noite, pôs-se a caminho do teatro Royal, e faltavam cinco para as onze quando empurrou a porta do Café de la Bourse, um barzinho tranquilo, com uma clientela cativa, sobretudo jogadores de carteado.

Uma surpresa o aguardava. A um canto, perto do balcão, aboletavam-se três homens: Maurice Belloir, Jef Lombard e Joseph Van Damme.

Houve um momento de hesitação dos dois lados, enquanto o garçom ajudava o comissário a se livrar do sobretudo. Belloir soergueu-se automaticamente para cumprimentá-lo. Van Damme não se mexeu. Lombard, cujo rosto estampava um nervosismo incomum, agitou-se na cadeira, esperando que seus companheiros tomassem uma atitude.

Será que Maigret ia se aproximar deles, estender-lhes a mão, instalar-se à sua mesa? Eram seus conhecidos. Almoçara com o homem de negócios em Bremen. Belloir lhe oferecera um copo de conhaque em sua residência, em Reims. E Jef recebera-o naquela manhã mesmo...

– Boa noite, cavalheiros...

Apertou as mãos com o vigor que sempre imprimia nesse gesto e que, em certas ocasiões, ganhava uma conotação ameaçadora.

– Que coincidência encontrá-los novamente!

Havia um lugar livre ao lado de Van Damme, e ele se acomodou ali, pedindo ao garçom:

– Um chope claro.

Instalou-se então um silêncio denso e constrangedor. Van Damme olhava fixamente para a frente, rilhando os dentes. Jef Lombard continuava indócil, como se roupas apertadas demais o incomodassem nas articulações. Belloir, correto e frio, examinava as unhas e passava um palito de fósforo sob a do indicador, onde entrara uma sujeira.

– A sra. Lombard está passando bem?

Jef olhou em volta, como se em busca de um ponto de apoio, e balbuciou, olhando fixamente para a estufa:

– Muito bem... Obrigado.

Havia um relógio acima do balcão e Maigret contou cinco minutos redondos sem que sequer uma palavra fosse pronunciada. Van Damme deixara o charuto apagar e era o único a permitir que seus traços exprimissem um ódio não dissimulado.

Jef era o mais interessante de se observar. Os acontecimentos do dia sem dúvida haviam contribuído para deixá-lo com os nervos à flor da pele. E não havia um músculo em seu rosto, por ínfimo que fosse, que não vibrasse.

A mesa dos quatro homens era um verdadeiro oásis de silêncio no bar, onde todos se interpelavam aos berros.

– Tenho um rei! – triunfava alguém à direita.

– Bati! – exclamou um sujeito à esquerda. – Gostou?...

– Três chopes! Três... – gritava o garçom.

E tudo vivia e vibrava, exceto a mesa dos quatro, que uma parede invisível parecia isolar.

Jef quebrou o encanto. Mordendo o lábio inferior, levantou-se intempestivamente, resmungando:

– Que se dane!...

Olhou para seus companheiros de forma breve, aguda e dolorosa, pegou o casaco e o chapéu no cabide e alcançou a porta, que abriu bruscamente.

– Aposto que vai explodir em soluços assim que estiver sozinho na rua – disse Maigret pensativamente.

Sentira aquele soluço de raiva e desespero subindo pela garganta do clicherista e empurrando seu pomo de adão.

Voltou-se para Van Damme, que fitava o mármore da mesa, e engoliu metade do chope, enxugando os beiços com o dorso da mão.

Era um clima dez vezes mais denso do que na casa de Reims, onde Maigret já impusera sua presença aos mesmos personagens. E toda a corpulência do comissário contribuía para dar um significado ameaçador àquela presença compulsória.

Ele era alto e largo, principalmente largo, compacto, sólido, e suas roupas negligentes denunciavam o que havia de plebeu em sua estrutura. Um rosto pesado, no qual os olhos eram capazes de conservar uma imobilidade bovina.

Assemelhava-se, nesse sentido, a determinados personagens de pesadelos de crianças, figuras monstruosamente inchadas e sem expressão que avançam para quem dorme como se para esmagá-lo.

Alguma coisa de implacável, de inumano, qual um paquiderme movendo-se rumo a um objetivo do qual nada o desviará.

Bebia, fumava seu cachimbo, olhava com satisfação o ponteiro do relógio avançando tropegamente a cada minuto com seu clique metálico. Um relógio desanimado!

Não parecia preocupado com ninguém e, no entanto, espreitava as menores manifestações de vida à direita e à esquerda.

Foi uma das horas mais extraordinárias de sua carreira. Pois durou quase uma hora! Exatamente cinquenta e dois minutos! Uma guerra de nervos!

Jef Lombard fora sumariamente nocauteado. Mas os outros dois resistiam.

Estava ali, entre eles, como um juiz, porém um juiz que não acusava e cujo pensamento era indevassável. O que ele sabia? Por que viera? Que expectativas teria? Esperava uma palavra, um gesto que viesse esclarecer suas suspeitas? Já havia descoberto toda a verdade ou sua autoconfiança não passava de um blefe?

E que palavras pronunciar? Voltar a falar de coincidências, encontro fortuitos?

O silêncio perdurava. Esperavam sem sequer imaginar o que esperavam. Esperavam e nada acontecia!

O ponteiro do relógio vibrava a cada minuto. Um débil rangido na engrenagem se fez ouvir. No início, ninguém percebeu. Agora, parecia um estrondo. O movimento, inclusive, decompunha-se em três tempos: um primeiro clique; o ponteiro avançando; outro clique, como se para fixá-lo em sua nova posição. E a face do relógio mudava, com o ângulo obtuso tornando-se paulatinamente agudo. Os dois ponteiros iam se juntar.

O garçom lançava olhares perplexos para aquela mesa lúgubre. Maurice Belloir, de tempos em tempos, engolia a saliva e Maigret não precisava vê-lo para ter certeza disso. Ouvia-o viver, respirar, crispar-se, às vezes arrastar as solas do sapato com discrição, como se numa capela.

Os fregueses iam se dispersando. As toalhas vermelhas e os baralhos sumiam das mesas, que mostravam seu mármore lívido. O garçom saiu para puxar os postigos, enquanto a proprietária arrumava as fichas em pequenas pilhas, de acordo com o valor.

– O senhor vai ficar? – perguntou por fim Belloir com uma voz em que mal se reconhecia o timbre.

– E o senhor?

– Eu... não sei...

Então Van Damme bateu com uma moeda na mesa e perguntou ao garçom:

– Quanto?...

– A rodada? Nove francos e setenta e cinco...

Os três estavam de pé, evitando se entreolhar, e o garçom ajudava-os sucessivamente com os casacos.

– Boa noite, cavalheiros...

Do lado de fora, a bruma mal deixava ver a luz dos postes. Todos os postigos estavam fechados. Ao longe, passos reverberaram numa calçada qualquer.

Hesitaram quanto à direção a ser tomada. Nenhum dos três homens assumia a responsabilidade de orientar a retirada. Atrás deles, alguém passou a chave na porta do café e instalou as traves de segurança.

À esquerda, começava um beco margeado de velhos casarios de fachadas desalinhadas.

– Muito bem, senhores – pronunciou-se finalmente Maigret –, só me resta desejar-lhes boa noite.

A mão de Belloir, que ele apertou primeiro, estava fria, nervosa. A que Van Damme, contrafeito, estendeu-lhe, úmida e mole.

O comissário ergueu a gola do sobretudo, pigarreou e pôs-se a caminhar, sozinho, ao longo da rua deserta. E suas faculdades convergiam para um único fim: perceber o mais ínfimo rumor, o mais tênue frêmito do ar que o advertisse do perigo.

Sua mão direita, no bolso, apertava a coronha de um revólver. Pareceu-lhe que, na rede dos becos que se estendia à esquerda, encravada no centro de Liège feito um recife leproso, pessoas caminhavam precipitadamente, tentando não fazer barulho.

Muito longe ou muito perto, não saberia dizer por causa da cerração que lhe confundia os sentidos, julgou perceber o zumbido de uma conversa em voz baixa.

De repente, esquivou-se para o lado e colou numa porta, enquanto se produzia uma detonação seca e alguém corria desabaladamente no meio da noite.

Maigret então avançou alguns passos, mergulhou o olhar no beco do qual partira o tiro, e tudo que viu foram manchas mais escuras, sem dúvida becos sem saída, e bem ao fundo, a uns duzentos metros, um globo de vidro fosco indicando um ponto de venda de batatas fritas.

Instantes depois, passou em frente à loja, de onde saía uma jovem com um cone de papel regurgitando de fritas douradas. Ela lhe fez um convite sem convicção e se dirigiu a uma rua mais iluminada.

***

Maigret escrevia calmamente, esmagando a pena no papel com seu poderoso indicador, e de tempos em tempos apertava a cinza quente dentro do cachimbo.

Estava instalado em seu quarto no Hôtel du Chemin de Fer e o relógio luminoso da estação, visível da janela, marcava duas da manhã.

Meu velho Lucas,

Como ninguém sabe o que virá pela frente, passo-lhe em anexo algumas informações que, em caso de necessidade, lhe permitirão dar seguimento à investigação que iniciei.

1. Semana passada, em Bruxelas, um homem malvestido, com aspecto de vagabundo, embrulhou trinta cédulas de mil francos e as expediu para o próprio endereço, à Rue de la Roquette, em Paris. A investigação demonstrará não ter sido a primeira vez que ele remeteu a si mesmo somas igualmente altas, das quais não se servia. Prova disso é que, em seu quarto, encontramos as cinzas de várias cédulas queimadas voluntariamente.

Ele adota o nome de Louis Jeunet e trabalha com certa regularidade numa oficina da mesma rua.

Foi casado (ver sra. Jeunet, herborista, Rue Picpus) e tem um filho. Mas abandonou mulher e filho em circunstâncias perturbadoras, após crises agudas de alcoolismo.

Em Bruxelas, expedido o dinheiro, ele compra uma mala para guardar pertences que mantém num quarto de hotel. Quando está a caminho de Bremen, eu substituo essa mala por outra. E Jeunet, que parece não haver premeditado o suicídio e leva algo para comer, mata-se ao se dar conta de que teve seus bens roubados.

Trata-se de um velho terno que não lhe pertence e que, tudo indica, foi rasgado durante uma luta anos atrás, ficando empapado de sangue. O terno foi confeccionado em Liège.

Em Bremen, um homem vai ver o cadáver, e ele é um tal Joseph Van Damme, representante comercial, nascido em Liège.

Em Paris, tomo conhecimento de que Louis Jeunet é na realidade Jean Lecocq d'Arneville, nascido em Liège, de quem há tempos não se tem mais notícias. Ele cursou a universidade.

Em Liège, onde não aparece há dez anos, nada consta contra ele.

2. Em Reims, na noite imediatamente anterior à sua partida para Bruxelas, Jean Lecocq d'Arneville é visto entrando na casa de Maurice Belloir, vice-diretor de banco, nascido em Liège, que nega o encontro.

Mas os trinta mil francos expedidos de Bruxelas provêm desse mesmo Belloir.

Na casa dele, encontro: Van Damme, que chegara de avião de Bremen; Jef Lombard, dono de uma clicheria em Liège; e Gaston Janin, nascido igualmente nessa cidade.

Quando volto a Paris na companhia de Van Damme, este tenta me empurrar no Marne.

E dou de cara com ele em Liège, na casa de Jef Lombard. Este, há cerca de dez anos, dedicava-se à pintura, e as paredes de sua residência são cobertas de desenhos dessa época, representando enforcados.

Nas redações dos jornais para onde me dirijo, os exemplares de 15 de fevereiro do ano dos enforcados foram arrancados por Van Damme.

À noite, uma carta anônima me promete revelações definitivas se eu for até um bar da cidade. Lá, encontro não um homem, mas três: Belloir (procedente de Reims), Van Damme e Jef Lombard.

Recebem-me constrangidos. Tenho a convicção de que é um dos três que está decidido a falar. Os outros parecem ali estar exclusivamente para impedi-lo.

Jef Lombard, transtornado, sai de modo abrupto. Permaneço com os outros dois. Despeço-me deles depois da meia-noite, em meio à cerração, e logo em seguida sou alvo de um disparo.

Concluo que um dos três quis falar e, por outro lado, que um dos três tentou me eliminar.

Como, evidentemente, esse último gesto constituía uma confissão, não resta a seu autor senão o expediente de recomeçar e, dessa vez, não errar.

Mas quem é ele? Belloir, Van Damme, Jef Lombard?

Saberei quando ele voltar à carga. Como pode acontecer um acidente, envio-lhe estas anotações aleatórias, que lhe permitirão retraçar a investigação desde o início.

Quanto ao lado moral do caso, ver em particular a sra. Jeunet e Armand Lecocq d'Arneville, irmão do morto.

Agora vou me deitar. Minhas saudações a todos aí.

Maigret

A névoa se dissipara, depositando pérolas de orvalho nas árvores e em cada tufo de relva da Square d'Avroy, que Maigret atravessava.

Um sol tímido brilhava no céu azul-claro e a geada, de minuto em minuto, transformava-se em gotículas d'água, que, cristalinas, estouravam no cascalho.

Eram oito da manhã quando o comissário percorreu o Quadrado ainda deserto, onde os painéis publicitários dos cinemas achavam-se encostados nos guichês fechados.

Maigret parou diante de uma caixa de correio, deixou ali sua carta para o inspetor Lucas e olhou em volta com uma ponta de emoção.

Naquela mesma cidade, naquele exato momento, naquelas ruas fustigadas pelo mormaço, um homem pensava nele, e esse homem não tinha outra chance de salvação a não ser matá-lo. Sobre o comissário, levava a vantagem de conhecer o terreno, como provara à noite ao embrenhar-se por becos inextricáveis.

E também conhecia Maigret, talvez o tivesse em seu campo de visão naquele instante, ao passo que o comissário ignorava sua identidade.

Seria Jef Lombard? O perigo estaria na velha casa da Rue Hors-Château, onde uma parturiente dormia no primeiro andar, sob os cuidados de uma valorosa ajudante, enquanto funcionários indiferentes iam de uma tina de ácido a outra, assediados pelos contínuos dos jornais?

Joseph Van Damme, carrancudo e intratável, audacioso, intrigante, não espreitaria o comissário num local *onde sabia que ele terminaria por ir*?

Se desde Bremen ele previra tudo! Três linhas nos jornais alemães e ele acorrera ao necrotério! Um almoço com Maigret, e chegara a Reims antes do policial!

E se antecipara na Rue Hors-Château! Precedia o investigador nas redações dos jornais!

Por fim, estava no Café de la Bourse!

Verdade que nada provava não ser ele quem estava decidido a falar. Mas nada provava o contrário!

Talvez tivesse sido Belloir, frio, preciso, com sua empáfia de grande burguês da província, que atirara em meio à cerração. Talvez fosse a ele que não restava alternativa a não ser liquidar Maigret!

Ou Gaston Janin, o escultorzinho de cavanhaque! Ele não se encontrava no Café de la Bourse, mas podia estar de tocaia na rua!

Qual a relação de tudo isso com um enforcado balançando na cruz de uma igreja? Com uma profusão de enforcados? Com florestas cujas árvores não carregavam outros frutos senão enforcados? Com um velho terno manchado de sangue e puído nas lapelas por unhas furiosas?

Datilógrafas a caminho do trabalho. Uma varredora de rua municipal avançava lentamente com seu duplo aguador mecânico e uma espécie de rodo, empurrando o lixo para a sarjeta.

Nas esquinas, agentes municipais de capacetes brancos orientavam o trânsito com os braços metidos em luvas fosforescentes.

– O comissariado central? – perguntou Maigret.

Apontaram-lhe o caminho. Quando chegou, as faxineiras ainda faziam a limpeza, mas um secretário afável recebeu o colega e, quando o comissário pediu para ver os boletins de ocorrência de dez anos antes, esclarecendo ser o mês de fevereiro que o interessava, exclamou:

– O senhor é o segundo em vinte e quatro horas! Trata-se de saber se uma tal de Joséphine Bollant cometeu mesmo um furto doméstico nessa época, certo?

– Alguém esteve aqui?

– Ontem, às cinco da tarde. Um sujeito de Liège que fez uma bela carreira no estrangeiro, apesar de ainda ser bem jovem. Seu pai era médico. Quanto a ele, tem um próspero negócio na Alemanha.

– Joseph Van Damme?...

– Precisamente! Mas ele pesquisou em vão, pois não encontrou o que procurava.

– Pode me mostrar?

Era uma pasta verde, na qual os boletins de ocorrência estavam encadernados e numerados em ordem. Nada em 15 de fevereiro: das cinco ocorrências, duas eram por embriaguez e briga, uma por assalto a uma loja, uma por lesões corporais e a última por arrombamento e furto de coelhos.

Maigret ignorou-as. Verificava os números apostos no cabeçalho das folhas.

– Foi o próprio sr. Van Damme quem fez a pesquisa?

– Foi. Ele se instalou na sala ao lado...

– Obrigado!

Os cinco boletins estavam numerados: 237, 238, 239, 241 e 242.

Ou seja, faltava um, que havia sido arrancado, da mesma forma que os jornais haviam sido arrancados das coleções: o 240.

Minutos depois Maigret viu-se na praça situada atrás da prefeitura, pela qual passava um cortejo de casamento. Involuntariamente, às voltas com uma angústia que ele não apreciava, sua atenção se voltava para os ruídos mais insignificantes.

8

O pequeno Klein

FOI POR UM TRIZ! ERAM NOVE DA MANHÃ. Os funcionários chegavam à prefeitura e atravessavam o pátio, detendo-se por um instante para apertarem-se as mãos numa bela escadaria de pedra, em cujo topo um zelador bem escanhoado, com um quepe agaloado na cabeça, fumava seu cachimbo.

Era um cachimbo de espuma do mar. Maigret percebeu esse detalhe por acaso, ou porque o sol da manhã incidia sobre ele, já chamuscado, ou porque, por um instante, invejou o homem, que dava pequenas e voluptuosas baforadas e ali estava como um símbolo da paz e da alegria de viver.

Naquela manhã a atmosfera mostrava-se vibrante, o que se intensificava à medida que o sol avançava no céu. E havia uma cacofonia saborosa, gritos em dialeto valão, o rude tilintar dos bondes amarelo e vermelho, o quádruplo repuxo de uma fonte monumental, encimada pela escadaria típica, o qual tentava encobrir o alarido do mercado próximo.

Ora, ao longo da escada de dois lances, Maigret viu passar Joseph Van Damme, o qual adentrou no saguão.

O comissário lançou-se atrás dele. No interior, as escadas repetiam o esquema de dois lances juntando-se a cada andar. Num deles, os dois homens viram-se cara a cara, arfantes, tentando fingir naturalidade para um vigilante fardado.

Foi breve e intenso. Uma questão de precisão, de fração de segundo.

Enquanto subia a escada, Maigret ruminou que Van Damme só estava ali, tal como estivera nos jornais e no comissariado central, para fazer desaparecer alguma coisa. Um boletim de ocorrência de 15 de fevereiro já fora rasgado.

Contudo, não era norma, na maioria das cidades, a polícia remeter, todas as manhãs, uma cópia das ocorrências do dia ao prefeito?

– Eu gostaria de ver o secretário municipal – solicitou Maigret, a dois metros de Van Damme. – É urgente...

Seus olhares se cruzaram. Ameaçaram cumprimentar-se, não o fizeram, e o homem de Bremen, agora interpelado pelo guarda, limitou-se a murmurar:

– Nada... Volto depois.

E foi embora. O rumor de seus passos morreu no saguão. Pouco depois, Maigret era introduzido num gabinete suntuoso, onde o secretário, desconfortável em seu uniforme de colarinho alto, deu-se ao trabalho de localizar os boletins de ocorrência de dez anos antes.

Atmosfera tépida, tapetes macios. Um raio de sol fazia brilhar o crucifixo de um bispo num quadro histórico que ocupava todo um lanço de parede.

Após meia hora de buscas e trocas de amabilidades, Maigret encontrava a menção ao furto de coelhos, ao incidente da bebedeira, ao assalto à loja. E, entre duas ocorrências, as seguintes linhas:

O policial Lagasse, da 6ª Divisão, ao dirigir-se esta manhã às seis horas à ponte dos Arcos para lá assumir seu posto, ao passar pela entrada da igreja Saint-Pholien, percebeu um corpo enforcado na aldrava da porta.

O médico, chamado com urgência, não pôde senão constatar a morte do indivíduo, um certo Émile Klein, nascido em Angleur, 20 anos, pintor de paredes, residente à Rue du Pot-au-Noir.

Klein se enforcou, possivelmente no meio da noite, com um cordão de persiana. Em seus bolsos, foram encontrados apenas objetos sem valor e dinheiro miúdo.

O inquérito concluiu que ele estava desempregado fazia três meses e a indigência parece ter lhe inspirado o gesto.

Sua mãe, a viúva Klein, que mora em Angleur e vive de modesta pensão, foi avisada.

Seguiram-se horas tensas. Maigret atacou a nova pista. Não obstante, um tanto irrefletidamente, procurava menos informações sobre aquele Klein do que um encontro com Van Damme.

Só então, quando voltasse a ter o homem de negócios à sua frente, se aproximaria da verdade. Aquilo não começara em Bremen? E desde então, a cada ponto que marcava, o comissário não topava com Van Damme?

Este o vira na prefeitura, sabia que ele lera o relatório, que estava na pista Klein.

Em Angleur, nada! O comissário pegara um táxi e se embrenhara numa região industrial, onde pequenas habitações operárias, umas iguais às outras, de um mesmo cinza-sebo, formavam ruas pobres ao pé das chaminés das fábricas.

Uma mulher lavava a soleira de uma dessas casas, na qual morara a sra. Klein.

– Já faz cinco anos que ela morreu...

A figura de Van Damme não fora vista por ali.

– O filho não morava com ela?

– Não! E ele terminou mal... Destruiu-se na porta de uma igreja...

E foi tudo. Maigret soube apenas que o pai de Klein era contramestre numa mina de carvão e que, após sua morte, a viúva sobrevivera com uma pequena pensão, ocupando apenas a água-furtada na casa que ela sublocava.

– Para a 6ª Divisão de Polícia – ordenou ao motorista.

O agente Lagasse, embora ainda vivo, não se lembrava direito.

– Tinha chovido a noite inteira. Ele estava ensopado, com o cabelo ruivo grudado no rosto.

– Era alto? Baixo?

– Mais para baixo...

O comissário dirigiu-se então à sede da polícia montada e passou cerca de uma hora nos escritórios, que cheiravam a couro e suor de cavalo.

– Se ele tinha vinte anos na época, deve ter passado pelo conselho revisional... O senhor disse Klein, com K?

Encontraram a folha 13 no dossiê dos reformados. Maigret copiou algumas medidas: *altura* 1,55 metro, *circunferência do peito* 80 cm... E a observação *pulmões fracos*.

Enquanto isso, nem sinal de Van Damme. Tinha de procurar em outros lugares. O único resultado do corre-corre da manhã era a certeza de que o terno B jamais pertencera ao enforcado de Saint-Pholien, que não passava de um pé-rapado.

Klein se suicidara. Não houvera luta, nem sequer uma gota de sangue derramada.

Então, que relação haveria entre a mala do vagabundo de Bremen e o gesto de Lecocq d'Arneville, aliás, Louis Jeunet?

– Deixe-me aqui... É só me dizer onde fica a Rue du Pot-au-Noir.

– Atrás da igreja. A que sai no cais Sainte-Barbe.

Ao chegar em frente à igreja de Saint-Pholien, Maigret pagou o táxi. Agora observava a igreja nova erigida no centro de uma vasta esplanada.

À direita e à esquerda, abriam-se bulevares, margeados por prédios que tinham aproximadamente a mesma idade da igreja. Atrás dela, porém, subsistia um velho quarteirão, que havia sido reformado durante a reconstrução do templo.

Na vitrine de uma papelaria, Maigret deparou-se com cartões-postais da antiga igreja, mais baixa, atarracada e toda preta. Uma ala estava escorada por andaimes. De três lados, casas baixas, sórdidas, recostavam-se nos muros, conferindo um aspecto medieval ao conjunto.

Desse Pátio dos Milagres, restava apenas um bloco irregular, perfurado por vielas e becos, onde reinava um cheiro enjoativo de pobreza.

A Rue du Pot-au-Noir não tinha nem dois metros de largura e no centro dela corria um rio de água espumante, enquanto meninos brincavam nas soleiras das portas, atrás das quais a vida fervilhava.

Apesar do sol que brilhava no céu, estava escuro, pois sua luz não penetrava no beco. Na rua, onde haviam acendido uma fornalha, um funileiro reforçava alguns tonéis com aros de metal.

Os números das casas estavam apagados. O comissário foi obrigado a se informar. Quando perguntou pela 7, apontaram-lhe um beco, de onde vinham ruídos de serra e plaina.

Bem ao fundo, havia uma marcenaria, bancadas de carpinteiro, três homens trabalhando com todas as portas abertas, cola derretendo num fogão.

Um dos homens ergueu a cabeça, jogou fora uma ponta de cigarro acesa e esperou o estranho falar.

– É aqui que morava um sujeito chamado Klein?

O homem olhou para seus companheiros com ar cúmplice, apontou o dedo para uma porta, uma escada escura, e grunhiu:

– Lá em cima! Já tem gente lá!

– Um novo inquilino?

Um sorriso estranho, que só depois o comissário viria a entender, foi a resposta.

– Vá lá ver... No primeiro andar. Não tem como se enganar: é a única porta.

Um operário riu silenciosamente, manejando sua plaina. Maigret subiu a escada, onde a escuridão era completa. Depois de alguns degraus, não havia mais corrimão.

Riscou um fósforo, viu no topo uma porta sem fechadura nem maçaneta, que deviam prender com um barbante num prego enferrujado.

Com a mão no bolso sobre o revólver, empurrou a porta com o joelho, ofuscando-se diante da luz, filtrada por uma claraboia da qual um terço dos vidros estava quebrado.

O espetáculo foi tão inesperado que Maigret ficou por um instante olhando em volta sem discernir os detalhes. Por fim, a um canto, percebeu uma silhueta, um homem recostado na parede que lhe dirigia um olhar feroz: Joseph Van Damme.

– Tínhamos que terminar aqui, não é mesmo? – disse o comissário.

Ao cair naquela atmosfera por demais crua e vazia, sua voz teve ressonâncias surpreendentes.

Imóvel, Van Damme não respondeu, cravando-lhe os olhos com animosidade.

Para entender a arquitetura do local, seria necessário saber de que construção, convento, caserna ou palacete, aquelas paredes haviam feito parte.

Nenhuma delas era reta. E, enquanto metade do piso era forrada por um assoalho de madeira, a outra era calçada com lajotas desiguais, como numa velha capela.

As paredes estavam rebocadas com cal, salvo um retângulo de tijolos marrons que devia vedar uma antiga janela. Pela claraboia, entreviam-se uma empena, uma calha, bem como, em segundo plano, do lado do Meuse, telhados desiguais.

Isso, porém, era o menos inesperado. O mais estranho era a configuração do espaço, de um contrassenso que beirava a loucura, ou uma grande farsa.

No chão, espalhados, cadeiras novas, inacabadas, uma porta deitada ao comprido, com um painel consertado, potes de cola, serrotes quebrados e caixotes dos quais saíam palha ou aparas de madeira.

Em contrapartida, a um canto, havia uma espécie de divã, ou melhor, um estrado com molas, parcialmente coberto por um trapo de seda estampada. E logo acima dele pendia uma lamparina bizarra, com vidros coloridos, como essas às vezes encontradas nos bricabraques.

Sobre o divã, largados, pedaços desmembrados de um esqueleto incompleto, como os usados por estudantes de medicina. As vértebras e a bacia ainda resistiam, por meio de ganchos, inclinando-se para a frente, numa pose de boneca de pano.

E as paredes! As paredes brancas, enxameadas de desenhos, havia até afrescos!

Aquilo formava o caos mais aberrante: rostos contorcidos em esgares; inscrições como: *Viva Satanás, avô do mundo!*

No chão, uma Bíblia com a lombada rachada! Espalhados, desenhos amassados, papéis amarelecidos, cobertos por grossa camada de poeira.

Uma inscrição ainda, em cima da porta: *Boas-vindas aos malditos!*

E, no centro dessa mixórdia, as cadeiras inacabadas cheirando a marcenaria, os potes de cola, as tábuas de pinheiro maciço! Uma estufa derrubada no chão, vermelha de ferrugem!

Por fim, Joseph Van Damme, com seu sobretudo bem cortado, rosto escanhoado, sapato impecável, Van Damme, que, apesar de tudo, continuava o homem dos grandes restaurantes de Bremen, do escritório moderno num prédio comercial, dos jantares finos, dos cálices de armanhaque envelhecido...

... Van Damme, que dirigia seu automóvel cumprimentando os notáveis, explicando que o transeunte de casaco de pele era milionário, que aquele outro possuía trinta cargueiros no mar, e que um pouco mais tarde, ao som de músicas vazias e sob o estrépito de copos e pires, iria apertar as mãos de todos aqueles magnatas dos quais se sentia um igual...

... Van Damme, que agora lembrava um animal acuado, imóvel, sempre encostado na parede, cujo estuque embranquecia seu ombro, uma das mãos no bolso do sobretudo, olhar insolente cravado em Maigret.

– Quanto?...

Teria mesmo falado? O comissário, naquela atmosfera inverossímil, não teria sido vítima de uma ilusão?

Ele estremeceu e derrubou uma cadeira sem fundo, fazendo um estardalhaço.

Embora corado, Van Damme já não transbordava saúde. Em sua fisionomia hipertensa e em seu olhar, no qual ele concentrava suas últimas forças, havia um misto de pânico, ou desespero, e raiva, ao lado da vontade de viver, de triunfar a qualquer preço.

– Não entendi.

Maigret aproximou-se de um monte de desenhos amassados que haviam varrido para um canto, sob a claraboia. Antes de perceber a resposta, teve tempo de expor no chão alguns estudos de nu: uma moça de feições vulgares, cabelo desalinhado, corpo opulento, bem torneado, seios fartos, cadeiras largas...

– Ainda temos tempo – insistia, enquanto isso, Van Damme. – Cinquenta mil? Cem?

O comissário observou-o com curiosidade e o outro, num arroubo, lançou:

– Duzentos mil!...

O medo palpitava no ar, entre as paredes irregulares do antro. E ele tinha alguma coisa de ácido, enfermiço, mórbido.

Talvez houvesse outra coisa além do medo: uma tentação recalcada, uma vertigem de assassinato...

Maigret, no entanto, continuava a desamassar os papéis velhos, a encontrar, em outras imagens, a mesma moça opulenta que, ao montar a pose, devia olhar para o vazio com um semblante contrafeito.

Em certa ocasião, o artista tentara embrulhá-la na seda estampada que cobria o divã... Em outra, representara-a de meia preta...

Atrás dela, havia uma caveira, que agora jazia ao pé do estrado. E Maigret se lembrou de ter visto a cabeça macabra num retrato de Jef Lombard.

Uma ligação se esboçava, ainda confusa, entre as pessoas, entre os fatos, através do espaço e do tempo. O comissário deixou à mostra, com um gesto meio nervoso, um novo desenho a carvão representando um rapaz de cabelo comprido, a gola da camisa aberta no peito, o queixo enfeitado por uma barba incipiente.

Ele também fazia uma pose romântica. Sua cabeça estava de perfil e parecia vislumbrar o futuro como uma águia mirando o sol.

Era Jean Lecocq d'Arneville, o suicida da pensão sórdida de Bremen, o vagabundo que não comera seus pãezinhos.

– Duzentos mil francos!...

E, traindo o homem de negócios que pensa nos mínimos detalhes e nas flutuações do câmbio, a voz acrescentou:

– ... francos franceses!... Ouça, comissário...

Maigret pressentia que a ameaça ia suceder à súplica, que o pavor que vibrava na voz não demoraria a se transformar num rugido raivoso.

– Ainda temos tempo... Nenhuma ação oficial foi impetrada... Estamos na Bélgica...

Restava um toco de vela na lamparina e, sob os papéis acumulados no assoalho, o comissário descobriu um velho fogareiro a querosene.

– O senhor não está em missão oficial. Em todo caso... Peço-lhe um mês.

– Quer dizer que a coisa aconteceu em dezembro...

Seu interlocutor pareceu grudar mais na parede, gaguejando:

– Como assim?...

– Estamos em novembro. Em fevereiro, o enforcamento de Klein completará dez anos. E o senhor me pede apenas um mês...

– Não entendo...

– Claro que sim!

Era enlouquecedor ver Maigret ainda remexendo nos velhos papéis com a mão esquerda – e os papéis farfalhavam ao se tocarem! –, enquanto a direita permanecia enfiada no bolso do sobretudo.

– Entendeu muito bem, sr. Van Damme! Caso se tratasse da morte de Klein, se, por exemplo, ele tivesse sido assassinado, o crime prescreveria em fevereiro, ou seja, depois de dez anos. E o senhor me pede apenas um mês. Logo, foi em dezembro que *a coisa* aconteceu...

– O senhor não irá descobrir nada...

A voz tremia como um disco arranhado.

– Então por que está com medo?

Ergueu o estrado de molas do divã, sob o qual não havia senão poeira e uma casca de pão mofado, esverdeada, quase inidentificável.

– Duzentos mil francos... Poderíamos deixar acertado para que na sequência...

– Quer levar uma bofetada?

A pergunta foi tão brutal e inesperada que por um instante Van Damme perdeu a pose e, fazendo um gesto para se proteger, sacou involuntariamente o revólver que sua mão enfiada no bolso apertava.

Ao se dar conta disso, foi por alguns segundos tomado pela vertigem e, provavelmente, cogitou atirar.

– Largue essa coisa!

Os dedos se abriram. O revólver caiu no chão, perto de um monte de aparas de madeira.

Maigret voltou as costas para o inimigo e continuou a examinar aquela estarrecedora babel. Pegou uma meia masculina amarelada e manchada.

– Ei, Van Damme...

Voltou-se, pois farejara algo de anormal no silêncio. Viu o homem passar a mão no rosto, onde seus dedos deixaram um sulco molhado.

– Está chorando?

– Eu?

Esse *eu* era agressivo, sardônico, desesperado.

– Em que arma você serviu o Exército?

O outro não entendeu. Estava disposto a se agarrar a qualquer arremedo de esperança.

– Eu estive na ESLR... A escola dos subtenentes da reserva, em Beverloo...

– Infantaria?

– Cavalaria.

– Em outras palavras, o senhor media então entre um metro e sessenta e cinco e um metro e setenta... E não pesava setenta quilos. Foi só mais tarde que ganhou barriga...

Maigret empurrou uma cadeira, na qual esbarrara, recolheu outro pedaço de papel, aparentemente um fragmento de carta, que continha apenas uma linha: *Caríssimo amigo...*

Mas não tirava os olhos de Van Damme, o qual ainda tentava entender, até que subitamente exclamou, transtornado, desfigurado:

– Não fui eu! Juro que nunca usei aquele terno!

Com o pé, Maigret fez o revólver do homem deslizar até a outra ponta do recinto.

Por que, nesse instante, refez a conta das crianças? Um menino na casa de Belloir! Três crianças na Rue Hors-Château, onde a recém-nascida ainda não abrira os olhos! E o filho do falso Louis Jeunet!

No chão, via-se a bela moça nua contorcer-se toda num croqui não assinado.

Ouviram-se passos hesitantes na escada. Uma mão roçou na porta, procurando o barbante que servia de ferrolho.

9

Os Companheiros do Apocalipse

NAS CENAS QUE SEGUIRAM, tudo se revestiu de importância, as palavras, os silêncios, os olhares e até os espasmos involuntários dos músculos. Tudo ganhou sentido e, por trás dos personagens, pressentia-se alguma coisa lívida, o vulto imaterial do medo.

A porta se abriu. Maurice Belloir apareceu e seu primeiro olhar foi para Van Damme, grudado na parede, a um canto, depois para o revólver no chão.

Era muita coisa para entender ao mesmo tempo. Sobretudo quando logo em seguida se via Maigret, calmo, cachimbo na boca, continuando a vasculhar as velhas ilustrações.

– Lombard está para chegar! – exclamou Belloir, sem que fosse possível saber se falava ao comissário ou a Van Damme. – Aluguei um carro...

E só por essas palavras Maigret percebeu que o vice-diretor do banco acabava de jogar a toalha. Era quase imperceptível. Feições menos tensas. Entonação cansada, envergonhada.

Eram três entreolhando-se. Joseph Van Damme começou:

– O que é que ele...?

– Parece que enlouqueceu. Tentei acalmá-lo. Mas ele me escapou... Saiu falando sozinho, gesticulando...

– Armado? – indagou Maigret.

– Armado...

Maurice Belloir espreitava, com o semblante sofrido do exaltado que tenta em vão se controlar.

– Vocês dois estavam na Rue Hors-Château? Aguardavam o resultado da minha entrevista com...

Com o dedo, apontou Van Damme, enquanto Belloir assentia com a cabeça.

– E os três concordaram em me oferecer...?

Não havia necessidade de terminar as frases. Compreendia-se tudo por insinuações... Inclusive os silêncios, pois os pensamentos pareciam audíveis.

Subitamente, passos precipitados na escada. Alguém tropeçou, levou um tombo, rosnou de raiva. No instante seguinte, a porta era aberta com um pontapé e o umbral emoldurou Jef Lombard, que permaneceu por um momento imóvel, observando os três homens com suas retinas apavorantes de tanta fixidez.

Tremia. Estava às voltas com o delírio, talvez uma espécie de demência.

Tudo devia dançar à sua frente, o vulto de Belloir afastando-se dele, o rosto congestionado de Van Damme, por fim Maigret com seus ombros largos, que não esboçava um movimento, prendendo a respiração.

E, como cenário, todo aquele bricabraque estarrecedor, os desenhos espalhados, a moça nua da qual não se viam senão os seios e o queixo, a lamparina, o divã destroçado...

Era só por frações de segundo que a cena podia ser avaliada. Na ponta de seu braço comprido, Jef empunhava um revólver com tambor.

Maigret observava-o calmamente. Nem por isso um suspiro deixou de encher-lhe o peito quando Jef Lombard largou a arma no chão, agarrou a cabeça com as mãos, explodiu em soluços roucos e gemeu:

– Eu não consigo! Não consigo! Ouviram?... Que se dane!

Então apoiou os braços na parede, enquanto seus ombros vibravam e se ouvia o seu fungar.

O comissário foi fechar a porta, pois o barulho do serrote e da plaina começava a incomodar, bem como uma distante gritaria de crianças.

Jef Lombard enxugou o rosto com seu lenço, jogou o cabelo para trás e olhou em volta com os olhos vazios de quem sofreu uma crise nervosa.

Não estava nada tranquilo. Seus dedos crispavam-se. As narinas fremiam. Quando tentou falar, foi obrigado a morder os lábios para conter um novo soluço.

– ... Para acabar assim!... – disse, com uma voz que a ironia deixava neutra, mordaz.

Quis rir, um riso desesperado.

– Nove anos! Quase dez! Fiquei sozinho, sem um centavo, desempregado...

Falava consigo mesmo e sem dúvida não se dava conta de que olhava com dureza para o despudorado estudo de nus.

– Dez anos de esforços todos os dias, de decepções, dificuldades de todos os tipos! E mesmo assim arranjei uma mulher... Quis filhos... Lutei feito um animal para lhes dar uma vida... Uma casa... A clicheria... E o diabo a quatro! O senhor viu. Mas o que o senhor não viu foi o esforço que fiz para construir tudo isso. Os desânimos... As letras de câmbio que no início me tiraram o sono...

Engoliu a saliva, passou a mão na testa. Seu pomo de adão subia e descia.

– E pronto! Acabo de ter uma filhinha... Pergunto-me se cheguei a vê-la... Minha mulher, que está de cama, não compreende, olha apavorada para mim porque não me reconhece mais. Os operários me perguntam e não sei o que responder...

"É o fim! Em poucos dias, num piscar de olhos! Sabotado, destruído, quebrado, pulverizado! Tudo! Um trabalho de dez anos...

"E isso porque..."

Cerrou os punhos, olhou para a arma no chão, depois para Maigret. Estava extenuado.

– Vamos terminar com isso – disse, soltando um suspiro com um gesto cansado. – Quem vai falar? É tão estúpido...

E essas palavras pareciam dirigir-se à caveira, ao monte de esboços velhos, aos desenhos insensatos das paredes.

– É tão estúpido... – repetiu.

Parecia prestes a cair novamente no choro. Mas não! Seus nervos estavam drenados. A crise passara. Foi sentar-se na beirada do sofá, descansou os cotovelos nos joelhos pontudos, o queixo nas mãos e assim permaneceu, à espera.

Só se mexeu para, com as unhas, raspar uma mancha de lama na bainha da calça.

– Atrapalho alguma coisa?

A voz era alegre. O marceneiro, coberto de serragem, entrou, olhou as paredes decoradas com os desenhos e desatou a rir.

– Então voltaram para ver tudo isso?...

Ninguém se mexia. Belloir era o único a procurar manter um ar de naturalidade.

– Lembram que ainda me devem os vinte francos do último mês? Ah! Não estou aqui para cobrar. Na verdade, até acho graça, porque, quando os senhores foram embora e deixaram todas essas velharias, recordo que disseram:

"Pode ser que um único desenho desses venha a valer o mesmo que o seu barraco...

"Eu não acreditava nisso... Mesmo assim, hesitei em pintar as paredes. Um dia eu trouxe um emoldurador que vende quadros e ele levou dois ou três desenhos. Me pagou uma mixaria por eles. Continuam no ramo da pintura?"

Finalmente ele pressentiu alguma coisa de anormal. Joseph Van Damme não desgrudava os olhos do chão. Belloir estalava os dedos, impaciente.

– O senhor não está estabelecido na Rue Hors-Château? – perguntou ainda o marceneiro a Jef. – Tenho um sobrinho que trabalhou na sua firma. Um alto, louro...

– É possível – suspirou Lombard, virando a cabeça.

– O senhor, não estou reconhecendo... Também pertencia ao bando?

Era a Maigret, agora, que o proprietário dirigia a palavra.

– Não.

– Sujeitos esquisitos! Minha mulher não queria que eu alugasse, depois me aconselhou a despejá-los, ainda mais porque não pagavam em dia. Mas a coisa me divertia... O negócio deles era chafurdar na lama e encher a cara. E passavam as noites cantando estribilhos e bebendo. Às vezes vinham mulheres bonitas... A propósito, sr. Lombard, aquela ali no chão, sabe o que aconteceu com ela?

"Casou com um fiscal do Grand Bazar e mora a duzentos metros daqui. Tem um filho na escola junto com o meu..."

Lombard levantou-se, foi até a sacada envidraçada e voltou, tão agitado que o homem decidiu bater em retirada.

– Estou sendo inoportuno, talvez? Já estou de saída... De toda forma, caso se interessem por alguma coisa... Claro que nunca me passou pela cabeça confiscar seus rabiscos por causa dos vinte francos. Só peguei uma paisagem para a minha sala de jantar...

No corredor, fez menção de continuar o falatório. Mas foi chamado no rés do chão.

– Alguém para o senhor, patrão!

– Até já, senhores. Foi um prazer...

A voz perdeu força, pois a porta fora fechada. Enquanto ele falava, Maigret acendera um cachimbo. De toda forma, o falatório do marceneiro relaxara um pouco o ambiente. E quando o comissário tomou a palavra, apontando para os dizeres que cercavam o desenho mais absconso na parede, Maurice Belloir respondeu com uma voz quase natural.

Os dizeres eram: *Os Companheiros do Apocalipse.*

– Era o nome do grupo de vocês?

– Sim... Vou explicar. Tarde demais, não é? Sinto pena é das nossas mulheres, dos nossos filhos...

Mas Jef Lombard interveio.

– Peço a palavra... Por favor...

E pôs-se a andar de um lado a outro do recinto, colhendo com o olhar, em determinados momentos, este ou aquele objeto, como se para ilustrar sua narrativa.

– Há pouco mais de dez anos, eu estudava na Academia de Pintura. Usava um chapelão, uma gravata esvoaçante. Éramos eu e mais dois: Gaston Janin, que fazia esculturas, e o pequeno Klein. Achávamos o máximo desfilar pelo Quadrado... Éramos artistas, certo? Todos se atribuíam, no mínimo, o futuro de um Rembrandt.

"Aconteceu de maneira estúpida... Líamos muito, sobretudo autores do período romântico. Nos exaltávamos... Durante uma semana, só jurávamos por determinado escritor. Depois o renegávamos para adotar outro.

"O pequeno Klein, cuja mãe morava em Angleur, alugou este ateliê onde estamos, e adquirimos o hábito de nos reunir aqui. A atmosfera, sobretudo nas noites de inverno, nos impressionava pelo que tinha de medieval. Entoávamos velhas canções, recitávamos Villon...

"Já não sei mais quem descobriu o Apocalipse e cismou de nos ler capítulos inteiros dele.

"Uma noite, conhecemos uma turma de estudantes: Belloir, Lecocq d'Arneville, Van Damme e um certo Mortier, judeu, cujo pai possui um negócio de salames e linguiças não longe daqui.

"Bebemos. Trouxemos os rapazes para o ateliê. O mais velho não tinha mais que vinte e dois anos...

"Era você, Van Damme, lembra-se?"

Falar fazia-lhe bem. Seu passo tornou-se menos espasmódico e a voz menos fanhosa, embora o rosto continuasse com riscas vermelhas e os lábios inchados, resultado do acesso de choro.

– Acho que a ideia foi minha... Criar uma sociedade, uma agremiação! Eu tinha lido algumas descrições de sociedades secretas que existiam no século passado nas universidades alemãs. Um clube que reunisse Arte e Ciência!

Não pôde abster-se de rir, observando as paredes.

– Estávamos entupidos de palavras! Elas nos enchiam de orgulho... De um lado, três medíocres, Klein, Janin e eu. A Arte. De outro, os estudantes. Bebemos... Bebíamos muito! Bebíamos para nos exaltar ainda mais. Modulávamos a iluminação a fim de tornar a atmosfera misteriosa...

"Deitávamos aqui, veja. Alguns no divã, os demais no chão. Fumávamos cachimbos e mais cachimbos. O ar ficava congestionado.

"Então cantávamos refrões. Quase sempre alguém passava mal e ia se aliviar no pátio.

"Isso acontecia às duas, às três da manhã! Delirávamos... Estimulados pelo vinho, um vinho barato que nos revirava o estômago, nos lançávamos no domínio da metafísica.

"Lembro do pequeno Klein... Era o mais nervoso, o mais frágil. Sua mãe era pobre e ele vivia de vento, deixando de comer para beber.

"Porque, quando bebíamos, sentíamo-nos, todos, autênticos gênios!

"O grupo dos estudantes era um pouco mais bem-comportado, pois era menos pobre, à exceção de Lecocq d'Arneville. Belloir surrupiava uma garrafa de um velho Borgonha ou um conhaque da casa dos pais. Van Damme trazia salames.

"Estávamos convencidos de que as pessoas na rua nos olhavam com um misto de admiração e terror. E havíamos escolhido um nome enigmático, bem pomposo: Os Companheiros do Apocalipse...

"Acho até que ninguém tinha lido o Apocalipse inteiro... Só o Klein, que recitava algumas passagens de cor, quando estava bêbado.

"Tínhamos decidido rachar o aluguel da sede, mas Klein poderia morar aqui.

"Algumas garotas aceitavam vir posar de graça. Posar e o resto, naturalmente! E pintávamos empregadinhas à la Murger. Era um circo!

"Aqui está uma, no chão... Uma besta quadrada. Não interessa, nós a transformávamos numa madona.

"Beber era o mais urgente. Imprescindível subir a atmosfera em um tom... Lembro de Klein, no divã, tentando alcançar o mesmo resultado entornando um vidro de éter sulfúrico...

"E nós todos bravateávamos, esperando a embriaguez, as visões...

"Santo Deus..."

Jef Lombard colou a testa no vidro embaçado, depois voltou com um novo tremor na voz.

– De tanto provocar essa superexcitação, terminávamos com os nervos em frangalhos. Sobretudo os mais desnutridos... Entende? O pequeno Klein, entre outros... Um rapazola que não comia e...

"Naturalmente, estávamos redescobrindo o mundo! Tínhamos ideias sobre todos os grandes problemas. Execrávamos o burguês, a sociedade e todas as verdades estabelecidas...

"As afirmações mais mirabolantes cruzavam-se no ar tão logo virávamos alguns copos e a fumaça turvava a atmosfera. Misturávamos Nietzsche, Marx, Moisés, Confúcio, Jesus...

"Um exemplo, veja! Não lembro mais quem tinha descoberto que a dor não existe, que não passa de uma ilusão do nosso cérebro. Essa ideia me entusiasmou tanto que uma noite, no centro de uma roda arquejante, enfiei a ponta de um canivete no meio do braço, fazendo força para sorrir...

"E houve outras! Éramos uma elite, um pequeno grupo de gênios reunidos pelo acaso. Pairávamos acima do mundo convencional, das leis, dos preconceitos...

"Um círculo de deuses, não é mesmo? Deuses que às vezes morriam de fome, mas que andavam orgulhosamente pelas ruas, fulminando os transeuntes com seu desprezo...

"E planejávamos o futuro: Lecocq d'Arneville se tornaria um Tolstói. Van Damme, que fazia os cursos práticos da Escola dos Altos Estudos Comerciais, revolucionaria a economia política, derrubando os lugares-comuns sobre a organização da humanidade.

"Cada um tinha o seu lugar! Havia os poetas, os pintores e os futuros chefes de Estado...

"Movidos a álcool! Quer dizer... No fim, já estávamos tão acostumados aos nossos papéis que, tão logo chegávamos aqui, à luz erudita da lamparina, com um esqueleto na penumbra e a caveira servindo de taça comum, mergulhávamos automaticamente na tão almejada euforia.

"Os mais modestos já viam uma placa de mármore no muro da casa: *Aqui se reuniam os célebres Companheiros do Apocalipse...*

"Tudo dependia de quem traria o livro novo, a ideia extraordinária...

"Foi mero acaso não termos virado anarquistas! A questão foi seriamente discutida. Houve um atentado em Sevilha. A reportagem do jornal foi lida em voz alta.

"Não lembro quem exclamou:

"'O verdadeiro gênio é destruidor!'

"E a nossa roda de criançolas discorreu horas a fio sobre essa ideia. Imaginamos um meio de fabricar bombas. Especulamos sobre o que seria interessante explodir...

"Então, já no sexto ou sétimo copo, o pequeno Klein passou mal. Não como das outras vezes. Uma espécie de crise nervosa... Ele rolava no chão, e só pensávamos no que aconteceria conosco se lhe acontecesse uma desgraça.

"Essa garota também era do grupo. Seu nome era Henriette. Ela chorava...

"Ah, que belas noites! Era questão de honra debandar somente depois da passagem do apagador dos bicos de gás, e, tiritando, íamos embora pela madrugada melancólica...

"Os ricos entravam em suas casas pulando a janela, dormiam, comiam, o que, bem ou mal, compensava os estragos da noite.

"Os outros, contudo, Klein, Lecocq d'Arneville e eu, vagávamos pelas ruas, mordiscávamos um pãozinho, olhávamos as vitrines com inveja.

"Naquele ano, fiquei sem agasalho porque preferi comprar um chapéu de cento e vinte fracos.

"Eu dizia que o frio, como o resto, era ilusão. E, inspirado em nossas discussões, eu declarava ao meu pai – um bom sujeito, operário de uma fábrica de armas, falecido pouco depois – que o amor dos pais é a forma menos nobre de egoísmo e que o primeiro dever do filho é renegá-los...

"Ele era viúvo. Saía às seis da manhã para o trabalho, quando eu estava chegando. Pois bem! Ele passou a sair mais cedo, para não me encontrar, porque os meus discursos o horrorizavam. E me deixava bilhetes na mesa. *Tem carne na despensa... Seu pai...*"

A voz de Jef sumiu momentaneamente. Ele olhou para Belloir, que se sentara na ponta de uma cadeira sem fundo e tinha os olhos fixos no teto, depois para Van Damme, que esmagava um cigarro.

– Éramos sete – disse Lombard em surdina. – Sete super-homens! Sete gênios! Sete criançolas!

"Janin, em Paris, continua na escultura. Quer dizer, fabrica manequins para uma grande fábrica. E, de tempos em tempos, engana a depressão modelando o busto de sua amante do momento.

"Belloir está no banco. Van Damme nos negócios. Eu tenho uma clicheria."

Houve um silêncio receoso. Jef engoliu a saliva e prosseguiu, enquanto as bolsas em que seus olhos se achavam embutidos pareciam se aprofundar.

– Klein se enforcou na porta da igreja. Lecocq d'Arneville disparou um tiro na boca em Bremen...

Novo silêncio. Dessa vez, Maurice Belloir, incapaz de se manter sentado, levantou-se e, atarantado, terminou posicionando-se diante da claraboia, enquanto se ouvia um barulho estranho em seu peito.

– E o último? – indagou Maigret. – Mortier, não é? O filho do fabricante de salames...

O olhar que Lombard lhe dardejou foi tão ardente que o comissário previu uma nova crise. Van Damme derrubou a cadeira.

– Foi em dezembro, não foi?

Maigret falava e não perdia uma palpitação de seus três companheiros.

– Fará dez anos daqui a um mês. Em um mês a coisa prescreve...

Primeiro foi recolher o revólver automático de Joseph Van Damme, depois a arma com tambor que Jef largara no chão pouco depois de sua chegada.

Ele não se enganara. Lombard roía a corda e, segurando a cabeça com as duas mãos, gemia:

– Meus filhos! Meus três filhinhos...

E, mostrando subitamente e sem pudor as faces banhadas de lágrimas ao comissário, explodiu, mais uma vez frenético:

– Por causa do senhor, exclusivamente do senhor, mal lambi a minha cria! Nem sei dizer como ela é... Entende?

10

Um Natal na Rue du Pot-au-Noir

UMA VENTANIA DEVE TER VARRIDO O CÉU, pois uma nuvem baixa e rápida fez com que todos os reflexos do sol se apagassem ao mesmo tempo. E, como se alguém tivesse apertado um interruptor, a atmosfera ficou cinza, uniforme, enquanto os objetos adquiriam um aspecto hostil.

Maigret entendeu a necessidade daqueles que se reuniam ali de quebrarem a luz da lamparina com vidros multicores, instalar misteriosas penumbras, mobiliar o ar com a fumaça do tabaco e os eflúvios do álcool.

E reconstituiu mentalmente os despertares de Klein, que, na manhã seguinte àquelas tristes orgias, acordava entre garrafas vazias e copos quebrados, imerso numa atmosfera rançosa, na luz glauca que varava do vitrô sem cortinas.

Jef Lombard, aniquilado, mantinha-se em silêncio, e foi Maurice Belloir quem tomou a palavra.

Uma mudança brusca, como se tivesse sido transportado para outro plano. A emoção do clicherista deixava-se trair por uma agitação de todo o seu ser, por espasmos, soluços, silvos de voz, vaivéns, momentos de exaltação e calma, para os quais era possível estabelecer um gráfico, como em casos de doença.

Belloir, dos pés à cabeça, na voz, no olhar e nos gestos, era de uma lucidez, sem dúvida produto de árdua concentração, que chegava a doer.

Ele não era homem de choro! Não conseguia sequer um esgar! Tudo congelado!

– Permita que eu continue, comissário? Daqui a pouco vai escurecer e não temos nada para iluminar...

Não era culpa dele se evocava assim um detalhe material. Tampouco falta de emoção. Era, inclusive, sua maneira de externá-la.

– Acho que éramos todos sinceros em nossas divagações, discussões, devaneios em voz alta.

"Era como Jef contou. De um lado, havia os ricos, que em seguida regressavam a suas casas, voltando a frequentar um ambiente próspero. Van Damme, Willy Mortier e eu... E até mesmo Janin, a quem nada faltava.

"No entanto, é preciso fazer uma menção especial a Willy Mortier. Um detalhe, entre muitos outros... Ele era o único a escolher suas amantes entre as profissionais das boates e dançarinas dos teatros de variedades. Pagava por elas...

"Um rapaz pragmático como o pai, que, chegando sem um tostão a Liège, escolheu sem repugnância o comércio de embutidos e enriqueceu com ele.

"Willy recebia quinhentos francos de mesada. Era uma fábula para nós. Jamais punha os pés na universidade, mandava colegas pobres anotarem as aulas para ele, fazia as provas graças a conchavos, propinas.

"Se apareceu aqui, foi unicamente por curiosidade, pois nunca houve comunhão de gostos nem de ideias.

"Por exemplo, seu pai comprava quadros de artistas, embora os desprezasse. Comprava também conselheiros comunais, e até vereadores, para obter determinadas vantagens. E os desprezava.

"Pois bem. Willy também nos desprezava. E vinha medir a diferença entre ele, o rico, e os demais.

"Não bebia. Quando estávamos bêbados, parecia sentir asco de nós. Ao longo de infindáveis discussões, limitava-se a poucas palavras, que eram como uma ducha fria, machucando pela crueza, diluindo toda a falsa poesia que éramos capazes de criar.

"Ele nos detestava! Nós o detestávamos! Além disso, era sovina. E cínico. Klein não se alimentava todos os dias e tentávamos ajudá-lo. Mortier, por sua vez, declarava:

"'Não quero que haja questões de dinheiro entre nós. Não quero ser recebido pelo fato de ser rico.'

"E dava exatamente a sua cota, quando todos raspavam o fundo dos bolsos para comprar alguma coisa para beber!

"Lecocq d'Arneville era quem copiava as aulas para ele. Ouvi Willy negando-se a lhe dar um adiantamento do valor combinado.

"Ele era esse elemento estranho, hostil que se vê em toda reunião de homens...

"Nós o tolerávamos. Mas, Klein, por exemplo, quando se embriagava, chamava-o violentamente à parte e desabafava tudo que carregava no coração. E o outro, um pouco pálido, o lábio desdenhoso, escutava.

"Falei das diversas facetas da sinceridade. Os mais sinceros certamente eram Klein e Lecocq d'Arneville. Uma afeição fraterna os unia. Ambos haviam tido uma infância difícil, criados por mães pobres. Ambos sonhavam mais alto e se exasperavam quando surgiam obstáculos intransponíveis.

"Para assistir às aulas noturnas da Academia, Klein trabalhava de dia como pintor de paredes. E confessava que sentia vertigens quando o mandavam para o alto da escada. Lecocq copiava as aulas e ensinava francês a estudantes estrangeiros. Costumava vir comer aqui. O fogareiro ainda deve estar em algum lugar."

Estava no chão, perto do divã, e Jef, com o semblante lúgubre, empurrou-o com o pé.

A voz despojada de Maurice Belloir, cujos cabelos não tinham um fio fora do lugar, continuou:

– Depois disso, em Reims, nos salões burgueses, ouvi alguém perguntar de brincadeira:

"'Em tais e tais circunstâncias, vocês seriam capazes de matar alguém?'

"Ou ainda o dilema do mandarim, que o senhor conhece... *Se bastasse apertar um interruptor para matar um mandarim riquíssimo nos confins da China e ser seu herdeiro, você faria isso?*

"Ora, onde os assuntos mais inesperados eram pretexto para discussões que duravam noites inteiras, o enigma da vida e da morte também devia ser colocado.

"Foi um pouco antes do Natal. A notícia de um crime publicada num jornal foi o estopim. Nevara... Nossas ideias tinham de sair do lugar-comum, certo?

"Então nos empolgamos com o tema: o homem não passa de uma excrescência sobre a crosta terrestre. Que importa sua vida ou sua morte? A compaixão não passa de uma doença. Os grandes animais devoram os pequenos. Nós devoramos os grandes.

"Lombard já lhe contou a história do canivete. Aqueles golpes que ele infligia a si mesmo para demonstrar que a dor não existe...

"Pois bem! Naquela noite, quando três ou quatro garrafas vazias jaziam no chão, discutíamos a sério a questão de matar alguém.

"Não estávamos no domínio puramente do teórico, em que tudo é permitido? Perguntávamos uns aos outros:

"'Você teria coragem?...'

"Nossas retinas faiscavam. Calafrios doentios percorriam nossas omoplatas...

"'Por que não? Uma vez que a vida é nada, é uma casualidade, acne da terra!...'

"'Um desconhecido passando pela rua?...'

"E Klein, que era o mais bêbado, de olheiras, branco feito papel, respondeu:

"'Sim!'

"Sentíamo-nos à beira do abismo. Receávamos transpor a linha. Desprezávamos o perigo, brincávamos com aquela morte que evocáramos e que parecia nos rondar.

"Alguém, acho que Van Damme, que tinha sido menino de coro, cantou o *Libera nos*, que o padre entoa perante os esquifes. Repetimos em coro. Nos impregnamos do sobrenatural.

"Mas naquela noite não matamos ninguém! Às quatro da manhã, eu estava tomando café com a minha família. Aquilo já era apenas recordação, compreende? Como a lembrança de uma peça de teatro que nos faz estremecer.

"Klein, por sua vez, não saía daqui, da Rue du Pot-au-Noir. Acumulava todas essas ideias em sua cabeça de ressentido. Elas o consumiam. Nos dias seguintes, ele deixava transparecer suas preocupações com perguntas súbitas.

"'Acha realmente difícil matar?'

"Não queríamos recuar. Não estávamos mais embriagados. Dizíamos sem convicção:

"'Claro que não!'

"Porventura extraíamos uma alegria amarga desse delírio juvenil? Note bem, não queríamos produzir uma tragédia! Explorávamos o terreno até o limite dos limites...

"Quando ocorre um incêndio, os espectadores desejam involuntariamente que ele dure, que seja um 'belo incêndio'... Quando há uma enchente, o leitor dos jornais espera 'belas inundações', das quais ainda se fale vinte anos depois...

"*Alguma coisa de interessante! Qualquer coisa!*

"A noite de Natal chegou. Todos trouxeram garrafas de bebidas. Bebemos, cantamos... E Klein, já um pouco alto, ora chamava um, ora chamava outro à parte.

"'Acredita que eu seja capaz de matar?'

Não nos preocupamos. Meia-noite, ninguém permanecia sóbrio. Cogitamos comprar mais bebida.

"Nesse momento Willy Mortier chegou, de smoking, com um amplo peitilho branco que parecia condensar toda a luz. Estava corado, perfumado. Alardeou que vinha de uma festa chique.

"'Vá buscar alguma coisa para bebermos!' – Klein gritou para ele.

"'Você está bêbado, amigo! Só passei para apertar a mão de vocês.'

"'O quê! Só isso?!'

"Já não era possível duvidar do que iria acontecer. O rosto de Klein estava mais assustador do que em suas bebedeiras anteriores. Ao lado do outro, parecia miniaturizado, comprimido, o cabelo desgrenhado, a testa gotejante de suor, a gravata arrancada.

"'Você está bêbado feito um porco, Klein!'

"'Ah é?! Pois o porco está mandando você comprar bebida...'

"Acho que nesse momento Willy tremeu. Confusamente, percebeu que não estávamos rindo. Mesmo assim, bateu o pé.

"Tinha o cabelo negro, frisado, perfumado...

"'Vocês não parecem muito alegres por aqui!', deixou escapar. 'O ambiente está ainda mais bizarro do que na casa dos burgueses de onde venho...'

"'Vá buscar uma bebida...'

"E Klein contornava-o, encarando-o com olhos injetados. Alguém discutia determinada teoria de Kant a um canto. Outro chorava, jurando não ser digno de viver.

"Ninguém mantinha o sangue-frio. Nem todo mundo viu tudo. Klein, saltitando bruscamente, pequeno monte de nervos crispados, batendo.

"Achamos que ele tinha dado uma cabeçada no peitilho. Mas vimos sangue brotando... Willy abriu a boca..."

– Não! – implorou subitamente Jef Lombard, que se levantara e fitava Belloir com perplexidade.

Van Damme grudara novamente na parede, os ombros na diagonal.

Mas nada era capaz de deter Belloir, nem mesmo sua vontade. O dia ia morrendo. Os rostos pareciam cinzentos.

– Estavam todos em polvorosa... – prosseguiu a voz. – E Klein, encolhido e com a faca na mão, observava, atônito, Willy cambalear. Essas coisas não acontecem como as pessoas imaginam... Não sei explicar...

"Mortier não caía. Ainda assim, uma torrente de sangue saía pelo buraco do seu peitilho. A essa altura ele disse, tenho certeza:

"'Porcos!'

"E continuava em pé, no mesmo lugar, as pernas um pouco afastadas, como se para manter o equilíbrio. Afora o sangue, era como se estivesse bêbado...

"Seus olhos já eram naturalmente arregalados. Naquele instante, pareciam ainda mais. Sua mão esquerda esmagava o botão do smoking. E a direita apalpava a calça, atrás...

"Alguém deu um grito de pavor. Acho que foi Jef. E vimos a mão direita puxando lentamente um revólver do bolso. Uma coisinha preta de aço, toda dura.

"Klein rolava no chão, às voltas com uma crise nervosa. Uma garrafa caiu, espatifando-se.

"E Willy não morria! Balançava de maneira quase imperceptível. Olhava para nós alternadamente. Devia estar vendo tudo embaralhado. Ergueu o revólver...

"Então alguém se adiantou para lhe arrancar a arma, escorregou no sangue e ambos rolaram pelo assoalho...

"Houve certamente um embate! Porque Mortier não morria, entende? Seus olhos, seus olhos arregalados, continuavam abertos!

"E ele não desistia de tentar atirar! Repetiu:

"'Porcos!'

"A mão do outro conseguiu apertar sua garganta. De toda forma, não restava muita vida...

"Me sujei todo, enquanto o smoking continuava estendido no chão."

Van Damme e Jef Lombard olhavam com terror para o companheiro. Belloir concluiu:

– A mão que apertou o pescoço era a minha! O homem que escorregou na poça de sangue era eu...

Não estaria agora pisando exatamente no mesmo lugar? A única diferença era que estava limpo, impecável, o sapato imaculado, o terno bem escovado!

Usava um grande anel de ouro na mão direita, branca e cuidada, com as unhas feitas.

– Ficamos como que paralisados. Deitamos Klein, que pretendia se entregar. Ninguém falava. Não consigo explicar... No entanto, eu estava completamente lúcido! Repito: as pessoas fazem uma ideia falsa dos dramas. Arrastei Van Damme para o hall e conversamos em voz baixa, enquanto ouvíamos os uivos de Klein, debatendo-se.

"Quando nós três atravessamos o beco carregando o corpo, o sino da igreja badalou, não lembro que horas eram. O Meuse transbordara. Havia meio metro d'água no cais Sainte-Barbe e a correnteza estava violenta. A montante e a jusante, as barragens estavam deitadas. Mal percebemos um vulto escuro passar boiando na altura do bico de gás.

"Meu terno estava manchado, rasgado. Deixei-o no ateliê e Van Damme foi até a casa dele pegar uma muda de roupa para mim. No dia seguinte, inventei uma história para os meus pais."

– Os senhores voltaram a se encontrar? – indagou calmamente Maigret.

– Não... Deixamos a Rue du Pot-au-Noir em debandada. Lecocq d'Arneville permaneceu ao lado de Klein. Depois disso, nos evitamos, como se houvéssemos combinado. Quando nos esbarrávamos na cidade, nossos olhares se desviavam.

"Graças a um acaso, a enchente do rio, o corpo de Willy nunca foi descoberto. Ora, ele sempre omitira as relações que mantinha conosco. Não se vangloriava de ser nosso amigo. Chegamos a pensar em fugir. Depois, a investigação concentrou-se em outros locais, nas espeluncas onde se supunha que ele terminara a noite...

"Fui o primeiro a deixar Liège, três semanas depois. Interrompi bruscamente os estudos e comuniquei à minha família que desejava fazer carreira na França. Fui ser bancário em Paris...

"Foi pelos jornais que vim a saber que Klein se enforcara em fevereiro, na porta da igreja de Saint-Pholien.

"Um dia encontrei Janin em Paris. Não tocamos no drama. Mas ele me contou que também se instalara na França..."

– Fiquei sozinho em Liège – grunhiu Jef Lombard, cabisbaixo.

– O senhor desenhou enforcados e campanários de igreja – replicou Maigret. – Depois fez desenhos para os jornais. Depois...

E evocou a casa da Rue Hors-Château, as janelas com pequenos caixilhos verdes, o repuxo no pátio, o retrato da moça, o laboratório da clicheria, onde cartazes e páginas de revistas ilustradas invadiam pouco a pouco as paredes cobertas de enforcados.

E as crianças... A terceira, que nascera na véspera!

Não haviam transcorrido dez anos? E a vida, aos poucos, em toda parte, com maior ou menor fluidez, não havia retomado seu curso?

Van Damme circulara por Paris como os outros dois. O acaso o conduzira à Alemanha. Herdara dos pais. Tornara-se um importante homem de negócios em Bremen.

Maurice Belloir fizera um belo casamento! Galgara degraus na escada social!

Vice-diretor de banco! E a bela casa nova da Rue de Vesle... O filho que estudava violino...

À noite, jogava bilhar, com figurões como ele, no confortável salão do Café de Paris.

Janin contentava-se com namoradas efêmeras, ganhava a vida fabricando manequins, depois do expediente esculpia o busto das amantes...

Lecocq d'Arneville não se casara? Não tinha mulher e filho no herbanário da Rue Picpus?

O pai de Willy Mortier continuava a comprar, fabricar e vender salames via caminhões e trens, subornando conselheiros municipais e ampliando sua fortuna.

Sua filha se casara com um oficial da Cavalaria e, como este não aceitara entrar nos negócios, Mortier recusara-lhe o dote previsto.

O casal vivia em algum lugar numa cidadezinha de guarnição.

11

O toco de vela

ERA QUASE NOITE. AS FISIONOMIAS TURVAVAM-SE NA PENUMBRA, enquanto as feições pareciam mais esculpidas.

Foi Lombard quem disse nervosamente, como se o lusco-fusco lhe afetasse os nervos:

– Acendam uma luz, pelo amor de Deus!...

Restava um toco de vela numa lamparina, que estava ali fazia dez anos, pregada no mesmo prego, conservada como caução – assim como todo o resto, o divã destroçado, o pedaço de seda estampada, o esqueleto incompleto e os desenhos da moça de seios desnudos – pelo dono do imóvel, que nunca fora pago.

Maigret acendeu a luz e sombras dançaram nas paredes, que, como uma lanterna mágica, os vidros multicores tingiam de vermelho, amarelo e azul.

– Quando Lecocq d'Arneville veio vê-los pela primeira vez? – perguntou o comissário, voltado para Maurice Belloir.

– Há cerca de três anos. Eu não esperava por isso. A casa que o senhor viu acabava de ser terminada. Meu menino mal andava...

"A semelhança com Klein me impressionou... Não tanto a semelhança física, mas uma semelhança moral! A mesma febre devoradora... O mesmo nervosismo doentio...

"Ele chegou como um inimigo. Estava ofendido... ou desesperado... Não encontro a palavra.

"Escarnecia, falava com rispidez. Fingiu admirar minha casa, minha situação, minha vida, meu caráter. E, como acontecia com Klein quando bebia muito, minha impressão era de que ele estava prestes a romper em soluços.

"Ele pensou que eu o havia esquecido. Mentira! Só que preferi viver, entende? E foi para viver que trabalhei como um condenado...

"Ele não conseguiu. Verdade que morou com Klein nos dois meses seguintes àquela noite de Natal. Nós debandamos, enquanto eles ficaram nesta sala, no...

"Não sei explicar o que senti diante de Lecocq d'Arneville. Reencontrava-o, após tantos anos, exatamente o mesmo...

"Era como se a vida tivesse continuado correndo para uns e estancado para outros.

"Ele disse que havia adotado outro nome porque não queria conservar nada que lembrasse aquele drama. Tinha mudado de vida também. Nunca mais abrira um livro...

"Meteu na cabeça forjar uma nova existência, transformando-se em trabalhador braçal.

"Fui obrigado a ler nas entrelinhas, pois ele me dizia tudo isso junto com frases irônicas, censuras, acusações monstruosas...

"Ele havia fracassado! Fiasco total. Um pedaço dele continuava incrustado aqui...

"De nós todos também, acho. Mas não naquela intensidade. Não naquele grau doentio, sofrido!

"Creio que o rosto de Klein o assombrava, mais ainda que o de Willy.

"E casado, com um filho, tinha crises. Ia beber... Era incapaz não só de ser feliz como de se comportar com um pingo de serenidade.

"Gritou para mim que adorava a mulher e que a deixara porque, quando estava ao lado dela, sentia-se um ladrão.

"Um ladrão de felicidade! Da felicidade roubada de Klein... E do outro...

"Depois disso refleti muito, veja o senhor. E tive a impressão de que compreendi. Brincávamos com nossas ideias terríveis, com o misticismo, com a morbidez...

"Era um jogo. Brincadeira de criança. Mas pelo menos dois de nós deixaram-se arrebatar. Os dois mais exaltados.

"Klein e Lecocq d'Arneville. Alguém sugeriu matar? Klein ofereceu-se para fazê-lo! E depois se matou. E Lecocq, apavorado, os nervos em frangalhos, carregou esse pesadelo a vida inteira...

"Eu e os outros tentamos escapar, refazer contato com a vida normal.

"Lecocq d'Arneville, ao contrário, afundou irresistivelmente no remorso, num desespero feroz. Arruinou sua vida. Arruinou a vida da mulher e do filho!

"Então voltou-se contra nós. Por isso veio me procurar. Não entendi de imediato.

"Espionou *minha* casa, *meu* dia a dia, *meu* banco. Senti claramente que julgava seu dever destruir tudo isso.

"Para vingar Klein! Para se vingar!

"Veio com ameaças... Conservara o terno, com as manchas e os rasgos, única prova material dos acontecimentos da noite de Natal.

"Pediu dinheiro. Muito! Em seguida pediu mais.

"Não seria esse o ponto vulnerável? Toda a nossa situação, de Van Damme, Lombard, a minha, até mesmo a de Janin, não se baseava no dinheiro?

"Um novo pesadelo teve início. Lecocq não se enganara. Ia de um a outro, carregando consigo o terno sinistro. Calculava com exatidão diabólica as somas a nos extorquir, de maneira a nos imprensar contra a parede.

"O senhor foi à minha casa, comissário. Pois bem. Minha casa está hipotecada. Minha mulher julga seu dote intacto no banco, mas dele não resta mais um cêntimo. E cometi outras irregularidades!

"Ele foi duas vezes a Bremen ver Van Damme. Veio a Liège.

"Sempre rancoroso, determinado a destruir até uma pretensa felicidade.

"Éramos seis em torno do cadáver de Willy. Klein estava morto. Lecocq vivia um pesadelo sem fim.

"Quer dizer, era imperioso que fôssemos todos igualmente infelizes. O dinheiro, ele nem sequer tocava nele! Vivia tão modestamente como antes, quando dividia com Klein alguns centavos de linguiça. Ele queimava as cédulas!

"E cada uma daquelas cédulas queimadas representava dificuldades inauditas para nós...

"Já se vão três anos de luta, cada um no seu canto, Van Damme em Bremen, Jef em Liège, Janin em Paris, eu em Reims.

"Três anos durante os quais mal ousamos nos escrever, com Lecocq d'Arneville voltando a nos mergulhar, à nossa revelia, na atmosfera dos *Companheiros do Apocalipse*...

"Tenho uma esposa. Lombard também. Temos filhos. E, por eles, tentávamos resistir.

"Dias atrás, Van Damme nos telegrafou contando que Lecocq se matara, e marcamos um encontro aqui.

"Viemos todos. O senhor apareceu. Depois de sua partida, soubemos que o terno com sinais de sangue estava em suas mãos e que o senhor metera na cabeça seguir a pista."

– Quem me roubou uma das malas na Gare du Nord? – perguntou Maigret.

Van Damme respondeu:

– Janin! Eu tinha chegado antes do senhor. Estava lá, escondido numa das plataformas.

Ambos estavam cansados. O toco de vela talvez ainda durasse dez minutos, não mais. Um movimento em falso do comissário derrubou a caveira, que pareceu abocanhar o assoalho.

– Quem me escreveu para o Hôtel du Chemin de Fer?

– Eu! – replicou Jef sem erguer a cabeça. – Por causa da minha filhinha. Filhinha que ainda não vi... Van Damme desconfiou. E Belloir. Os dois estavam no Café de la Bourse...

– Foi o senhor que atirou?

– Sim. Eu não aguentava mais... Queria viver! Viver! Com a minha mulher, com meus filhos... Fiquei de tocaia do lado de fora. Tenho cinquenta mil francos em letras de câmbio voando por aí. Cinquenta mil francos em títulos bancários que Lecocq d'Arneville queimou! Mas isso não é nada. Vou pagar, faço o que for preciso. Mas sentir o senhor ali, no nosso rastro...

Maigret procurou Van Damme com os olhos.

– E o senhor se antecipava a mim, tentando destruir as pistas?

Calaram-se. A chama da vela tremeluzia. Jef Lombard era o único a receber a luz que atravessava um vidro vermelho da lamparina.

Então, pela primeira vez, a voz de Belloir titubeou.

– Há dez anos, imediatamente após a... a coisa... eu teria aceitado – disse. – Tinha comprado um revólver, para o caso de virem me prender. Mas dez anos de vida! Dez anos de sacrifícios... De luta! Com novos elementos: a mulher, os filhos... Acho que eu também teria sido capaz de empurrá-lo no Marne... Ou de atirar à noite, na saída do Café de la Bourse...

"Daqui a um mês, nem isso, vinte e seis dias, a coisa prescreve..."

Foi no silêncio que veio em seguida que a vela lançou um último fulgor e se extinguiu bruscamente. A escuridão foi completa, absoluta.

Maigret não se mexeu. Sabia que Lombard estava à sua esquerda, em pé, Van Damme recostado na parede à sua frente, Belloir a apenas um passo de suas costas.

Esperou, sem sequer tomar a precaução de levar a mão ao bolso onde estava o revólver.

Sentiu nitidamente que Belloir tremia, ou melhor, tiritava da cabeça aos pés, até que riscou um fósforo e murmurou:

– Se preferir, podemos ir lá para fora...

À luz da chama, as retinas pareciam mais brilhantes. No vão da porta, depois na escada, os quatro se roçaram. Van Damme caiu, esquecendo que não havia corrimão depois do oitavo degrau.

A marcenaria estava fechada. Através das cortinas de uma janela, viram uma velha tricotando, iluminada por um lampião a querosene.

– Foi ali? – perguntou Maigret, apontando a rua de paralelepípedos irregulares que desembocava no cais, a cem metros de distância, e onde havia um bico de gás na esquina.

– O Meuse alcançava a terceira casa – respondeu Belloir. – Fui obrigado a entrar na água até os joelhos para... para que ele descesse a correnteza.

Dirigiram-se no sentido contrário e contornaram a nova igreja, erguida no meio de um descampado ainda não urbanizado.

Bruscamente, surgiram a cidade, os passantes, os bondes amarelo e vermelho, os ônibus, as vitrines.

Para chegar ao centro, era preciso atravessar a ponte dos Arcos, sob a qual a correnteza rápida quebrava ruidosamente nos pilares.

Jef Lombard devia estar sendo esperado na Rue Hors-Château: os operários, no rés do chão, em meio a tinas de ácido e clichês, pressionados pelos contínuos dos jornais; a esposa em cima, com sua boa e velha sogra e a filhinha de olhos ainda fechados, perdida nos lençóis brancos da cama...

E os dois filhos maiores, a quem mandavam calar-se, na sala de jantar enfeitada com enforcados...

Será que outra mãe, em Reims, dava aula de violino ao filho, enquanto a criada polia as barras de cobre da escada e tirava o pó do vaso de porcelana que continha a planta ornamental?

Fim do expediente, em Bremen, no prédio comercial. A datilógrafa e os dois funcionários deixavam o escritório moderno, e a eletricidade, cortada, afogava na penumbra a inscrição em porcelana: *Joseph Van Damme, encomendas, exportação*.

Talvez, nas cervejarias de música vienense, algum homem de negócios com a cabeça raspada observasse:

– Nossa! O francês não veio...

Na Rue Picpus, a sra. Jeunet vendia uma escova de dentes, ou cem gramas de camomila, cujas flores pálidas farfalhavam num saquinho.

O menino fazia seus deveres no fundo da loja.

Os quatro homens caminhavam sem pressa. A brisa soprava, varrendo, da frente de uma lua prateada, nuvens que só raramente se revelavam, no intervalo de poucos segundos.

Sabiam para onde iam?

Passaram por um bar iluminado. Um bêbado saiu, trôpego.

– Tenho compromissos em Paris! – pronunciou subitamente Maigret, detendo-se.

E, enquanto os três olhavam para ele sem saber se deviam alegrar-se ou desesperar-se e sem ousar uma palavra, ele afundou as mãos nos bolsos.

– Há cinco crianças nessa história...

Não tiveram certeza de ouvir direito, pois o comissário resmungou essas palavras consigo mesmo, sibilinamente. E não viram mais nada senão suas costas largas se afastando, seu sobretudo preto com gola de veludo.

– Uma na Rue Picpus, três na Rue Hors-Château, uma em Reims...

Na Rue Lepic, para onde ele se dirigiu ao deixar a estação, a zeladora avisou:

– Não vale a pena subir! O sr. Janin não está em casa. Pensamos que era uma bronquite, mas a pneumonia se revelou e o levaram para o hospital.

Então ele tomou o caminho do Quai des Orfèvres. Lá, encontrou o inspetor Lucas, que telefonava para o dono de um bar em situação irregular.

– Recebeu a carta, amigo?

– Resolvido? Conseguiu?

– Rigorosamente nada!

Era uma das expressões favoritas de Maigret.

– Eles fugiram? Sabe, aquela carta me deixou preocupadíssimo... Quase corri para Liège. Do que se tratava? Anarquistas? Falsários? Uma quadrilha internacional?

– Fedelhos! – ele deixou escapar.

E jogou em seu armário a mala que continha o que um perito alemão chamara, em longos e minuciosos relatórios, de terno B.

– Que tal um chope, Lucas?

– O senhor não parece muito alegre...

– Que ideia, meu velho! Não há nada mais engraçado do que a vida. Vamos lá?

Instantes depois, empurravam a porta giratória da Brasserie Dauphine.

Poucas vezes Lucas ficou tão perplexo. Em lugar de chope, seu chefe tomou seis absintos, praticamente um atrás do outro, o que não o impediu de declarar com voz razoavelmente firme, não obstante seu olhar exprimir alguma coisa de vago que não lhe era habitual:

– Tome nota, meu velho, mais dez casos iguais a esse e peço demissão... Porque seria a prova de que lá no alto existe um tal de Bom Deus se encarregando de fazer o trabalho da polícia...

Verdade que, enquanto acenava para o garçom, acrescentou:

– Mas não se preocupe. Nunca haverá dez. E na PJ? Quais as novidades por lá?...

INFERNO A BORDO

TRADUÇÃO DE ANDRÉ TELLES

FOTO
Eugène Atget, Quai des Grands-Augustins, Paris, 1923

1

O comedor de vidro

... QUE É O MELHOR RAPAZINHO DA REGIÃO, e sua mãe, que só tem a ele, é capaz de morrer por conta disso. Como todos aqui, tenho certeza de sua inocência. Mas os marujos com quem conversei afirmam que ele será condenado, pois os tribunais civis não entendem nada das coisas do mar.

Faça o que puder, como se fosse por mim. Soube pelos jornais que agora você ocupa um alto posto na Polícia Judiciária e...

Era uma manhã de junho. A sra. Maigret, no apartamento do Boulevard Richard-Lenoir, cujas janelas estavam todas fechadas, terminava de arrumar grandes malas de vime e Maigret, com o colarinho aberto, lia à meia-voz.

– De quem é?

– Jorissen... Estudamos juntos na escola. Ele se tornou professor primário em Quimper... Então, faz muita questão de passar nossa semana de férias na Alsácia?

Ela olhou para ele sem compreender, tão inusitada era a pergunta. Fazia vinte anos que passavam aqueles feriados na casa de parentes, no mesmo vilarejo do Leste.

– E se fôssemos para o litoral, para variar?

Releu em voz baixa alguns trechos da carta:

... você está em melhor posição que eu para obter informações precisas. Resumindo, Pierre Le Clinche, um rapaz de vinte anos que foi meu aluno, embarcou há três meses no Océan, *vapor de Fécamp que pesca bacalhau na Terra Nova. O navio regressou ao porto anteontem. Poucas horas depois, o corpo do capitão era descoberto no ancoradouro e todos os indícios sugerem um crime. Ora, foi Pierre Le Clinche que prenderam...*

– Afinal, Fécamp é um lugar tão bom como outro qualquer para descansar! – suspirou Maigret, sem entusiasmo.

Houve resistência. Lá na Alsácia, a sra. Maigret estaria em família, ajudaria a preparar compotas e licor de ameixa. A ideia de hospedar-se num hotel à beira-mar, na companhia de outros parisienses, a assustava.

– O que eu faria o dia inteiro?

Terminou levando trabalhos de costura e crochê.

– Por favor, não me convide para um mergulho! Melhor avisar desde já...

Às cinco horas, chegavam ao Hôtel de la Plage, onde a sra. Maigret começou imediatamente a arrumar o quarto ao seu gosto. Em seguida, jantaram.

E agora Maigret, sozinho, empurrava a porta de vidro fosco de uma taberna do porto: a Rendez-Vous des Terre-Neuvas.

Bem defronte, no cais, perto de uma fila de vagões, estava atracado o vapor *Océan*. Lâmpadas de acetileno pendiam dos cordames e indivíduos se agitavam na claridade, descarregando o bacalhau, que passava de mão em mão e, depois de pesado, era acondicionado nos vagões.

Eram dez, homens e mulheres, sujos, esfarrapados, saturados de sal, na labuta. E, diante da balança, um rapaz todo limpinho, chapéu de palha caído sobre a orelha e caderneta na mão, anotava os pesos.

Um cheiro rançoso, enjoativo, que não abrandava à distância, adensado ainda mais pelo calor, se infiltrava no bar.

Maigret sentou-se num banco, numa ponta livre. Entrara no meio de um alvoroço. Havia homens em pé, outros sentados, copos sobre o mármore das mesas. Somente marujos.

– O que vai ser?

– Um chope.

O taberneiro apareceu atrás da garçonete.

– Sabia que tenho outra sala ao lado, para turistas? Aqui, *eles* fazem muito barulho!

Uma piscadela.

– Depois de três meses no mar, é compreensível...

– É a tripulação do *Océan*?

– A maioria. Os outros barcos ainda não retornaram. Não ligue... Tem gente que está bebendo há três dias. Vai ficar na cidade? É pintor, aposto! De vez em quando aparecem alguns, fazem esboços. Veja! Teve um que fez o meu retrato, ali, em cima do balcão.

Mas o comissário dava tão pouca atenção ao falatório que o homem, desconcertado, se afastou.

– Uma moeda de dez centavos de bronze! Quem tem uma moeda de dez centavos de bronze? – gritava um marujo com físico igual ao de um rapazola de dezesseis anos.

Tinha uma cabeça de velho, feições irregulares. Desdentado. A ebriedade fazia seus olhos faiscarem e uma barba de três dias lhe tomava as faces.

Deram-lhe uma moeda. Depois de entortá-la com a força dos dedos, ele a colocou entre os dentes e partiu ao meio.

– De quem é a vez?

Ele se exibia. Sentia-se o centro da atenção geral, era capaz de qualquer coisa para assim permanecer.

Como um mecânico corpulento pegava uma moeda, ele interveio:

– Espere! Também podemos variar...

Pegou um copo vazio, mordeu-o ferozmente e mastigou o vidro, imitando a satisfação de um gourmet.

– Ha! Ha! Comigo ninguém pode... Despeje bebida, Léon!

Lançava à sua volta olhares cabotinos, que se detiveram em Maigret. Então suas sobrancelhas franziram.

Por um instante pareceu desamparado. Em seguida, avançou e teve que se apoiar numa mesa, de tal forma estava bêbado.

– É por minha causa? – indagou, desafiador.

– Devagar, P'tit Louis!

– De novo aquele golpe da carteira? Ei, vocês aí! Não queriam acreditar em mim agorinha mesmo, quando eu contava minhas histórias da Rue de Lappe. Pois bem, aqui está um policial do alto escalão, que revolve céus e terras pelo queridinho aqui. Permita que eu beba mais um trago?

Agora todos olhavam para Maigret.

– Sente-se, P'tit Louis! Não banque o idiota!

E o outro debochava:

– Paga um *glass*? Não! Não é possível! Deem licença, hein, colegas? O senhor comissário me paga uma birita? Aguardente, Léon!

– Você estava a bordo do *Océan*?

Mudança flagrante. Parecendo expulsar o pileque, P'tit Louis fechou a cara. Desconfiado, recuou um pouco no banco.

– E daí?

– Nada... À sua saúde. Está bêbado há muito tempo?

– Faz três dias que estamos enchendo a cara. Desde que desembarcamos, caramba! Entreguei o meu dinheiro para o Léon. Novecentos francos. Enquanto tiver algum! Quanto sobrou, Léon, seu canalha?

– Com certeza não o bastante para pagar seu consumo até de madrugada! Restam cinquenta francos. Veja que tristeza, senhor comissário! Amanhã ele estará sem um tostão furado e será obrigado a embarcar num barco qualquer, como carvoeiro. E é sempre assim! Note que não o incentivo a consumir! Ao contrário!

– Cale a boca!

Os outros haviam perdido o entusiasmo. Falavam baixo, voltando-se o tempo todo para a mesa do comissário.

– São todos do *Océan*?

– Menos o gordo de boné, que é imediato, e o ruivo, que é carpinteiro marítimo.

– Conte-me o que aconteceu.

– Não tenho nada a dizer.

– Abra o olho, P'tit Louis! Não se esqueça do golpe da carteira, quando você bancava o comedor de vidro na Bastilha.

– Isso vai me render no máximo três meses e estou mesmo precisando descansar. Querendo, podemos ir agora mesmo.

– Você trabalhava nas máquinas?

– Naturalmente! Como sempre! Era o segundo caldeireiro!

– Via muito o capitão?

– Talvez duas vezes no máximo!

– E o telegrafista?

– Não sei.

– Léon! Encha os copos.

P'tit Louis deu uma risada desdenhosa.

– Eu poderia estar caindo pelas tabelas que nem assim lhe diria o que me apetece. Mas, já que está aqui, poderia oferecer uma rodada aos colegas. Depois dessa maldita pescaria!

Um marujo, que não tinha nem vinte anos, se aproximou discretamente e puxou P'tit Louis pela manga. Os dois passaram a falar bretão.

– O que ele disse?

– Que é hora de eu ir pra cama...

– É seu amigo?

P'tit Louis encolheu os ombros e, como o outro queria pegar o seu copo, engoliu-o de um trago, desafiador.

O bretão tinha sobrancelhas grossas, cabelos crespos.

– Sente-se conosco – convidou Maigret.

O marujo, no entanto, sem responder, foi sentar-se a outra mesa, sem tirar o peso de seu olhar de cima dos dois homens.

A atmosfera estava pesada, salobra. Ouviam-se turistas jogando dominó na sala ao lado, mais clara e limpa.

– Muito bacalhau? – indagou Maigret, que seguia sua ideia com a implacabilidade de uma furadeira elétrica.

– Uma porcariada! Metade chegou podre...

– Por que motivo?

– Sal de menos... Ou de mais! Uma porcariada! Nem sequer um terço dos homens reembarcará semana que vem.

– O *Océan* vai partir de novo?

– Ora bolas! Para que ter máquinas? Os veleiros fazem apenas uma expedição, de fevereiro a setembro. Já os vapores têm tempo de ir duas vezes até o cardume.

– Vai voltar?

P'tit Louis cuspiu no chão e encolheu os ombros, cansado.

– Eu queria tanto ir a Fresne... Uma porcariada!

– O capitão?

– Nada a declarar!

Acendera uma ponta de cigarro jogada no chão. Sentiu náuseas, correu para a rua, onde o viram vomitar, em pé no meio-fio, e onde o bretão se juntou a ele.

– É ou não é um coitado? – suspirava o taberneiro. – Anteontem tinha quase mil francos no bolso! Hoje, por muito pouco não fica me devendo! Ostras e lagosta! Sem falar que paga bebida para todo mundo, como se não soubesse o que fazer com o dinheiro.

– Conhece o telegrafista do *Océan*?

– Ele pernoitava aqui. Veja! Fazia as refeições nessa mesa, depois ia escrever na outra sala, para ficar mais tranquilo.

– Escrever para quem?

– Não eram só cartas. Alguma coisa tipo poesia ou romances. Um rapaz instruído, bem-educado. Agora que sei que o senhor é da polícia, posso lhe dizer com todas as letras que cometeram um erro ao...

– De um jeito ou de outro, o capitão foi morto!

Um muxoxo. O taberneiro sentou-se diante de Maigret. P'tit Louis, que entrava novamente, dirigiu-se ao balcão e pediu uma bebida. E seu companheiro, em dialeto bretão, continuava a lhe recomendar calma.

– Não se fie muito nisso. Em terra firme, eles são assim, bebem, gritam, brigam, quebram vidraças... A bordo, trabalham feito mouros! Por incrível que pareça! Até mesmo P'tit Louis! Ainda ontem o chefe das máquinas do *Océan* me dizia que ele trabalha por dois. Uma placa isolante rachou em alto-mar. Era perigoso consertar. Ninguém queria ir até lá. Foi P'tit Louis que se apresentou... Desde que não bebam.

Léon baixou o tom, olhando os fregueses com desconfiança.

– Dessa vez, acho que eles têm outros motivos para se afogar na bebida. Ao senhor, não dirão nada! Porque o senhor não é do mar... Eu entendo o que eles falam. Fui imediato. Há coisas...

– Coisas?

– Difícil explicar... Veja bem, em Fécamp não há pescadores suficientes para todas as embarcações. Eles vêm da Bretanha. São sujeitos com ideias esquisitas, supersticiosos.

Falou ainda mais baixo, numa voz quase inaudível.

– Parece que dessa vez era um tal de mau-olhado. Começou no porto mesmo, na partida. Um marujo que tinha subido no mastro de carga para acenar para a mulher. O cabo que ele segurava rompeu e ei-lo no convés com uma perna estropiada! Teve de ser reconduzido a terra, num bote. E um grumete que não queria partir chorava, berrava! Bem, três dias depois telegrafam para avisar que tinha sido engolido por uma onda! Um moleque de quinze anos! Um lourinho magricela, com um nome quase de moça: Jean-Marie. No mais... Sirva-nos dois calvados, Julie... A garrafa da direita... Não! Essa não... A com uma rolha de vidro...

– O mau-olhado persistiu?

– Não sei nada de muito preciso. É como se todos tivessem medo de falar. Em todo caso, se prenderam o telegrafista, foi porque a polícia ouviu dizer que ele e o capitão não trocaram uma palavra ao longo de toda a expedição. Pareciam gato e rato!

– E o que mais?

– Coisas... Coisas que não fazem o menor sentido... Por exemplo, o capitão, que os fez arrastar o vapor para uma zona onde nunca ninguém pegou um bacalhau! E que se exasperava porque o chefe dos pescadores se recusava a obedecer! Chegou a sacar o revólver. Eles estavam como que endemoniados, caramba! Um mês depois, não tinham conseguido sequer uma tonelada de peixe. Então, de repente, a pescaria melhorou. Ainda assim, tiveram de vender o bacalhau pela metade do preço, pois estava malconservado. Se fosse só isso! Até a entrada no porto, com duas manobras equivocadas e um bote que foi a pique. Como se houvesse uma maldição! O capitão mandando todo mundo desembarcar, sem deixar vigilantes, permanecendo sozinho a bordo, à noite...

"Deviam ser nove horas. Estavam todos aqui, enchendo a cara. O telegrafista subiu ao seu quarto. Depois saiu. Vimos que ele se encaminhou na direção do vapor.

"Foi então que aconteceu. Um pescador que se preparava para partir, na parte baixa do porto, ouviu o barulho de alguma coisa caindo na água.

"Acorreu, junto com um aduaneiro a quem encontrara no caminho. Acenderam lanternas. Havia um corpo no ancoradouro, enroscado na corrente da âncora do *Océan*.

"O capitão! Foi retirado morto! Tentaram respiração artificial. Ninguém entendeu, pois ele não ficara na água nem dez minutos.

"Foi o médico que explicou: parece que o haviam estrangulado, *antes*... Percebe? E encontraram o telegrafista em sua cabine, que fica atrás da chaminé. Dá para ver daqui.

"Os policiais estiveram aqui revistando seu quarto e descobriram papéis queimados.

"O que mais deseja saber? Dois calvados, Julie! À sua saúde!"

P'tit Louis, cada vez mais excitado, pegara uma cadeira entre os dentes e, no meio da roda de marujos, erguia-a horizontalmente, desafiando Maigret com o olhar.

– O capitão era daqui? – indagou o comissário.

– Sim! Sujeito curioso! Franzino como P'tit Louis! E sempre educado, sempre gentil! E vestia-se com apuro! Acho que nunca foi visto no bar. Não era casado. Frequentava então a casa de uma viúva, mulher de um funcionário da alfândega, à Rue d'Étretat. Diziam até que o negócio terminaria em casamento. Fazia quinze anos que ele atuava na Terra Nova. Sempre para a mesma empresa: O Bacalhau Francês. Capitão Fallut, para chamá-lo pelo nome. Agora eles estão embatucados, sem saber como liberar o *Océan* para zarpar. Sem capitão! E metade da tripulação se nega a embarcar!

– Por quê?

– Não deve procurar entender! Mau-olhado, repito. Estão pensando em encostar o barco até o ano que vem. Sem falar que a polícia pediu à marujada para ficar à disposição.

– O telegrafista está preso?

– Sim! Foi levado na mesma noite, algemado e tudo o mais. Eu estava na porta. Prefiro lhe dizer a verdade: minha mulher chorou. E até eu... E olhe que não era um hóspede do outro mundo. Eu lhe fazia um precinho camarada. Quase não bebia.

Foram interrompidos por um rumor repentino. P'tit Louis investia contra o bretão, sem dúvida porque este insistia que ele parasse de beber. Ambos rolavam no chão. Os demais se afastavam.

Foi Maigret quem os separou, içando-os literalmente do chão, um em cada mão.

– Então? Querem se matar?

O incidente foi breve. Com as mãos livres, o bretão puxou uma faca do bolso, mas o comissário percebeu justo a tempo de atirá-lo a metros de distância com um pontapé.

O sapato atingiu o queixo, que sangrou. E foi P'tit Louis quem acudiu o companheiro, sempre ambíguo, sempre bêbado, e que se pôs a chorar, pedindo desculpas.

Léon, com o relógio na mão, aproximou-se de Maigret.

– Hora de fechar! Senão os agentes vão implicar. Todas as noites é o mesmo filme. Impossível expulsá-los!

– Eles dormem a bordo do *Océan*?

– Sim. Isso quando não terminam na sarjeta, como aconteceu ontem com dois deles. Encontrei-os hoje de manhã, abrindo as comportas.

A garçonete recolhia os copos das mesas. Os homens saíam em grupos de três ou quatro. Apenas P'tit Louis e o bretão não se mexiam.

– Quer um quarto? – Léon perguntou a Maigret.

– Obrigado! Estou no Hôtel de la Plage!

– Quer dizer que...

– O quê?

– Longe de mim querer dar conselhos. Isso não é da minha conta. Só que gostávamos do telegrafista. Talvez não fosse má ideia *chercher la femme*, como dizem nos romances. Ouvi sussurrarem umas coisas nesse sentido.

– Pierre Le Clinche tinha uma namorada?

– Ele? Oh, não... Era noivo na sua cidade e mandava diariamente uma carta de seis páginas para lá.

– Então, quem?

– Não faço ideia. Talvez seja mais complicado do que se pensa. Depois...

– Depois?

– Nada! Seja bonzinho, P'tit Louis! Vá dormir.

Mas P'tit Louis estava num estado de embriaguez muito avançado. Choramingava. Abraçava o colega, cujo queixo continuava a sangrar, e lhe pedia desculpas.

Maigret saiu, as mãos nos bolsos e a gola erguida, pois o ar estava frio.

No hall de entrada do Hôtel de la Plage, percebeu uma moça, sentada numa cadeira de vime. Um homem se levantou de outra cadeira e, com uma sombra de constrangimento, sorriu.

Era Jorissen, o professor primário de Quimper. Fazia quinze anos que Maigret não o via e o outro hesitou quanto ao tratamento a lhe dar.

– Sinto muito... sinto muito... Eu... Acabamos de chegar, a srta. Léonnec e eu... Procurei nos hotéis... Me disseram que o senhor... que você voltaria... É a noiva de... de Pierre Le Clinche... Ela quis porque quis...

Uma moça alta, um pouco pálida, um pouco tímida. Entretanto, quando Maigret apertou-lhe a mão, compreendeu que, sob aquela aparência de caipira de gosto duvidoso, fervia uma vontade.

Ela não falava. Estava impressionada. Tal como Jorissen, que se tornara simples professor primário e encontrava o ex-colega num dos postos mais graduados da Polícia Judiciária.

– Ainda há pouco me apontaram a sra. Maigret no salão. Não me atrevi...

Maigret observava a jovem, que não era bonita nem feia, mas cuja simplicidade de fato comovia.

– O senhor sabe que ele é inocente, não é? – ela terminou por articular, sem olhar para ninguém.

O porteiro esperava o momento de voltar a cochilar. Já desabotoara o paletó.

– Veremos isso amanhã... Pegou um quarto?

– O quarto contíguo ao do senh... ao seu! – gaguejou, confuso, o professorzinho de Quimper. – E a srta. Léonnec está no andar acima. Mas vou embora amanhã, por causa das provas. Acha que...?

– Veremos, amanhã! – repetiu Maigret.

E, enquanto ele se deitava, sua mulher murmurou, cabeceando:

– Não se esqueça de apagar a luz!

2

Os sapatos amarelos

ELES CAMINHAVAM LADO A LADO, sem se entreolhar, primeiro pela praia, deserta àquela hora, depois pelo cais.

E pouco a pouco os silêncios se espaçavam e Marie Léonnec conseguia falar num tom quase natural.

– Verá que ele vai simpatizar logo com o senhor! Não poderia ser de outra forma! Então compreenderá que...

Maigret lhe despejava olhares curiosos e admirados. Jorissen regressara para Quimper ao amanhecer, deixando a moça sozinha em Fécamp.

– Não insistirei com ela para vir comigo! Ela tem muita personalidade! – dissera.

Na noite da véspera, ela se mostrara tão neutra quanto pode ser uma adolescente criada no sossego de um vilarejo. Agora, não fazia uma hora que ela e Maigret haviam deixado o Hôtel de la Plage.

O comissário exibia sua cara mais bicho-papão.

Mas isso não a impressionava, ela não acreditava, sorria com confiança.

– O único defeito dele – prosseguiu – é ser extremamente suscetível. Mas como seria de outra forma? O pai era um simples pescador. A mãe consertou redes durante muito tempo para criá-lo. Agora é ele que a alimenta. Ele é instruído, tem um belo futuro pela frente.

– Seus pais são ricos? – perguntou Maigret, implacável.

– São donos do maior negócio de cordames e cabos metálicos de Quimper. Daí Pierre não querer sequer falar com meu pai. Faz um ano que nos encontramos às escondidas.

– Vocês dois têm dezoito anos?

– Acabamos de fazer! Fui eu que falei lá em casa. E Pierre jurou só casar comigo quando recebesse pelo menos dois mil francos por mês. O senhor vê que...

– Ele lhe escreveu, depois de ser preso?

– Uma carta e só. Curtíssima. Ele que mandava diariamente páginas e páginas! Dizia ser preferível para mim e para os meus pais que eu avisasse na cidade que tudo está rompido entre nós.

Passavam próximo ao *Océan*, que continuava a ser descarregado e que, na maré alta, dominava o cais com seu casco preto. No castelo de proa, três homens, sem camisa, se lavavam e, entre eles, Maigret reconheceu P'tit Louis.

Um gesto também surpreendeu: um dos marinheiros cutucando outro com o ombro e apontando para Maigret e a garota. Isso o irritou.

– Foi por delicadeza, não acha? – continuava a voz ao seu lado. – Ele sabe a importância que ganha um escândalo numa cidadezinha como Quimper. Quis me devolver a liberdade.

A manhã estava cristalina. A moça, em seu *tailleur* cinzento, parecia uma estudante ou professora primária.

– Para os meus pais me deixarem sair de casa, é fundamental que também confiem nele! De resto, meu pai preferia me ver casada com um comerciante.

Maigret a fez esperar um longo tempo na antessala do comissário de polícia. Fez algumas anotações.

Meia hora mais tarde, ambos entravam na prisão.

Era o Maigret ensimesmado, com as mãos nas costas e cachimbo cravado entre os dentes, que se posicionava, curvando a coluna, num canto da cela. Avisara às autoridades que não conduzia oficialmente o inquérito, só estava ali como curioso.

Várias pessoas lhe haviam descrito o telegrafista, e a imagem que ele fizera correspondia fielmente ao rapaz à sua frente.

Um jovem alto e magro, num terno ajustado porém amarrotado, rosto grave e tímido de primeiro da classe. Sardas sob os olhos e cabelos à escovinha.

Sobressaltou-se quando a porta se abriu. Ficou um bom tempo longe da garota, que avançava. Ela teve de se jogar em seus braços, literalmente, e assim permanecer à força, enquanto ele lançava olhares esbugalhados em volta.

– Marie! Quem é que...? Como...?

Estava transtornado. Mas não do tipo agitado. As lentes de seus óculos se embaçaram, e só. Os lábios tremiam.

– Não devia ter vindo...

E observava Maigret, a quem não conhecia, depois fitava a porta, que permanecera entreaberta.

Com o colarinho aberto, sem cadarços nos sapatos, exibia também uma barba de vários dias, cor de ferrugem. Tudo isso o incomodava, apesar do drama. Embaraçado, apalpava o pescoço nu, o pomo de adão saltado.

– Por acaso minha mãe...?

– Ela não veio! Mas ela também não crê que seja você o culpado.

A garota tampouco conseguia dar livre curso à sua emoção. Era como uma cena incongruente; seria devido à insipidez do cenário?

Olharam-se sem saber o que falar, procuravam as palavras. Então Marie Léonnec apontou para Maigret.

– É um amigo de Jorissen. É comissário na Polícia Judiciária e aceitou nos ajudar.

Le Clinche hesitou em estender a mão, não ousou fazê-lo.

– Obrigado. Eu...

Tudo degringolava, e a garota, que percebia isso, tinha vontade de chorar. Não havia apostado numa entrevista emocional, que convenceria Maigret?

Fitava o navio com rancor, até mesmo com uma ponta de impaciência.

– Precisa contar tudo que possa ser útil à sua defesa.

E Pierre Le Clinche suspirava, encabulado e irritado.

– São só algumas perguntas! – interveio o comissário. – Toda a tripulação concorda que, durante a expedição, suas relações com o capitão eram mais do que frias. Ora, os senhores estavam em bons termos quando partiram. O que provocou essa mudança?

O telegrafista abriu e fechou a boca, mirando o teto com um olhar desolado.

– Relações de trabalho? Nos dois primeiros dias, os dois faziam as refeições na companhia do imediato e do chefe das máquinas. Depois o senhor preferiu comer com a marujada.

– É... Eu sei...

– Por quê?

E Marie Léonnec, impaciente:

– Pelo amor de Deus, Pierre, fale! Trata-se da sua salvação! Deve falar a verdade.

– Não sei...

Estava apático, sem motivação, como que desesperançado.

– Discutiu com o capitão Fallut?

– Não...

– Apesar disso, conviveu com ele quase três meses no mesmo barco sem lhe dirigir a palavra. Todo mundo notou. Alguns sussurram que Fallut, em determinados momentos, dava a impressão de estar louco.

– Não sei...

Marie Léonnec continha soluços de exasperação.

– Quando o *Océan* voltou ao porto, o senhor desembarcou junto com os outros. Em seu quarto de hotel, queimou papéis.

– Sim! Coisa sem importância.

– O senhor tem o hábito de fazer um diário do que vê. Não foi o diário dessa pescaria que o senhor queimou?

– Sim...

– Por quê?

– Não sei mais!

– Também não sabe por que retornou para o navio? Não imediatamente! Foi visto emboscado atrás de um vagão, posicionado a cinquenta metros do barco.

A garota observou o comissário, depois o noivo, depois outra vez o comissário, e deu sinais de desânimo.

– Sim...

– O capitão atravessou a prancha de acesso e pisou no cais. Foi nesse momento que foi atacado.

Ele continuava calado.

– Responda, diabos!

– Sim, responda, Pierre! É para inocentá-lo. Não compreendo.

Lágrimas inchavam suas pálpebras.

– Sim...

– Sim o quê?

– Eu estava lá!

– Então o senhor viu?

– Mal. Havia um monte de barris, vagões... Uma luta entre dois homens, depois um deles debandou enquanto um corpo caía na água.

– Como era o fugitivo?

– Não sei...

– Usava roupa de marinheiro?

– Não!

– Então sabe como ele se vestia?

– Notei apenas sapatos amarelos, quando ele passava próximo a um bico de gás.

– O que fez em seguida?

– Fui a bordo.

– Por quê? E por que não socorreu o capitão? Sabia que ele já estava morto?

Um silêncio opressivo. Marie Léonnec juntava as mãos de angústia.

– Ora, fale, Pierre! Fale, eu suplico!

– Sim... Não... Juro que não sei!

Passos no corredor. O carcereiro vinha anunciar que Le Clinche era esperado pelo juiz de instrução.

A noiva quis beijá-lo. Ele hesitou. Terminou por enlaçá-la nos braços, lentamente, ar pensativo.

E não foi sua boca que ele beijou, mas a penugem clara e arrepiada das têmporas.

– Pierre!

– Não deveria ter vindo! – ele disse, franzindo a testa e seguindo o carcereiro num passo lento.

Maigret e Marie Léonnec se dirigiram à saída sem trocar uma palavra. Do lado de fora, ela suspirou com dificuldade:

– Não compreendo... Eu...

Porém, erguendo a cabeça:

– Seja como for, tenho certeza de sua inocência! Nós não compreendemos, porque nunca vivemos tal situação! Já faz três dias que ele está na prisão, que todo mundo o acusa. E ele é um tímido!

A força que ela fazia para imprimir ardor às palavras, a despeito do desânimo, enterneceu Maigret.

– Mesmo assim, fará alguma coisa, não é?

– Com a condição de que a senhorita volte para sua casa, em Quimper.

– Não! Isso não! Por favor! Deixe que eu...

– Está bem! Vá para a praia. Instale-se com a minha mulher e tente se ocupar. Ela certamente terá um bordado para você.

– O que vai fazer? Acha que essa pista dos sapatos amarelos...

Olhares se voltavam para eles, pois Marie Léonnec estava tão exaltada que os dois pareciam brigar.

– Repito: farei tudo que estiver ao meu alcance. Veja! Esta rua vai dar em frente ao Hôtel de la Plage. Avise à minha mulher que devo chegar um pouco tarde para o almoço.

Deu meia-volta e dirigiu-se aos cais. Seu mau humor desaparecera. Estava quase sorrindo.

Temera uma cena tumultuosa na cela, protestos veementes, lágrimas, beijos. A coisa transcorrera de outra forma, ao mesmo tempo mais simples, dilacerante e significativa.

O personagem lhe agradava justamente pelo que tinha de distante, de concentrado.

Em frente a uma loja, avistou P'tit Louis com um par de galochas nas mãos.

– Aonde vai?

– Vendê-las! Não quer comprar? O que já se produziu de melhor no Canadá! Aposto que não encontra iguais na França. Duzentos francos.

Seja como for, P'tit Louis parecia preocupado, aguardando apenas uma autorização para seguir adiante.

– Já lhe passou pela cabeça que o capitão Fallut não estava bom da cabeça?

– Sabe, nos porões a gente não vê muita coisa.

– Mas fala! Então?

– Claro que houve histórias esquisitas!

– Por exemplo?

Ele conservava as galochas na mão, e o vendedor de artigos para a marinha que o avistara o esperava na soleira da porta.

– Não precisa mais de mim?

– Quando a coisa começou exatamente?

– Desde sempre, caramba! Um barco ou está saudável ou está doente. Pois bem! O *Océan* estava doente.

– Manobras arriscadas?

– Se fosse só isso! O que espera que eu lhe conte? Coisas que não fazem sentido, mas que existem assim mesmo... Tanto que tínhamos a impressão de que não retornaríamos. E então, verdade que não serei mais importunado por aquele incidente da carteira?

– Veremos...

O porto estava praticamente deserto. No verão, todas as embarcações estão na Terra Nova, exceto os pesqueiros que se ocupam com peixe fresco ao longo da costa. Apenas o *Océan* delineava sua silhueta escura no ancoradouro, e era ele que saturava o ar com um cheiro forte de bacalhau.

Próximo aos vagões, um homem com perneiras de couro, quepe de seda com um emblema.

– O empresário da companhia pesqueira? – perguntou Maigret a um agente da alfândega que passava.

– Sim, o diretor do Bacalhau Francês.

O comissário se apresentou. O outro olhou para ele com desconfiança, sem parar de monitorar o descarregamento.

– O que pensa sobre a morte do seu capitão?

– O que penso...? Penso que tenho diante de mim oitocentas toneladas de bacalhau estragado! E que, se isso continuar, o barco não partirá para a segunda expedição! E que não será a polícia que dará um jeito nas coisas ou pagará o prejuízo!

– Confiava cegamente em Fallut, certo?

– Sim! E daí?

– Acha que o telegrafista...

– Telegrafista ou não, é um ano perdido! E não estou nem falando das redes que eles me trazem! Redes que custaram dois milhões, compreende? Rasgadas como se eles tivessem se divertido pescando pedras. Como se não bastasse, a tripulação fala em mau-olhado! Ei! Você aí... O que está fazendo? Mas, pelo amor de Deus, sim ou não, eu não disse para antes de qualquer coisa terminar com a carga desse vagão?

E pôs-se a correr ao longo do vapor espinafrando todo mundo.

Maigret ainda ficou por uns instantes assistindo ao descarregamento. Depois se afastou na direção do píer, por entre os grupos de pescadores em japonas de lona cor-de-rosa.

Logo em seguida, alguém às suas costas fez:

– Psiu! Psiu! Ei, senhor comissário...

Era Léon, o dono da taberna, que tentava alcançá-lo movendo suas pernas curtas o mais rápido que podia.

– Venha tomar alguma coisa no bar.

Tinha o semblante misterioso, cheio de promessas. No caminho, explicou:

– As coisas se acalmaram! Os que não voltaram para casa, na Bretanha ou nas aldeias, gastaram praticamente todo o dinheiro que tinham. De manhã, tive apenas alguns pescadores de cavalas.

Atravessaram o cais. Penetraram na taberna agora vazia, exceto pela garçonete que limpava as mesas.

– Espere! O que vai tomar? Um pequeno aperitivo! Está quase na hora... Como eu lhe dizia ainda ontem, não os incentivo ao consumo.

Ao contrário! Ainda mais que, quando bebem, eles quebram mais do que o lucro que proporcionam. Vá ver se estou na cozinha, Julie...

Uma olhadela cúmplice para o comissário.

– À sua saúde! Avistei-o de longe. Então, como tinha algo a lhe dizer...

Foi certificar-se de que a moça não escutava atrás da porta. Em seguida, semblante cada vez mais enigmático e deslumbrado ao mesmo tempo, puxou alguma coisa do bolso, um cartão no formato de uma fotografia.

– Dê uma espiada! O que me diz?

Era de fato uma fotografia, um retrato de mulher. No entanto, a cabeça estava completamente riscada com tinta vermelha. Houvera um desejo raivoso de eliminar aquela cabeça. A pena arranhara o papel. Linhas se espalhavam em todas as direções, a ponto de não existir mais um milímetro quadrado visível.

Em contrapartida, abaixo do rosto, o busto estava intacto. Um colo opulento. Vestido de seda clara, justo e cavado.

– Onde encontrou isso?

Novas espiadelas.

– Não devo ter segredos para o senhor. O quartinho de Le Clinche não fecha direito. Ele então passou a esconder as cartas da noiva debaixo do tapete da mesa.

– E o senhor as lia?

– Desinteressadamente... Por acaso... Quando revistaram o cômodo, não lhes ocorreu procurar embaixo do tapete. Tive essa ideia ontem à noite e foi isso que encontrei. Claro, não se vê mais a cabeça. Seja como for, não é a noiva, que não é louca a esse ponto! Vi seu retrato também. Logo, há outra mulher por baixo dos panos.

Maigret tinha o olhar fixo no retrato. A linha dos ombros era deliciosa. A mulher não devia ser tão jovem como Marie Léonnec. E havia algo de extremamente sensual naquele busto.

De certa vulgaridade também! O vestido parecia comprado pronto. Uma extravagância barata.

– Usa tinta vermelha no seu estabelecimento?

– Não! Só verde...

– Le Clinche nunca usava tinta vermelha?

– Nunca! Ele usava uma tinta própria, por causa da caneta. Tinta especial, azul-escura.

Maigret levantou-se, alcançou a porta.

– O senhor me dá licença?

Instantes depois, estava a bordo do *Océan*, vasculhando a cabine do telegrafista, depois a do capitão, suja e desorganizada.

Não havia tinta vermelha no pesqueiro. Os pescadores nunca viram aquilo.

Quando deixou o navio, Maigret recebeu um olhar contrariado do empresário, que continuava a xingar o seu pessoal.

– Por acaso há tinta vermelha em seus escritórios?

– Tinta vermelha? Para fazer o quê? Não temos escola.

Contudo, de repente, como se lembrasse de alguma coisa:

– Só Fallut escrevia com tinta vermelha, quando estava na casa da Rue d'Étretat. Que novidade é essa agora? Cuidado com o vagão, aí! Só me faltava um acidente... Então, o que pretende com sua tinta vermelha?

– Nada! Obrigado.

P'tit Louis voltava sem as galochas, mas com cacos de vidros no nariz e um boné de malandro na cabeça, sandálias nos pés.

3

O retrato sem cabeça

– ... E QUE DE TODA FORMA NÃO PODERIAM DEIXAR de me contar e que tenho economias, que decerto equivalem à pensão de um capitão...

Maigret deixava a sra. Bernard no portal de sua casinha da Rue d'Étretat. Era uma mulher na casa dos cinquenta anos, bastante bem conservada, que acabava de discorrer meia hora a fio sobre o primeiro marido, a viuvez, o capitão que se tornara seu locatário, boatos sobre suas relações e, por fim, sobre uma desconhecida, que certamente era uma "mulher de vida fácil".

O comissário visitara a casa inteira, asseada mas repleta de bibelôs de mau gosto. O quarto do capitão Fallut ainda se encontrava tal como o haviam arrumado para o seu retorno. Poucos objetos pessoais: algumas roupas num baú, alguns livros, sobretudo romances de aventura, e fotografias de barcos.

O conjunto transmitia a impressão de uma vida sossegada e medíocre.

– ... Estava combinado sem estar combinado, ambos já nos víamos no altar... Eu entrava com a casa, a mobília, o enxoval. Nada teria mudado e ficaríamos tranquilos, principalmente daqui a três ou quatro anos, quando ele passasse a receber a pensão.

Pelas janelas, viam-se a salsicharia defronte, a rua em ladeira, a calçada onde crianças brincavam.

– Foi nesse inverno que ele conheceu a tal mulher e tudo virou de cabeça pra baixo. Na sua idade! Como pode alguém se enrabichar assim por uma criatura? E ele fazia um mistério! Devia encontrá-la no Havre ou em outro canto qualquer, pois nunca foram vistos juntos. Eu sentia que ali tinha dente de coelho. Ele estava comprando roupa branca mais fina. Até mesmo, uma vez, meias de seda! Considerando que não existia nada entre nós, isso não era da minha conta e eu não queria parecer estar defendendo meus interesses.

Era toda uma parte da vida do defunto que essa conversa com a sra. Bernard esclarecia. O homenzinho de meia-idade que retornava ao porto após uma longa temporada num pesqueiro e que, no inverno, morava ali como um bom burguês, junto à sra. Bernard, a qual o paparicava, na expectativa de arranjar marido!

Ele fazia as refeições com ela, na sala de jantar, sob o retrato do primeiro marido, de bigodes louros. Depois ia para o seu quarto ler um romance de aventura.

E eis que aquela paz era perturbada. Outra mulher surgia. O capitão Fallut multiplicava as idas ao Havre, vestia-se com apuro, comprava até meias de seda, raspava bem a barba e se escondia de sua senhoria!

Por outro lado, não era casado, não tinha compromisso assumido. Pois a despeito de ser livre, nunca se mostrava em Fécamp com a desconhecida.

Era a grande paixão, a grande aventura, que se apresentava tardiamente? Ou um caso ignóbil?

Ao chegar à praia, Maigret viu sua mulher sentada numa cadeira de lona com listras vermelhas, e, ao seu lado, Marie Léonnec, que costurava.

Alguns banhistas, nos seixos esbranquiçados pelo sol. Um mar preguiçoso. E lá, do outro lado do píer, o *Océan*, no cais, o bacalhau a granel que continuavam a desembarcar e os marujos taciturnos, com suas frases cheias de reticências.

Beijou a sra. Maigret na testa. Inclinou a cabeça diante da moça e respondeu a seu olhar inquisitivo:

– Nada de especial...

E sua mulher, com voz mansa:

– A srta. Léonnec me contou a história toda. Acha que esse moço foi capaz de cometer um ato desses?

Dirigiram-se lentamente para o hotel. Maigret carregava as duas cadeiras dobráveis. Iam sentar-se à mesa quando um agente fardado chegou, procurando o comissário.

– Pediram-me para lhe mostrar isso. Chegou faz uma hora.

E estendeu um envelope pardo que haviam aberto e não trazia destinatário. No interior, uma folha de papel, uma letrinha espremida, minuciosa:

Que não acusem ninguém pela minha morte e não procurem compreender o meu gesto. Aqui estão minhas últimas vontades. Lego o que possuo à sra. viúva Bernard, que sempre foi generosa comigo, encarrego-a de enviar meu relógio de bolso de ouro para o meu sobrinho, que ela conhece, e de providenciar para que eu seja enterrado no cemitério de Fécamp, junto à minha mãe...

Maigret esbugalhava os olhos.

– Está assinado Octave Fallut! – disse à meia-voz. – Como essa carta chegou ao comissário?

– Não se sabe. Encontramos na caixa. Parece ser mesmo a letra dele. O comissário avisou imediatamente ao Ministério Público.

– Seja como for, ele foi estrangulado! E é impossível estrangular a si próprio! – rosnou Maigret.

Perto deles, a ruidosa mesa do bufê. Havia rabanetes cor-de-rosa numa travessa.

– Espere um instante, vou copiar essa carta. Imagino que pretenda levá-la.

– Não me deram instruções específicas, mas suponho...

– Sim. Ela deve constar do processo.

Um pouco mais tarde, com sua cópia na mão, Maigret olhava com impaciência para o refeitório, onde perderia uma hora esperando os pratos. Marie Léonnec, durante todo esse tempo, não parou de observá-lo, mas sem ousar interromper sua meditação selvagem. Só a sra. Maigret suspirou, diante dos pálidos escalopes:

– De todo modo, estaríamos melhor na Alsácia...

Com pressa de rever o vapor, o porto e os marujos, Maigret levantou-se antes da sobremesa, passando o guardanapo na boca. No caminho, grunhia:

– Fallut sabia que ia morrer! Mas sabia que seria morto? Quis, antecipadamente, proteger seu assassino, ou era apenas vontade de se suicidar?

Quem, afinal, havia deixado o envelope pardo na caixa de correio do comissariado? Não tinha selo, não tinha destinatário!

A notícia já devia ter se espalhado, pois, quando Maigret chegou perto da embarcação, o diretor do Bacalhau Francês o interpelou com uma ironia agressiva.

– Quer dizer que Fallut estrangulou a si próprio! De quem foi o achado?

– Em vez disso, pode me dizer quem são os oficiais do *Océan* que ainda estão a bordo?

– Não há nenhum! O imediato foi cair na esbórnia em Paris. O chefe das máquinas está em sua casa, em Yport, e só voltará depois de terminado o descarregamento.

Maigret visitou mais uma vez a cabine do capitão. Uma cabine estreita. Uma cama, com uma colcha suja. Um armário na divisória. Um bule de porcelana azul sobre a mesa forrada com uma toalha impermeável. Botas com solado de madeira num canto.

Era escuro e fuliginoso, impregnado do cheiro agressivo que dominava o barco inteiro. Suéteres com listras azuis secavam no convés. Maigret quase levou um tombo ao atravessar a prancha, escorregadia devido aos restos de peixe.

– Descobriu alguma coisa?

O comissário encolheu os ombros e, olhando mais uma vez para o *Océan* com ar lúgubre, perguntou a um funcionário da alfândega como ir a Yport.

É um lugarejo no sopé do penhasco, a seis quilômetros de Fécamp. Casas de pescadores. Algumas chácaras em volta. Casas de campo, a maior parte mobiliada e alugada durante a temporada do verão, e um único hotel.

Na praia, em trajes de banho, crianças e mães às voltas com tricôs ou bordados.

– A casa do sr. Laberge, por favor?

– O chefe das máquinas do *Océan* ou o fazendeiro?

– O chefe das máquinas.

Apontaram-lhe uma casinha cercada por um pequeno jardim. Quando se aproximou da porta pintada de verde, ouviu sinais de discussão no interior. Duas vozes: uma de homem, a outra de mulher. Porém, sem conseguir distinguir as palavras, ele bateu.

Silêncio geral. Passos se aproximaram. A porta se abriu e um homem alto e magro, desconfiado e carrancudo, apareceu.

– O que é?

Uma mulher com roupa de dona de casa ajeitava às pressas os cabelos desalinhados.

– Sou da Polícia Judiciária e queria lhe fazer algumas perguntas.

– Entre!

Uma criança chorava e o pai empurrou-a rispidamente para o quarto ao lado, onde se via o pé de uma cama.

– Deixe-nos a sós! – disse Laberge à mulher.

Ela também estava com os olhos vermelhos. A briga devia ter estourado durante a refeição, pois os pratos não haviam sido terminados.

– O que deseja saber?

– Desde quando o senhor não vai a Fécamp?

– Hoje de manhã. Fui de bicicleta até lá, pois não é nada engraçado ficar ouvindo a mulher berrar o dia inteiro. A gente passa meses no mar, se matando... E quando volta...

Sua raiva persistia. Verdade que seu hálito fedia a álcool.

– São todas iguais! Pura ciumeira! Elas imaginam que a gente não tem nada na cabeça a não ser visitar meretrizes. Atenção! Lá está ela moendo o menino de pancada para extravasar.

Com efeito, a criança gritava no cômodo ao lado e a voz de mulher se erguia:

– Quer calar a boca! Hein! Vai calar?

Essas palavras deviam ser acompanhadas de bofetadas ou estocadas, pois os soluços explodiam ainda mais fortes.

– Ah! Que beleza de vida...

– Por acaso o capitão Fallut já lhe havia confidenciado uma aflição qualquer?

O sujeito olhou atravessado para Maigret, mudou uma cadeira de lugar.

– O que o faz pensar assim?

– Vocês navegavam juntos há muito tempo, certo?

– Cinco anos...

– E faziam as refeições juntos a bordo.

– Menos dessa vez! Ele cismou de comer sozinho, na cabine. Mas eu gostaria muito de não falar mais dessa pescaria nojenta!

– Onde o senhor estava quando o crime foi cometido?

– No bar, com os outros. Devem ter lhe contado.

– E acha que o telegrafista tinha uma razão para implicar com o capitão?

De repente, Laberge se irritou.

– Aonde quer chegar com suas perguntas? O que deseja que eu lhe diga? Não estava nas minhas atribuições bancar a polícia, está entendendo? E já estou cheio! Dessa história e do resto! Tanto que me pergunto se vou embarcar na próxima expedição!

– A última evidentemente não foi uma maravilha!

Novo olhar incisivo para Maigret.

– O que quer dizer?

– Que tudo ia mal! Um grumete morreu! Houve mais acidentes que de costume! A pescaria não foi boa e o bacalhau chegou estragado a Fécamp.

– A culpa é minha?

– Eu não disse isso! Apenas lhe pergunto se, nos acontecimentos que presenciou, há alguma coisa capaz de explicar a morte do capitão. Era um homem pacato, a vida resolvida...

O chefe das máquinas riu, mas não disse nada.

– Sabe de alguma namorada?

– Pois não estou lhe dizendo que não sei de nada, que estou cheio de tudo isso! Por acaso querem que eu enlouqueça? O que é que você quer agora?

Era à mulher que ele se dirigia, pois ela acabava de entrar na cozinha e se encaminhava para o fogão, onde uma panela soltava um cheiro de queimado.

Podia ter trinta e cinco anos. Não era nem feia nem bonita.

– Com licença... – ela disse, com humildade. – É a ração do cachorro que...

– Ande depressa! Ainda não terminou?

E a Maigret:

– Quer um bom conselho? Deixe tudo quietinho! Fallut está bem onde está! Quanto menos mexericos, melhor! Quanto a mim, não sei de nada e, mesmo que me interrogassem pelo resto do dia, eu não teria mais uma palavra para responder. Veio de trem? Se perder o que sai daqui a dez minutos, não conseguirá outro antes das oito da noite.

Ele abrira a porta. O sol penetrou no cômodo.

– Sua mulher está com ciúmes de quem? – indagou mansamente o comissário ao chegar à porta.

Ele apertou os dentes sem dizer nada.

– Por acaso conhece essa pessoa?

Maigret estendeu-lhe o retrato, cuja cabeça desaparecia sob a rasura em tinta vermelha. Manteve, no entanto, o polegar sobre a cabeça. Via-se apenas a blusa de seda.

O outro voltou subitamente o olhar para ele, quis pegar o papelão.

– Reconhece-a?

– Como quer que a reconheça?

E permaneceu com a mão aberta, enquanto Maigret guardava o retrato no bolso.

– Vai a Fécamp amanhã?

– Não sei... Precisa de mim?

– Não! Perguntei à toa... Agradeço pelas informações que teve a gentileza de me fornecer.

– Não lhe forneci nenhuma informação!

Maigret não dera dez passos, a porta foi fechada com um pontapé e vozes explodiram no interior da casa, onde a briga parecia recomeçar ainda mais violenta.

O chefe das máquinas falara a verdade: não havia trem para Fécamp antes das oito da noite e Maigret, sem nada para fazer, desembocou fatalmente na praia, onde se instalou na varanda do hotel.

Era a atmosfera banal das férias: guarda-sóis vermelhos, vestidos brancos, calças de flanela e um grupo de curiosos rodeando um barco de pesca que era puxado na areia com a ajuda de um cabrestão.

À direita e à esquerda, a claridade dos penhascos. Em frente, o mar verde-claro, debruado de branco, e o murmúrio regular do marulho.

– Cerveja!

O sol fustigava. Uma família tomava sorvetes na mesa ao lado. Um rapaz tirava fotografias com uma Kodak e em algum canto ressoavam vozes excitadas de meninas adolescentes.

Maigret deixava o olhar vagar pela paisagem e seu pensamento tornava-se difuso, seu cérebro se entorpecia num devaneio que girava em torno de um capitão Fallut cada vez mais inconsistente.

– Muito obrigado!

Essas duas palavras vieram incrustar-se em sua mente, não devido ao sentido, mas por serem pronunciadas secamente, com uma ironia acerba, por uma mulher que se encontrava atrás do comissário.

– Ora, mas estou lhe dizendo, Adèle...

– Droga!

– Vai começar de novo?

– Faço o que me der na telha!

Era decididamente o dia dos bate-bocas! Logo pela manhã, Maigret topava com um sujeito desaforado: o diretor do Bacalhau Francês.

Em Yport, foi uma briga de casal na casa dos Laberge. E agora eis que no terraço um casal desconhecido trocava frases nada amáveis.

– É melhor pensar direito.

– Droga!

– Acha que é inteligente responder assim?

– Droga e droga! Entendeu? Garçom! Essa limonada está quente! Traga outra.

O linguajar era vulgar e a mulher falava mais alto que o necessário.

– De um jeito ou de outro, decida-se! – continuava o homem.

– Ora, vá se catar! Quer que eu repita? E me deixe em paz.

– Sabe que é detestável o que está fazendo?

– E você?

– Eu? Como ousa... Preste bem atenção! Se não estivéssemos aqui, acho que eu não ia me segurar...

Ela riu. Muito mais alto!

– Querido, convenhamos!

– Cale-se, por favor!

– E por que me calaria?

– Porque sim.

– Devo dizer que a resposta é inteligente.

– Não vai se calar?

– Se me der na telha...

– Estou avisando, Adèle...

– O quê? Que vai fazer um escândalo na frente de todo mundo? Vai adiantar muito! As pessoas já estão olhando.

– Melhor você refletir e entender.

Ela levantou-se bruscamente, como alguém no limite. Maigret dava-lhe as costas, mas viu sua sombra encompridar-se nas lajotas da varanda.

Depois a viu, de costas, caminhando na direção da beira-mar.

Na contraluz, não passava de uma silhueta recortando o poente. Maigret notou apenas que estava muito bem-vestida, que não usava roupas de praia, e sim meias de seda e salto alto.

Isso fez com que, atravessando a praia, avançasse com dificuldade e deselegância. Arriscava-se a todo instante a torcer o tornozelo, porém, enfezada e obstinada, teimava em seguir adiante.

– Quanto lhe devo, garçom?

– Mas eu ainda não trouxe a limonada que a senhora...

– Não tem importância! Quanto deu?

– Nove francos e cinquenta. Não vai jantar aqui?

– Não faço ideia...

Maigret voltou-se para ver o homem, que, notando que as mesas próximas tinham ouvido tudo, pareceu encabulado.

Era alto, elegância duvidosa. Tinha os olhos cansados e todo o seu rosto denotava extremo nervosismo.

De pé, hesitou quanto à direção a tomar e, tentando mostrar calma, terminou por caminhar em direção à jovem mulher, que agora acompanhava a linha sinuosa do mar.

– Outro casal de fachada, está na cara! – disse alguém a uma mesa, onde três mulheres faziam crochê.

– Podiam lavar a roupa suja longe daqui! Que exemplo para as crianças...

Os dois vultos reencontraram-se à beira-mar. Não se ouviam mais as palavras. Nem por isso as atitudes impediam de adivinhar a cena.

O homem suplicava e ameaçava. A mulher mostrava-se inflexível. Em determinado momento, ele agarrou o pulso dela e tudo indicava que o negócio descambaria para a violência.

Mas não! Ele deu-lhe as costas. Caminhou em largas passadas até uma rua próxima, onde deu partida num carrinho cinza.

– Mais um chope, garçom!

Maigret acabava de perceber que a jovem mulher esquecera a bolsa na mesa. Uma bolsa imitando pele de crocodilo, estufada de tão cheia, novinha em folha.

Uma sombra avançou no chão. Ele ergueu a cabeça e então viu a dona da bolsa de volta à varanda.

Foi um pequeno choque. As narinas do comissário vibraram.

Claro, poderia estar enganado. Era muito mais uma impressão que uma certeza. Mas teria jurado que tinha diante de si o original do retrato sem cabeça.

Puxou-o, aliás, do bolso, com discrição. A mulher tornara a sentar.

– E então, garçom! Minha limonada...

– Eu achava... O cavalheiro falou...

– Eu pedi uma limonada!

Era claramente a linha um tanto rechonchuda do pescoço, o colo ao mesmo tempo farto e rijo, de uma elasticidade voluptuosa.

E a mesma maneira de se vestir, o mesmo gosto pelas sedas lisas, de cores vistosas.

Maigret largou o retrato de modo a que a mulher fosse obrigada a vê-lo.

E, com efeito, ela viu. Olhou para o comissário como se vasculhasse na memória. Contudo, se ficou perturbada, tal perturbação não se manifestou em seu comportamento.

Cinco, dez minutos se passaram. Um motor ressoou ao longe, aproximou-se. Era o carro cinza, que voltava na direção da varanda, parava e partia novamente, como se o motorista não fosse capaz de ir embora de vez.

– Gaston!

Ela estava em pé. Acenava para o companheiro. Dessa vez, pegara a bolsa e, no instante seguinte, entrara no carro.

As três mulheres da mesa ao lado a acompanhavam com olhos reprovadores. O rapaz da Kodak voltou-se.

O carro cinza já desaparecia, com o motor roncando.

– Garçom! Onde posso arranjar um carro?

– Acho que não vai encontrar em Yport. Tem um que costuma levar as pessoas a Fécamp ou Étretat, mas justamente o vi saindo de manhã com os ingleses.

Os dedos gordos do comissário tamborilavam na mesa numa cadência rápida.

– Traga-me um mapa rodoviário! E telefone para o comissariado de polícia de Fécamp. Já viu essas pessoas?

– O casal que discutia? Praticamente todos os dias da semana. Almoçaram aqui ontem. Acho que são do Havre.

Não havia mais senão famílias na praia, que exalava o sossego de uma tarde de verão. Um barco escuro evoluía imperceptivelmente sobre a linha do horizonte, penetrava no sol e saía do outro lado, como se furasse um aro de papel.

4

Sob o signo da ira

– POIS EU – DISSE O COMISSÁRIO DE POLÍCIA DE FÉCAMP, enquanto fazia ponta num lápis azul – confesso que não alimento mais grandes ilusões. É raríssimo elucidar esses incidentes com marinheiros. Acha que minto? Tente descobrir a motivação de uma briga vulgar, das que estouram diariamente no porto. No momento em que meus homens chegam, estão se engalfinhando. É só perceberem os uniformes que se juntam todos para atacar! Interrogue-os! Todos eles mentem! Se contradizem! Confundem de tal forma as coisas que terminamos por desistir.

Eram quatro a fumar no escritório, já tomado pela fumaça de cigarro. Era de tarde. O comissário da Brigada Móvel do Havre, oficialmente encarregado de tocar o inquérito, estava acompanhado de um jovem inspetor.

Maigret, por sua vez, encontrava-se ali a título privado. Sentado num canto, na quina de uma mesa, ainda não se pronunciara.

– Apesar de tudo, me parece simples! – arriscou o inspetor, enquanto buscava a aprovação do chefe. – A motivação do crime não foi roubo. Logo, trata-se de uma vingança. Com quem o capitão Fallut se mostrara mais ríspido durante a expedição?

Mas o comissário do Havre deu de ombros e o inspetor calou-se, ruborizando.

– Ora...

– Não, meu velho, não! Há outra coisa... E em primeiro lugar a mulher que você desencavou, Maigret. Passou a descrição aos guardas para que a encontrem? Por exemplo, não consigo atinar qual seria o papel dela. O vapor permaneceu três meses no mar. Ela nem sequer compareceu ao desembarque, uma vez que ninguém comentou o fato. O telegrafista está noivo. O capitão Fallut, pelo que dizem, não é homem de cometer loucuras. E, no entanto, redige um testamento pouco antes de ser assassinado.

– Também julgo interessante saber quem se deu ao trabalho de trazer esse testamento para cá – suspirou Maigret. – Há um jornalistazinho, o que usa um impermeável bege, que afirma no *Éclair de Rouen* que o *Océan* estava encarregado pelos donos de uma missão que não tinha nada a ver com pesca de bacalhau.

– A mesma ladainha de sempre! – grunhiu o comissário de Fécamp.

A conversa era frouxa. Houve um longo silêncio, durante o qual se ouviu o crepitar do cachimbo de Maigret, que se levantou subitamente e com esforço.

– Se me perguntasse o que caracteriza esse caso – disse –, eu responderia que ele está firmado sob o signo da ira... tudo que vem do vapor é raivoso, crispado, exacerbado... Na taberna, a tripulação enche a cara e se estapeia. O telegrafista, a quem levo a noiva, mal contém a impaciência e lhe faz uma acolhida gelada. Só faltou pedir que ela não se metesse no que não era da sua conta! Em Yport, o chefe das máquinas tripudia com a mulher e me recebe feito um cão bravio. Por fim, encontro mais duas pessoas que parecem marcadas pelo mesmo signo: a tal Adèle e seu companheiro, que fazem cenas na praia e só se reconciliam para depois sumir.

– O que conclui disso? – indagou o comissário do Havre.

– Eu? Não concluo! Observo apenas que tenho a impressão de estar às voltas com um bando de alucinados. Vamos, boa noite, cavalheiros. Estou aqui informalmente! E minha esposa me aguarda no hotel. Se encontrar a mulher de Yport e o homem do carro cinza, me avise, comissário!

– Entendido! Boa noite.

Maigret, em vez de atravessar a cidade, percorreu os cais, mãos nos bolsos e cachimbo nos dentes. O ancoradouro vazio era um grande quadrilátero escuro, onde só brilhavam as lâmpadas do *Océan*, que continuavam a descarregar.

– ... sob o signo da ira! – rosnou consigo mesmo.

Ninguém percebeu quando ele subiu a bordo. Zanzou pelo convés, parecendo sem objetivo, notou luz na escotilha do castelo de proa. Debruçou, recebeu no rosto um bafo quente, um cheiro de dormitório, refeitório e peixaria, tudo junto.

Desceu a escada de ferro e deu de cara com três homens, os quais comiam em marmitas apoiadas no colo. Para iluminá-los, um lampião a querosene instalado sobre um suporte. No centro do recinto, uma panela de ferro imunda.

Ao longo das divisórias, quatro patamares de estrados, uns ainda cheios de palha, os outros, vazios, e botas e japonas penduradas.

Dos três, somente P'tit Louis se levantou. Os outros dois eram o bretão e um negro descalço.

– Bom apetite! – grunhiu Maigret.

Outros grunhidos responderam.

– Onde estão seus colegas?

– Em casa, caramba! – disse P'tit Louis. – Só quem não tem para onde ir e está *liso* fica mofando aqui quando não está navegando...

O jeito era se acostumar com a semipenumbra e, acima de tudo, com o cheiro. Também era possível imaginar quarenta homens convivendo naquele mesmo recinto, incapazes de fazer um movimento sem esbarrar nos outros.

Quarenta homens se lançando de botas e tudo nos catres, roncando, enchendo o bucho, fumando!

– O capitão costumava vir aqui?

– Nunca.

E o motor ofegando, o cheiro de carvão e sebo, as divisórias de metal escaldantes, os coices do mar...

– Venha comigo, P'tit Louis...

E Maigret flagrou um gesto que, por bravata, o marujo dirigia aos outros, às suas costas.

Quando subiram, contudo, no convés afogado pela sombra, toda valentia desaparecera.

– O que há?

– Nada... Espere... Suponhamos que o capitão tenha morrido no trajeto... Acha que alguém seria capaz de conduzir a embarcação de volta ao porto?

– Quase certo que não... Porque o imediato não sabe fazer os cálculos. Verdade que, com o telégrafo, o telegrafista pode até estimar a posição.

– Você via muito o telegrafista?

– Nunca! Não vá pensando que circulamos aqui dentro como agora. São vários turnos... Passamos dias e dias cada um no seu canto...

– E o chefe das máquinas?

– Esse aí, sim! Estava com ele diariamente, por assim dizer.

– Como era ele?

P'tit Louis tornou-se escorregadio.

– Será que sei mesmo? E aonde pretende chegar com isso? Gostaria de ver o senhor aqui quando tudo desandou, quando um grumete se atira pela amurada, quando uma placa isolante explode, quando o capitão teima em arrastar o vapor para uma zona onde não nada um peixe, quando um homem pega gangrena, e paro por aqui... Então o senhor praguejaria bilhões de raios! E, por uma bagatela, enfiaria um soco na cara de alguém! Ou quando, como se tudo isso não bastasse, lhe dizem que o capitão, lá em cima, está ruim da bola...

– Estava?

– Não fui perguntar... Depois...

– Depois...?

– Enfim, o que importa? Alguém vai terminar lhe contando mesmo... Parece que eram três, lá em cima, que não largavam os revólveres. Três a espionar-se, a temer um ao outro. O capitão quase não saía de sua cabine, para onde mandara levar mapas, bússola, sextante e o resto.

– E isso durou três meses?

– Sim! Por acaso ainda tem alguma outra pergunta?

– Obrigado. Pode ir.

P'tit Louis afastou-se, meio a contragosto, detendo-se por um instante diante da escotilha observando o comissário, que dava curtas baforadas no cachimbo.

Dos porões abertos, à luz das lâmpadas de acetileno, os homens continuavam a retirar o bacalhau. Mas o policial queria esquecer os vagões, os estivadores, os cais, os píeres, o farol.

De pé sobre um universo de chapas metálicas, olhos semicerrados, ele visualizava o mar aberto, um campo de ondas idênticas, que a roda de proa arava incansavelmente, hora após hora, dia após dia, semana após semana.

– Não vá pensando que circulamos como agora...

Homens nas máquinas. Homens no reduto da proa. E, no tombadilho, um punhado de humanos: o capitão, seu imediato, o chefe das máquinas e o telegrafista.

Uma pequena arandela para iluminar a bússola. Mapas espalhados.

Três meses!

Na volta, o capitão Fallut redigira um testamento no qual manifestava a intenção de pôr fim aos seus dias.

Uma hora depois de atracarem no cais, era estrangulado e jogado no ancoradouro.

E a sra. Bernard, sua senhoria, se afligia porque aquilo tornava doravante impossível união tão promissora! O chefe das máquinas fazia cenas para a mulher! Uma tal Adèle desancava um desconhecido, mas fugia com ele no momento em que Maigret lhe colocava debaixo do nariz seu retrato rasurado com tinta vermelha!

O telegrafista Le Clinche, em sua cela, exalando um humor de cão!

O vapor mal se mexia. Um leve oscilar, como um peito arfante, mais nada. Um dos três homens do castelo de proa dedilhava um acordeão.

Maigret, voltando a cabeça, percebeu dois vultos de mulher no cais, precipitou-se, atravessou a prancha.

– O que vieram fazer aqui?

Corou não só porque o tom fora ríspido, mas acima de tudo por ter consciência de estar igualmente contagiado pelo frenesi que movia todos os atores do drama.

– Tivemos vontade de ver o barco – disse a sra. Maigret, com uma humildade desconcertante.

– A culpa é minha! – interveio a srta. Léonnec. – Fui eu que insisti para...

– Está bem! Está bem! Jantaram?

– São dez horas. E o senhor?

– Sim. Obrigado.

As luzes da taberna Rendez-Vous des Terre-Neuvas eram as únicas acesas. No píer, entreviam-se alguns vultos: turistas, dando rigorosamente o passeio do crepúsculo.

– Descobriu alguma coisa? – perguntou a noiva de Le Clinche.

– Ainda não! Quer dizer, nada de excepcional!

– Atrevo-me a lhe pedir outro favor.

– Vá em frente!

– Eu gostaria de visitar a cabine de Pierre. O senhor permitiria?

Dando de ombros, ele a guiou até lá, enquanto a sra. Maigret se recusava a atravessar a prancha.

Um verdadeiro caixote de metal. A parafernália do telégrafo sem fio. Uma mesa de ferro, um banco e uma cama. Numa divisória, o retrato de Marie Léonnec em traje típico bretão. Sapatos velhos no chão, uma calça na cama.

A moça respirava aquela atmosfera com uma mistura de curiosidade e alegria.

– Sim! Não exatamente como eu imaginava. Ele nunca engraxou os sapatos. Veja! Ele bebia sempre nesse copo, sem lavar.

Garota esquisita! Misto de timidez, fraqueza, boa educação e, não obstante, energia e audácia. Ela hesitou.

– E a cabine do capitão?

Maigret esboçou a sombra de um sorriso, pois compreendia que, lá no fundo, ela esperava fazer uma descoberta. Levou-a até lá. Foi inclusive pegar uma lanterna no convés.

– Como eles conseguem viver nesse cheiro? – suspirou.

Ela observava detidamente à sua volta. Ele percebeu um sobressalto de sua parte, por timidez, e ela articulou:

– Por que instalaram um calço na cama?

Ele deixou o cachimbo apagar. A observação procedia. Toda a tripulação dormia em estrados que de certa forma faziam parte da própria estrutura do barco. Só o capitão dispunha de uma cama de ferro.

Ora, sob cada pé, haviam colocado um cubo de madeira.

– Não acha estranho? Parece...

– Continue...

Todo vestígio de mau humor desaparecera. Maigret via o rosto pálido da moça ganhar vida sob efeito da reflexão e da alegria.

– Parece... mas o senhor vai rir de mim... que levantaram a cama para que alguém pudesse se esconder! Sem os calços de madeira, o estrado é baixo demais... Enquanto assim...

E, antes que ele pudesse intervir, ela se deitou no chão, ignorando a sujeira que cobria o assoalho. Esgueirou-se sob a cama.

– Tem espaço! – disse.

– Sim... Venha...

– Um momento, pode ser? Me passe a lanterna um instante, comissário.

Ela se calou. Ele não atinava com o que ela fazia. Impacientava-se.

– E então?

– Sim... Espere...

Ressurgiu de repente, seu tailleur cinza todo manchado, as retinas febris.

– Puxe a cama... Verá...

A voz falhara. As mãos tremiam. Maigret puxou abruptamente a cama da divisória, olhou para o chão.

– Não vejo nada.

Como ela não respondia, ele se voltou e percebeu que ela chorava.

– O que viu? Por que está chorando?

– Aqui... Leia...

Ele teve de se abaixar, colocar a lanterna rente à divisória. Distinguiram-se então palavras escritas na madeira com a ajuda de uma ponta qualquer, alfinete ou prego.

Gaston – Octave – Pierre – Hen...

A última palavra estava inacabada. Não se tratava, contudo, de trabalho feito às pressas. Algumas letras deviam ter exigido mais de uma hora! Havia arabescos, filigranas rabiscadas quando se está à toa.

A nota cômica era representada por duas galhadas desenhadas acima do nome Octave.

A moça sentara na beirada da cama, arrastada até o meio da cabine. Continuava a chorar, em silêncio.

– Curioso! – rosnou Maigret. – Eu adoraria saber se...

Ela então se empertigou, veemente.

– Claro que sim! É isso! Havia uma mulher aqui! Ela se escondia... Mesmo assim, homens vinham encontrá-la... O nome do capitão Fallut não seria Octave?

Raras vezes o comissário estivera tão embaraçado.

– Não está tirando conclusões apressadas? – ele disse, sem a menor convicção, por sinal.

– Mas está escrito! A história toda está ali! Quatro homens que...

O que ele poderia dizer para acalmá-la?

– Confie em minha experiência! Em matéria criminal, convém sempre esperar para emitir um juízo. Ainda ontem a senhorita me dizia que Le Clinche era incapaz de matar...

– Sim! – ela soluçou. – Sim! Acredito nisso! Não é?

Ela continuava a agarrar-se à esperança.

– O nome dele é Pierre!

– Eu sei... E depois? Um em cada dez marinheiros se chama Pierre e havia cinquenta homens a bordo. Haverá um Gaston também. E um Henry.

– O que acha disso?

– Nada!

– Vai mostrar ao juiz? Quando penso que fui eu que...

– Calma! Ainda não descobrimos absolutamente nada, a não ser que, por uma razão qualquer, a cama foi calçada e alguém escreveu alguns nomes na divisória.

– Havia uma mulher...

– Por que uma mulher?

– Ora...

– Venha! A sra. Maigret nos espera no cais.

– É verdade...

Dócil, enxugou as lágrimas, fungando.

– Eu não deveria ter vindo. Eu, que achava... Mas não é possível, Pierre... Nossa! Preciso vê-lo o quanto antes! Conversarei com ele, a sós. O senhor fará o necessário, não é mesmo?

Antes de atravessar a prancha, dirigiu um olhar carregado de ódio para o barco escuro, que não lhe parecia mais o mesmo agora que sabia da presença de uma mulher escondida a bordo.

A sra. Maigret observou-a com curiosidade.

– Não chore, vamos! Sabe muito bem que tudo vai dar certo.

– Não! Não! – ela reagiu com a cabeça, desesperada.

Não conseguia falar. Sufocava. Queria voltar ao navio. E a sra. Maigret, que não entendia nada, interrogou o marido com os olhos.

– Leve-a para o hotel. Tente acalmá-la.

– Aconteceu alguma coisa?

– Nada de concreto. Devo chegar tarde.

Ficou observando as duas se afastarem. Marie Léonnec voltou-se dez vezes e sua acompanhante era obrigada a arrastá-la feito uma criança.

Maigret quase voltou a bordo. Mas estava com sede. As luzes da taberna continuavam acesas.

Quatro marujos jogavam cartas em uma mesa. Próximo ao balcão, um jovem aspirante enlaçava com o braço a cintura da garçonete, que de vez em quando emitia uma risadinha.

O taberneiro, por sua vez, acompanhava a partida e dava conselhos.

– Ora, ora! É o senhor! – foi sua reação ao deparar com Maigret.

E não parecia muito feliz ao revê-lo. Ao contrário. Deixou transparecer certo desagrado.

– Vamos, Julie! Sirva o comissário. O que posso lhe oferecer?

– Rigorosamente nada! Se me permite, pedirei como um freguês comum.

– Não era minha intenção ofendê-lo. Eu...

Será que o dia terminaria sob o signo da ira? Um dos marujos resmungou alguma coisa em dialeto normando e Maigret fez uma tradução aproximada:

– Xi! Lá vem encrenca de novo!

O comissário deu-lhe uma encarada. Ruborizando, o homem balbuciou:

– Trunfo de paus!

– Deveria ter jogado espadas! – disse Léon, para falar alguma coisa.

5

Adèle e seu companheiro

O TELEFONE TOCOU. LÉON PRECIPITOU-SE e logo em seguida chamou Maigret ao aparelho.

– Alô! – soou uma voz entediada na ponta da linha. – Comissário Maigret? Aqui, o secretário do comissariado. Acabo de ligar para o seu hotel, onde me disseram que o senhor talvez pudesse estar na taberna. Sinto muito importuná-lo, senhor comissário. Faz meia hora que estou pendurado no telefone. Impossível encontrar o chefe! Quanto ao comissário da Brigada Móvel, acho que já deixou Fécamp. Pois bem, estou com duas aves raras que acabam de chegar e, parece, têm declarações urgentes a fazer. Um homem e uma mulher.

– Num carro cinza?

– Sim. São os que o senhor estava procurando?

Dez minutos depois Maigret chegava ao comissariado, cujos escritórios estavam desertos, afora a recepção, dividida no meio por uma cancela. O secretário escrevia, enquanto fumava um cigarro. Sentado num banco, cotovelos nos joelhos e queixo nas mãos, um homem esperava.

Uma mulher, por fim, ia e vinha, martelando o assoalho com seus saltos altos. Assim que o comissário entrou, ela caminhou em sua direção, ao mesmo tempo que o homem se levantava com um suspiro de alívio, grunhindo alguma coisa entre os dentes:

– Já não era sem tempo!

Era de fato a dupla de Yport, os dois um pouco mais furibundos do que durante a briga de casal de que Maigret fora testemunha.

– Façam a gentileza de me seguir, é a sala ao lado.

E Maigret introduziu-os no gabinete do comissário, sentou-se em sua poltrona e encheu um cachimbo, enquanto observava as duas figuras.

– Sentem-se.

– Obrigada! – disse a mulher, que, dos dois, era decididamente a mais nervosa. – Aliás, não disponho de muito tempo.

Ele a via de frente, iluminada por uma potente lâmpada elétrica. Não precisava de um longo exame para classificá-la. O retrato, do qual só restava o busto, não fora suficiente?

Um mulherão, na acepção popular da palavra. Criatura opulenta, dentes bonitos, sorriso provocante, olhar sempre aceso.

Mais exatamente, uma bela meretriz, atirada, ávida, sempre na iminência de provocar um escândalo ou cair numa gargalhada vulgar.

A blusa era de seda cor-de-rosa, espetada por um broche de ouro do tamanho de uma pataca.

– Para começar, faço questão de lhe dizer...

– Perdão! – interrompeu Maigret. – Queiram sentar-se, como solicitei. Responderão às minhas perguntas.

Ela pestanejou. Sua boca ficou maldosa.

– Calma lá! Está se esquecendo de que vim aqui por livre e espontânea vontade.

Seu companheiro suspirou, irritado com aquela atitude. Os dois combinavam. Ele era exatamente o homem acostumado a andar com garotas daquele tipo.

Não tinha o que se poderia chamar cara de facínora. Vestia-se com correção, a despeito do mau gosto. Exibia anelões nos dedos e uma pérola na gravata. Em todo caso, o conjunto da obra era inquietante. Talvez por ele parecer à margem das classes sociais estabelecidas.

Era o homem que se via a qualquer hora do dia nos bares e cervejarias, tomando chopes na companhia das garotas e dormindo em pensões de terceira categoria.

– O senhor, primeiro! Nome, domicílio, profissão...

Ele fez menção de levantar-se.

– Fique sentado.

– Vou explicar.

– Em absoluto. Nome...

– Gaston Buzier. No momento, agencio a venda e locação de casas de veraneio. Moro a maior parte do tempo no Havre, no Hôtel de l'Anneau d'Argent.

– É negociante de imóveis?

– Não... Mas...

– Trabalha para uma corretora?

– Quer dizer...

– Basta! Resumindo, um biscateiro... O que fazia antes?

– Era representante de uma marca de bicicletas. Também investi em máquinas de costura no campo.

– Quantas condenações?

– Não responda, Gaston! – interveio a mulher. – Afinal de contas, isso é um pouco demais! Fomos nós que viemos para...

– Cale-se! Duas condenações. Uma por cheque sem fundos, caí na condicional. Outra, de dois meses, por não ter passado ao proprietário o adiantamento recebido por uma casa. O senhor há de convir que são pecadilhos.

Em contrapartida, sentia-se nele a rotina de ver-se às voltas com a polícia. Continuava descontraído, com um quê de malícia no olhar.

– Sua vez! – disse Maigret, voltando-se para a mulher.

– Adèle Noirhomme... nascida em Belleville...

– Mulher da vida?

– Fichada há cinco anos, em Estrasburgo, por causa de uma burguesa que me odiava por eu ter roubado seu marido. Mas depois disso...

– ... a senhora escapou ao controle da polícia! Perfeito! Quer me explicar por que embarcou no *Océan*?

– Precisamos primeiro explicar uma coisa! – atalhou o homem. – Porque, se estamos aqui, é justamente por não termos motivos para ser censurados. Em Yport, Adèle veio me dizer que o senhor estava de posse de seu retrato e que certamente iria detê-la. Nossa primeira ideia foi fugir, para evitar as complicações. Porque afinal a gente não é bobo! Em Étretat, percebi à distância os policiais mobilizados e compreendi que seríamos perseguidos. Preferi então comparecer voluntariamente.

– Agora, a senhora! Perguntei o que fazia a bordo do pesqueiro...

– É muito simples! Acompanhava o meu namorado!

– O capitão Fallut?

– Exatamente, o capitão! Eu estava, digamos, com ele desde novembro. Nos conhecemos no Havre, num bar. Ele ficou caidinho... Aparecia duas ou três vezes por semana. Embora no início eu o tomasse por um biruta, porque não me pedia nada. Mas não! Estava fisgado... Sorte grande! Alugou um bonito quarto mobiliado para mim e percebi que, se me comportasse, ele terminaria casando comigo. Marinheiros não nadam em ouro, mas recebem com regularidade, sem falar na aposentadoria...

– Nunca veio a Fécamp com ele?

– Não! Ele me proibia. Era ele que me visitava. Tinha ciúmes. Um sujeito que não deve ter tido muitas aventuras, pois, aos cinquenta anos, era tão tímido com as mulheres quanto um colegial. Por causa disso, quando me sentiu na pele...

– Contenha-se! A senhora já era amante de Gaston Buzier?

– Naturalmente! Mas eu havia apresentado Gaston a Fallut como meu irmão.

– Entendido! Em suma, vocês dois viviam dos subsídios do capitão.

– Eu trabalhava! – protestou Buzier.

– Claro que sim! Todos os sábados à tarde! Quem teve a ideia de embarcá-la?

– Fallut! Consumia-se só de pensar em me deixar sozinha durante toda a expedição. Por outro lado, morria de medo, pois o regulamento é severo e ele era um caxias com regulamentos. Relutou até o último instante. Depois veio me procurar. Introduziu-me em sua cabine, na véspera do desembarque, à noite. Eu até que estava me divertindo, por causa da mudança, mas se soubesse o que viria pela frente, teria desistido na mesma hora!

– Buzier não protestou?

– Ele não sabia o que fazer... Percebe? Não convinha opor-se às ideias do velho. Fallut tinha me prometido se aposentar logo depois da expedição e casar comigo. Que bela vida me esperava! Trancada o dia inteiro numa cabine fedendo a peixe! Pior! Quando entrava alguém, eu tinha de me esconder debaixo da cama! Assim que nos fizemos ao mar, Fallut já se arrependera de ter me levado. Nunca vi homem tão inseguro. Passava dez vezes por dia para se certificar de que a porta estava bem fechada. Se eu falasse, me mandava calar a boca, com medo que me ouvissem. Estava cismado, tenso... Às vezes ficava me olhando minutos a fio, como se tentado a se livrar de mim me atirando pela amurada.

A voz dela era esganiçada. Gesticulava.

– Sem falar que estava cada vez mais ciumento! Interrogava-me a respeito do meu passado. Queria saber... Passava três dias sem me dirigir a palavra, me espionando como se eu fosse uma inimiga. Então, de repente, a paixão reacendia. Houve momentos em que tive medo dele.

– Quais membros da tripulação viram a senhora a bordo?

– Foi na quarta noite... Eu queria tomar ar no convés. Estava cheia de ficar enjaulada. Falutt foi certificar-se de que não havia ninguém. Se me autorizou a dar cinco passos pra lá e cinco pra cá, foi muito. Teve que subir um instante no passadiço e foi então que o telegrafista chegou e me abordou. Estava bem encabulado, mas exaltado. No dia seguinte, conseguiu esgueirar-se para minha cabine.

– Fallut o viu?

– Não creio... Não falou nada...

– Esteve com Le Clinche?

Ela não respondeu. Gaston Buzier riu.

– Ora, confesse! – atirou-lhe, com uma voz maldosa.

– Por acaso não sou livre? Como se você houvesse se privado de mulheres enquanto estive ausente... Hein? A pequena da Villa des Fleurs! E aquele retrato que encontrei no seu bolso...

Maigret continuava sério como um vidente.

– Perguntei se teve um caso com o telegrafista...

– E eu lhe respondo: vá se catar!

Ela provocava, com um sorriso úmido. Sabia-se desejável. Contava com seus lábios carnudos, seu corpo saboroso.

– O chefe das máquinas também a viu...

– O que ele contou?

– Nada! Vou resumir! O capitão a mantinha escondida em sua cabine... Pierre Le Clinche e o chefe das máquinas iam alternada e secretamente ao seu encontro... Fallut teria percebido?

– Não!

– No entanto, alimentava suspeitas, espionava-a, só a deixava quando estritamente necessário...

– Como sabe disso?

– Ele continuava a mencionar o casamento?

– Não sei...

E Maigret revia o pesqueiro e os caldeireiros isolados nos porões, os homens amontoados no castelo de proa, a cabine do telegrafista, a do capitão, na popa, com a cama calçada.

A expedição durara três meses!

E três homens, durante esse tempo, haviam espreitado a cabine em que ela se achava confinada.

– Grande tolice a minha! – ela se abria. – Juro, se tivesse de recomeçar! A gente deve sempre desconfiar dos tímidos que falam em casamento...

– Se tivesse me dado ouvidos – interveio Gaston Buzier.

– Você, cale o bico! Se tivesse lhe dado ouvidos, sabe perfeitamente o tipo de casa em que eu estaria a essa hora! Não quero falar mal de Fallut, ele está morto. Em todo caso, estava caidinho. Imaginava coisas. Julgava-se desonrado só pelo fato de haver infringido as normas. E tudo ia de mal a pior. Uma semana depois, ele não descerrava mais os dentes, a não ser para fazer cenas. Ou então para me perguntar se ninguém entrara na cabine! Tinha ciúmes principalmente de Le Clinche. Dizia:

"– Bem que você gostaria, hein! Um jovem! Admita... Admita que, se ele entrasse aqui na minha ausência, você não o repeliria!

"E tripudiava até machucar."

– Quantas vezes Le Clinche foi visitá-la? – Maigret indagou calmamente.

– Bom, paciência... Uma vez... No quarto dia... Eu não saberia dizer sequer como aconteceu... Depois não foi mais possível, porque Fallut não desgrudava os olhos de mim...

– E o chefe das máquinas?

– Nunca! Bem que tentou... Vinha me espiar pela vigia. E tinha o rosto pálido nessas ocasiões. Julga isso uma vida? Eu vivia como um animal enjaulado. Quando o vapor jogava, eu enjoava e Fallut nem sequer cuidava de mim. Passava semanas sem me tocar. Depois cismava. Seus beijos eram quase mordidas. Quase me sufocava com seus abraços.

Gaston Buzier acendera um cigarro, que fumou com ares de ironia.

– Observo, senhor comissário, que não tenho nada a ver com isso! Nesse ínterim, eu estava trabalhando.

– Oh, por favor! – ela reagiu com impaciência.

– O que aconteceu na volta? Fallut lhe contou sua intenção de se matar?

– Ele...? Que ideia! Quando o barco atracou, já fazia quinze dias que ele não me dirigia a palavra. Aliás, acho que não falava com ninguém. Passava horas olhando fixamente o vazio. E olhe que eu já estava decidida a largá-lo. Estava cheia, compreende? Ainda prefiro morrer de fome, mas ter minha liberdade... Ouvi alguém falar que nos aproximávamos do cais. Ele entrou na cabine e foi lacônico:

"– A senhora me aguarde aqui."

– Ei! Ele não a chamava de você?

– No fim, não!

– Continue...

– Não sei mais nada. Ou melhor, o resto foi Gaston quem me contou. Ele estava no cais.

– Fale! – disse Maigret ao homem.

– Vi os marujos entrarem na taberna. Eu esperava Adèle. Estava escuro. Num dado momento, o capitão desembarcou, sozinho. Havia vagões no terminal. Ele andou alguns passos e foi então que um homem o atacou. Não sei direito o que aconteceu, mas ouvi o barulho de um corpo caindo na água.

– Reconheceria o homem?

– Não! Estava escuro e os vagões tapavam quase tudo.

– Em que direção ele partiu?

– Acho que seguiu pelo cais.

– Não viu o telegrafista?

– Não sei... Não o conheço...

– E a senhora, afinal, como saiu do barco?

– Alguém abriu a porta da cabine onde eu estava trancada. Era Le Clinche. Ele disse:

"– Fuja depressa!"

– Só isso?

– Eu quis interrogá-lo. Ouvia pessoas correndo pelo cais e vi um bote avançando pelo ancoradouro com uma lanterna.

– Fuja! – ele repetiu.

"Ele me empurrou na direção da prancha. Todo mundo olhava para o outro lado. Ninguém prestou atenção em mim. Cheguei a desconfiar que estava acontecendo alguma briga, mas preferi debandar. Gaston me esperava um pouco adiante."

– E o que a fez partir então?

– Gaston estava branco feito cera. Tomamos rum pelos bares. Dormimos no hotel da estação. No dia seguinte, todos os jornais noticiavam a morte de Fallut. Portanto, a primeira coisa que fizemos foi fugir para o Havre, totalmente ao acaso. Não tínhamos a menor vontade de estar metidos nesse caso.

– O que não a impediu de vir se pavonear por aqui! – martelou seu amante. – Não sei se por causa do telegrafista ou...

– Cale essa boca! Basta! É evidente que eu estava envolvida no caso. Então viemos três vezes a Fécamp. Para não dar muito na vista, dormíamos em Yport.

– Não voltaram a topar com o chefe das máquinas?

– Como sabe disso? Um dia, em Yport. Em todo caso, a cara com que ele me olhou era de meter medo. Resolveu me seguir durante um tempo.

– Por que estava brigando com Buzier ainda há pouco?

Ela deu de ombros.

– Porque sim! Ainda não compreendeu! Ele está convencido de que estou apaixonada por Le Clinche, que foi por mim que o telegrafista matou e coisa e tal... Fez cenas... E estou cheia! Vi o suficiente nesse barco amaldiçoado...

– Mas quando deixei sua fotografia à vista, na varanda...

– Foi esperto! Claro que entendi que era da polícia! Percebi que Le Clinche tinha falado. Morri de medo e aconselhei Gaston a fugirmos. Logo vi que não valia a pena, que terminariam por nos apanhar na primeira curva. Sem falar que tínhamos míseros duzentos francos no bolso. O que vai fazer comigo? Não pode me mandar para a cadeia!

– Acha que foi o telegrafista que matou?

– Como quer que eu saiba?

– O senhor possui sapatos amarelos? – perguntou bruscamente Maigret a Gaston Buzier.

– Eu... sim... por quê?

– Por nada! Uma simples pergunta! Tem certeza de que não é capaz de reconhecer o assassino do capitão?

– Vi apenas um vulto na penumbra.

– Muito bem! Pierre Le Clinche, que também estava lá, escondido pelos vagões, afirma que o assassino usava sapatos amarelos.

O homem se levantou de um pulo, olhar duro, lábios impertinentes.

– Ele disse isso? Tem certeza de que ele disse isso?

A raiva o sufocava, ele gaguejava. Não era mais o mesmo personagem. Seu punho desceu sobre a mesa.

– Que audácia! Leve-me até ele! Isso é crucial! Com mil raios, sim! E veremos quem mentiu! Sapatos amarelos! Então era eu, é isso? Foi ele que roubou minha mulher! Foi ele que a fez sair do barco! E tem o topete de dizer...

– Calminha aí...

Ele não conseguia mais respirar. Ofegou:

– Está ouvindo, Adèle? São esses os seus amantes!

Lágrimas de raiva brotavam-lhe das pálpebras. Seus dentes batiam.

– Que piada! Fui eu que... Ha! Ha! Essa é a maior de todas! É mais inacreditável que cinema! E, como eu já tenho duas condenações, é nele que vão acreditar, é ou não é? Matei o capitão Fallut! Porque sentia ciúmes dele, talvez? E mais o quê? Será que não matei o telegrafista também?

Passou a mão no cabelo com um gesto febril, desalinhando-o. Assim, parecia mais magro. Seus olhos estavam mais afundados, a pele, mais opaca.

– E então, o que espera para me prender...?

– Cale-se! – rosnou sua amante.

Mas ela também perdia a compostura. O que não a impedia de lançar olhares inquisidores ao companheiro.

Será que tergiversava? Era tudo uma comédia?

– Se tem que me prender, faça agora! Mas peço para ser acareado com esse senhor... Aí, veremos!

Maigret apertara uma campainha elétrica. O secretário do comissariado mostrou seu rosto inquieto.

– Cuide do cavalheiro e da dama até amanhã de manhã, enquanto aguardam a decisão do juiz.

– Crápula! – xingou-o Adèle, cuspindo no chão. – Já me arrependo de ter falado a verdade. Aliás, tudo o que falei é mentira! E não assinarei nenhum termo. Esqueça o seu plano! Ah! Quer dizer que é assim...

E, voltando-se para o amante:

– Não se preocupe, Gaston! Estamos do lado certo! E você verá que no fim das contas nós é que vamos ferrá-los. Por outro lado, quer coisa melhor para atirar no xilindró do que uma mulher fichada na divisão de costumes? Não teria sido eu, por acaso, que matei o capitão?

Maigret saiu e a deixou falando sozinha. Do lado de fora, encheu os pulmões com ar marinho, bateu a cinza do cachimbo. Não dera dez passos e ouviu Adèle dirigindo as palavras mais chulas de seu vocabulário aos agentes.

Eram duas da manhã. A noite aparentava uma calma irreal. A maré estava alta e os pesqueiros balançavam seus mastros mais altos que o telhado das casas.

Encobrindo tudo, o marulhar, onda após onda, na praia.

Em torno do *Océan*, os holofotes. O descarregamento prosseguia, dia e noite, e os estivadores, curvando-se, empurravam os vagões de bacalhau à medida que eram abastecidos.

A taberna Rendez-Vous des Terre-Neuvas estava fechada. No Hôtel de la Plage, o porteiro, com uma calça enfiada sobre o pijama, abriu a porta para o comissário.

Uma única luminária estava acesa no hall. Daí Maigret não ter distinguido imediatamente um vulto de mulher numa cadeira de vime.

Era Marie Léonnec. Dormia, a cabeça caída sobre o ombro.

– Acho que está à sua espera – sussurrou o porteiro.

Estava pálida. Sinais de anemia. Os lábios não tinham cor e as olheiras revelavam cansaço. Dormia com a boca entreaberta, como se lhe faltasse ar.

Maigret tocou-lhe o ombro suavemente. Ela se assustou, pôs-se de pé, olhou para ele, confusa.

– Dormi... Oh!

– Por que não está na cama? Minha mulher não a levou para o quarto?

– Sim... Desci de novo sem fazer barulho. Eu queria saber... Fale...

Estava menos bonita que o usual, pois acordara suando. E uma picada de mosquito lhe deixara uma mancha vermelha no meio da testa.

O vestido, que ela própria devia ter cortado numa sarja resistente, estava amarrotado.

– Descobriu alguma coisa de novo? Não? Escute... Pensei muito... Não sei como lhe dizer... Antes de encontrar Pierre, amanhã, eu queria que o senhor conversasse com ele, contasse que sei tudo a respeito daquela mulher, dissesse que não o odeio por isso. Tenho certeza, veja, de que ele não é culpado. Só que, se fosse eu a primeira a falar com ele, ele poderia se melindrar. Ele está atormentado. Não acha natural, considerando que havia uma mulher a bordo, que ele...

Claro que não! Estava acima de suas forças! Rebentou em soluços. Não conseguia parar de chorar.

– O principal é não sair nos jornais, meus pais não podem saber. Eles não compreenderiam... Eles...

Soluçava.

– Precisa encontrar o assassino! Se eu pudesse, acho que iria interrogar as pessoas... Perdão! Já nem sei o que estou falando... O senhor sabe melhor do que eu... Só que não conhece Pierre. Sou dois anos mais velha que ele. É uma criança. E, ouça o que digo, se o acusarem, ele é capaz de se fechar e, por orgulho, não falar nada. É suscetível demais. A vida o machucou muito.

Maigret pousou levemente a mão em seu ombro e conteve um suspiro profundo.

A voz de Adèle ainda zumbia em sua cabeça. Ele a revia, provocante, desejável em seu impulso animal, magnífica de sensualidade.

E a moça bem-comportada, anêmica, tentava reprimir os soluços, sorrir com confiança.

– Quando o senhor o conhecer...

Mas o que ela, por sua vez, jamais viria a conhecer era a cabine negra, em torno da qual rondavam três homens, dias, semanas a fio, lá no meio do oceano, enquanto os das máquinas e do castelo de proa pressentiam confusamente um drama, esquadrinhavam o mar, discutiam manobras, deixavam-se vencer pela inquietude e falavam em mau-olhado e loucura.

– Verei Le Clinche amanhã.

– Mas e eu?

– Talvez... É provável... A senhorita precisa descansar!

E a sra. Maigret murmurava um pouco mais tarde em seu sono entrecortado.

– Ela é uma graça! Sabe que já preparou todo o enxoval? Inteiramente bordado à mão. Tem novidades? Está cheirando a perfume.

Um pouco do perfume agressivo de Adèle, sem dúvida, que se impregnara nele. Um perfume vulgar como zurrapa de birosca, o qual, por três meses, a bordo da chalupa, se misturara ao cheiro rançoso do bacalhau, enquanto homens rodavam em círculo, obstinados e irascíveis feito cães, em torno de uma cabine.

– Durma bem! – ele disse, puxando o cobertor até o queixo.

Foi um beijo grave e profundo que ele pousou na testa da mulher, já adormecida.

6

Os três inocentes

UM CENÁRIO BEM SIMPLES: o da maioria das acareações. Esta se desenrolara num pequeno escritório da prisão. O comissário Girard, do Havre, que dirigia o inquérito, estava sentado na única poltrona. Maigret, por sua vez, se recostava na lareira de granito preto. Nas paredes, gráficos, avisos oficiais, uma litografia do presidente da República.

Em pé, na luz, Gaston Buzier, com seus sapatos amarelos.

– Mande entrar o telegrafista!

A porta se abriu. Pierre Le Clinche, que não fora avisado, avançou, franzindo a testa, qual um homem que sofre e espera novas provações. Viu Buzier. Contudo, não lhe deu atenção e olhou em torno, perguntando-se a direção para a qual deveria voltar-se.

De sua parte, o amante de Adèle o examinava da cabeça aos pés, desdenhoso.

Le Clinche estava amarrotado, sem cor. Não procurava bravatear nem esconder o desânimo. Parecia triste como um animal doente.

– Reconhece o homem à sua frente?

Ele fitou Buzier, pareceu vasculhar na memória.

– Não! Quem é?

– Examine-o direito, de alto a baixo...

Le Clinche obedeceu e, mal seu olhar alcançou os sapatos, ergueu de novo a cabeça.

– E então?

– Sim...

– O que significa esse sim?

– Compreendo o que quer dizer... Os sapatos amarelos...

– Justamente! – exaltou-se, num rompante, Gaston Buzier, que nada dissera até ali, mas cuja fisionomia destilava ódio. – Repita agora que fui eu que apaguei o seu capitão! Vamos!

Todos os olhos estavam apontados para o telegrafista, que abaixou a cabeça e esboçou um gesto cansado com a mão.

– Fale...

– Talvez não fossem esses os sapatos...

– Ha! Ha! – já triunfava o outro. – Está botando o rabo entre as pernas!

– Não reconhece o assassino de Fallut?

– Não sei... Não...

– O senhor não ignora que está na presença do amante de uma certa Adèle, que o senhor conhece. Ele próprio confessou que se encontrava nas proximidades do vapor no momento do crime. Ora, ele estava de sapatos amarelos...

Durante todo esse tempo, Buzier o desafiava com o olhar, bufando de impaciência e raiva.

– Sim, fale! Mas trate de dizer a verdade, senão juro que...

– Silêncio, o senhor! Então, Le Clinche?

Este passou a mão na testa, fazendo explicitamente uma careta de dor.

– Não sei! Que se dane...

– Viu um homem usando sapatos amarelos atacar Fallut.

– Esqueci!

– Foi o que o senhor declarou por ocasião do primeiro interrogatório. Não faz tanto tempo assim. Mantém a afirmação?

– Muito bem, não desse jeito! Vi um homem de sapatos amarelos. E só. Não sei se é ele o assassino.

À medida que o interrogatório prosseguia, Gaston Buzier, igualmente um tanto amarfanhado devido à noite passada no comissariado, recuperava a segurança. Agora fazia um movimento de pêndulo, de uma perna para outra, com uma das mãos no bolso da calça.

– Veja como ele perdeu a empáfia! Não se atreve a repetir as mentiras que lhe contou.

– Responda, Le Clinche. Até agora temos certeza da presença de duas pessoas nas imediações do vapor, no momento do assassinato do capitão. O senhor... E Buzier... Os senhores afirmam não ter matado. Após acusar seu companheiro, o senhor parece voltar atrás. Haveria então uma terceira pessoa? Nesse caso, não pode deixar de ter visto essa pessoa! Quem é?

Silêncio. Pierre Le Clinche fitava o teto.

Maigret, ainda recostado na lareira, não tomara parte no interrogatório, deixando o colega falar, limitando-se a observar os dois homens.

– Repito a pergunta: havia uma terceira pessoa no cais?

– Não sei... – suspirou o réu, alquebrado.

– Isso significa sim?

Meneio dos ombros, indicando: "Talvez...".

– Quem?

– Estava escuro...

– Então o que o levou a afirmar que o assassino usava sapatos amarelos? Não seria para desviar as suspeitas do verdadeiro culpado, que o senhor conhece?

O rapaz apertou a testa com as mãos.

– Não aguento mais! – gemeu.

– Responda!

– Não... Faça como quiser...

– Traga a testemunha seguinte...

Aberta a porta, foi com uma segurança exagerada que Adèle avançou. Correu os olhos pela plateia, a fim de situar-se. Dedicou um olhar especial ao telegrafista, admirando-se de o encontrar tão devastado.

– Suponho, Le Clinche, que reconhece a mulher que o capitão Fallut manteve escondida em sua cabine durante toda a expedição e da qual o senhor foi amante.

Ele a fitou com frieza. E, não obstante, os lábios de Adèle já se entreabriam num sorriso aliciante.

– É ela.

– Em suma, os senhores eram três a bordo a orbitar ao redor de sua pessoa: o capitão, o chefe das máquinas e o senhor. O senhor a possuiu, uma vez pelo menos. O chefe das máquinas não foi bem-sucedido. O capitão teria tido conhecimento de que o senhor o traiu?

– Ele nunca falou nada comigo.

– Ele não era ciumento? Foi esse ciúme que fez com que ele passasse três meses sem lhe dirigir a palavra...

– Não...

– Como assim! Há então outro motivo?

E eis que ele estava púrpura, sem saber onde pousar os olhos, balbuciando atropeladamente:

– Quer dizer, talvez tenha sido por causa disso... Não sei...

– Que outro motivo de ódio ou desconfiança havia entre vocês?

– Eu... Nenhum... O senhor tem razão... Ele era ciumento...

– Que sentimento o impeliu a tornar-se amante de Adèle?

Silêncio.

– Amava-a?

– Não! – ele deixou escapar com secura.

O que deixou a mulher enfezada:

– Muito obrigada! Pelo menos é educado. Isso não o impediu de borboletear no meu cangote até o último dia. É verdade ou não é? Também é verdade que provavelmente alguém o esperava em terra.

Gaston Buzier fingia assobiar, dedos enfiados na cava do colete.

– Diga-me outra coisa, Le Clinche, se, quando subiu a bordo após presenciar a morte do capitão, Adèle estava de fato trancada em sua cabine.

– Sim, trancada!

– Logo, ela não pôde matar...

– Não, não é isso, juro...

Le Clinche perdia o controle. O comissário Girard, implacável, prosseguia:

– Buzier afirma que o senhor não matou. O senhor, após tê-lo acusado, volta atrás. Outra hipótese é que os dois sejam cúmplices.

– Muito obrigado! – explodiu Buzier, com um violento desprezo. – Quando eu chafurdar no crime não será com um... um...

– Isso basta! Um ou outro pode tê-lo matado por ciúmes, uma vez que ambos tiveram um caso com Adèle.

Risada de Buzier.

– Eu, ciúmes! E de quê?

– Tem alguma outra declaração a fazer? O senhor, Le Clinche...

– Não!

– Buzier...?

– Faço questão de declarar que sou inocente e exijo ser posto em liberdade.

– E a senhora...?

Adèle passava batom.

– Eu... – retoque de batom untuoso – eu... – conferida no espelho – ... não tenho absolutamente nada a dizer... Homens são todos uns grosseirões! Ouviram esse menino, por quem talvez eu fosse capaz de fazer uma besteira? Não adianta me olhar desse jeito, Gaston. Agora, se querem minha opinião, é que ignoramos muitas coisas em toda essa história do barco. Foi só saberem que havia uma mulher a bordo para julgarem que isso explicava tudo. E se houvesse outra coisa?

– Por exemplo?

– Sei lá eu! Não sou polícia...

Juntou a cabeleira sob seu chapeuzinho de palha vermelha. Maigret notou que Pierre Le Clinche desviava a cabeça.

Os dois comissários trocaram um olhar. Girard pronunciou:

– Le Clinche retornará à cela. Vocês dois vão esperar no locutório. Dentro de quinze minutos, informarei se estão livres ou não.

Os policiais ficaram a sós, ambos preocupados.

– Pretende sugerir ao juiz de instrução que os ponha em liberdade? – indagou Maigret.

– Sim! Creio ser a medida correta! Pode até ser que estejam metidos no caso. Por outro lado, há elementos que nos escapam...

– E como!

– Alô! Passe-me o Tribunal de Justiça do Havre, senhorita... Alô! O Ministério Público, sim...

Enquanto o comissário Girard falava com o magistrado, um rumor se fez ouvir nos corredores. Maigret precipitou-se e percebeu Le Clinche se debatendo, no chão, no meio de três homens uniformizados.

Achava-se num estado de exaltação terrível. Seus olhos, injetados de sangue, saltavam-lhe do crânio. A boca babava. Porém, contido de todos os lados, foi imobilizado.

– O que aconteceu?

– Como ele estava calmo, não lhe colocamos algemas. Então, no meio do corredor, ele tentou arrancar o revólver do meu cinturão. Conseguiu... Queria se matar... Consegui impedi-lo de atirar.

Deitado no chão, Le Clinche olhava fixamente para o alto e seus dentes trincavam a carne dos lábios, misturando sangue à saliva.

O mais perturbador eram as lágrimas rolando sobre sua face fosca.

– Talvez um médico...

– Não! Largue-o! – ordenou Maigret.

E quando o outro ficou livre no chão:

– De pé! Vamos! Mais depressa que isso! E mansinho! Senão vai levar uma palmada, menino mal-educado.

O telegrafista obedeceu, dócil, medrosamente. Seu corpo inteiro tiritava de febre. Sujara-se ao cair.

– Onde entra sua noiva em tudo isso?

O comissário Girard chegava.

– Feito! – disse ele. – Os três estão livres, porém proibidos de deixar Fécamp. O que aconteceu?

– Esse imbecil quis se matar! Se me permite, eu cuido disso.

Os dois caminhavam ao longo do cais. Le Clinche passara água fria no rosto, ainda cheio de roxos. Os olhos estavam vítreos, os lábios, sanguíneos.

Usava um terno cinza comprado pronto, de três botões, que ele abotoava sem ligar para a elegância. O nó da gravata deixava a desejar.

Maigret, mãos nos bolsos, avançava com o semblante obstinado, resmungando como se consigo mesmo:

– Compreenda que não tenho tempo para lhe passar uma lição de moral. Uma única coisa: sua noiva está aqui. É uma garota direita, que acorreu de Quimper, moveu céus e terras. Talvez não valha a pena decepcioná-la.

– Ela sabe?

– Não precisa lhe contar sobre essa mulher.

Maigret não parava de observá-lo. Chegavam às docas. As cores vivas dos barcos pesqueiros explodiam ao sol. As calçadas estavam movimentadas.

Pois bem, ora Le Clinche parecia retomar o gosto pela vida, admirando o cenário com esperança, ora suas retinas se endureciam, fitando rancorosamente pessoas e coisas.

Tinham de passar bem próximo ao *Océan*, que estava no último dia do descarregamento. Restavam três vagões diante da embarcação.

Sem insistir, o comissário murmurou, designando pontos no espaço:

– O senhor estava aqui. Gaston Buzier ali. E foi nesse ponto que um terceiro elemento estrangulou o capitão.

Seu companheiro respirou profundamente e desviou a cabeça.

– Só que estava escuro e vocês não podiam se reconhecer. Em todo caso, o terceiro não era nem o chefe das máquinas nem o imediato, ambos com a marujada na taberna.

O bretão, que estava no convés, avistou o telegrafista e foi se debruçar na escotilha, pela qual três marujos saíram para espiar Le Clinche.

– Venha! – disse-lhe Maigret. – Marie Léonnec nos espera.

– Não posso...

– O que o senhor não pode?

– Ir até lá... Suplico, deixe-me! Que diferença faz se eu me destruir? Principalmente quando isso parece ser o melhor para todo mundo!

– O segredo é tão pesado assim, Le Clinche?

O outro se calou.

– E pelo visto não pode abrir o jogo, não é? Sim! Uma coisa: por acaso ainda deseja Adèle?

– Eu a detesto!

– Não perguntei isso! Eu disse desejar, como a desejou durante toda a expedição. Estamos entre homens. Teve muitas aventuras antes de conhecer Marie Léonnec?

– Não. Coisas sem importância.

– E nunca paixão e desejo por uma mulher a ponto de chorar por ela...

– Nunca... – ele suspirou, desviando a cabeça.

– Então foi a bordo que aconteceu. Havia apenas uma mulher, num cenário rude, monótono. Carne perfumada no vapor fedendo a peixe. O que me diz?

– Nada...

– Esqueceu-se da noiva?

– Não é a mesma coisa...

Maigret o encarou, estupefato com a mudança que acabava de se operar. A fronte do rapaz tornou-se subitamente hostil, a boca, amarga. E no entanto, apesar de tudo, subsistia nostalgia e sonho na expressão.

– Marie Léonnec é bonita... – continuou Maigret, seguindo o fio de sua ideia.

– É...

– E muito mais distinta que Adèle... Além disso, ela ama o senhor. Está disposta a todos os sacrifícios para...

– Ora, cale-se, por favor! – explodiu o telegrafista. – Sabe perfeitamente que...

– ... Que é diferente! Que Marie Léonnec é uma garota direita, será uma esposa-modelo, cuidará bem de seus filhos, mas... faltará sempre alguma coisa, certo? Alguma coisa de mais violento... Alguma coisa que o senhor conheceu a bordo, escondido na cabine do capitão, atarantado pelo medo, nos braços de Adèle... Alguma coisa de vulgar, de brutal... A aventura... E a ânsia de morder, fazer um gesto definitivo, matar ou morrer...

Le Clinche olhava para ele com espanto.

– Como sab...

– Como sei? Ora, essa aventura todo mundo a viveu pelo menos uma vez na vida. Choramos... Gritamos... Rosnamos! Então, quinze dias depois, olhando para Marie Léonnec, nos perguntamos como pudemos nos deixar perturbar por uma Adèle...

Enquanto caminhava, o rapaz observava a água tremeluzente do ancoradouro. Nela se via alongar o reflexo da cinta vermelha, branca ou verde das embarcações.

– A expedição terminou... Adèle partiu... Marie Léonnec está aqui...

Houve um momento de calma. Maigret continuou:

– O clímax foi dramático, um homem foi morto, porque a paixão estava a bordo e...

Le Clinche deixou-se mais uma vez arrebatar:

– Cale-se! Cale-se! – repetiu, num tom seco. – Não! O senhor há de convir que isso não é possível...

Seus olhos estavam esbugalhados. Voltou-se para o vapor, que, agora quase vazio, parecia monstruosamente alto sobre a água.

Ficou de novo aterrorizado.

– Juro... Precisa me deixar...

– O capitão também, a bordo, durante toda a expedição, parecia angustiado, certo?

– O que quer dizer?

– E o chefe das máquinas?

– Não...

– Só havia vocês dois! Era medo mesmo, Le Clinche?

– Não sei... Deixe-me em paz, por misericórdia!

– Adèle estava na cabine. Três homens espreitavam. E, no entanto, o capitão não queria ceder ao seu desejo, passava dias e dias sem falar com a amante. E o senhor, o senhor espiava pelas vigias, porém, após um único encontro, não tocou mais nela...

– Cale-se...

– Os homens, nos porões, nos postos de trabalho, falavam em mau-olhado, e a expedição ia de mal a pior, manobras sem sentido, acidentes... Um grumete na água, dois homens feridos, o bacalhau estragado e a entrada desastrada no porto...

Viravam na esquina do cais e a praia se estendia diante deles, com seu deque limpíssimo, seus hotéis, as cabines e cadeiras multicoloridas na areia.

Dentro de uma mancha de sol, via-se a sra. Maigret, sentada numa cadeira dobrável, ao lado de Marie Léonnec, com um chapéu branco na cabeça.

Le Clinche seguiu o olhar de seu companheiro e estacou, suando nas têmporas.

E o comissário continuava:

– Uma mulher não era suficiente... Venha... Sua noiva acaba de vê-lo...

Era verdade. Ela se levantou. Permaneceu imóvel por um instante, como se a emoção fosse demasiado forte. E agora se precipitava ao longo do deque, enquanto a sra. Maigret largava seu trabalho de costura e aguardava.

7

•

Em família

FOI UMA DESSAS SITUAÇÕES CRIADAS a partir de si mesmas e de que é difícil se esquivar. Marie Léonnec, sozinha em Fécamp, recomendada aos Maigret por um amigo comum, fazia as refeições junto com eles.

Ora, eis que seu noivo surgia. Estavam os quatro na praia no momento em que o sino do hotel anunciou o almoço.

Houve uma hesitação da parte de Pierre Le Clinche, que, constrangido, olhou na direção das duas.

– Vamos! Acrescentaremos um talher... – disse Maigret.

E tomou o braço da mulher para atravessar o deque. O jovem casal seguia atrás, silencioso. Ou melhor, apenas Marie falava, em voz baixa, mas de maneira categórica.

– Sabe o que ela está dizendo a ele? – perguntou o comissário à mulher.

– Sim! Ela ensaiou dez vezes de manhã para saber se estava bom. Está dizendo que não guarda nenhum rancor, *a despeito do que tenha acontecido*... Compreende? Ela não está falando da mulher... Finge não saber, mas afirmou que de toda forma enfatizaria as palavras *a despeito do que tenha acontecido*... Pobre menina! Iria catá-lo no fim do mundo.

– Que fazer? – suspirou Maigret.

– Como assim?

– Nada... É a nossa mesa?

O almoço foi calmo, calmo demais. As mesas se espremiam umas contra as outras, de modo que era impossível falar em voz alta.

Embora Maigret evitasse olhar para Le Clinche, a fim de deixá-lo à vontade, mesmo assim a atitude do telegrafista não deixava de preocupá-lo, tal como preocupava Marie Léonnec, cujo rosto estava todo franzido.

O rapaz continuava melancólico, agoniado. Comia. Bebia. Respondia às perguntas. Mas seu pensamento estava longe. E diversas vezes, ouvindo passos às suas costas, sobressaltou-se como se corresse perigo.

As sacadas do refeitório estavam totalmente abertas e via-se o mar abrilhantado pelo sol. Fazia calor. Le Clinche dava as costas para a paisagem e acontecia de voltar-se bruscamente, num movimento nervoso, para interrogar o horizonte.

Era a sra. Maigret que alimentava a conversa, dirigindo-se sobretudo à jovem, falando trivialidades para não deixar o silêncio se instalar.

Nada ali evocava a tragédia. Cenário de hotel tradicional. Barulho tranquilizador de pratos e copos. Meia garrafa de bordeaux e uma garrafa de água mineral sobre a mesa.

Tanto que o gerente se enganou e, servida a sobremesa, aproximou-se para perguntar:

– Convém preparar um quarto para o cavalheiro?

Era para Le Clinche que ele olhava. Farejara o noivo. E, sem dúvida alguma, tomava os Maigret pelos pais da jovem!

Por duas ou três vezes o telegrafista repetiu o gesto que fizera de manhã, durante a acareação. Um movimento rápido da mão sobre a testa. Um gesto inconsistente, extenuado.

– O que faremos?

Os clientes se dispersavam. Os quatro personagens estavam em pé, na varanda.

– E se nos sentássemos um pouco? – propôs a sra. Maigret.

Suas espreguiçadeiras de lona estavam na praia. Os Maigret se acomodaram. Os jovens continuaram em pé por um momento, embaraçados.

– Caminhamos um pouco...? – arriscou finalmente Maire Léonnec, dirigindo um vago sorriso à sra. Maigret.

O comissário acendeu o cachimbo, grunhiu e, uma vez a sós com a mulher:

– Se dessa vez eu não estiver com cara de sogro...!

– Eles não sabem o que fazer. A situação deles é delicada – comentou sua mulher, que os acompanhava com os olhos. – Olhe só para eles. Estão constrangidos. Posso estar enganada, mas acho que Marie tem mais caráter que o noivo.

Em todo caso, ele inspirava pena, passeando seu vulto magro em passos indolentes sem prestar atenção na companheira, sem emitir um som, alguém suporia de longe.

Em contrapartida, sentia-se que ela empenhava toda a sua boa vontade naquilo, que falava para distraí-lo, que tentava até se mostrar alegre.

Havia outros grupos na praia. Le Clinche era o único homem a não trajar calça branca. Estava de terno, e fazia a figura ainda mais triste.

– Quantos anos ele tem? – perguntou a sra. Maigret.

E seu marido, tombando na poltrona, os olhos semiabertos:

– Dezenove... Um menino... Meu medo é que tenha virado um passarinho para um gato...

– Por quê? Ele não é inocente?

– Decerto não matou... Não! Eu poria minha mão no fogo. Por outro lado, acho que está completamente perdido. Observe-o! Observe-a!

– Ah! É só ficarem sozinhos por um instante e se beijarão.

– Talvez...

Maigret parecia pessimista.

– Ela é um pouquinho mais velha. Gosta dele de verdade. Preparou-se para ser uma amável mulher do lar.

– Por que você acha que...

– ... Que isso não acontecerá...? Intuição... Já reparou nas fotografias de pessoas que morreram jovens? Sempre me impressionou o fato de esses retratos, feitos não obstante quando as pessoas estavam saudáveis, já carregarem alguma coisa de lúgubre. É como se os destinados a ser vítimas de um drama estampassem sua condenação no rosto.

– E você acha que esse rapaz...?

– É um triste, sempre foi um triste! Nasceu pobre! Sofreu com a pobreza! Deu duro enquanto pôde, com obstinação, como quem nada contra a correnteza! Conseguiu ficar noivo de uma moça encantadora, de condição social superior à sua... Pois bem! Não acredito nisso... Olhe para eles... Debatem-se... Gostariam de ser otimistas... Tentam acreditar em seu destino...

Maigret falava devagar, com uma voz apagada, seguindo com os olhos as duas silhuetas que recortavam o mar cintilante.

– Quem é oficialmente o responsável pelo inquérito?

– Girard, um comissário da Brigada do Havre que você não conhece. Um homem inteligente.

– Ele o julga culpado?

– Não! Em todo caso, não existe prova alguma, nem sequer uma suposição séria...

– E você, o que pensa?

Maigret voltou-se como se para ter o pesqueiro à vista, encoberto por um quarteirão de casas.

– Penso que, para dois homens pelo menos, foi uma expedição trágica. Trágica a ponto de na volta o capitão Fallut *não conseguir mais viver*, a ponto de o telegrafista *não conseguir mais retomar o fio normal de sua vida*...

– Por causa de uma mulher?

Ele não respondeu diretamente à pergunta, continuou:

– E todos os outros, os elementos fora do drama, até os carvoeiros, foram marcados por ele, sem se dar conta... Voltaram rancorosos, inquietos... Dois homens e uma mulher, três meses a fio, voejando em torno do castelo de proa. Algumas divisórias escuras vazadas por vigias. Isso foi suficiente.

– Raramente o vi tão impressionado com um caso. Você se refere a três personagens. O que eles puderam fazer, no meio do oceano?

– Sim... O que puderam fazer...? Algo suficiente para matar o capitão Fallut! E que continua suficiente para desamparar aqueles dois ali, que parecem procurar nos seixos os restos de seus sonhos...

Eles se reaproximavam, braços arriados, sem saber se o decoro ditava juntar-se aos Maigret ou se a discrição aconselhava o afastamento.

Marie Léonnec perdera muito de sua energia durante aquele passeio. Dirigiu um olhar desanimado à sra. Maigret. Percebia-se que todas as suas tentativas, todo o seu ímpeto, haviam se chocado contra um muro de desespero ou inércia.

A sra. Maigret tinha o hábito de lanchar. De modo que, em torno das quatro horas, os quatro se instalaram na varanda do hotel sob os guarda-sóis listrados que conferiam uma alegria convencional à atmosfera.

Chocolate quente fumegava em duas xícaras. Maigret pedira cerveja. Le Clinche, conhaque com água.

Falavam em Jorissen, o professor primário de Quimper que ligara para Maigret intercedendo pelo telegrafista e que trouxera Marie Léonnec. Trocavam frases banais.

– É o melhor homem do mundo...

Variavam sobre o tema, sem convicção, porque tinham de falar. Subitamente os olhos de Maigret piscaram, detendo-se num casal que avançava pelo deque.

Eram Adèle e Gaston Buzier, este, descontraído, mãos nos bolsos, chapéu palheta jogado para trás e andar gingado, aquela, exaltada e provocante como sempre.

"Contanto que ela não nos veja!", ruminou o comissário.

Nesse exato instante o olhar de Adèle cruzava com o seu. A mulher parou e disse alguma coisa ao companheiro, que tentou dissuadi-la.

Tarde demais! Ela atravessou a rua. Examinou uma a uma as mesas da varanda, escolheu a mais próxima dos Maigret e instalou-se de maneira a ter Marie Léonnec bem na sua reta.

Buzier, dando de ombros, seguiu-a e, tocando na aba do chapéu ao passar pelo comissário, escanchou-se numa cadeira.

– O que vai tomar?

– Chocolate, não, pode ter certeza! Um kümmel!

Já não era uma declaração de guerra? Ao aludir ao chocolate, ela fitava a xícara da garota, e Maigret viu Marie Léonnec estremecer.

Ela nunca vira Adèle. Mas não matara a charada? Olhou para Le Clinche, que desviou a cabeça.

O pé da sra. Maigret cutucou o do marido em duas oportunidades.

– E se fôssemos os quatro até o Cassino...

Ela também adivinhara. Mas ninguém lhe respondia. Na mesa ao lado, só Adèle falava e suspirava:

– Que calor! Pegue o meu casaquinho, Gaston...

E, tirando o casaquinho do tailleur, mostrou-se em seda cor-de-rosa, carnes luxuriantes, braços nus. Suas pupilas não desgrudavam um instante da moça.

– Gosta de cinza? Não acha que deveriam proibir cores tão tristes nas praias?

Era idiota! Marie Léonnec vestia cinza. A outra não escondia a vontade de atacar de qualquer jeito, o mais depressa possível.

– E então, garçom? É pra hoje?

Tinha a voz aguda. Parecia exagerar propositalmente na vulgaridade.

Gaston Buzier farejava o perigo. Conhecia a amante. Murmurou-lhe algumas palavras. Contudo, bem alto, ela replicou:

– E daí? Por acaso a varanda não é de todo mundo?

A sra. Maigret era a única de costas para ela. Maigret e o telegrafista estavam de perfil, Marie Léonnec, de frente.

– Todo mundo é igual, não é verdade? Só que existem pessoas que, quando não podemos vê-las, se arrastam aos nossos pés e, quando acompanhadas, nem sequer cumprimentam!

E riu! Um riso desagradável! Ela fitava a jovem, que ficara escarlate!

– Quanto é, garçom? – perguntou Buzier, com pressa de terminar com aquilo.

– Temos tempo! Traga mais da mesma coisa, garçom! E amendoins...

– Não temos.

– Então providencie. É pago pra isso, eu imagino...

Outras duas mesas se achavam ocupadas. Os olhares convergiam para o novo casal, que não tinha como passar despercebido. Maigret estava preocupado. Não seria vontade de dar fim àquela cena, que corria o risco de acabar mal?

Por outro lado, contudo, tinha o telegrafista à sua frente, dispunha dele todo palpitante diante de si.

Era apaixonante como uma dissecção. Le Clinche não se mexia. Não estava voltado para a mulher, mas mesmo assim devia vê-la confusamente à sua esquerda, no mínimo vislumbrava a mancha cor-de-rosa de sua blusa.

Suas pupilas, cinzentas e sem brilho, não se moviam. E uma das mãos, pousada sobre a mesa, se fechava lentamente, lentamente como os tentáculos de um animal marinho.

Impossível prever alguma coisa. Iria ele levantar-se, fugir? Iria precipitar-se para aquela que não parava de falar? Iria...

Não! Nada disso! Era outra coisa, cem vezes mais impressionante. Não era apenas sua mão que se fechava. Era todo o seu ser. Ele se comprimia. Recolhia-se em si mesmo.

Seus olhos ganharam o mesmo cinza da pele.

Ele não se mexia. Respirava? Nenhum frêmito. Nenhuma crispação. Mas aquela imobilidade cada vez mais completa que se tornava alucinante.

– Isso me lembra outro homem que tive, casado e com três filhos...

Marie Léonnec, igualmente atordoada, tomou seu chocolate de um sorvo para manter o sangue-frio.

– ... Era o homem mais apaixonado da Terra... Às vezes, eu me negava a recebê-lo e ele soluçava na porta, a ponto de todos os locatários o ridicularizarem... "Minha querida Adèle, minha gatinha adorada..." Que lirismo, só vendo! Um domingo, encontrei-o passeando com a esposa e os filhos... Ouvi a esposa perguntar:

"– Nossa, que mulher é essa?

"E ele, gravemente:

"– Certamente uma meretriz! Veja que roupa ridícula ela veste..."

E ela ria. Representava. Espreitava o efeito de seu jogo de cena nas fisionomias.

– Incrível como tem gente fraca dos nervos...

Seu companheiro tentou novamente fazê-la calar-se, dirigindo-se a ela em voz baixa.

– E você, me deixe em paz! Por acaso está com medo? Afinal, eu pago o que consumo, é ou não é? Não faço mal a ninguém! Logo, ninguém tem nada a me censurar... E esses amendoins, garçom? Traga-me outro kümmel...

– E se fôssemos embora... – disse a sra. Maigret.

Tarde demais. Adèle desembestara. Estava claro que, se fossem embora, faria qualquer coisa para provocar um escândalo, custasse o que custasse.

Com as orelhas roxas, os olhos reluzentes, a boca entreaberta pela angústia, Marie Léonnec não desgrudava os olhos da mesa.

Quanto a Le Clinche, cerrara as pálpebras. E assim quedava, cego, as feições congeladas. Sua mão continuava sobre a mesa, inerte.

Era a primeira oportunidade que Maigret tinha de estudá-lo daquela forma. O rosto era ao mesmo tempo jovem e velho demais, como costuma acontecer com adolescentes que tiveram infância difícil.

Le Clinche era alto, mais alto que a média, mas os ombros ainda não eram os de um homem.

A pele, desleixada, era sardenta. Não se barbeara nesse dia, o que lhe imprimia reflexos louros no queixo e nas bochechas.

Não era bonito. Decerto não rira muito na vida. Em contrapartida, passara noites em claro, lera e escrevera muito, em quartos sem calefação, em sua cabine sacudida pelo oceano, à luz incipiente das lamparinas.

– No fundo, o que me enoja é ver que as pessoas que alardeiam honestidade não valem mais que a gente...

Adèle impacientava-se. Estava pronta a falar qualquer coisa para chegar a seus fins.

– Garotas, por exemplo, que bancam as santinhas e correm atrás de um homem como nenhuma prostituta ousaria fazer...

O dono do hotel, da porta, parecia interrogar seus hóspedes com o olhar, como se perguntando se devia intervir.

Maigret só via Le Clinche, em *close-up*. A cabeça curvara-se para a frente. Os olhos continuavam fechados.

No entanto, uma a uma, lágrimas jorravam das pálpebras cerradas, afastavam os cílios, hesitavam, ziguezagueavam pelas bochechas.

Não era a primeira vez que o comissário via um homem chorar. Mas era a primeira que o deixava estupefato àquele ponto, talvez por causa do silêncio, da imobilidade de todo o corpo.

Essas pérolas líquidas eram a única coisa que vivia no telegrafista. Todo o resto estava morto.

Marie Léonnec nada observara. Adèle ia continuar a falar.

Então, numa fração de segundo, Maigret teve uma intuição. A mão pousada sobre a mesa acabava de se descerrar imperceptivelmente. A outra estava no bolso.

As pálpebras entreabriram-se, um milímetro se tanto, o suficiente para uma parcela de olhar passar. Era a Marie que esse olhar ia buscar.

No exato instante em que o comissário se levantava, deflagrava-se uma detonação e todo mundo se agitava ao mesmo tempo, em meio ao pandemônio de gritos e cadeiras derrubadas.

Le Clinche não se mexeu imediatamente. Apenas o tronco se inclinou imperceptivelmente para a esquerda e sua boca se abriu num tênue estertor.

Marie Léonnec, que tivera dificuldade para compreender, pois ninguém vira nenhuma arma, jogou-se sobre ele, apertou-lhe os joelhos, a mão direita, voltando-se então, atarantada.

– Comissário! O que é que...?

Apenas Maigret adivinhara tudo. Le Clinche tinha um revólver no bolso, um revólver encontrado Deus sabe onde, pois não estava com ele na manhã em que deixou a prisão.

E tinha sido do bolso que ele atirara! Era a coronha que ele apertava durante longos minutos, enquanto Adèle falava, enquanto ele fechava os olhos, esperava, hesitava talvez.

A bala devia tê-lo atingido na barriga ou na costela. Via-se o paletó queimado, esfiapado na altura do quadril.

– Um médico! Polícia! – gritaram em algum lugar.

Chegou um médico, de calção de banho, pois vinha da praia, a apenas cem metros do hotel.

Quando ia desabar no chão, Le Clinche foi amparado. Carregaram-no para o refeitório. Enlouquecida, Marie seguia o cortejo.

Maigret não tivera tempo de cuidar nem de Adèle nem do amante. No momento em que entrava no bar, viu-a subitamente, lívida, esvaziando um grande copo contra o qual seus dentes batiam.

Ela própria se servira. Ainda tinha a garrafa na mão. Encheu de novo o copo.

O comissário não se preocupou mais com ela, mas conservou a imagem daquele rosto lívido acima da blusa cor-de-rosa e, sobretudo, daqueles dentes tiritando no cristal.

Não viu Gaston Buzier. A porta do refeitório foi fechada.

– Por favor, saiam... – dizia o dono a seus hóspedes. – Calma! O médico pede que não façam muito tumulto...

Maigret empurrou a porta e encontrou o médico ajoelhado. A sra. Maigret retinha a moça frenética, que queria se lançar sobre o ferido de qualquer maneira.

– Polícia... – sussurrou o comissário para o médico.

– Não pode fazer essas damas saírem? Eu teria que despi-lo e...

– Naturalmente...

– Preciso de duas pessoas para me ajudar... Já deveriam ter ligado para uma ambulância...

Continuava de calção de banho.

– Grave...?

– Não posso falar nada antes de examinar o ferimento. E o senhor se dá conta...

Sim! Maigret se dava conta, vendo aquela coisa atroz, carne e roupa misturadas.

Nas mesas, os talheres postos para o jantar. A sra. Maigret saía, arrastando Marie Léonnec. Um rapaz de calça de flanela dizia timidamente:

– Se eu puder ajudar... Sou aluno de farmácia...

Um raio oblíquo de sol, rutilante, golpeava uma vidraça e ofuscava tanto que Maigret foi abaixar a persiana.

– Pode erguer as pernas dele?

Lembrava-se do que dissera à sua mulher, à tarde, preguiçosamente instalado numa cadeira de lona, seguindo com os olhos o vulto desajeitado, que, ao lado do vulto menor e mais vivaz de Marie Léonnec, evoluía ao longo da praia.

"Um passarinho para o gato..."

O capitão Fallut morrera tão logo chegou. Pierre Le Clinche, por sua vez, se debatera por um bom tempo, ferozmente, talvez enquanto ainda tinha os olhos fechados, uma das mãos sobre a mesa, a outra no bolso, e Adèle falava, falava para a galeria.

8

•

O marujo bêbado

ERA POUCO ANTES DA MEIA-NOITE quando Maigret deixou o hospital. Esperara até ver a maca sair da sala de cirurgia, carregando uma grande forma branca.

O cirurgião lavava as mãos. Uma enfermeira arrumava os instrumentos.

– Tentaremos salvá-lo! – responderam ao comissário. – O intestino foi perfurado em sete lugares. É o que podemos chamar de um ferimento sujo! Pusemos ordem em tudo isso...

E apontava tinas cheias de sangue, algodão e esterilizantes.

– Juro que foi trabalho pesado...

Estavam todos de excelente humor, médicos, ajudantes e enfermeiras. Haviam lhes trazido um ferido nas piores condições possíveis, imundo, o ventre rasgado e queimado, tudo junto com farrapos incrustados na carne.

Ora, era um corpo todo limpo que a maca acabava de levar. E a barriga fora cuidadosamente costurada.

O resto viria depois. Talvez Le Clinche recuperasse os sentidos, talvez não. No hospital, nem sequer buscavam saber de quem se tratava.

– Ele tem efetivamente alguma chance de sair dessa?

– Por que não? Já vimos pior que isso durante a guerra...

Maigret telefonara imediatamente para o Hôtel de la Plage, a fim de tranquilizar Marie Léonnec. Agora ia embora, sozinho. A porta do hospital se fechou atrás dele com um barulho de graxa. Era noite, uma rua deserta, pequenas casas burguesas.

Não dera dez passos quando uma forma se despregou do muro e o rosto de Adèle apareceu na claridade de um poste de luz. Com sua voz hostil, perguntou:

– Morreu?

Estava esperando fazia horas, sem dúvida. Tinha as feições enrijecidas e o pega-rapaz de suas têmporas havia perdido a curva.

– Ainda não! – respondeu Maigret, no mesmo tom.

– Vai morrer?

– Talvez sim... talvez não...

– Acha que ele fez de propósito?

– Não acho rigorosamente nada...

– Porque isso não é verdade...

O comissário seguia adiante. Ela o acompanhava, e para isso tinha de andar bem depressa.

– No fundo, a culpa é dele, admita...

Maigret fingia não escutar, mas ela insistia, teimosa.

– Sabe muito bem o que quero dizer. A bordo, ele só faltou me pedir em casamento. Depois, em terra firme...

Ela não sossegava. Parecia impelida por uma necessidade imperiosa de falar.

– Se acha que não presto, é porque não me conhece. Contudo, instantes atrás... Escute, senhor comissário... Seja como for, precisa me dizer a verdade. Sei o que é uma bala... Principalmente à queima-roupa, na barriga... Fizeram uma laparotomia, não foi?

Percebia-se que rodara os hospitais, ouvira as conversas dos médicos, convivera com pessoas que haviam tomado mais de um tiro de revólver.

– A cirurgia foi bem-sucedida? Parece que isso tem a ver com refeição ingerida antes...

Não era uma angústia violenta. Era uma obstinação tenaz, que nada freava.

– Não quer responder! Mas entendeu perfeitamente o meu faniquito de há pouco... Gaston é um pilantra e nunca o amei... Enquanto o outro...

– É possível que ele viva! – articulou Maigret, olhando a mulher nos olhos. – Todavia, se o drama do *Océan* não for esclarecido, isso não vai adiantar muita coisa.

Ele esperava uma palavra, um tremor. Ela abaixou a cabeça.

– Naturalmente, acha que sei... Como os dois homens eram meus amantes... E, no entanto, juro... Não! O senhor não conheceu o capitão Fallut... Então, não pode compreender... Ele estava apaixonado, claro... Vinha me visitar no Havre... E uma paixão desse tipo, na idade dele, afeta um pouco o cérebro... Mas nem por isso deixava de ser um homem minucioso em tudo, muito senhor de si, maníaco pela ordem. Ainda me pergunto como ele deixou que eu me escondesse a bordo... O que sei é que, assim que nos fizemos ao mar, arrependeu-se e, de tanto se arrepender, passou a me detestar. Seu temperamento mudou de uma hora para outra...

– Mas o telegrafista ainda não tinha visto a senhora!

– Não! Foi somente na quarta noite, repito.

– Tem certeza de que Fallut já estava num humor estranho antes disso?

– Mais ou menos, talvez! Depois, houve dias alucinantes, em que eu me perguntava se ele não estava de fato louco.

– E não tem a menor ideia da razão de tal comportamento?

– Não! Matutei sobre isso. Às vezes eu achava que havia um segredo entre ele e o telegrafista. Pensei até que faziam contrabando. Ah! Nunca mais me pegam para embarcar num pesqueiro! Imagine que isso durou três meses... Para terminar assim! Um é assassinado na chegada. O outro... Tem mesmo certeza de que ele não morreu?

Haviam alcançado o cais e a jovem mulher hesitava em avançar.

– Onde está Gaston Buzier?

– No hotel... Ele sabe perfeitamente que não é hora de me azucrinar e que eu o dispensaria por uma bagatela.

– Vai se encontrar com ele?

Ela encolheu ombros, num gesto que significava: “Por que não?”.

Teve, contudo, uma espécie de reincidência na afetação. Na hora de se despedir de Maigret, murmurou, sorrindo meio sem graça:

– Agradeço-lhe, senhor comissário... O senhor foi bom para mim... eu...

Não ousava terminar. Era um convite, uma promessa.

– Tudo bem! Tudo bem! – ele grunhiu, afastando-se.

E empurrou a porta do Rendez-Vous des Terre-Neuvas.

No instante em que encostava a mão na maçaneta, ouvia-se nitidamente um alvoroço dentro da taberna, como se uma dúzia de homens falasse ao mesmo tempo.

Aberta a porta, instantaneamente baixou o silêncio mais absoluto. E, não obstante, eram mais de dez na sala, em dois ou três grupos que antes deviam interpelar-se de mesa em mesa.

O dono foi até Maigret, cuja mão apertou, não sem certo constrangimento.

– É verdade o que estão dizendo? Le Clinche atirou em si mesmo?

Os fregueses bebiam, por compostura. Estavam ali P'tit Louis, o negro, o bretão, o chefe das máquinas do pesqueiro e outros que o comissário terminara por conhecer de vista.

– É verdade! – confirmou Maigret.

E notou que o chefe das máquinas se agitava, subitamente incomodado, no banco de napa.

– Expedição diabólica! – rosnou alguém num canto, com um sotaque normando bem pronunciado.

E aquelas palavras deviam traduzir fielmente a opinião geral, pois cabeças se abaixaram e um punho golpeou uma mesa de mármore, enquanto uma voz fazia eco:

– Diabólica, não há outra palavra!

Nesse ínterim Léon pigarreou para pedir prudência aos fregueses, apontando um marujo de japona vermelha que bebia sozinho num canto.

Maigret, tendo ido sentar-se próximo ao balcão, pediu um conhaque com água.

Ninguém mais falava. Todos procuravam um gesto natural. E Léon, como encenador habilidoso, sugeria o mais importante ao grupo:

– Querem o dominó?

Era um jeito de fazer barulho, ocupar as mãos. As peças de dorso negro foram misturadas sobre o mármore da mesa. O taberneiro estava ao lado do comissário.

– Mandei que se calassem – sussurrou – porque o sujeito que está no canto à esquerda, perto da janela, é o pai do menino... Percebe?

– Qual menino?

– O grumete... Jean-Marie... O que caiu da amurada, no terceiro dia...

O homem prestava atenção. Se não ouvira as palavras, compreendera que falavam dele. Fez sinal para a garçonete encher seu copo e, em meio a um sobressalto de repulsa, esvaziou-o de um trago.

Já estava embriagado. Seus olhos, à flor do crânio e azuis-claros, estavam vítreos. Uma porção de fumo de mascar inchava sua bochecha esquerda.

– Ele também atua na Terra Nova?

– Já atuou, em outros tempos. Agora tem sete filhos, está na pesca do arenque, no inverno, pois as expedições são menos compridas: primeiro, um mês, depois, cada vez menos, à medida que o peixe desce para o sul.

– E no verão?

– Pesca por conta própria, monta tresmalhos, armadilhas de lagostas...

O homem estava no mesmo banco que Maigret, na outra ponta. Mas o comissário o via por um espelho.

Era baixo, ombros largos. O protótipo do marinheiro do Norte, atarracado, gorducho, sem pescoço, rubicundo, cabelos louros. Como a maioria dos pescadores, tinha as mãos cobertas por cicatrizes de furúnculos.

– Ele sempre bebe assim?

– Todos bebem. Mas foi sobretudo depois que o menino morreu que ele passou a se afogar na bebida. Rever o *Océan* foi um golpe terrível para ele.

Agora o homem os fitava com ares de ofendido.

– O que deseja de mim? – balbuciou, dirigindo-se a Maigret.

– Rigorosamente nada.

Todos os marujos acompanhavam a cena, sem interromper a partida de dominó.

– Porque isso tem que ser dito! Por acaso não tenho o direito de beber?

– Claro que sim!

– Diga que não tenho o direito de beber... – repetiu, com a obstinação do bêbado.

O olhar do comissário bateu na braçadeira negra que ele usava na japona vermelha.

– Ei, o que estão fuxicando e falando de mim?

Léon fez sinal para Maigret não responder e dirigiu-se ao freguês.

– Vamos! Não faça escândalo, Canut. Não é de você que o senhor comissário está falando, mas do sujeito que disparou uma bala no próprio peito.

– Bem feito para ele! Por acaso morreu?

– Não! Talvez se safe.

– Pena! Deviam todos morrer!

Essas palavras causaram forte impressão. Todos os rostos se voltaram para Canut. E este sentiu necessidade de gritar ainda mais alto:

– Sim, todos, sem exceção!

Léon estava inquieto. Olhava para todos com olhos suplicantes, fazia um sinal de impotência para Maigret.

– Vamos! Vá dormir... Sua mulher o espera...

– Que se dane!

– Amanhã, não terá disposição para ir verificar seus tresmalhos...

O beberrão riu. P'tit Louis aproveitou para chamar Julie.

– Quanto foi?

– As duas rodadas?

– Sim, ponha na minha conta... Amanhã, antes de partir, recebo o adiantamento.

Levantou-se, mecanicamente imitado pelo bretão, que não desgrudava dele um centímetro. Tocou no boné. Repetiu o gesto na direção de Maigret.

– Covardes! – grunhiu o beberrão, enquanto os dois homens passavam por ele. – Todos uns covardes...

O bretão cerrou os punhos, quase respondeu, mas P'tit Louis o arrastou consigo.

– Vá dormir... – repetia Léon. – Aliás, vamos fechar...

– Irei quando todo mundo for. Valho o mesmo que outro qualquer, não é verdade?

E procurava Maigret com o olhar. Parecia querer briga.

– Esse gordo aí, por exemplo... O que tanto ele fuça?

Era ao comissário que ele se referia. Léon morria de impaciência. Os últimos fregueses esperavam, certos de que alguma coisa iria acontecer.

– Tudo bem! Melhor mesmo eu ir. Quanto devo?

Procurou na japona, da qual puxou uma bolsinha de couro, jogou um trocado gorduroso sobre a mesa, levantou-se, cambaleou e alcançou a porta, que teve dificuldade para abrir.

Resmungava coisas indistintas, palavrões ou ameaças. Do lado de fora, a primeira coisa que fez foi grudar o rosto no vidro para observar Maigret pela última vez, e seu nariz se esborrachava no espelho embaçado.

– Foi um golpe para ele – suspirou Léon, voltando ao lugar. – Era seu único filho homem. Todas as outras são meninas. Mesma coisa que nada.

– O que falam por aqui? – indagou Maigret.

– Sobre o telegrafista? Eles não sabem. Então inventam. Histórias mirabolantes...

– O quê?

– Não sei... Insistem no tal *mau-olhado*...

Maigret sentiu um olhar aceso cravado nele. Era do chefe das máquinas, sentado à mesa bem defronte.

– Sua mulher não está mais com ciúmes? – perguntou-lhe.

– Considerando que zarpamos amanhã, bem que eu queria ver ela me prender em Yport.

– O *Océan* aparelha amanhã?

– Junto com a maré! Se acha que a empresa vai deixá-lo mofando no ancoradouro...

– Arranjaram um capitão?

– Um reformado, que não navega há oito anos! Pior! Comandava uma balsa de três mastros! Vai ser uma beleza...

– E o telegrafista?

– Um rapazola que foram buscar na escola. Na Artes e Ofícios, como eles chamam.

– O imediato voltou?

– Foi convocado via telégrafo. Chega amanhã de manhã.

– Os homens...?

– Sempre a mesma coisa! Catamos os que estão à toa no porto. Sempre dá certo, não é mesmo?

– Arranjaram um grumete?

O outro lhe dirigiu um olhar incisivo.

– Sim! – deixou escapar secamente.

– E o senhor está contente de partir?

Nenhuma resposta. O chefe das máquinas pediu outro grogue. E Léon disse à meia-voz:

– Acabamos de receber notícias do *Pacific*, que deveria retornar esta semana. É um vapor da mesma série do *Océan*. Afundou menos de três minutos após ter se rasgado contra um rochedo. Não sobrou ninguém. Tenho lá em cima a mulher do imediato, que chegou de Rouen para esperar o marido. Passa os dias no píer... Ainda não sabe de nada... A companhia espera a confirmação para dar a notícia.

– É a série! – grunhiu o chefe das máquinas, que ouvira.

O negro bocejava, esfregava os olhos, mas não cogitava ir embora. As pedras de dominó abandonadas formavam um desenho complicado sobre o retângulo cinza da mesa.

– Em suma – murmurou Maigret –, ninguém sabe por que o telegrafista tentou se matar?

Essas palavras apenas reforçaram o silêncio obstinado. Será que todos aqueles homens sabiam? Levariam a tal ponto aquela espécie de franco-maçonaria do povo do mar, que não gosta de ver criaturas terrestres se intrometerem no que não é da sua conta?

– Quanto devo, Julie?

Levantou-se, pagou e, pesadamente, alcançou a porta. Dez olhares grudavam nele. Ele se voltou, encontrando apenas semblantes herméticos ou agressivos. O próprio Léon, apesar de toda a sua boa vontade de dono do negócio, comungava com os fregueses.

A maré estava baixa. Do vapor, viam-se apenas a chaminé e os guindastes. Os vagões haviam desaparecido. O cais se esvaziara.

Um pesqueiro, com a lanterna branca balançando na ponta do mastro, se afastava lentamente em direção ao píer e ouviam-se dois homens conversando.

Maigret encheu um último cachimbo, contemplou a cidade e as torres da abadia de La Bénédictine, ao pé das quais se erguiam os muros escuros do hospital.

As janelas da taberna perfuravam o cais com dois retângulos luminosos.

O mar estava calmo. Ouvia-se apenas o débil murmúrio das marolas lambendo os seixos e estacas do píer.

O comissário estava na beira do cais. Grossas amarras, as mesmas que retinham o *Océan*, estavam enroladas em pinos de bronze.

Ele se debruçou. Homens fechavam os alçapões dos porões, onde, durante o dia, haviam armazenado o sal. Um deles, bem mais jovem que Le Clinche, de terno, observava o trabalho dos marujos, com os cotovelos apoiados sobre a cabine do telegrafista.

Devia ser o sucessor daquele que acabara de disparar uma bala na barriga. Fumava um cigarro, dando pequenas tragadas nervosas.

Vinha de Paris, da faculdade. Estava emocionado. Talvez cultivasse sonhos de aventuras.

Maigret não conseguia ir embora. Era retido pela sensação de que o mistério estava logo ali, ao seu alcance, que não restava mais senão um esforço a ser feito.

Sentindo uma presença estranha atrás de si, voltou-se subitamente. No escuro, vislumbrou uma japona vermelha, uma braçadeira preta.

O homem não o vira, ou então não prestara atenção nele. Caminhava até a extrema beirada do cais e era um milagre que, em seu estado, não caísse no vazio.

O comissário via-o agora só de costas. Tinha a impressão de que, tomado pela vertigem, o bêbado ia se atirar no convés do vapor.

Mas não! Falava sozinho. Ria. Mostrava os punhos.

Depois cuspia, uma, duas, três vezes no navio. Cuspia para exprimir todo o seu asco.

Em seguida, provavelmente aliviado, partiu, não em direção à sua casa, que ficava no bairro dos pescadores, mas na da cidade baixa, onde se entrevia um botequim ainda iluminado.

9

Dois homens no convés

UM DETALHE DELICADO, PARA OS LADOS DO PENHASCO: o relógio da abadia deu uma hora.

Maigret, com as mãos nas costas, caminhava em direção ao Hôtel de la Plage, porém, à medida que avançava, seu passo se tornava mais lento e ele terminou por parar completamente, bem no meio do cais.

Defronte, o hotel, seu quarto, sua cama, um panorama pacato e tranquilizador.

Atrás... Voltou-se. Viu de novo a chaminé do vapor, agora fumegando suavemente, pois haviam acendido os fornos. Fécamp dormia. Uma grande poça de lua se esparramava no meio do ancoradouro. Nascia uma brisa, soprando do largo, quase gelada, como se fosse um bafejo do mar.

Então Maigret fez meia-volta, pesadamente, a contragosto. Foi mais uma vez até os cordames enrolados nos pinos, viu-se em pé à beira do cais, os olhos apontados para o *Océan*.

Seus olhos estavam franzidos, a boca ameaçadora, as mãos no fundo dos bolsos.

Era o Maigret solitário, descontente, ensimesmado, que não desiste, indiferente até ao ridículo.

A maré estava baixa. O convés do vapor se encontrava quatro ou cinco metros abaixo do nível do solo. Mas uma prancha fora lançada do cais até o posto de comando. Uma prancha fina, estreita.

O barulho da rebentação ficava cada vez mais nítido. O mar crescia, com a água esbranquiçada tragando pouco a pouco os seixos da praia.

Maigret aventurou-se na prancha, que formou um arco de círculo quando ele pesou em seu centro. As solas de seus sapatos rangeram sobre o passadiço de ferro. Mas ele não foi adiante, instalando-se no banco de serviço, em frente à roda do leme, de cuja bússola pendiam as grossas luvas náuticas do capitão Fallut.

Parecia um cão de caça, taciturno e concentrado, plantado diante de uma toca onde farejou alguma coisa.

A carta de Jorissen, sua amizade por Le Clinche, os esforços de Marie Léonnec saíam de cena. Era, agora, um assunto pessoal.

Maigret recriara, para uso próprio, o capitão Fallut. Entabulara relações com o telegrafista, com Adèle, com o chefe das máquinas. Fizera questão de sentir integralmente a vida do vapor.

E eis que isso não bastava, que alguma coisa lhe escapava, que tinha a impressão de compreender tudo, menos, precisamente, a própria essência do drama.

Fécamp dormia. A bordo, os marujos estavam deitados. Encurvado, pernas um pouco afastadas, cotovelos nos joelhos, o comissário imprimia todo o seu peso sobre o banco de serviço.

E seu olhar ia colhendo um detalhe aqui, outro ali: as luvas, por exemplo, enormes, que Fallut só devia vestir durante as horas de plantão e que deixava ali.

Virando o rosto, percebia-se o tombadilho. Em frente, estendia-se o convés, o castelo de proa e, quase encostada, a casinhola do telégrafo.

O mar se agitava. O vapor incorporava um movimento imperceptível e, agora que os fornos estavam acesos e a água enchia as caldeiras, parecia mais nervoso que nos dias anteriores.

Não era P'tit Louis que dormia, embaixo, junto aos montes de carvão?

À direita, o farol. Na ponta de um píer, um sinal verde; na ponta de outro, um vermelho. E o mar: um grande buraco negro exalando cheiro forte.

Não se tratava propriamente de um esforço de reflexão. Maigret observava tudo aquilo sem pressa, concentrado, tentando ressuscitar o cenário, senti-lo. E aos poucos entrava num estado de agitação.

– Era uma noite parecida, mais fria, pois a primavera mal começara.

O vapor no mesmo lugar. Uma fita de fumaça subindo da chaminé. Homens roncando.

Pierre Le Clinche, que, em Quimper, jantara na casa da noiva. Atmosfera familiar. Marie Léonnec tivera de levá-lo até a porta para beijá-lo sem testemunhas.

E ele sacolejara a noite inteira, na terceira classe. Estaria de volta dali a três meses. Iria visitá-la. Depois, uma nova expedição e, no inverno, perto do Natal, o casamento...

Ele não dormira... Levava consigo farnel... Era um lanche preparado pela mãe...

À mesma hora, o capitão deixava a casinha da Rue d'Étretat, onde a sra. Bernard dormia.

Um capitão Fallut bastante nervoso, sem dúvida, atordoado, torturado antes do tempo pelo remorso. Não estava comprometido com sua locadora, não havia prometido casar-se um dia com ela?

Ora, ao longo de todo o inverno, ele dera suas escapulidas até o Havre, inclusive mais de uma vez por semana, para encontrar uma mulher! Uma mulher que ele não ousava mostrar em Fécamp! Uma mulher que ele sustentava! Uma mulher jovem, bonita, desejável, mas à qual a vulgaridade conferia algo de inquietante.

Um homem pacato, organizado, meticuloso. Um modelo de probidade, que os armadores citavam como exemplo e cujos livros de bordo constituíam verdadeiras obras-primas de minúcia!

Agora, solitário, através das ruas adormecidas, ele tomara a direção da estação ferroviária, onde Adèle desembarcava. Será que hesitava?

Mas três meses! Será que a reencontraria na volta? Ela não era impetuosa demais, sedenta de vida demais para deixar de traí-lo?

Uma mulher completamente diferente da sra. Bernard! Não passava o tempo arrumando a casa, polindo cobres e assoalhos, arquitetando planos para o futuro...

Não! Era uma mulher da qual ele guardava na retina imagens que o faziam corar, ofegar.

Lá estava ela! Desatando sua risada estridente, quase tão sensual quanto sua carne! Navegar, esconder-se a bordo, viver uma aventura, tudo para ela era motivo de diversão.

Contudo, não lhe caberia avisá-la que a aventura não seria engraçada? Que, ao contrário, aquela viagem de três meses numa cabine fechada seria mortal?

Jurava fazê-lo. Não ousava! Quando ela estava presente, quando ria, colo arfante, ele não conseguia emitir nada que fizesse sentido.

– Vai me embarcar secretamente, hoje à noite?

Caminhavam. Nos bares, e na taberna Rendez-Vous des Terre-Neuvas, os pescadores se embriagavam com o adiantamento recebido aquela tarde.

E o capitão Fallut, franzino e arrumadinho, empalidecia à medida que se aproximava do porto e de seu navio. A chaminé surgia. Ele sentia a garganta seca. Ainda não estava em tempo de...?

Mas Adèle se pendurava em seu braço. Ele a sentia, toda quente, palpitante, roçando nele...

E Maigret, voltado para o cais deserto, imaginava os dois...

– É isso, teu navio? Como pode cheirar tão mal? E tenho que atravessar essa prancha?

Isso foi feito. O capitão Fallut, angustiado, pedia silêncio.

– É com essa roda que a gente dirige o barco?

– Psiu...

Desciam a escada de ferro. Estavam no convés. Penetravam na cabine do capitão. A porta se fechava.

– Sim! Foi como a coisa se deu! – grunhiu Maigret. – Lá estão os dois. É a primeira noite a bordo...

Deu-lhe ímpetos de arrancar a cortina da noite, desvelar o céu lívido da madrugada, vislumbrar os vultos dos marujos cambaleantes, alcoolizados, a caminho do vapor.

O chefe das máquinas chegava de Yport, no primeiro trem da manhã. O imediato vinha de Paris, Le Clinche, de Quimper.

Os homens agitavam-se no convés, disputavam as enxergas no castelo de proa, riam, trocavam de roupa e reapareciam, apertados dentro das japonas.

Havia um adolescente, o grumete Jean-Marie, que o pai levara pela mão e em quem os marujos esbarravam, zombando de suas botas, grandes demais, de seus olhos marejados.

O capitão continuava em seus aposentos. A cabine finalmente se abria. Ele fechava a porta com cuidado. Estava todo seco, todo pálido, semblante compenetrado.

– É o senhor o telegrafista? Ótimo! Aguarde minhas instruções. Enquanto isso, vá conhecer o posto do telégrafo.

As horas passavam. O dono da embarcação estava no cais. Mulheres e mães ainda traziam farnéis para os que partiam.

Fallut se pelava de medo, pensando em sua cabine, cuja porta não podia ser aberta de jeito nenhum, pois Adèle, arreganhada e com a boca entreaberta, dormia atravessada na cama.

Uma certa náusea matinal, não apenas em Fallut, como nos que haviam feito escala nos bares da cidade e nos que haviam viajado de trem.

Um a um, passavam pela taberna, engoliam cafés aguados.

– Até a volta! Se voltarmos...!

Uma sirene estridente. Logo em seguida, mais duas. As mulheres e as crianças, após uma última despedida, precipitando-se na direção do píer. O dono do pesqueiro apertando a mão de Fallut. As amarras estavam soltas. O vapor deslizava, afastava-se do cais. Então Jean-Marie, o grumete, vencido pelo pavor, explodia em soluços, esperneava, queria atirar-se no cais.

Fallut ocupava o lugar onde Maigret se encontrava agora.

– Meia força! Cento e cinquenta graus! Avante a todo vapor!

Adèle continuaria dormindo? Não iria sobressaltar-se com o primeiro vagalhão?

Fallut não se movia do lugar que ocupava havia tantos anos. Diante dele, o mar, o Atlântico.

Estava uma pilha de nervos, dava-se conta da besteira que fizera. Em terra firme, aquilo lhe parecera menos grave.

– Dois quartos a bombordo...

E eis que irrompia uma gritaria, que a aglomeração no píer se movia para a frente! Um homem, trepado no guindaste de bordo para se despedir dos parentes, caíra no convés!

– *Stop*! Ré! *Stop*...

Nada se mexia para os lados da cabine. Ainda não era tempo de reconduzir a mulher à terra?

Botes se aproximavam. O vapor se imobilizava entre os píeres. Um pesqueiro pedia passagem.

Mas o homem estava ferido. Tinham que abandoná-lo. Desceram-no até um escaler.

Algumas mulheres, no cais, pareciam transtornadas, eram supersticiosas! Sem falar no grumete, que tiveram de segurar para que não se atirasse na água, tamanho o medo que sentia de partir!

– Avante! Meia força! A todo vapor!

Le Clinche, por sua vez, tomava posse de seu domínio, testava seus aparelhos, capacete na cabeça. E, em meio àquela parafernália, escrevia:

Querida noiva,

Oito horas da manhã! Zarpamos. Já não se vê mais a cidade e...

Maigret acendeu um novo cachimbo e levantou-se para examinar melhor os arredores.

Dispunha de todos os personagens, de certa forma os manipulava naquele navio, que ele dominava com o olhar.

– Primeiro almoço, na exígua cabine reservada aos oficiais: Fallut, o imediato, o chefe das máquinas e o telegrafista... E o capitão comunica que fará as refeições à parte, em seus aposentos...

Coisa jamais vista! Ideia extravagante! Ficam todos intrigados, em vão!

E Maigret, com a testa na mão, grunhiu:

– É o grumete o encarregado de levar a comida para o capitão. Este apenas entreabre a porta, ou esconde Adèle debaixo da cama, que ele calçou.

É uma porção para os dois dividirem! A primeira vez, a mulher ri! E Fallut, sem dúvida, lhe dá praticamente toda a sua metade.

Ele está muito sério. Ela zomba dele. Faz-lhe um cafuné... Ele cede... Sorri...

Já não falariam, no castelo de proa, em mau-olhado? E não comentariam a decisão do capitão de fazer as refeições sozinho? Além do mais, nunca se viu um capitão circular com a chave da cabine no bolso!

As duas hélices giram. O vapor adquiriu a trepidação que continuará a sacudi-lo nos próximos três meses.

Nos porões, homens como P'tit Louis introduzem carvão na goela dos fornos oito ou dez horas por dia, ou então, cabeceando de sono, vigiam a pressão do óleo.

– Três dias... É unânime... Foram necessários uns três dias para que uma atmosfera de apreensão se instalasse a bordo. E, a partir desse momento, os homens começaram a se perguntar se Fallut não estava louco.

Por quê? Ciúme? Adèle, contudo, declarou só ter visto Le Clinche na altura do quarto dia.

Até ali ele está assoberbado com seus novos aparelhos. Para satisfação pessoal, capta mensagens. Faz testes de transmissão. E, capacete na cabeça, escreve páginas e páginas como se o correio fosse levá-las na mesma hora à noiva.

Três dias... Praticamente não houve tempo para travar relações. O chefe das máquinas, colando o rosto nas vigias, teria percebido a jovem mulher? Mas ele não falou nada!

A atmosfera, a bordo, se instala de maneira gradual, à medida que os homens se aproximam e vivem aventuras em comum. E ainda não há aventuras! Nem sequer pescam! Precisam esperar até alcançar o Grande Banco, lá, na Terra Nova, do outro lado do Atlântico, aonde só chegarão, no mínimo, dentro de dez dias.

Maigret permanecia em pé na área de comando, e um homem que acordasse naquele momento decerto teria se perguntado o que ele fazia ali, grandalhão e solitário, olhando sem pressa à sua volta.

O que fazia? Buscava compreender! Todos os personagens estavam em seus lugares, com suas mentalidades intransferíveis e suas preocupações.

A partir desse momento, contudo, não havia mais como adivinhar. Existia um grande buraco. Só restava ao comissário recorrer aos depoimentos.

– Foi por volta do terceiro dia que o capitão Fallut e o telegrafista se consideraram inimigos. Os dois carregavam um revólver no bolso. Era um medo recíproco.

E, não obstante, Le Clinche ainda não dormiu com Adèle!

– A partir desse instante o capitão age feito um louco...

Ora, estamos no meio do Atlântico. Deixamos a rota dos grandes navios, mal se veem outros vapores, ingleses ou alemães, rumando para seus locais de pesca.

Será que Adèle se impacienta, se queixa de sua vida de reclusa?

– ... age feito um louco...

Todos coincidem nessa palavra! E Adèle parece não ser o suficiente para provocar tamanho desatino num homem equilibrado, que cultivou a religião da ordem a vida inteira.

Ela não o traiu! Tomando múltiplas precauções, ele lhe permitiu dois ou três passeios no convés, à noite.

Então, por que ele *age feito um louco*?

Os depoimentos se sucedem:

– ... Ele dá ordens para ancorar o vapor numa zona onde jamais se viu, na história do homem, um só bacalhau...

E não é um nervoso, ou um inconsequente, ou um irascível! É um pequeno-burguês meticuloso, que por um instante sonhou unir sua vida à de sua locadora, a sra. Bernard, e terminar seus dias na casa cheia de bordados da Rue d'Étretat.

– ... Uma série de acidentes... Quando por fim alcançam um cardume, pescam o peixe e o salgam de tal forma que este fatalmente chegará estragado...

Fallut não é um principiante! Vai se aposentar em breve! Ninguém, até o momento, tem o quer que seja a lhe recriminar!

Ele continua a fazer as refeições em sua cabine.

– ... Ele me enche... – dirá Adèle. – Passa dias, semanas até, sem me dirigir a palavra. Depois, de repente, tem um troço...

Uma lufada de sensualidade! Ela está ali, em seus aposentos! Compartilha sua cama! E ele consegue, semanas a fio, ressenti-la, até que a tentação prevaleça!

Agiria da mesma forma se a sua censura derivasse exclusivamente do ciúme?

O chefe das máquinas ronda a cabine, sôfrego. Contudo, não tem audácia para arrombar a fechadura.

O epílogo, para rematar: o *Océan* retorna à França abarrotado de bacalhau estragado.

Não é no caminho de volta que o capitão redige aquela espécie de testamento, em que declara que não devem acusar ninguém pela sua morte?

Logo, ele quer morrer! Quer matar-se! Ninguém a bordo, afora ele, é capaz de traçar a rota, e ele foi doutrinado o bastante no espírito náutico para antes reconduzir seu barco até o porto.

Matar-se porque transgrediu o regulamento levando uma mulher a bordo? Matar-se porque o peixe, malconservado, será vendido alguns francos abaixo da cotação?

Matar-se porque a tripulação, aturdida com suas maneiras bizarras, o tomou por louco?

O capitão mais frio e minucioso de Fécamp? Aquele cujos livros de bordo são citados como exemplo?

Aquele que, há tanto tempo, mora no pacato lar da sra. Bernard?

O vapor atraca. Todos os homens desembarcam, precipitando-se para a taberna, onde finalmente podem beber.

E todos parecem marcados pelo selo do mistério! Todos se calam sobre determinadas coisas! Todos estão inquietos!

Por que o capitão teve atitudes inexplicáveis?

Fallut desembarca, sozinho. Terá de esperar que o cais se esvazie para retirar Adèle.

Dá alguns passos. Dois homens estão à espreita: o telegrafista e Gaston Buzier, amante da garota.

O que não impede que um terceiro ataque o capitão, estrangulando-o e atirando-o no ancoradouro.

E isso acontecia exatamente no ponto onde o *Océan* oscilava agora sobre a água escura. O cadáver enroscara-se na corrente da âncora.

Maigret fumava, sisudo.

– Desde o primeiro interrogatório, Le Clinche mente, referindo-se ao homem de sapatos amarelos que matou Fallut. Ora, o homem de sapatos amarelos é Buzier. E, acareado, Le Clinche recua...

Por que tal mentira senão para salvar o terceiro personagem, isto é, o assassino? E por que Le Clinche não revela seu nome?

Ao contrário! Deixa-se encarcerar em seu lugar! Mal se defende, quando tem tudo para ser condenado!

Parece melancólico, como um homem atormentado pelo remorso. Não ousa olhar nos olhos nem de sua noiva nem de Maigret.

Pequeno detalhe: antes de retornar ao vapor, ele foi à taberna. Subiu ao seu quarto... Queimou papéis...

Quando sai da prisão, não demonstra alegria, ao passo que Marie Léonnec está ali, convidando-o ao otimismo. E ele dá um jeito de conseguir um revólver.

Está com medo... Hesita... Permanece um bom tempo, de olhos fechados, com o dedo no gatilho...

E atira...

À medida que a noite transcorria, o ar esfriava e a brisa se impregnava de relentos de sargaços e iodo.

O vapor subira alguns metros. O convés se achava no nível do cais e o refluxo da maré chacoalhava-o lateralmente, fazendo a prancha ranger.

Maigret esquecera o cansaço. A hora difícil passara. A manhã raiava.

Fez um balanço:

O capitão Fallut, que haviam removido, morto, da corrente da âncora...

Adèle e Gaston Buzier, que brigavam o tempo todo, agora incapazes de suportar-se mutuamente, e que, no entanto, não tinham outro porto seguro...

Le Clinche, que saíra, todo enfaixado, numa maca com rodinhas, da sala de cirurgia...

E Marie Léonnec...

E aqueles homens, que, mesmo bêbados, na taberna Rendez-Vous des Terre-Neuvas, conservavam uma espécie de lembrança de angústia...

– O terceiro dia! – articulou Maigret em voz alta. – É nele que devemos procurar! Alguma coisa mais terrível que ciúme. *E, todavia, alguma coisa que decorria diretamente da presença de Adèle a bordo.*

O esforço era doloroso. Uma tensão de todas as faculdades. O barco oscilava imperceptivelmente. Uma luz se acendeu no castelo de proa, onde os marujos iam despertar.

– O terceiro dia...

Sentiu então um nó na garganta. Olhou para o castelo de popa, depois para o cais, onde, ainda há pouco, um homem se debruçava mostrando o punho.

Seria em parte efeito do frio? Fato é que um arrepio o fez estremecer.

– O terceiro dia... O grumete... Jean-Marie... O que esperneava e não queria zarpar... foi carregado por uma onda... à noite...

Maigret mirava o convés inteiro, parecia procurar o lugar onde a catástrofe se produzira.

– Havia apenas duas testemunhas... O capitão Fallut e o telegrafista, Pierre Le Clinche. No dia seguinte ou no outro, Le Clinche se tornava amante de Adèle.

Foi um corte brusco. Maigret não se demorou um segundo além. Alguém se mexia no castelo de proa. Sem ser percebido, ele atravessou a prancha que ligava o barco à terra firme.

E, com as mãos nos bolsos, o nariz azul de frio, lúgubre, retornou ao Hôtel de la Plage.

Ainda não era dia. Mas tampouco era noite, pois, no mar, as cristas das ondas se desenhavam em branco. E as gaivotas formavam manchas claras no céu.

Um trem apitava na estação. Uma velha partia na direção dos rochedos, com um cesto nas costas e um gancho na mão, para catar caranguejos.

10

Os acontecimentos do terceiro dia

QUANDO DESCEU DO QUARTO em torno das oito da manhã, Maigret tinha a cabeça vazia e o peito oprimido, como se houvesse se excedido na bebida.

– Não está evoluindo como você imaginava? – quis saber a mulher.

Ele encolhera os ombros e ela não insistira. Mas eis que na varanda do hotel, de frente para o mar de um verde pérfido e encapelado, ele dava de cara com Marie Léonnec. E a jovem não estava sozinha. Um homem sentava à sua mesa. Ela se levantou precipitadamente e balbuciou para o comissário:

– Gostaria de lhe apresentar o meu pai, ele acabou de chegar...

O vento estava frio, o céu, encoberto. Gaivotas tiravam rasantes da água.

– Sinto-me muito honrado, senhor comissário... Muito honrado e feliz...

Maigret olhou para ele com ar de desânimo. Era um homem de pernas curtas, que não seria mais ridículo que outro qualquer não fosse o nariz desproporcional, do tamanho de dois ou três narizes médios e, para rematar, furado como um morango.

Não era culpa dele! Era uma enfermidade real. Seja como for, quando falava, só se via aquele nariz, só se tinha olhos para o nariz, por isso era impossível qualquer sentimento de pena por ele.

– Naturalmente toma alguma coisa conosco.

– Obrigado! Acabei de comer.

– Então uma aguardente para esquentar.

– Impossível!

Ele insistia. Não é falta de educação obrigar as pessoas a beber?

E Maigret o observava, observava a filha, que, nariz à parte, se parecia com ele. Examinando-a desse ponto de vista, não era possível prever exatamente o que seria dela dentro de dez anos, quando o encanto da juventude a houvesse abandonado.

– Quero ir direto ao ponto, senhor comissário. É meu lema pessoal! Viajei a noite inteira para isso. Quando Jorissen veio falar comigo para dizer que traria minha filha, dei logo minha autorização. Portanto, não se pode dizer que eu tenha ideias conservadoras...

Maigret estava simplesmente louco para dar o fora! E havia aquele nariz! E certa ênfase de pequeno-burguês que se deleita com o que fala.

– Por outro lado, meu dever de pai é me informar, concorda? Eis por que lhe peço, em sua alma e consciência, que me diga se julga esse rapaz inocente...

Marie Léonnec mirava outro ponto. Devia sentir confusamente que a intervenção do pai não tinha a menor chance de melhorar as coisas.

Sozinha, correndo para acudir o noivo, ela possuía certo fascínio. Pelo menos era comovente.

Em família, era diferente. Carregava o ranço da loja de Quimper, das discussões que haviam precedido a partida, dos mexericos dos vizinhos.

– O senhor me pergunta se ele matou o capitão Fallut?

– Sim... Deve compreender que é essencial que...

Maigret olhava reto à sua frente com seu ar mais ausente.

– Pois bem...

Viu as mãos da jovem tremerem.

– ... Ele não o matou... O senhor me dá licença...? Uma providência urgente a tomar... Provavelmente terei o prazer de revê-lo em breve...

Era uma fuga! Chegou a derrubar uma cadeira da varanda. Presumiu que seus interlocutores estavam estupefatos, mas não se voltou para checar.

No cais, seguiu pela calçada, a certa distância do *Océan*. Mesmo assim, observou homens chegando, embornal de marinheiro no ombro, e fazendo o reconhecimento do barco. Uma carroça descarregava sacos de batata. O armador estava presente, com suas botas de verniz e o lápis atrás da orelha.

Um grande alvoroço na taberna, cuja porta estava aberta. Maigret distinguiu vagamente P'tit Louis, que discorria no meio de uma roda de *calouros*.

Ele não se deteve. Ao ver o dono acenar-lhe, apertou o passo. Cinco minutos depois, estava na porta do hospital.

O assistente era bem jovem. Sob seu jaleco via-se um terno da moda e uma gravata fina.

– O telegrafista? Fui eu que tirei sua temperatura e seu pulso hoje de manhã. Vai muito bem, dentro do esperado.

– Lúcido?

– Acho que sim! Não me dirigiu a palavra, mas me seguiu o tempo todo com os olhos.

– É possível lhe falar de coisas sérias?

O assistente fez um gesto vago, indiferente.

– Por que não? Considerando o sucesso da cirurgia e o fato de ele estar sem febre... Quer vê-lo?

Pierre Le Clinche estava sozinho num pequeno quarto acetinado, onde reinava um calor úmido. Viu Maigret avançar com suas pupilas cristalinas, isentas de perturbação.

– Como pode ver, impossível fazer melhor. Dentro de uma semana, estará de pé. Em compensação, tem chances de ficar manco, pois teve um tendão do quadril seccionado. E terá de tomar certas precauções... Prefere ficar a sós com ele?

Era realmente incrível. Na véspera, haviam trazido um verdadeiro farrapo humano, ensanguentado, sujo, no qual se juraria não haver mais um sopro de vida.

E Maigret encontrava um leito branco, um rosto um pouco repuxado e pálido, porém mais calmo do que jamais o vira. Era quase serenidade que se lia em suas retinas.

Talvez tenha sido por isso que hesitou. Caminhou de um lado para outro no cômodo e grudou por um instante a testa na janela dupla, da qual avistou o porto e o vapor, onde homens de japona vermelha se agitavam.

– Tem forças para aguentar uma conversa? – grunhiu à queima-roupa, voltando-se para o leito.

Le Clinche assentiu com um sinal.

– Saiba que não estou nesse caso oficialmente. Meu amigo Jorissen me pediu para provar sua inocência. Está feito! O senhor não matou o capitão Fallut.

Deu um grande suspiro. Em seguida, para acabar com aquilo, atacou seu assunto sem rodeios.

– Conte-me a verdade sobre os acontecimentos do terceiro dia, quer dizer, sobre a morte de Jean-Marie.

Evitava encarar o ferido. Encheu um cachimbo, para mostrar-se à vontade, e, como o silêncio se eternizava, murmurou:

– Era hora do crepúsculo. Só havia o capitão e o senhor no convés. Estavam juntos?

– Não!

– O capitão rondava o tombadilho?

– Sim... Eu acabava de sair da minha cabine. Ele não me via. Eu o espreitava, percebia alguma coisa de anormal em seu comportamento.

– Ainda não sabia que havia uma mulher a bordo?

– Não! Na verdade imaginava que, se ele fechava a porta com aquele zelo todo, era porque levava artigos de contrabando.

A voz era cansada. E, mesmo assim, o tom subiu para articular:

– Foi a coisa mais horrível do mundo, senhor comissário. Quem falou? Preciso saber...

E fechava os olhos, como os fechara até disparar uma bala na barriga através do bolso.

– Ninguém! O capitão não parava quieto, sem dúvida nervoso, como estava desde a aparelhagem. Mas havia alguém no leme?

– Um timoneiro! Ele não podia nos ver, por causa da escuridão.

– O grumete apareceu...

Le Clinche o interrompeu, soerguendo-se, as mãos crispadas na cordinha pendurada no teto que o auxiliava em seus movimentos.

– Onde está Marie?

– No hotel. O pai dela acabou de chegar.

– Para levá-la! Sim! Ótimo! Precisam levá-la... E não permitam que ela passe aqui!

Exaltava-se. Sua voz estava mais neutra, a dicção, entrecortada.

A temperatura subia perceptivelmente. Os olhos brilhavam mais.

– Não sei quem lhe contou... Mas agora preciso falar tudo...

Sua exaltação era tão grande e abrupta que ele parecia delirar.

– Uma coisa espantosa... O senhor não conheceu o garoto... Magérrimo! E acrescente um uniforme cortado num velho macacão de brim do pai. No primeiro dia, parecia amedrontado, chorava. Como explicar? Depois, passou a vingar-se por meio do deboche. Não seria coisa da idade? Sabe o que significa um pestinha? Era isso... Surpreendi-o duas vezes lendo as cartas que eu escrevia para a minha noiva. E me dizia afrontosamente:

"– É para sua franga?

"Aquela noite... O capitão zanzava de um lado para outro, decerto nervoso demais para dormir. O barco estava jogando. De tempos em tempos, uma onda transpunha a amurada e respingava no piso metálico do convés. Em todo caso, não era uma tempestade.

"Eu me encontrava acho que a uns dez metros. Ouvi apenas algumas palavras. Mas não via os vultos. O menino, empinado feito um galo de briga, rindo... E o capitão, pescoço duro dentro da japona, mãos nos bolsos...

"Jean-Marie falara 'minha franga' comigo... Devia escarnecer de Fallut também... Sua voz era estridente... Lembro-me de captar:

"– E se eu espalhasse por aí que...

"Só depois vim a compreender. Ele havia descoberto que o capitão escondia uma mulher na cabine.

"Estava todo prosa... Sentia-se um espertalhão... Era cruel, involuntariamente cruel...

"Aconteceu então o seguinte... O capitão levantou a mão para esbofeteá-lo. O moleque, bastante ágil, esquivou-se, gritando alguma coisa que devia ser uma nova ameaça de contar.

"E a mão de Fallut socou um ovém. Deve ter doído... Ficou cego de raiva...

"A fábula do leão e da mosca... Ele mandou às favas toda a dignidade. Foi atrás do menino. Este, que no início se esquivava, rindo, foi entrando em pânico...

"Bastava um acaso para qualquer um ouvir, saber tudo de uma vez só... Fallut estava louco de angústia...

"Vi seu gesto para agarrar Jean-Marie pelos ombros, só que, em vez de agarrá-lo, ele o empurrou...

"Isso é tudo... Fatalidades acontecem... A cabeça foi direto num cabrestante... Ouvi um barulho horrível, um som seco... *O crânio...*"

Ele passou as mãos no rosto. Estava lívido. Sua testa transpirava.

– Nesse momento um vagalhão varreu o convés. De modo que foi sobre uma forma toda molhada que o capitão debruçou. Nesse instante, ele me viu... Será que não pensei em me esconder...? Dei alguns passos à frente... Cheguei a tempo de ver o corpo do menino enroscar-se, depois se enrijecer, numa contorção que jamais esquecerei...

"Morto... Estupidamente... E nós olhávamos sem compreender, incapazes de aceitar aquela tragédia...

"Ninguém vira nada, ouvira nada. Fallut não ousava tocar na criança. Fui eu que apalpei o peito, as mãos, a cabeça estraçalhada. Nenhum vestígio de sangue... Nenhum ferimento... O crânio é que rachara...

"Ficamos talvez quinze minutos ali, sem saber o que fazer, lúgubres, ombros gelados, enquanto respingos fustigavam nossos rostos.

"O capitão não era mais o mesmo homem. Parecia que alguma coisa também rachara dentro dele.

"Quando falou, o fez com uma voz incisiva, sem calor.

"– A tripulação não pode saber a verdade! Pela disciplina!

"E foi ele, na minha frente, que soergueu o menino. Não havia senão uma atitude a tomar. Diabos! Lembro-me de ele desenhar uma cruz na testa com o polegar.

"O corpo, carregado pelo mar, bateu duas vezes contra o casco. Continuávamos ambos em pé na escuridão. Não ousávamos nos olhar. Não ousávamos falar."

Maigret acabara de acender o cachimbo, cuja piteira ele prendia com força entre os dentes.

Uma enfermeira entrou. Os dois homens olharam para ela com olhos tão ausentes que ela ficou confusa e balbuciou:

– Era para tirar a temperatura...

– Daqui a pouco!

E, fechada a porta, o comissário murmurou:

– Foi nesse momento que ele lhe contou a respeito da amante?

– Daí para a frente ele nunca mais foi o mesmo. Não estava propriamente louco, mas alguma coisa destoava. Ele começou por me tocar no ombro. Murmurou:

"– Por causa de uma mulher, rapaz...

"Eu estava com frio... Exaltado... Não desgrudava os olhos do mar, do ponto em que o corpo fora carregado...

"O senhor deve ter ouvido falar do capitão. Era franzino e ressequido, um rosto enérgico. Gostava de deixar as frases inacabadas.

"– É isso! Cinquenta e cinco anos... Aposentadoria iminente... Uma reputação sólida... Algumas economias... Acabado! Sabotado! No lapso de um minuto! Menos de um minuto... Por causa de um menino que... Quer dizer, por causa de uma garota...

"E assim, aquela noite, com uma voz rouca e raivosa, ele me contou tudo, tim-tim por tim-tim. Uma mulher do Havre... Uma mulher que não devia valer grande coisa, ele se dava conta... Mas não conseguia se livrar dela...

"Ele a trouxera para o navio. E, no mesmo instante, soubera que sua presença desencadearia uma tragédia.

"Ela estava lá... Dormia..."

O telegrafista se agitava.

– Não me lembro de tudo que ele falou... Pois ele sentia necessidade de falar dela... Com ódio e paixão, tudo misturado...

"– Um capitão não pode se envolver num escândalo capaz de minar sua autoridade.

"Ainda ouço essas palavras. Era a primeira vez que eu navegava. E passei a ver o mar como um monstro que ia nos engolir a todos...

"Fallut me citava exemplos. Em tal ano, um capitão que levara a amante. Foi tão grande o rififi a bordo que três homens não retornaram.

"Ventava. Os borrifos do mar só faziam aumentar. Às vezes uma onda vinha lamber nossos pés, que escorregavam no metal gorduroso do convés.

"Ele não estava louco, não! Por outro lado, não era mais o Fallut.

"– O importante agora é terminar a expedição! Depois, veremos...

"Eu não compreendia o que ele queria dizer. Parecia-me ao mesmo tempo respeitável e esquisito, agarrado ao sentimento do dever.

"– Ninguém pode saber... Um capitão não pode errar...

"Eu estava com os nervos à flor da pele. Não conseguia mais pensar. As ideias se embaralhavam na minha cabeça e, no fim, era um verdadeiro pesadelo acordado que eu vivia...

"Aquela mulher na cabine, aquela mulher que se tornara imprescindível para o capitão. Aquela mulher de quem bastava o nome para fazê-lo engasgar.

"De minha parte, eu escrevia cartas e mais cartas para minha noiva, mas fazia três meses que estava separado dela. Não conhecia aquela angústia. E quando ele me dizia *sua carne*... ou *seu corpo*... eu corava sem saber por quê..."

Maigret indagou lentamente:

– Ninguém a bordo, afora vocês dois, soube a verdade sobre a morte de Jean-Marie?

– Ninguém!

– E foi o capitão que, obedecendo à tradição, pronunciou a oração fúnebre?

– De madrugada. O tempo estava fechado. Patinávamos em meio a um chuvisco glacial.

– A tripulação não falou nada?

– Havia olhares estranhos, sussurros... Mas Fallut estava mais inflexível do que nunca e o tom de sua voz agora era ríspido. Não admitia mais contestação. Ofendia-se com um olhar que não o agradava. Espionava a marujada, como se para pilhar uma possível desconfiança.

– E o senhor?

Le Clinche não respondeu. Estendeu o braço para alcançar um copo d'água que se achava na mesinha de cabeceira e bebeu sofregamente.

– O senhor apertou o cerco à cabine, não foi? Queria ver a mulher que perturbara o capitão daquela forma? Foi na noite seguinte?

– Sim... Eu a vi por um instante. Depois, na outra noite. Eu tinha notado que a chave do posto de telegrafia era idêntica à da cabine. O capitão estava de serviço. Entrei, como um ladrão...

– Tornou-se seu amante?

As feições do telegrafista se endureceram.

– Juro que não pode compreender! Reinava uma atmosfera sem nenhuma relação com a realidade cotidiana. Aquele menino... E a cerimônia da véspera... Não importa, quando eu pensava nela era sempre a mesma imagem que me vinha à mente: a de uma mulher diferente das demais, uma mulher cujo corpo e carne eram capazes de corromper um homem...

– Ela o provocou?

– Estava deitada, seminua...

Ficou muito corado. Desviou a cabeça.

– Quanto tempo o senhor ficou na cabine?

– Talvez duas horas... Não sei mais... Quando saí, com os ouvidos zumbindo, o capitão estava em frente à porta. Não fez nenhum comentário. Apenas me observou passar. Quase me atirei aos seus joelhos, gritei que não era culpa minha, pedi perdão. Mas ele não moveu um músculo da face. Segui adiante. Fui para o meu posto.

"Eu estava com medo. A partir daquele momento, mantive meu revólver carregado no bolso, pois estava convencido de que ele ia me matar.

"Ele nunca mais me dirigiu a palavra, a não ser para o serviço. Pior! A maior parte do tempo me mandava as ordens por escrito.

"Eu gostaria de explicar melhor... Não consigo... Cada dia era pior... Eu tinha a impressão de que todo mundo estava a par do drama...

"O chefe das máquinas também rondava a cabine. E o capitão permanecia confinado horas a fio.

"Os homens nos fitavam com olhos inquisidores, inquietos. Pressentiam que alguma coisa estava acontecendo. Falavam em mau-olhado.

"E eu só tinha uma vontade..."

– Naturalmente! – grunhiu Maigret.

Houve um silêncio. Le Clinche fitava o comissário com os olhos carregados de censura.

– Enfrentamos um tempo de cão por dez dias seguidos. Eu estava doente... Mas era nela que eu pensava... Ela cheirava bem... Ela... Impossível dizer! Aquilo doía em mim! Sim! Um desejo capaz de causar dor, de fazer chorar de raiva! Principalmente quando eu via o capitão entrar na cabine! Porque, agora, eu imaginava coisas... Por exemplo! Ela havia me chamado de *bebezão*... Com uma voz especial, um pouco rouca! E eu repetia essa palavra para me torturar... Não escrevia mais para Marie... Arquitetava planos impossíveis: fugir com aquela mulher, tão logo chegasse a Fécamp.

– O capitão?

– Cada vez mais gélido, intratável... É, pode ser que houvesse loucura em seu caso... Não sei... Ordenou que pescássemos em determinado lugar, e todos os veteranos declararam nunca ter visto peixe naquelas paragens. Ele não admitia contestação! Tinha medo de mim... Saberia que eu estava armado? Ele também... Quando nos encontrávamos, levava a mão ao bolso. Tentei rever Adèle cem vezes. Mas ele estava sempre lá! Com olheiras nos olhos, lábios repuxados! E o cheiro do bacalhau... Os homens salgando o peixe no porão... Os acidentes, um atrás do outro...

"O chefe das máquinas também espreitava. De modo que ninguém falava mais com franqueza. Estávamos feito três loucos... Houve noites em que eu me julgava capaz de matar alguém para estar com ela. O senhor compreende? Noites em que eu rasgava meu lenço com os dentes, repetindo, com sua voz:

"*– Meu bebezão...! Meu bobinho...!*

"E o tempo se arrastava! E os dias sucediam às noites! Depois mais dias! Com nada à nossa volta senão água cinzenta, bruma fria e escamas e entranhas de bacalhau em toda parte.

"Um gosto enjoativo de salmoura na garganta...

"Só mais uma vez! Eu achava que se a visse, uma vez que fosse, estaria curado! Mas isso era impossível! Ele estava lá! Não saía de lá, com seus olhos cada vez mais encovados.

"Aquela trepidação eterna, aquela vida sem horizonte. Então, avistamos alguns penhascos...

"Dá para imaginar que durou três meses? Pois bem! Em vez de curado, eu estava ainda mais doente. Só agora me dou conta de que era uma doença.

"Eu detestava o capitão, sempre no meu caminho. Tinha horror àquele homem, já velho, que encarcerava uma mulher como Adèle.

"Eu receava voltar ao porto. Receava perdê-la para sempre.

"No fim, eu o via como um demônio! Sim! Uma espécie de gênio do mal, monopolizando aquela mulher.

"A atracação foi um desastre. Aliviados, os homens pularam no cais e correram para os botequins. Eu sabia perfeitamente que o capitão só esperava a solidão da noite para fazer Adèle sair.

"Voltei ao meu quarto, no Léon. Havia cartas antigas, retratos da minha noiva, e, não sei por quê, furioso, queimei tudo aquilo.

"Saí... Desejava-a! Repito: desejava-a! Teria ela me contado que na volta se casaria com Fallut?

"Esbarrei num homem..."

Ele se deixou cair pesadamente sobre o travesseiro, e todo o seu rosto crispado exprimia uma dor atroz.

– Agora o senhor sabe... – rosnou.

– Sim... O pai de Jean-Marie... O vapor estava no cais. Só havia o capitão e Adèle a bordo. Ele ia fazê-la sair... Então...

– Cale-se!

– Então o senhor contou a esse homem, que vinha olhar o barco no qual o filho morrera, que o garoto fora assassinado. Não é verdade? E o seguiu! O senhor estava escondido atrás de um vagão quando ele se aproximou do capitão...

– Cale-se!

– O crime aconteceu diante dos seus olhos...

– Eu lhe suplico!

– Não! O senhor assistiu! Subiu a bordo! Fez a mulher sair...

– Eu já não a desejava mais!

A sirene emitiu um apito longo. Os lábios de Le Clinche tremeram, enquanto ele balbuciava:

– O *Océan*...

– Sim... Está aparelhando na preamar...

Calaram-se. Ouviam-se todos os rumores do hospital, inclusive o suave deslizar de uma padiola empurrada para a sala de cirurgia.

– Eu já não a desejava! – repetiu convulsivamente o telegrafista.

– Só que era tarde demais...

Novo silêncio. Rompeu-o a voz de Le Clinche.

– E agora... contudo... eu gostaria tanto...

Não ousou pronunciar a palavra que tinha na boca.

– De viver...?

O outro prosseguiu:

– Então não compreende? Enlouqueci... Eu mesmo não entendo... Era longe, outro mundo... Quando regressamos, me dei conta... Acredite! Havia aquela cabine escura... Orbitávamos ao seu redor... E não existia mais nada... Parecia que era toda a minha vida... Eu queria ouvir de novo *meu bebezão*... Não saberia sequer dizer como aconteceu... Abri a porta... Adèle tinha partido... Havia um homem de sapatos amarelos à espera dela e eles se atiraram nos braços um do outro, no cais...

"Acordei então... É a palavra apropriada... E, desde então, desisti de morrer... Marie Léonnec apareceu, com o senhor... Adèle também, na companhia daquele homem...

"Mas o que o senhor quer que eu diga...?

"Tarde demais, não é? Solto, fui catar um revólver a bordo... Marie me esperava no cais... Ela não sabia...

"E, no fim do dia, essa mulher falando... E ele, o homem dos sapatos amarelos...

"Quem poderia entender? Atirei... Precisei de longos minutos até me decidir... Por causa de Marie Léonnec, que estava lá...

"Agora..."

Soluçou. E, explicitamente, gritou:

– Só me resta morrer, de um jeito ou de outro! E não quero morrer! Tenho medo de morrer! Eu... Eu...

Seu corpo tremia tanto que Maigret chamou uma enfermeira, que, com serenidade, o controlou, demonstrando toda sua experiência profissional.

O vapor lançava seu chamado dilacerante pela segunda vez e as mulheres acorriam para se aglomerar no píer.

11

A partida do *Océan*

MAIGRET CHEGOU AO CAIS JUSTO na hora em que o novo capitão dava ordens para soltar as amarras. Percebeu o chefe das máquinas, que se despedia da mulher, e, aproximando-se, chamou-o à parte:

– Uma informação... Foi o senhor que encontrou o testamento do capitão e o deixou na caixa de correio do comissariado, não foi?

O homem levou um susto, hesitou.

– Não tenha medo. O senhor suspeitava de Le Clinche. Julgou ser um meio de salvá-lo. Muito embora os dois tenham desejado a mesma mulher...

A sirene, furiosa, chamava os retardatários e, no cais, os abraços se soltavam.

– Vamos esquecer esse assunto, concorda? Verdade que ele vai morrer?

– A menos que o salvem... Onde estava o testamento?

– Entre os papéis do capitão.

– E o que procurava lá?

– Esperava encontrar um retrato – confessou o outro, abaixando a cabeça. – Permite...? Preciso...

As amarras tombavam na água. Iam levantar a prancha. O chefe das máquinas pulou para bordo, dirigiu um último aceno à mulher e um olhar para Maigret.

E o vapor encaminhou-se lentamente para a saída do porto. Um homem carregava o grumete, que tinha no máximo quinze anos, nos ombros. E o garoto, que lhe surrupiara o cachimbo, exibia-o orgulhosamente entre os dentes.

No porto, mulheres choravam.

Apertando o passo, era possível acompanhar o barco, que só ganharia velocidade uma vez fora dos píeres. Pessoas gritavam recomendações.

– Se encontrar o *Atlantique* não se esqueça de dizer a Dugoget que sua mulher...

O céu continuava encoberto. O vento levantava a água a contrapelo e gerava marolas brancas que faziam um barulho raivoso.

Um parisiense em calças de flanela fotografava a partida, seguido por duas jovens de branco, que riam.

Maigret quase derrubou uma mulher, que se agarrou ao seu braço e perguntou:

– E então, ele está melhor?

Era Adèle, que não se maquiara de manhã e tinha a pele reluzente.

– Buzier...? – indagou o comissário.

– Preferiu zarpar para o Havre... Teme complicações... E como lhe comuniquei que não queria mais nada com ele... Mas e o menino, Pierre Le Clinche?

– Não sei.

– Está bem!

Abandonava-a à sua sorte. Percebera um grupo no píer: Marie Léonnec, o pai e a sra. Maigret. Estavam os três voltados para o vapor, que passava celeremente por eles, e Marie Léonnec dizia com fervor:

– É o barco *dele*...

Maigret avançou devagar, carrancudo. Sua mulher foi a primeira a percebê-lo na massa de pessoas que vinham assistir à partida do pesqueiro.

– Ele se salvou?

Ansioso, o sr. Léonnec apontou para ele seu nariz disforme.

– Ah! É um prazer revê-lo... Como anda o inquérito, comissário?

– Não anda.

– Como assim?

– Nada... Não sei...

Marie esbugalhou os olhos.

– Mas e Pierre...?

– A cirurgia foi bem-sucedida... Ele parece fora de perigo...

– Ele é inocente, não é? Eu lhe suplico! Diga ao meu pai que ele é inocente...

Ela empenhava nisso toda a sua alma. E Maigret, fitando-a, imaginava-a tal como ela seria dez anos mais tarde, com as mesmas feições do pai, semblante severo, composto para impor respeito na loja.

– Ele não matou o capitão – respondeu.

E à sra. Maigret:

– Acabo de receber um telegrama me chamando a Paris.

– Já? Eu tinha prometido ir à praia, amanhã, com...

Ela compreendeu seu olhar.

– Os senhores nos dão licença...

– Fazemos questão de acompanhá-los até o hotel.

Maigret percebeu o pai de Jean-Marie, caindo de bêbado, ainda mostrando o punho para o vapor, e desviou a cabeça.

– Não se incomodem, por favor...

– Imagine! – disse o sr. Léonnec. – Acha que posso providenciar a transferência dele para Quimper? As pessoas decerto vão comentar...

Marie olhava para ele com um olhar súplice. Estava branca feito cera. Balbuciou:

– Já que ele é inocente...

Maigret ostentava o seu semblante mais carrancudo, olhar vazio.

– Não sei... A senhorita está em melhores condições...

– Permita-me de todo modo lhe oferecer alguma coisa... Uma garrafa de champanhe?

– Obrigado...

– Um cálice... Um *bénédictine*, por exemplo, já que estamos na região...

– Um chope.

A sra. Maigret fechava as malas no andar de cima.

– Então o senhor é da mesma opinião que eu, não é? Um ótimo rapaz que...

O olhar da moça persistia! Olhar que lhe suplicava para dizer sim!

– Acho que dará um bom marido...

– E um bom comerciante! – reforçou o pai. – Pois não pretendo deixá-lo no mar meses a fio... Quando se é casado, deve-se...

– Evidentemente!

– Ainda mais que não tenho filho homem... O senhor deve compreender!

– Sim...

Maigret olhava para a escada. Sua mulher afinal apareceu.

– As malas estão prontas. Parece que o único trem parte às...

– Esqueça! Alugaremos um carro.

Era uma fuga!

– Se um dia passar por Quimper...

– Claro... Claro...

E aquele olhar da moça! Embora parecesse compreender que nem tudo era tão simples quanto parecia, exortava Maigret a calar-se.

Ela queria seu noivo.

O comissário apertou as mãos, pagou sua conta e terminou o chope.

– Mil vezes obrigado, sr. Maigret.

– Realmente não tem por quê...

O carro, chamado pelo telefone, chegava.

... e, a menos que o senhor tenha descoberto elementos que tenham me escapado, concluo recomendando o arquivamento do caso...

Era a passagem de uma carta do comissário Grenier, da Brigada Móvel do Havre, para Maigret, que respondeu por telegrama:

De acordo.

Seis meses depois, recebeu um anúncio que dizia:

A sra. viúva Le Clinche tem a honra de anunciar o casamento de seu filho Pierre com a srta. Marie Léonnec etc. etc.

E, um pouco mais tarde, quando visitava, por exigências de um inquérito, determinada casa da Rue Pasquier, julgou reconhecer uma jovem mulher, que desviou a cabeça.

Adèle!

E foi só! Ou melhor, cinco anos mais tarde, Maigret passou por Quimper. Viu um vendedor de cordames à sua porta. Era um homem ainda jovem, alto, que começava a ganhar barriga.

Mancava ligeiramente. Chamava um garoto de três anos, que brincava com um pião na calçada.

– Para casa, Pierrot! Sua mãe vai ralhar...

E o homem, preocupado demais com sua prole, não reconheceu Maigret, que, aliás, apertou o passo e desviou os olhos, abanando a cabeça.

SOBRE O LIVRO

FORMATO
13,5 x 20 cm

MANCHA
24,3 x 37,1 paicas

TIPOLOGIA
Baskerville 10/14

PAPEL
Off-white Bold 80 g/m² (miolo)
Cartão Triplex 250 g/m² (capa)

1ª EDIÇÃO EDITORA UNESP
2025

EQUIPE DE REALIZAÇÃO

EDIÇÃO DE TEXTO
Jennifer Rangel de França (Revisão)

PROJETO GRÁFICO E CAPA
Marcos Keith Takahashi (Quadratim)

IMAGEM DE CAPA
Brassaï, *Le chien Kazbek dans l'atelier des Grands-Augustins*, Paris, 1944
Acervo Musée National Picasso-Paris
© GrandPalaisRmn (Musée National Picasso-Paris) / Franck Raux

PESQUISA ICONOGRÁFICA
Marcos Keith Takahashi
Augusto Lins Soares

EDITORAÇÃO ELETRÔNICA
Arte Final

ASSISTENTE DE PRODUÇÃO
Erick Abreu

ASSISTÊNCIA EDITORIAL
Alberto Bononi
Gabriel Joppert

Rettec artes gráficas e editora

Rua Xavier Curado, 388 • Ipiranga - SP • 04210 100
Tel.: (11) 2063 7000
rettec@rettec.com.br • www.rettec.com.br